SIMPLY LOVE
by Mary Balogh
translation by Yayoi Yamamoto

ただ愛しくて

メアリ・バログ

山本やよい［訳］

ただ愛しくて

おもな登場人物

アン・ジュウェル	女学校の教師
デイヴィッド	アンの息子。9歳
シドナム・バトラー	荘園の管理人。 レッドフィールド伯爵の息子
クローディア・マーティン	女学校の校長
ジョシュア・ムーア	ホールミア侯爵
フライヤ(レディ・ホールミア)	ジョシュアの妻
レディ・ポットフォード	ジョシュアの祖母
フランシス	エッジカム伯爵夫人。元教師
スザンナ・オズボーン	アンの同僚の教師
キット	シドナムの兄
ローレン	キットの妻

1

濃紺のこざっぱりした制服に身を包み、教師の一人のスザンナ・オズボーンに引率されて活発な歩調でバースのグレート・パルティニー通りを進んでいく女生徒たちは、近くのダニエル通りとサットン通りの角にあるミス・マーティンの女学校を出て、パルティニー橋へ、そして、川の向こうに広がる街へ向かっていた。

二列に並んでいるのはわずか十二人の少女。あとの生徒は、きのう、両親や後見人や召使いに付き添われ、夏休みをすごすために帰省したところだ。十二人の少女はミス・マーティンが大切にしている慈善事業の生徒たちで、ほかの生徒が払う授業料と、匿名の慈善家からの多額の寄付金に支えられて、学費免除で学んでいる。数年前、資金不足のために学校が閉鎖の危機に追いこまれたとき、その慈善家が助けの手をさしのべ、貧しい少女たちにも裕福な家庭の子と同じように教育の機会を与えたいというミス・マーティンの夢を叶えてくれた。年月がたつにつれて、広範囲にわたるアカデミックな質のいい教育をあらゆる階級の少女たちに与えているという点で、学校は高く評価されるようになった。

夏休みに入っても、慈善事業の生徒たちはほかに行くところがないので、住込みの教師が二人以上残って、新学期が始まるまでその子たちの世話や遊び相手をしなくてはならない。

この夏は住込みの教師が三人とも学校に残っていた——ミス・マーティン自身、スザンナ・オズボーン、そして、アン・ジュウェル。

ミス・マーティンとミス・ジュウェルが生徒の列のうしろを歩いていた。といっても、ふだんなら、十二人のグループを引率するのに教師が三人も必要なわけではない。生徒のしつけは行き届いているのだから——すくなくとも、入学して一、二週間たてば行儀がよくなる。しかし、今日は夏休みの第一日目で、有名なパンと紅茶を楽しむために、みんなでサリー・ランのティールームへ出かけるところだった。これはみんなが首を長くして待っている年に一度の行事で、授業料を払っている生徒たちにはけっして体験できない楽しみだった。

ミス・マーティンとミス・オズボーンは生徒と一緒に〈サリー・ラン〉へ行くことになっていた。ミス・ジュウェルはちがうのだが、行き先がたまたま同じ方向なので一緒に出かけてきたのだ。彼女の息子デイヴィッドは二人の少女にはさまれ、少女たちのほうが何歳か年上だというのに、楽しそうにしゃべりつづけていた。

「どうしてまた、キャーキャー笑いころげる騒々しい十二人の生徒と一緒に狭苦しい〈サリー・ラン〉でお茶を飲むチャンスを捨てて、貴族の称号を持つお金持ちの人々と一緒に、エレガントで広々とした客間の洗練された雰囲気のなかでお茶を飲むことにしたのか、わたしには理解できないわ、アン」ミス・マーティンが皮肉っぽくいった。

アンは笑った。

「ぜひ今日いらしてっていわれたんですもの」といった。「なのに、あなたは〈サリー・ラン〉行きを明日まで延ばそうとしてくれない。意地悪な人ね、クローディア」

「きわめて現実的なだけですよ」ミス・マーティンは反論した。「延期だなんて発表したら、わたしは親指を縛りあわされて、手近の木に吊るされることになってしまう。あなたとスザンナも同じよ。でもね、アン、わたしはレディ・ポットフォードとお茶を飲むのをとやかくいってるんじゃないのよ。あの方、あなたにとても親切にしてくださってるんですもの。だけど、あの女とお茶を飲むなんて！」

〝あの女〟というのはホールミア侯爵夫人のこと。かつてのレディ・フライヤ・ベドウィンで、ビューカッスル公爵の妹にあたる。ミス・マーティンはかつて、レディ・フライヤの家庭教師をしたことがある。それ以前の家庭教師を何人も怯《おび》えさせ、やめさせたという少女だった。ミス・マーティンもやめてしまった。だが、彼女の場合は怯えたからではなく、憤慨《ふんがい》したせいだった。ビューカッスル公爵が渡そうとした解雇手当も、推薦状も、馬車の申し出も拒絶し、身のまわりの品をすべてかかえて、昼日中に徒歩で屋敷をあとにした。公爵家の連中にアッカンベーをしたのも同然だった。

アンがグレート・パルティニー通りに住むレディ・ポットフォードからお茶の招待を受けたのは、彼女の孫であるジョシュア・ムーア（ホールミア侯爵）がこの街を訪れ、屋敷に滞在しているからだった――妻と子供たちも一緒に。

「わたしがお誘いを受けたのは、ジョシュアがきているからよ」アンはいった。「彼がわたしとデイヴィッドに昔からとても親切にしてくれたことはご存じでしょ、クローディア」

全世界が彼女に敵対していたときも――というか、そんな気がしていたときも――ジョシュアは友人でいてくれた。一文無しも同然だった数年間は経済的な支援までしてくれて、彼がデイヴィッドの父親にちがいない、というまことに嘆かわしい誤った噂《うわさ》を招く結果となった。ジョシュアがアンに〝親切だった〟というのは、たしかに控えめすぎる表現だ。

スザンナが生徒たちに輪唱をさせはじめ、少女たちは通行人の注意を惹くことなどおかまいなしに、大声で元気に歌っていた。ミス・マーティンはきびしい表情を浮かべ、ピンと背筋を伸ばしたまま、まばたきひとつしなかった。

「それにね、アン、四年前にあなたが数学と地理の教師に応募してきたとき」ミス・マーティンはいった。「あの女がうちの学校をあなたに薦めたんじゃないかと、わたしが一瞬でも疑ったなら、たとえ百万年たってもあなたを雇いはしなかったでしょうね。あの女ったら、その二、三カ月前に学校にきて、例によって癪《しゃく》にさわる横柄な態度で校内をのぞいてまわり、応接室の絨毯《じゅうたん》のすれきれた場所を残らず目にとめて――ええ、ぜったいそうですとも――何か必要なものはないかって尋ねたのよ。でしゃばりが！　さっさと追い返してやったわよ、まったくもう」

アンは苦笑した。この話なら十回以上もきかされているし、ミス・マーティンの学校に住みこんでいる教師の全員が、貴族に対する彼女の尽きることなき敵意を知っている。とりわけ嫌いなのが不幸にも公爵という称号を持つ人々で、そのなかでもいちばん嫌いなのがビューカッスル公爵という称号を持つ人物だった。しかし、公爵の妹のレディ・ホールミアも僅差でブラックリストの二位にきている。

「あの方にも美点はあります」アンはいった。

クローディア・マーティンは鼻を鳴らすのに似た音を立てた。

「その点にはなるべく触れないことにするわ」といった。「でも、あなたに誤解されると困るからいっておくけど、アン、あなたを雇ったことはいささかも後悔していませんからね。だから、あなたが住んでいたコーンウォールのリドミアと、近くのペンハローに住むホールミア侯爵と、レディ・フライヤ・ベドウィンとの関係を、あのときのわたしが知らなくて、かえって幸いだったかもしれないわ。ミス・オズボーン！」

生徒たちが歌の途中でひと息入れたので、ミス・マーティンの声がほかのすべての音を圧して響き渡った。スザンナが明るい笑顔でふり向いて、列を停止させた。

「レディ・ポットフォードのお宅よ、ほら」ミス・マーティンはそういって、みんなが足を止めたそばの屋敷を指さした。「ここへ行くのがわたしじゃなくて、あなたでよかったわ、アン。でも、楽しんでらっしゃい」

デイヴィッドが列から離れてアンのところにやってきた。スザンナがアンに笑顔を見せ、生徒の列は川を渡った先にあるバース教会堂の向こうの〈サリー・ラン〉をめざして、ふたたび歩きだした。

「またね、デイヴィッド」何人かの生徒が叫んだ。外の世界に出て、いつもより大胆になっている。お祭り気分に包まれている。「さよなら、ジュウェル先生。先生も一緒にこれればいいのに」

クローディア・マーティンは目をむき、大切な生徒たちを追って歩きはじめた。

ミス・マーティンが先ほどほのめかしたように、アンがグレート・パルティニー通りにあるレディ・ポットフォードの屋敷を訪問するのはこれが初めてではなかった。四年前、ミス・マーティンの学校で教えるために初めてバースにやってきたとき、紹介状を手にして、少々怯えながらここを訪れ、その後何回か招かれることになった。

しかし、今日はまた特別にうれしい招待で、ノッカーをドアに打ちつけたあとでアンが九歳のデイヴィッドを見おろすと、息子の目には興奮に満ちた期待の輝きが浮かんでいた。会う機会はあまりないが、ホールミア侯爵はデイヴィッドが世界でいちばん好きな人だった。顔を合わせれば、侯爵はいつもデイヴィッドにやさしくしてくれる。学校が休みのときに、侯爵のカントリーハウスがあるコーンウォールのペンハローへアンとデイヴィッドを招待し、一週間泊めてくれたことが二回。それから、侯爵がバースに滞在中、学校を訪れてデイヴィッドを二輪馬車で遠乗りに連れていってくれたことが二回。また、誕生日やクリスマスには欠かさずプレゼントを送ってくれる。

執事が玄関をあけるのを待ちながら、アンは息子を笑顔で見おろした。ぐんぐん成長している——ちょっと悲しい気がした。もう幼児とはいえない。

しかし、屋敷に通され、陽気な笑みを浮かべた侯爵が二人を迎えるために階段をおりてくるのを見たときのデイヴィッドは、まるで幼い子供にもどったようだった。侯爵に駆け寄って、子供っぽく熱心にしゃべりつづけ、抱きあげられてぐるぐるまわしてもらうと、楽しげな笑い声をあげた。

それを見ていたアンは痛いほど胸を締めつけられた。九年のあいだ母親としての愛をそそいできたが、父親の愛までも息子に与えてやることは、当然ながらできなかった。

「こら」デイヴィッドを床におろしながら、侯爵はいった。「靴の底にレンガを何個か入れてきただろ。ずっしり重いぞ。いや、ひょっとすると、ぐんぐん成長してるだけなのかな。さて、質問させてくれ。年は、ええと……十二だっけ？」

「ちがうよ！」デイヴィッドは楽しそうに笑った。

「十三なんていわないでくれよ」

「ちがう！　九つ！」

「九つ？　まだ九つ？　びっくりして言葉も出ない」侯爵は片手でデイヴィッドの髪をくしゃくしゃっとなで、アンに笑顔を向けた。

「ジョシュア」アンはいった。「お目にかかれてうれしいわ」

彼は背が高く、均整のとれた身体つきで、金髪、性格のよさそうな整った顔立ち、そして、ブルーの目にはつねに笑みが浮かんでいるかに見える。アンは昔から彼が大好きで、ときたま恋心に近いものを感じることもあったが、それが情熱へ発展することは自分に固く禁じていた。アンが彼の伯父の屋敷で家庭教師をしていたときも、解雇されたあとも、貴族の称号とは無関係なただのジョシュア・ムーアとして、彼女の友達でいてくれた。アンにとっては、報われない情熱などより、彼の友情のほうが無限の価値を持っていた。

それに、ジョシュア・ムーアと初めて出会ったころの彼女は、ほかの男性を愛していた。ひそかに結婚の約束までしていて、自分ではもう正式な婚約者のつもりだった。

「アン」ジョシュアは彼女の両手をとり、固く握りしめた。「とても元気そうだね。バースの空気が合っているにちがいない」

「ええ、そうよ」アンはうなずいた。「レディ・ホールミアはお元気？　お子さんたちは？」

「フライヤなら客間にいる。すぐに会えるよ。ダニエルとエミリーは乳母と一緒に二階だ。帰る前に、子供たちに会ってやってくれ。ダニエルときたら、この一時間にすくなくとも二十回以上、デイヴィッドがくるのをこれ以上待つなんてできないと騒いでたんだから」ジョシュアはすまなさそうな笑みを浮かべてデイヴィッドを見た。「三歳の子供じゃ、遊び相手には物足りないだろうが、きみがうちの子としばらくでも遊んでくれれば、もしくは、うちの子がきみと遊びたがるのを許してくれれば、ダニエルは世界でいちばん幸せな子になると思うよ」

「ぼく、ダニエルと遊びたい」デイヴィッドはいった。

「いい子だ」ジョシュアはまたしてもデイヴィッドの髪をくしゃくしゃっとなでた。「だが、まずは、客間へ行ってちゃんと挨拶しようね。いきなり子供部屋へ追いやられるのは、うんと幼い子だけだが、きみはもちろん、そのカテゴリーに入っていない。そうだろ？」

「はい」デイヴィッドが答えるあいだに、ジョシュアはアンに腕をさしだし、片目をつぶってみせた。

　客間では、レディ・ポットフォードが優雅に二人を出迎え、レディ・ホールミアは立ちあがってデイヴィッドのお辞儀に会釈を返し、値踏みするような目でアンを見た。

「お元気そうね、ミス・ジュウェル」といった。

「ありがとうございます、レディ・ホールミア」アンは膝を折ってお辞儀をした。

　背が低く、よそよそしく、きびしい感じで、きりっとした顔立ちのこの侯爵夫人が、アンは昔から苦手だった。初対面のときから彼女に反感を持ち、気立てのいいのんびり屋のジョシュアにはふさわしくないと思っていた。だが、やがて、かつての生徒だったプルーデンス・ムーア（ジョシュアのいとこで、精神に障害を負っている）が彼女を崇めていることを知った。意外なことに、プルーに対しては、彼女もやさしかったのだ。プルーは昔から人を見る目があった。そのうち、未婚の母となったアンがリドミアの小さな漁村で教師のまねごとをしながらひっそり暮らしているのを知って、レディ・ホールミアはある朝、アンの住まいの玄関先にあらわれ、ミス・マーティンの学校の教師の口を世話してくれた。じつをいうと、レディ・ホールミアこそが学校の匿名の後援者だった。

クローディア・マーティンがこの事実を知れば、ひと騒動持ちあがることだろう！　アンはもちろん、秘密厳守を誓わされた。

アンはレディ・ホールミアを尊敬し、好意を持ち、さらには、賞賛さえするようになった——そして、ジョシュアとの結婚も愛情に満ちたものに思えてきた。

数分のあいだ、みんなの注目はデイヴィッドに集まり、デイヴィッドはジョシュアのとなりにすわって崇拝に近い目でこの憧れの男性を見あげながら、つぎつぎと質問に答えていた。やがて、お茶の盆が運ばれてくる直前に、子供部屋へ連れていかれた。そこでフェアリーケーキとレモネードをもらう約束になっている。

「ぼくたちはリンジー館からこっちにきたんだ」紅茶がつがれるあいだに、ジョシュアがアンに説明した。「ビューカッスルの跡取り息子の洗礼式があったものだから、一族が集まって盛大に祝ってきた」

「さぞかし元気な赤ちゃんでしょうね」アンは礼儀正しくいった。「公爵夫人もお元気になられたことでしょう」

「そのとおり」ジョシュアはニッと笑った。「新たなるリンジー侯爵はベドウィンの家名にふさわしい人物になるだろう。強力な肺を持っていて、自分の希望を通したいときにそれを使用するにあたっては、いささかも躊躇《ちゅうちょ》することがない」

「でね、いまから」レディ・ホールミアがつけくわえた。「みんなでウェールズへ出かけて、一カ月すごす予定なのよ。ビューカッスルが向こうに荘園を持ってて、ほんのしばらく滞在するつもりでいたの。でも、公爵夫人が一緒に行くといいだしたので、わたしたちもついていくことにしたの。だって、さよならをいって別れてしまうには、あまりに早すぎるんですもの」

「海辺の休日はさぞかし楽しいことだろう」ジョシュアが笑顔でいった。「もっとも、コーンウォールのわれわれの屋敷も海のすぐ近くなんだが。しかし、ベドウィン家の全員が集まる機会なんてめったにあるものじゃないし、うちの子たちもリンジー館で遊んだり喧嘩《けんか》したりする相手ができて大喜びだったから、一カ月以上も一緒にいられる機会を奪うのはかわいそうな気がしてね」

固い絆《きずな》で結ばれたにぎやかな大家族がいるというのは、すてきなことでしょうね——アンは悲しげに思った。「子供たちもどんなにうれしいことかしら。

「学校はもうお休みなの、ミス・ジュウェル？」レディ・ポットフォードがきいた。

「生徒のほとんどがきのう帰省しましたわ」アンは答えた。

「じゃ、あなたも帰省なさるの？」

「いいえ。学校に残ります。授業料を払える生徒のほかに、ミス・マーティンが慈善事業の生徒も受け入れているものですから、お休みのあいだ、その子たちの世話をしなきゃいけないんです」

もちろん、クローディアとスザンナとアンがそろって残る必要はない。だが、かつてこの学校の教師をしていて、現在はエッジカム伯爵夫人となった仲良しのフランシス・マーシャルが、伯爵とともに出かけた大陸の公演旅行からもどってきて、学校が休みのときにしばしばやっているように、誰か一人をサマセット州のバークレイ・コートに招待してくれないかぎり、三人ともほかに行く場所がない。

「じゃ、いまもまだ実家に顔を出してないんだね、アン」ジョシュアがきいた。

「ええ」

デイヴィッドを出産する前の年から一度も帰っていない——もう十年以上になる。長い歳月だった。あのときの彼女はたったの十九、妹のサラは十七だった。現在牧師になっている兄のマシューはわずか二十歳で、まだオクスフォードの学生だった。ヘンリー・アーノルドも、あのとき二十歳になったばかりだった——彼の誕生祝いのために、アンは帰省したのだ。来年は彼の成人式を祝おうと二人で相談した。自分がそこに顔を出せなくなろうとは、あるいは、以後二度と彼に会えなくなろうとは、夢にも思わなかった。

「頼みがあるんだ、アン」ジョシュアがいった。

「何かしら」アンは彼からレディ・ホールミアに、そして、ふたたび彼に視線を移した。

「最近、強く意識するようになってね」ためいきをついて、ジョシュアはいった。「デイヴィッドがぼくの身内であることを」

「いいえ！」アンは身をこわばらせた。「わたしの息子よ」

「そして、ぼくの称号を手に入れていただろう」ジョシュアはさらにつづけた。「それに付随するすべてのものも。もしアルバートがきみと結婚していたら」

　アンはさっと立ちあがり、カップを椅子のそばのテーブルに置こうとして、受け皿に紅茶をすこしこぼしてしまった。

「デイヴィッドはわたしの息子です」といった。

「もちろんそうですとも」レディ・ホールミアがいった。横柄な、少々うんざりしているといってもいい口調だったが、その目は鋭くアンをみつめていた。「リンジー館を離れるときに、ジョシュアが思いついたのよ――ほかの子供たちと一緒だったら、おたくの坊やも楽しい夏をすごせるんじゃないかって。ただし、ほとんどの子が坊やよりかなり年下だけど。でも、デイヴィーがいるわ。エイダンとイヴが養子にした子。いま十一なの。その子とおたくの坊やが同じ名前なのは不便なことだけど、まあ、二人を区別する方法はみんなのほうで考えるでしょうし――二人からすれば、いやなことをいいつけられたら知らん顔をして、〝もう一人がいわれたんだと思ってた〟って主張する楽しみもあるわけだし。公爵夫人の甥《おい》のアレグザンダーもくることになってるのよ。年は十歳」

「ぜひともデイヴィッドを連れていきたいんだ、アン」ジョシュアがいった。「どうだろう？」

　アンは唇を噛《か》み、ふたたび腰をおろした。

「前々から、わたしにとって最大の頭痛の種でした。デイヴィッドが女学校で女教師に囲まれて大きくなり、男性といえば、美術とダンスの先生しかいないということが。みなさんにかわいがられていて、とても大切にされてますけどね――その点は、わたしもほんとにうれしいの。でも、あの子、男性と接する機会がほとんどないし、男の子どうしで遊ぶことはまずありません」

「そうだね」ジョシュアはいった。「それはぼくも気がついてる。デイヴィッドがもうすこし大きくなったら学校へ行かせたい、という思いにはいまも変わりがない——もちろん、きみの許可を得たうえでね——だけど、それまでだって、ほかの子供たちと触れあうことが必要だ。ダニエルとエミリーはデイヴィッドよりずっと年下だが、またいとこであることには変わりがない。したがって、ベドウィン家のほかの子供たちもみんな、デイヴィッドの遠い親戚になるわけだ。これ以上しつこくいうのはやめておこう。きみを苦しめるだけだから。だけど、それでもやはり真実なんだ。デイヴィッドを連れてっていい?」

筋の通らない狼狽《ろうばい》がアンの胃のくぼみにしこりを作った。アンが二、三時間以上デイヴィッドから離れたことは、これまで一度もなかった。デイヴィッドは彼女のものだ。まだ九歳だが、そう遠くない将来に息子を失うことになるのは、アンも覚悟している。同年代の男の子たちと一緒に正規の教育を受ける機会を、どうして奪うことができて? でも、いまからそうしなきゃいけないの? この夏、一カ月かそれ以上、あの子と離れて暮らさなきゃいけないの?

でも、どうしていやだといえるだろう。デイヴィッドの意見を尋ねれば、許可を求めて母親に向ける彼の目に興奮に満ちた期待の輝きが浮かぶのは、火を見るよりも明らかだ。

アンの両手は——膝《ひざ》に置いたときに気づいたのだが——ひどく震えていた。ジョシュアとの十年以上にわたるつきあいのなかで、アンはいま初めて彼に腹を立てた。いや、憎しみを感じた――とくに、〝デイヴィッドは血のつながった身内で、それゆえ自分にも責任がある〟と主張する彼に対して。

デイヴィッドはジョシュアの身内ではない。

わたしの息子。

「ミス・ジュウェル」侯爵夫人がいった。「九歳の子じゃまだ幼すぎて、一カ月も母親から離れて暮らすのは無理だわ。いまのわたしは、三歳と一歳の子供の母親という立場からしか意見がいえないけど、どんな母親だってわずか九歳の子供から離れられるはずがないことはたしかだと思うの。もちろん、あなたもウェールズにいらっしゃらなきゃ」

「そのとおりよ、フライヤ」レディ・ポットフォードがいった。「夏のあいだ、どうしても学校に残らなきゃいけないの、ミス・ジュウェル？」

「いいえ」アンは答えた。「ミス・マーティンとミス・オズボーンがいますから」

「じゃ、決まりだ」ジョシュアが快活にいった。「きみもデイヴィッドと一緒にくるんだ、アン。デイヴィッドはきっと大はしゃぎで、縛りあげなきゃいけなくなるぞ。きてくれるね？」

「でも、どうしてお邪魔できます？」肝をつぶして、アンはきいた。彼女を招待するというのは――アンにもよくわかっているように――あとからの思いつきだ。「ビューカッスル公爵のお屋敷ですのに」

「あら、いいのよ」レディ・ホールミアが片手で否定のしぐさを見せた。「あそこはベドウィンの家、そして、わたしはベドウィン家の一員ですもの。それに、ものすごく大きな屋敷だし。ぜひともいらして」

ビューカッスル公爵は――アンは思った――この国でいちばん冷酷で偉そうな貴族の一人として有名な人。ベドウィン家の人はみんな、とんでもなく高慢ちきという評判だ。わたしのほうは、自宅のある界隈を離れれば社会的地位などほとんどなきに等しい紳士を父親に持つ身。現在は教師であり、その前は家庭教師をやっていた。しかも、未婚の母という事実の前では、それもすべてかすんでしまう。

そんなわたしがどうして……。

「いやとはいわせないわ」レディ・ホールミアがつんと高い鼻の上からアンに視線を向けて、横柄にいった。「抵抗はあきらめて、お茶がすんだら学校にもどって荷造りを始めることね」

レディ・ホールミアの話によると、ウェールズの屋敷はとても広いらしい。ベドウィン家は大家族で、みんなすでに結婚して子供もいる。だったら、ベドウィン家の人たちと距離を置くのは簡単だ。滞在中は子供たちの世話をしてすごせばいい。そのあいだに、デイヴィッドは海辺のカントリーハウスと荘園で自由を満喫し、そして――さらに大切なことだが――ほかの子たちと遊ぶことができる。何人かは同じ年ごろの少年だ。大人の男性の手本としては、崇拝するジョシュアがいる。

そのすべてをデイヴィッドからとりあげることはできない。でも、同時に、デイヴィッドを一人で行かせることもできない。

「わかりました」アンはいった。「一緒にまいります。ありがとうございます」

「よかった！」ジョシュアは彼女に満面の笑みを向け、両手をこすりあわせた。

それからしばらくのち、歩いて学校にもどりながら、アンは承諾してよかったのかどうか悩みつづけていた。だが、決心をひるがえしたくとも手遅れだった。アンが子供部屋で下の女の子の相手をしているあいだに、ジョシュアがデイヴィッドとダニエルに話してしまったのだ。デイヴィッドはいま、アンの横を幼児みたいにスキップしながら、興奮した大声でしゃべりちらし、すれちがう人々からチラチラ視線を向けられていた。

「でね、ボートに乗ったり、泳いだり、岩登りしたりするんだよ」デイヴィッドがいっていた。「それから、砂の砦《とりで》を作って、クリケットやって、木登りして、海賊ごっこをするんだ。デイヴィーもくるんだって――あの子のこと、覚えてる、ママ？　何年か前に会ったよね。バースにくる前に。それから、アレグザンダーって男の子もくるみたい。それから、女の子も何人か――ぼく、ベッキーのこと覚えてるよ。ママは？　でね、小さな子たちには遊んでくれる相手が必要だから、ぼく、喜んで遊び相手になろうと思ってるんだ。ダニエルってかわいいね――ぼくのこと、すごい英雄みたいに思って、ついてくるんだもん。ぼくのいとこだっていうの、ほんと？」

「いいえ」アンはあわてていった。「でも、ダニエルから見れば、あなたはたしかに英雄だわ、デイヴィッド。あなたのほうがお兄ちゃん。もう九歳なんだもの」

「ぜったい楽しいよ」サットン通りの角を曲がってダニエル通りに入り、学校の扉をノックしながら、デイヴィッドはいった。「ぼくがみんなに話すからね、ママ」

そして、初老の校務員をつかまえて、デイヴィッドが話を始めると、校務員はここぞというところで驚きの叫び声をあげてくれた。

「ええ、そうなの」息子の頭上で校務員と視線を合わせて、アンはいった。「夏のあいだ、ウェールズへ行くことになったのよ、キーブルさん」

デイヴィッドはすでに、寮母にうれしいニュースを伝えるために、階段をのぼりはじめていた。


「何をするんですって?」一時間後、生徒の列が学校にもどり、おしゃべり好きな少女たちにもどったあとで――みんな、階段でアンとすれちがうさいに、「先生、せっかくのご馳走を逃しちゃったのね。〈サリー・ラン〉のパンはめちゃめちゃ大きかったから、あたしたち、明日の朝までもう何も食べられそうにないです」と声をかけてきた――クローディア・マーティンが尋ねた。

クローディアの質問は、もちろん、言葉のあやにすぎなかった。耳がきこえないわけはないし、彼女の私室には、ほかにスザンナ一人しかいないのだから。スザンナは暖炉のそばの椅子にぐったりすわりこんで、夏の炎暑のなかを長時間歩いた疲れをとろうとしていた。脱いだばかりの麦わらのボンネットで顔をパタパタあおいでいた。

クローディアのほうは、若い教師とは対照的に、午後じゅうこの部屋ですごしていたかのように涼しげだった。茶色い髪をうなじできっちりまとめてシニョンにしている。

「ウェールズへ一カ月行ってこようと思うんです。わたしが留守にしてもかまわなければ、クローディア」アンはくりかえした。「美しいところだときいています。海辺の空気を吸って、年上や年下の子供たちと、それも女の子だけじゃなくて男の子と遊ぶことができれば、デイヴィッドにとっていいことでしょうし」

「あら、その子たち、ベドウィン家の人間でしょ?」ベドウィンという苗字を口にするクローディアの様子ときたら、まるで忌まわしい害獣の話をしているみたいだった。「しかも、屋敷の主人はビューカッスル公爵なんでしょ?」

「わたしが公爵さまにお目にかかることは、たぶんないと思います」アンはいった。「ベドウィン家の方々と親しくすることもないでしょうし。子供がずいぶんいるようです。わたし、子供部屋と勉強部屋でその子たちの世話に専念しようと思っています」

「あら」クローディアは辛辣《しんらつ》にいった。「乳母や家庭教師がぞろぞろついてきて、屋敷にあふれかえるに決まってるでしょ」

「だったら、一人ぐらいふえても同じことだわ。ことわりきれなかったんです、クローディア。ジョシュアにはお世話になりっぱなしだし、デイヴィッドは彼のことが大好きだし」

「あの男性には心の底から同情するわ」暖炉をはさんでスザンナと反対側の椅子にふたたび

腰をおろしながら、ミス・マーティンはいった。「あんな女と夫婦でいるなんて、とんでもない試練にちがいない」

「おまけに、ビューカッスル公爵が義理のお兄さんですものね」スザンナがそういいながら、いたずらっぽく目を輝かせてアンに笑いかけた。クローディアが見ていないときに、片目をつぶってみせさえした。「公爵に妻子がいるのは、かえすがえすも残念だわ。あなたにくっついてって売り込みたかったのに。どこかの公爵と結婚することが、いまもあたしの人生の第一目標なんだもの」

クローディアは鼻を鳴らし——それから、クスッと笑った。

「あなたたち二人のおかげで」といった。「わたしは毎晩、いらいらしながら白髪を抜きつづけることになりそう。四十歳にもならないうちにハゲになってしまうわ」

「うらやましいわ、アン」ボンネットを置き、椅子の上でまっすぐにすわりなおして、スザンナがいった。「ウェールズの海辺で一カ月もすごせるなんて、すごく魅力的じゃない。デイヴィッドを連れてくのをためらってるのなら、あたしが連れていく。デイヴィッドとあたし、大の仲良しだもん」

スザンナの目はいまもきらめいていたが、アンはその奥に悲しみを見てとった。二十二歳、小柄で、鳶色《とびいろ》の髪と緑色の目をしたスザンナは、息を呑むほど美しい。十二歳のとき、もっと年上だと偽って、ロンドンで貴婦人のメイドになろうとしたのだが、働き口が見つからず、そのあとで慈善事業の生徒としてこの学校にやってきた。六年後、教員にならないかとミス・マーティンに勧められて学校に残り、生徒から教師への転身を驚くほどうまくなしとげた。十二歳までのスザンナがどんな人生を送ってきたのか、アンはほとんど知らないが、天涯孤独の身であることだけは知っている。通りへ出れば、かならず男たちがふり返るのに、恋人ができたことは一度もない。明るい性格ではあるが、親しい友達にしか感じとれない憂いがつきまとっている。

「本気でいってるの、アン？」クローディアがきいた。「夏のあいだ、ここを留守にしたいだなんて。ううん、もちろん、本気に決まってる。まさに正しい判断だわ。デイヴィッドには遊び友達が必要ですもの。とくに、男の子が。これこそ願ってもないチャンス。じゃ、わたしの祝福を受けてお出かけなさい――いえ、べつに必要ないでしょうけど――そして、疫病を避けるがごとく、ベドウィン家の連中を避けるんですよ」

「厳粛に誓います」アンは右手をあげた。「もっとも、向こうがわたしを避ける可能性のほうが高そうですけど」

2

怖気《おじけ》づいたわけではないが、シドナム・バトラーはやはりグランドゥール館を出て、木立のなかの小さな開墾地にある白壁と藁葺《わらぶ》き屋根のコテージへ移ることにした。コテージからそう遠くないところに海辺の崖があり、反対側には庭園の門と車寄せがある。

シドナムはこの五年間、荘園の管理人として、屋敷にある広々とした彼専用の部屋で暮らしてきた。屋敷の主であるビューカッスル公爵の滞在中も、つねにそこで寝起きしている。ビューカッスルはつねに一人でやってくるし、二、三週間以上滞在することはけっしてない。滞在中は、儀礼的に近隣の人々を訪問したり招いたりするが、あとはほとんど一人です ごす。管理人と会う時間はかなり多い。荘園の運営について報告を受けるのが公爵の訪問の主な目的だし、夕食の相手がほかにいないときは、たいていシドナムを呼ぶことにしているからだ。

ビューカッスルは厳格な主人だが、彼が訪ねてきても、気詰まりな雰囲気になることはけっしてない。シドナムは誠実な管理人で、ビューカッスルがウェールズに所有する荘園をわがもののように誇りを持って運営しているので、不愉快な事態を招きそうな要素はどこにもなかった。

だが、今回の訪問は、シドナムが慣れ親しんできたものとは大いに異なっていた。今回、ビューカッスルは妻を連れてやってくる。シドナムはビューカッスル公爵夫人とはまだ面識がない。リンジー館の近くの荘園に住んでいる彼の兄、キット（レイヴンズバーグ子爵）の話によると、とても気立てのいい女性で、永遠の氷山のごときビューカッスルのような男でも笑わせてしまうことで有名だという。また、シドナムの兄嫁にあたる子爵夫人ローレンの話だと、公爵夫人は人づきあいがよくて、人々はみな彼女に賛辞を贈り、ビューカッスル自身もその一人だという——公爵のそんな姿を見ると、誰もが自分の目を疑ってしまうのだが。ローレンはさらに、公爵は夫人にベタ惚《ぼ》れといってもいいほどだとつけくわえた。

シドナムは知らない人間がどうも苦手で、同じ屋根の下で寝起きするとなると、よけいいやだった。夫人同伴の訪問という事態をようやく受け入れる気になったそのとき、公爵の秘書から短い手紙が届き、ベドウィン家のほかの面々も妻子を連れてくることになり、海辺に一カ月ほど滞在する予定であることを告げられたのだった。

シドナムはベドウィン家の子供たちと一緒に大きくなった。年齢はまちまちだが、みんなが遊び友達だった——騒々しいベドウィン家の少年たち、女の子扱いされるのをいやがっていた勝気なフライヤ、そして、最年少で、しかも女の子だったにもかかわらず、いつもちゃっかりと遊びに加わっていた幼いモーガン。それから、バトラー家のキットと、シドナムと、いまは亡き長兄のジェローム。要するに、ウルフリック（現在のビューカッスル公爵）を除く全員だ。

だから、シドナムはみんながグランドゥール館にくることを恐れているわけではなかった。ただ、いささか気が重かった。全員がすでに結婚している。そのうち何人かの配偶者には会ったことがある――レディ・エイダン、レディ・ラナルフ、ホールミア侯爵――気立てのいい人ばかりだ。そして、いまでは全員に子供がいる。もし、シドナムにわずかでも恐れる気持ちがあるとすれば、原因はそれだろう。幼い子供ばかりだから、何も理解できずに恐怖の目で彼を見るに決まっている。

また、こうしたすべてのことをべつにしても、いくら屋敷が広いとはいえ、おおぜいが出入りしてにぎやかに暮らしはじめれば、気の休まるときがなくなってしまうのも事実だ。シドナムは世捨て人ではない。ビューカッスルの荘園の管理人として、仕事であらゆる種類の人々に会わなくてはならない。また、農作業や、土地に関係したほかの事柄や、自分たちが暮らす共同社会に関して相談に乗ってもらいたがっている近所の人々もいる。また、個人的な友達も何人かいる――とくに仲のいいのが、ウェールズ人の牧師と学校教師。ただし、彼のつきあう相手はほとんどが男性だ。彼との交際を深めたいというそぶりを見せた女性が、この五年のあいだに一人か二人いた。彼がレッドフィールド伯爵の息子であり、働いて生活費を稼いではいるが、充分暮らしていけるだけの財産を持っていることは、秘密でもなんでもない。だが、彼のほうには、女とつきあう気はなかった。女たちが肉体的な嫌悪感を隠そうとするのは彼の社会的地位と財産のおかげであることを、つねに痛いほど意識していた。嫌悪感を完全に隠しおおせた女は一人もいなかった。

シドナムはこの土地にきて以来、半分隠遁《いんとん》したような静かな日々を送ることに満足していた。ウェールズ南西部のこの場所が好きだった。多くの面でイングランド風になっているが、それでも、英語という言語のなかに歌うようなアクセントが混じるのを、そして、しばしばウェールズ語が使われるのを耳にし、海や山への愛を意識し、歌への愛をききとり、豊かな発展をとげた古い文化を示す深い霊的なものを感じることができる。

ここで残りの人生をすごしたいと思っていた。グランドゥール館とはべつに、屋敷と地所がもうひとつある——名前はティー・グウィン、〝白い家〟という意味だ。もっとも、じっさいには、灰色の石で造られた荘園館なのだが。グランドゥール館の敷地と境を接している。先代の公爵が購入したもので、現在はビューカッスルの所有となっている。限嗣《げんし》相続財産ではない。ビューカッスルを説得してこの屋敷を売ってもらうことが、シドナムの夢であり、希望であった。そうすれば自分の家と土地を持つことができる。ただし、ビューカッスルが望むなら、グランドゥールの管理人をつづけてもいいと思っている。

人気《ひとけ》のない広々とした静かな屋敷になじんできたシドナムにとって、グランドゥール館に大人数が集まる騒がしさに直面しなくてはならないのは、耐えがたいことだった。そこで、とりあえず屋敷がふたたびからっぽになるまで、コテージのほうへ移ることにしたのだった。

本音をいうなら、屋敷におおぜいで押しかけてこられるのは迷惑だった。もっとも、屋敷の主が妻と兄弟姉妹を――さらにそれ以外の招待客も――連れて自分の家にやってくるのだから、異議を唱える権利などないことは、シドナムにもわかっているのだが。

夏を楽しみに待つ気にはなれなかった。

できるだけみんなから離れて暮らすつもりだった。すくなくとも、子供たちの目につかない場所にひっこんでいるつもりだった。子供たちを怖がらせたくなかった。この世でもっともつらいのは、子供たちの顔に恐怖と嫌悪と戦慄《せんりつ》と狼狽を見てとり、その原因が自分の容貌にあるのを悟るということだ。

一カ月――ビューカッスルの秘書の手紙にはそう書いてあった。額面どおりにとるなら、三十一日間。永遠にも思われる。

だが、なんとかして生き延びよう。

もっともっとひどい状況のなかを生き延びてきた。そうしなければ――つまり、生き延びなければ――よかったと思った日が、そして夜が、何度もあった。

だが、生き延びた。

そして、ここ何年かは、そのことに感謝するようになっていた。

アンはウェールズにあるビューカッスル公爵の屋敷までの長い距離を、子供たちや乳母と一緒に二台目の馬車に乗っていくといいはった。馬車が休憩地点に寄るたびに、ジョシュアとレディ・ホールミアから、二人の馬車に移ってくるよう強くいわれたのだが。アンは自分のことを客ではなく召使いだと思いたかった。公爵夫妻はアンがくることを知りもしない！

そう考えるたびに、パニックをおこしそうになった。わたしが一カ月間ずっと子供部屋に閉じこもったとしても、公爵夫妻は強い不快の念を示すにちがいない。

乳母が乗物酔いに苦しんでいたので、アンが子供たちの遊び相手を買って出た。牛を——ときには羊を——数えるダニエルの手助けをデイヴィッドにまかせて、自分は幼いエミリーを膝に抱き、手を叩いたり歌ったりして遊ばせた。エミリーは低い陽気な声でキャーキャー笑う子で、その声をきくと心がなごんだ。

ウェールズ南部のなだらかに起伏する丘陵や、生垣に縁どられた畑がパッチワーク模様を織りなす豊かな緑の田園地帯や、左手にときおり見えるブリストル湾の海を目にして、アンは家から遠く離れてしまったことを実感し、やはりこなければよかった、デイヴィッド一人をジョシュアと行かせればよかった、と何度も後悔した。

しかし、心変わりをするにはもう遅すぎた。

三日目の午後、ようやく目的地に到着し、コーンウォールを連想させる風景の広がった海岸沿いの道路を離れて、ひらいた大きな門を通り抜け、茂みや木立のあいだに延びる車寄せを進んでいくと、やがて、なだらかな起伏を描く芝生が左右に見えてきた。門を入ってすぐの木立のあいだに、藁葺き屋根の愛らしいコテージがちらっと姿を見せ、アンは一カ月のあいだ屋敷から離れて、あそこに隠れてすごせればどんなにいいだろうとせつなく考えた。

「わあ、見て、ママ」ダニエルと乳母に抱かれたエミリーが向かいの座席で眠っているあいだおとなしくすわっていたデイヴィッドが、突然アンの袖《そで》をひっぱって、前方を指さした。頰を馬車の窓ガラスに押しつけている。

アンも首を傾けてそちらを見た。屋敷が見えてきた。その光景は胸の不安を静める役には立たなかった。グランドゥール館というのは、灰色のレンガ造りの広大なパラディオ様式の屋敷だった。堂々としていて、しかも美しい。だけど――アンは思った――ここは公爵の本宅じゃないのよね。年に一週間か二週間滞在するだけ。ジョシュアがそういっていた。

世の中にはどうしてそんなお金持ちがいるの？

「待ちきれない」目を皿のようにし、頰を紅潮させて、デイヴィッドがいった。「ほかの子たち、もうきてるの？」

もちろん、アンのような心細さなど、デイヴィッドは感じていなかった。彼の心にあったのは、ほかの子たち――男の子たち――がきていて、一カ月のあいだ一緒に遊べるという、わくわくする思いだった。

幸いにも、三台の馬車が正面玄関の手前にある石畳のテラスの前で停まって乗客と荷物をおろしはじめたとたん、一行を出迎えるために屋敷のなかからおおぜいの人々が出てきたので、一行の到着はその陽気な混乱の渦に巻きこまれた。人々のなかに、いかにも軍人らしい物腰のエイダン・ベドウィン卿の日に焼けた長身の姿と、浅黒い肌をした愛らしいレディ・

モーガン・ベドウィン――結婚後の苗字が思いだせない――の姿があった。この二人とは、四年前にコーンウォールで会っている。

デイヴィッドは、目ざめたばかりで頬がつやつやのダニエルに押されて前へ飛びだし、活気に満ちた騒々しい歓迎の渦に入りこんだ――人がこの場面を見たら、一週間ぶりではなく、十年ぶりの再会だと思ったことだろう。アンはデイヴィッドをその場に残して、乳母と一緒に横のドアから小走りで屋敷に入った。

客とまちがえられてはたまらない。

しかし、ほどなくわかったのだが、気づかれずにいるのは無理だった。子供部屋にしばらくいたあとで、デイヴィーとアレグザンダーと三人で使うことになっている広い部屋にデイヴィッドが荷物を置くのを見届け、息子がほかの子供たちにひきあわされて、生まれたときからの友達みたいにみんなの輪のなかに入り、興奮で顔を輝かせる姿を見守っていたとき、家政婦がアンを捜してやってきた。

ここならデイヴィッドを安心して置いておける――アンはそう思いながら、家政婦に案内されてひとつ下の階へ行き、かなり広い寝室に通された。快適な家具がそろえられ、かわいい花柄のカーテンがかかり、ベッドの天蓋《てんがい》から布が垂れていて、遠くに海が見えた。

召使いの部屋ではなく、明らかに客用の寝室であることに気づいて、アンは困惑した。到着する前に、ジョシュアとレディ・ホールミアに対して自分の立場を明確にしておくべきだった。召使いだと思ってほしい、それが無理なら、せめて乳母や家庭教師（家庭教師も同行していたのなら）と同じに扱ってほしい、とはっきり伝えておくべきだった。だが、わざわざいう必要もあるまいと思っていた。

「ご迷惑をおかけしてなければいいんですけど」謝罪の笑みを浮かべて、アンはいった。

「こんなふうに勝手に押しかけてきたりして」

「あら、喜んでたんですよ。公爵さまと奥方さまがお客さまをたくさん連れておいでになると、バトラーさんからきかされて」家政婦は強いウェールズ訛《なま》りでアンにいった。「ここにお客さまをお迎えすることは、めったにありませんのでね。バトラーさんが臨時の手伝いを雇ってくれたんで、お客さまが何人いらしても大丈夫なように、お屋敷じゅうの部屋を掃除しておきました。ですから、迷惑だなんてとんでもない。わたくし、パリーと申します」

「ありがとう、パリーさん。すばらしい景色ですこと」

「そうでございましょ」家政婦も同意した。「でも、裏のお部屋からの景色もこれに負けないぐらいみごとですよ。お荷物を整理して、ひと休みなさりたいでしょう。メイドを呼んで荷ほどきを手伝わせましょう」

「いいえ、いいのよ」アンはあわててことわった。とんでもない。客でもないのに。メイドの世話を受ける資格はない。「でも、ひと休みという考えはとっても魅力的ね」

「このあたりの道路ときたら、ひどいもんでしょう？」パリー夫人がいった。「通行料の取立て所がたくさんあって、道路の修理代ぐらい楽に出せるはずなのに、お金はどこへ消えてしまうんでしょうね。それはそうと、お身体が粉々になるほど馬車に揺られたことでしょう。お一人にしてさしあげますね。でも、あとで階下の客間においでになりたければ、ここにある呼鈴の紐《ひも》をひいてくださいまし。誰かがきてご案内いたします。晩餐《ばんさん》の前には、着替えのお手伝いとダイニング・ルームへのご案内のために、メイドを差し向けます。ほかにご用はございますか」

「いいえ、何もないわ」アンはふたたびパリー夫人に笑顔を見せた。「ありがとう」

階下の客間？　ダイニング・ルームで晩餐？

ジョシュアったら、わたしのことをどう伝えたの？　まさか、わたしがベドウィン家の人たちと親しくつきあい、ビューカッスル公爵夫妻に膝をかがめてお辞儀をするなんて思ってないでしょうね。そんなことないわよね。でも、ジョシュアは何をするかわからない人。わたしのことで——そして、デイヴィッドのことで、いっぷう変わった彼なりの考えを持っている。

アンは質素なトランクから荷物を出して、ひとつひとつ片づけていった。寝室のとなりには化粧室までついていた。片づけが終わるとベッドに横になったが、疲れたからというよりほかに何をすればいいのかわからなかったからだ。

許されることなら、いまから一カ月間、この部屋に喜んで閉じこもっていたかった。だが——悲しいことに——バースに残ればよかったとふたたび思っても、すでに手遅れだった。

くよくよ考えているうちに眠りこんだ。

どれだけ時間がたったのかわからないが、ふと目をさまし、あわててベッドから飛びおりて顔と手を洗った。約束どおりメイドがやってきたら、晩餐の席におりていかざるをえない。そんなことはできない。途中の宿屋で昼食をとったあとは何も食べていないので、お腹がすいてたまらないが、公爵やその一族と一緒に食事をするより、一人で空腹をかかえているほうがまだましだ。

ジョシュアったら、わたしがみんなから——対等な社会的地位にある者として——喜んで迎えてもらえるなんて、本気で考えてたの？

野外用の靴をはき、海風が冷たいといけないのでマントをはおった。もちろん、一カ月にわたって食事時間を避けるわけにはいかないが、明日になれば気持ちも落ち着いて、部屋や食事を変更してくれるよう家政婦に頼む度胸も生まれるだろう。

裏階段をおり、先ほど屋敷に入るのに使った横のドアからそっと外に出た。車寄せをせかせかと歩いていった。どこへ行くつもりなのか、自分でもわからないが、屋敷が見えなくなるぐらい遠く離れることさえできれば、行き先はどこでもよかった。藁葺き屋根のコテージを通りすぎたとき、庭園の外へ出るべきか、もどるべきかで迷う前に、右のほうに踏みならされた小道があるのに気づいた。この道をたどっていけば、寝室の窓から見えた海に出られるにちがいない。

向きを変えて小道をたどると、やがて、予想していたとおり、下のほうに海が広がる高い崖のてっぺんに出た。小道の両側は草むらになっていて、ハリエニシダの茂みがいくつかあり、ほかにも野の花が咲いていた。

またしてもコーンウォールのことが思いだされた。崖の下には金色の砂浜が広がっていた。

小道を離れて、風のあたらない崖のくぼみに入りこみ、最初は立ったままでいたが、やがて腰をおろした。海を見渡せる場所で、夕刻の光のなかで海は凪《な》ぎ、透明といってもいいほどだった。ただし、岸に近いところは波立っていて、浜に打ち寄せる前に砕けて白い泡になることもあった。浜辺そのものは金色の弧を描いて長く延びていた。左のほうを見ると、陸地が外側へカーブを描きながら海に向かって延び、先端にゴツゴツした大きな岩がいくつもあって、そこが浜辺の終わりになっていた。右のほうは、砂浜が二、三マイル延びていて、その先はてっぺんに草の生えた岩場にさえぎられている。岩場は海のほうへつきだしていて、まるで、背中にトゲの生えた竜が頭をもたげ、深海に向かって挑戦の雄叫びをあげているかのようだ。

わたしはいまもコーンウォールをなつかしんでいる――アンは気づいた。あそこで送った歳月には、耐えなくてはならない苦しみがたくさんあったが、それでもやはり、あの土地が大好きだった。

海にはつねに、彼女の魂に訴えかけてくる何かがあった。大いなる摂理のなかでは自分がちっぽけな存在であることを痛感させられる。だが、ふしぎなことに、卑屈になることはなく、むしろ心が慰められた。自分は何か大きなものの一部であり、自分の小さな悩みや心配ごとなどどうでもいい、という気持ちになれた。海の近くにいると、すべてこれでよかったんだ、これからもきっとうまくいく、と信じることができる。

コーンウォールで満ち足りた一生を送ることができただろう。もし……。

そう、もし……。

いいえ、コーンウォールで一生を送ることはなかっただろう。ヘンリー・アーノルドと結婚するつもりでいたし、彼の家はアンが生まれ育ったグロースター州にあったのだから。

アンはその場に長いあいだすわっていたが、やがて、夕暮れの海辺でずいぶん時間がたったことに気づいた。突然、マントを着てきてよかったと思った。暖かな一日だったが、黄昏《たそがれ》が近づいていて、海から吹いてくる風は肌に冷たく、かすかな湿気を含んでいた。潮の香りと味がした。

立ちあがり、岩場をよじのぼって崖の上の小道にもどり、ゆっくりと散歩をつづけた。そよ風に向かって顔をあげ、すこしずつ暗くなっていく空の美しさと、それに劣らぬ海のすばらしさに交互に視線を向けながら。海は空の光を吸収しているかのようで、空が暗さを増すにつれて銀色に変わっていった――宇宙の小さな神秘のひとつだ。

もしわたしが画家なら――足を止め、薄くひらいた目であたりを見渡しながら、アンは思った――暗くなる前のこの光の印象を絵筆でとらえるでしょうに。しかし、絵は昔からあまり得意ではなかった。いつもいっているように、脳から腕の先まで行く前に、美的な光景が消えてしまうのだ。それに、あたりに漂う潮の香や、そよ風のやさしい感触や、断崖にしがみつき、ときたま頭上を旋回するカモメの鋭い鳴き声を、カンバスにとらえることはできない。

歩きつづけるうちに、夕方の空気を吸いに外に出ているのが自分一人ではないことを知った。前方の小さな岬に男性が立っていた。彼女の存在に気づかぬまま、海をみつめている。

アンは向こうがまったく気づかないことを祈ってひきかえすべきか、それとも、短く挨拶し、ひきとめられないことを願いつつ急いで横を通りすぎるべきか、決心がつかないまま、その場に立ちつくした。

前に会ったことのある相手ではなさそうだ。エイダン・ベドウィン卿でもないし、アレイン卿でもない。でも、たぶん、ベドウィン家の一人か、もしくは、その配偶者だろう。なんといっても、ここは公爵の所有地なのだから。だが、手入れの行き届いた庭園から遠く離れたこの一帯なら、よそ者が入りこむのを公爵が黙認している可能性もある。

薄暗くなりかけたばかりだった。光が残っているので、男の姿を見ることができた。見たとたん、アンはひきかえすことも進むこともできなくなった。代わりに、その場に立って呆然とみつめるだけだった。

男は夜のための装いではなかった。乗馬ズボンにトップブーツ、体にぴったりした上着とチョッキ、そして、白いシャツとクラヴァット。帽子はなし。背の高い男で、肩幅が広く、ウェストと尻がほっそりしていて、筋肉の発達した脚をしている。黒っぽい短い髪がそよ風に乱されていた。

しかし、アンを立ちすくませたのは横から見た彼の顔だった。彫刻したようなみごとな輪郭で、息を呑むほどハンサムだった。〝美しい〟という言葉が心に浮かんだ。男性を描写するには不適切な言葉だが。詩人——もしくは、詩神——といってもいいほどだ。

これまで出会ったなかで最高に美しい男性といってもいいだろう。

彼の顔を正面から見てみたくてうずうずしたが、向こうは彼女の存在にまったく気づいていない様子だった。自分だけの世界に浸っているかに見える。その世界で彼は静止し、アンがみつめるうちに、徐々に濃くなっていく夕闇が彼のシルエットをくっきりと浮かびあがらせた。

アンのなかで何かがうごめいた。何年ものあいだ眠っていたものが。そして、眠ったままでいなくてはならないものが。いやだわ、知らない人なのに。そして、わたしの推測が正しければ、奥さまがいるに決まってるのに。ロマンスを夢見る相手にはなりえない。

こっそりひきかえすことはできない——アンは決心した。向こうはたぶんわたしに気づいて、妙な行動だと思うだろう。下手をすれば、無作法だと思われるかもしれない。このまま歩きつづけるしかない。「こんばんは」と愛想よく挨拶すれば、自己紹介する必要もなく、無理に会話をしながら二人で屋敷まで歩いてもどる気まずさを味わうこともなく、横を通りすぎることができるはず。

ひょっとして、レディ・モーガンのご主人。それとも、ラナルフ・ベドウィン卿？　それとも、ビューカッスル公爵その人？　ああ、どうか、どうか、公爵じゃありませんように。でも、公爵はハンサムな男性だって噂だし。

ひきかえせばよかったと後悔した。しかし、もう手遅れだった。男が立っている岬の背後に延びる小道を歩きつづけて、男との距離を縮めていったとき、向こうが彼女に気づいたらしく、ハッとふり向いた。

アンはその場で足を止めた。彼から二十フィートも離れていなかった。

そして、ふたたび立ちすくんだ——だが、今度は恐怖のせいだった。からっぽの右袖が脇にピンで留めてあった。だが、恐怖を招いたのは彼の顔の右側だった。夕暮れの光のいたずらだったのかもしれないが、そこには何も存在しないように思われた。もっとも、あとで、黒い眼帯が見えたことを思いだしたが。

顔が半分しかない男だった。左側は息を呑むほど美しいのに、それと釣合いをとるべき右側がないため、美しさがかえって不気味に見える。〝美女と野獣〟がひとつになったようだ。そして、突然、背の高さも、たくましい腿《もも》も、広い肩も、魅惑から恐怖へ変わってしまった。そして、同じく突然、暗くなっていく空の美しさも、安らぎに満ちた孤独も、危険と未知の災いへの恐怖でいっぱいになった。

向こうが一歩近づいたように見えた。アンは男がさらに一歩近づくかどうかを見届けるまで待ちはしなかった。向きを変えて走りだし、小道と崖のてっぺんから離れ、ハリエニシダにひっかかったマントをひっぱったり、刺に脚をひっかかれて鋭い痛みを覚えたりしながら、でこぼこの地面をこけつまろびつ走っていった。ストッキングがきっとズタズタだわ——心の一部が彼女に告げた。

庭園をふちどる木立は暗くて不気味だったが、アンは自分のいる場所がばれてしまいそうな騒々しい音を立てながら、木々のあいだを駆け抜けた。芝生にたどり着くと、そこは気が遠くなるほど広々としていて、姿を隠せる場所はどこにもなさそうだったが、とにかく、芝生の向こうまで全速力で走り、男に追いつかれる前に、悲鳴が屋敷に届く場所まで行くしかなかった。

しかし、最初のパニックの波がひいて、こわごわふり向いてみると、男は追ってきておらず、そこにいるのはアン一人だった。それに気づくと同時に、いくらか理性がもどってきた。

そして、深い羞恥心《しゅうち》も。

わたしは怪物の存在を信じるような子供だったの？

あの人はただの男性、きっとひどい事故にあったんだわ。わたしと同じように、外の空気を吸いに出ていた。誰の邪魔をするわけでもなく、自分だけの孤独を楽しみ、黙って景色をながめていた。たぶん、わたしと同じように、その美しさにうっとりしながら。脅しに近い言動はまったくなかった。ただ、わたしに一歩近づいただけ。こんばんはと挨拶して、そのまま歩き去るつもりだったにちがいない。

ひどく恥ずかしくなった。

男から逃げだしたのは、向こうが不自由な身体だったから。外見だけで、怪物だと思ってしまった。弱者や障害者にやさしいという評判をとっているくせに。家庭教師になったとき、社会が作りあげた正常の定義からすれば正常とはいえない子供をひきうけることにした。ブルー・ムーアを心から愛していた。いまもそれは変わらない。そして、一人一人の人間が貴重な存在で、敬意と親切と愛情を受けるに値するという自分の信念を、折に触れて学校の生徒とデイヴィッドに伝えてきた。

ところが、男の顔の左側は神のようなのに、右側にひどい損傷を受けているというだけで、狼狽して逃げだしてしまった。男には右腕がなかった。そんな男にいったい何をされると思ったの？

空腹と恥ずかしさのあまり、軽いめまいを覚えた。しかし、目を閉じて海の空気を思いきり吸いこんでから、目をひらき、いまきた道をわざわざひきかえした。

すでにすっかり暗くなっている。知らない土地でこんなふうに歩きまわるのはやめるべきだ。しかし、ひきかえして、償えるものなら償いたかった。

さっきの小道に出た。現在位置をたしかめようとして周囲を見まわしながら、アンは思った——たしかに岬がある。左右に目をやり、そう、あの男性が立っていたのはあそこにちがいないと確信した。

しかし、男はもういなかった。

どこを見ても男の姿はなかった。

アンはうなだれて、その場にしばらく立ちつくした。こんばんはといって、愛想よく会釈すればよかったのに。向こうもたぶん、同じ挨拶を返してくれただろう。そして、わたしは自分の行動に満足して散歩をつづけ、何が男の美しさを破壊したにせよ、その事実に胸を痛めたことだろう。

なのに、男からあとずさり、恐怖と嫌悪のなかで逃げだしてしまった。向こうはどう思っただろう。ほかの人からもそんな仕打ちをされているのでは？　気の毒に。すくなくとも、わたしの傷は内面的なものばかり。人々が――とくに、賞賛と好奇心もあらわにわたしを見ていた男たちが――わたしの本当の姿を、つまり未婚の母であることを知ったとたん、離れていくことはある。でも、すくなくとも、街の通りや崖の小道を歩いているときに、人が恐怖に駆られて逃げていくことはない。

どうしてあんなことをしてしまったの？　どうして？　屋敷から臆病にも抜けだしたために、わたしはいまこうして当然の罰を受けている。こちらの心を傷つけたわけでも、危害を加えたわけでもない人に、無作法なまねをしてしまった――いえ、もっと悪い！

あれはたぶん――ふたたび屋敷にひきかえしながら、アンは思った――このあたりを通りかかったよその人、公爵の所有地にたまたま入りこんだだけの人だわ。二度と会うこともないでしょう。

そう願っている自分を、アンは軽蔑《けいべつ》した。

わたしにふさわしい罰ね、空腹のままベッドに入らなきゃいけないのは――屋敷が近くなり、からっぽの胃袋がグーッと鳴るのをききながら、アンは思った。

夜になっても、障害をかかえた男の姿を頭から払いのけることができなかった。ふっと目ざめては、男のことを考えつづけた。

気の毒な人。苦痛と障害をあんなふうにかかえこみ、みんなに見られながら生きていくのは、どういう気持ちかしら。ああ、なんて孤独なの！

気の毒な人。

でも、ほんとに美しい！　あんな完璧な肉体があそこまで残酷に破壊されるなんて！


シドナムは女が走り去るのをみつめた。一瞬、あとを追おうかと思った。だが、そんなことをすれば、よけい怖がらせるだけだ。

どうにも好感の持てない女だった。

何者なんだ？　もしかして、レディ・アレイン・ベドウィン？　ベドウィン家の妻たちのなかで、まだ会ったことのないのは彼女だけだ。しかし、なぜまた一人でこんなところにいたのだろう。なぜアレインが一緒ではなかったのか。ビューカッスルの管理人をしている怪物のことを、誰も彼女に警告してやらなかったのだろうか。

シドナムは別世界にいた。というより、この世界にいたのだが、太陽が西の水平線に沈んだばかりで本格的な夜はまだ訪れていないひとときのなかで、一日の終わりを告げる壮麗な瞬間にわれを忘れていたのだった。グレイと銀色の威厳に満ちた風景だった。絵筆をしっかり握りしめ、自分が目にし心に感じたままの景色をカンバスに再現したくて右手がうずうずしたが、指を曲げようとする衝動を抑えこんだ。それをした瞬間、自分の脇にあるのは幻の手にすぎず、右目がなくなったのと同じく右の手も腕ももう存在しないことを、あらためて認めなくてはならないのがわかっていたからだ。それに、絵筆もない。風景を見る目もゆがんでいて、視野の幅はもちろんのこと、奥行きと遠近感に関しても、画家としての彼の魂に正確な情報を伝えるのはもはや不可能であることを、自分に対して認めるしかなかった。しかし、いまだそれを認める瞬間には至っていなかった。美しさにわれを忘れていた。幸福の幻想に身を委ねていた。

そのとき、何かがきっかけで——目の端に何かがちらっと動いたのだ。たぶん、人の足だったのだろう——ハッとわれに返り、自分が一人ではないことを知った。

ふり向くと、そこに彼女がいた。

いや、ふり向いたすぐあとで、われに返ったのかもしれない。

走り去る前の一瞬、小道に立った女は美しい夕暮れの一部のように見えた。背が高く、すらりと細くて、マントがそよ風にはためき、その下からもうすこし明るい色のドレスがのぞいていた。ボンネットはかぶっていなかった。髪の色は淡く、たぶん金色だろう。顔は卵形で、目が青く、可憐な感じ。もっとも、正直にいうと、夕闇のなかで二十フィートの距離を置いて片目で見ただけだから、自分の観察が正確かどうか自信はなかった。目の色に関してはとくにそうだった。

まるで美の化身のようだった。一瞬、彼は考えた……。

はて、何を考えたのだったか。

女が夕暮れから抜けだして彼の夢のなかに入ってきたとか？　ハッとわれに返る前にそう考えたのかもしれないと思うと、それだけで気恥ずかしくなった。

しかし、何もいわずに女のほうへ一歩近づいたことはたしかだ。そして、女はそこに立ったまま、彼を待っているかに見えた。

つぎの瞬間、彼は女の目に恐怖を見てとった。そして、女は向きを変え、あわてふためいて逃げだした。

自分は何を期待していたのか？　女が笑みを浮かべ、自分に向かって腕を広げるとでも？　女のうしろ姿をみつめ、シドナム・バトラーにもどった。右目が失われ、顔の右半分が紫色の古い火傷《やけど》跡におおわれ、そこと、腕のない右半身から膝までの神経がほとんど麻痺《まひ》している、ぞっとするほど醜怪な男に。

自分はシドナム・バトラー。二度と絵を描くことができず、夕暮れのなかから美しい姿で近づいてくる女などいるはずのない男。

だが、自己憐憫《れんびん》はとっくの昔に捨て去った。いまのように防御の壁が低くなり、自己憐憫が迷惑なしつこい客のごとく忍び寄ってきて彼を苦しめる瞬間に直面すると、腹立たしくなる。心の平静をとりもどして、いまの自分はシドナム・バトラーであり、ビューカッスルがあちこちの荘園を運営するために雇っている数人の管理人のなかでもっとも優秀で有能な人材――この評価は、自画自賛ではなく、公爵が下したもの――なのだと自分を納得させるには、何日もかかるにちがいない。

自分はシドナム・バトラー、孤独のなかで生きることを学んだ男。存在しない右手に絵筆を握ることはありえない。

ベッドを、もしくは、心を満たしてくれる女はいない。

岬をうろつくのはやめにした。魔法は消えた。海の銀色が薄れて、波立つ灰色に変わりつつある。もうじき真っ暗になるだろう。空にはもう日没の名残りもない。風が冷たくなってきた。そろそろ家に帰らなくては。

小道を歩きはじめ、女がやってきた方角へ向かった。二、三歩行ったところで、またしても足をひきずっている自分に気づいて、やめようと意識的に努力した。

屋敷を出てコテージのほうへ移ったことを、あらためて喜ばしく思った。コテージが好きになっていた。ビューカッスルやその他の人々が去ったあとも、そこで暮らそうかと思っているほどだ。コテージがあって、料理人と家政婦と従僕がいれば、独身男が快適に暮らすには充分だ。

あとになって気づいたのだが、女のマントも、その下のドレスも、とうてい贅沢《ぜいたく》な品とはいえなかったし、髪も優雅に結いあげられてはいなかった。客に付き従ってきた召使いの一人にちがいない。そうに決まっている。あれがレディ・アレインであれば、いまごろは晩餐の席についているか、もしくは、客間で一族の者たちと一緒にいるはずだ。

あの女がただの召使いだとわかって、胸をなでおろした。だったら、ふたたび顔を合わせることもなさそうだ。この先、自由な時間があっても、あの女はたぶん、グランドゥールの怪物にふたたび出くわす危険のある崖や浜辺には近寄らないようにするだろう。

シドナムは二度と彼女に会わずにすむよう願った。あの可憐な顔をのぞきこんで、そこに嫌悪を見てとるようなことはしたくなかった。

無防備になったあの一瞬、彼は全身全霊で彼女を求めていた。

これから数日のあいだ、彼女が夢に出てくるだろうと思うと、腹立たしかった。

ビューカッスルがいつまで滞在するつもりかが正確にわかれば――コテージに入り、ホッとした思いで背後のドアを閉めながら、シドナムは思った――待望のご馳走を待つ子供のように、あと何日と数えることができるのに。

3

「アンは地上から忽然《こつぜん》と姿を消してしまった」ジョシュアが説明した。「部屋にはいなかった。子供部屋にもいなかった。そして、もちろん、客間にも、ダイニング・ルームにもいなかった」

「きっと」モーガンの夫であるロズソーン伯ジャーヴェスが、ベーコンにナイフを入れながらいった。「恐れをなしたのさ、われわれに――というか、きみたちベドウィン家の全員に」

ククッと笑ってつけくわえた。

「あら、そんな必要はないのに」エイダン・ベドウィンの妻のイヴがいった。「みんな、ごくふつうの人間ですもの。でも、おっしゃるとおりかもしれないわ、ジャーヴェス。わたしも恐れをなした覚えがありますもの」

「わたしも」ラナルフの妻のジュディスが横から真剣にいった。

「で、目下、子供部屋で朝食？」ビューカッスル公爵夫人のクリスティーンが眉をひそめた。「ああ、そんなことをさせてしまって、わたし、自分が恥ずかしいわ。きのう、もっと親身になってあの方を捜しだし、わが家に温かくお迎えするんだった。二人でそうすべきだったのよ、ウルフリック。いますぐ、階上《うえ》へ行ってくるわ」

「いやいや」エイダン・ベドウィン卿がいった。「まず、朝食をすませるための時間をあげたほうがいい、クリスティーン。きみは公爵夫人なんだよ、それを忘れないように。きみが姿を見せたら、食欲が失せかねない」

テーブルのまわりに集まったほとんどの者は、いまの意見が笑いに値すると考えた。公爵は片眼鏡の柄をつかみ、目のところまであげかけたが、気分を害するどころかみんなと一緒に笑っている妻を見て、ふたたび片眼鏡をおろした。

「きのう、うちの客の一人を失うことになったのはフライヤとジョシュアの怠慢だったな。クリスティーン、今夜はきみがミス・ジュウェルを見つけて、晩餐の席にお連れしなさい」

公爵は従僕に向かって指を一本あげてみせ、コーヒーのお代わりが必要であることを示した。

「そして、あなたから説明しておくべきだ、クリスティーン」大きな笑みを浮かべて、ラナルフ卿がいった。「ウルフからの招待は皇帝の命令に等しいということを。あの哀れな女性にはまったく選択肢がないことを、はっきり伝えなきゃいけないよ」

「ゆうべの晩餐の欠席者といえば」アレイン卿がいった。「シドのやつ、いったいどうしたんだ？　あいつとの再会を楽しみにしてきたのに、いまだに顔も見せないじゃないか」

「それはね、アレイン」公爵夫人がすまなそうにいった。「きっと、わたしのことを怖がってるからよ」

その意見に、朝食のテーブルを囲んだ人々からまたしても陽気な笑い声があがり、公爵は傲慢《ごうまん》な表情で眉を吊りあげた。

「わたしたちが到着したときは、とても礼儀正しく迎えてくれたんだけど」公爵夫人が弁明した。「テラスに出て、みんなに挨拶しようと待っててくれたのよ。でも、それっきり顔を見せないし、ゆうべは、晩餐の時刻がすぎてから、欠席を詫びる手紙が届いたわ。家に帰ってからようやく、招待状に気づいたんですって」

「大嘘もいいとこだ」アレインがいった。

「たぶん」アレインの妻のレイチェルがいった。「腕が一本しかなくて、しかもそれが左腕だったら、おおぜいで食事をするのは、世の中でいちばん気楽なこととはいえないでしょうね」

「それが欠席の理由だとしたら」眉をひそめて、フライヤがいった。「じっくり話しあう必要があるわ。シドは昔からおとなしい子だったけど、けっして臆病者ではなかった」

「あれだけの傷を負うことになったのが、そのいい証拠だ」エイダンが冷静にいった。

「いまでも覚えているが、シドが健康を回復したあとでふたたび乗馬の稽古をするのを、わたしは見守っていた」ラナルフがいった。「あの朝、わたしがアルヴズリー館にいたとき、シドはたしか三十回、馬にまたがろうとして、二十九回ころげ落ち、そのあとでようやく安定した位置を見つけたんだ。だが、馬番にも、わたしにも、十フィート以内に近づくことを許そうとしなかった。しかも、馬の背に乗るだけの練習だったんだよ」

「ああ、気の毒な人」レイチェルがいった。「馬に乗れるようにならなきゃとアレインに強くいわれて練習したときのことを思いだすわ。わたしは腕が二本ともそろってたのよ。練習が終わる前に身体じゅうの骨が折れてしまうかと思ったわ。落馬なんて一度もしなかったのに」

「きみを受け止めるのはじつに楽しかったよ、レイチェル」夫が彼女に向かって眉をピクンとさせた。

「シドナムのことを、彼に声がきこえるところで〝気の毒〟なんていっちゃだめよ、レイチエル」フライヤが助言した。「考えるのも禁止」

「ウルフリック」テーブル越しに夫のほうへ熱っぽく身を乗りだして、公爵夫人がいった。「けさ、荘園のことでバトラーさんにお会いになるんでしょ？　あらためて晩餐に招待してくださいな。いくらここの管理人でも、召使いだなんて意識を持たせちゃいけないわ。前におっしゃったでしょ――彼が荘園の管理人になったのは、人生で何か有意義なことをしなくてはと思ったからだって」

「きみの願いは、いつものことながら、わたしへの命令だ」公爵はいった。「彼を招待するとしよう。いや、むしろ、ラナルフの言葉に従うなら、公爵からの出頭命令を出すことになろう」

「じゃ、今夜は晩餐の席に、気乗りのしない客を二人迎えるわけだ」ニッと笑って、ラナルフがいった。「となりどうしにすわらせてはどうだろう、クリスティーン。おたがいを哀れむことができる」

「ご婦人がたの頭に妙な考えを吹きこむつもりだな、ラナルフ」芝居じみた渋面を作って、ジャーヴェスがいった。「またしても、縁結びの神をやろうというのか」

エイダンがうめき声をあげた。

「だが、この前やったときは」アレインがつけくわえた。「大成功だったぞ。われわれがいなければ、クリスティーンがこうしてみんなと一緒のテーブルにつくことはなかっただろう。ビューカッスル公爵夫人になることもなかっただろう」

公爵夫人は笑った。

公爵はコーヒーカップを置き、ふたたび片眼鏡を持ちあげた。

「きみ、前に一度頭を打って何カ月か記憶をなくしたことがあったが、あれ以来、ときたま記憶喪失に陥る傾向があるようだな、アレイン」といった。「ビューカッスル公爵夫人がこのテーブルについているのは、わたしが求婚し、彼女の愛をかちえたからだ」

公爵は片眼鏡をあてて、テーブルの反対側にいる妻をきびしい目でみつめ、そのあいだに、一族の者たちはまたしても陽気に笑いころげ、公爵夫人は夫にやさしい微笑を返した。

「やっぱり二階へ行って、気の毒なミス・ジュウェルの食欲を減退させてこなくては」公爵夫人はそういいながら立ちあがった。「でも、ほんの一瞬にしておくつもりよ。たしかにあなたのいうとおりだわ、イヴ。わたしたちはごくふつうの人間。そして、ミス・ジュウェルには、ここでみんなと一緒にすごしてもらわなくては。あの坊やの父親はジョシュアのいとこなんですもの」

「その事実は、彼女の耳に入るところでは口にしないほうが賢明だよ、クリスティーン」ジョシュアが警告した。「アンはアルバートが好きなわけではない。その点はぼくも同じだけど」

「しかも、もっともな理由があってのことよね」イヴがいった。「お邪魔じゃなかったら、一緒に行くわ、クリスティーン。フライヤがジョシュアと婚約した年にコーンウォールへ行ったとき、わたし、ミス・ジュウェルに会ってるのよ」

「わたしも」膝で椅子を押しもどしながら、モーガンがいった。「とても好感の持てる人だったわ。ご一緒させてね」

「気の毒なミス・ジュウェル」エイダンがいった。「まる一カ月、子供部屋に隠れていたいと思っていただろうに」


晩餐のための着替えを手伝うためにメイドがやってきたとき、アンはどうすればいいのかわからないまま、どぎまぎしながらメイドを迎えた。メイドにかしずかれたことなど一度もなかったし、とっておきの緑色の絹のドレスへの着替えはすでに終わっていた。

「おぐしを結わせていただけますか」メイドにいわれて、鏡台の前のスツールにおとなしく腰かけた。

今日はかならずしも不愉快な一日ではなかった。小雨模様だったので、ずっと家のなかにいて、子供たちのために遊びをあれこれ考えてやった。もっとも、子供の遊び相手をしたのはアン一人ではなかった。一日のあいだに、公爵を除くベドウィン家のメンバーの大部分と顔を合わせることになった。全員が子持ちなので、一日のうちのどこかで子供部屋に顔を出し、しばらく一緒に遊んでいった——もしくは、遊んでもらっていた。

誰もがアンに礼儀正しく接してくれた。もっとも、アンのほうはできるだけみんなから離れていようとしたのだが。

しかし、一族と今夜の晩餐をともにすることは避けようがなかった。公爵夫人から個人的に招待状が届いたのだ。それを拒むのはぜったいに不可能だ。

「きれいなおぐしですこと」ピンを残らず抜いて髪にブラシをかけながら、メイドがいった。

髪はハチミツ色をしていて、豊かで、軽く波打って背中に垂れていた。輝ける王冠——独創的な表現ではないが、かつて、ヘンリー・アーノルドがそう呼んだ。彼の目には、賞賛と、それ以上にギラギラ光る何かが浮かんでいた。そして、のちに、ほかの誰かも彼女の髪を指にからめながら、同じ呼び方をした……。お腹に子供がいることを疑いの余地なく確信した日、アンは刺繍《ししゅう》用の小さなハサミで髪の大部分を切り落とした。その後、先端をときたま切りそろえる以外は一度も髪を切っていない。

きちんと結ったいつものシニョンをほどいて髪を垂らすと、まるで別人のようだった。自分でもそれがわかっているので、櫛《くし》でといて髪を結うときは鏡を使わないようにしている。髪を垂らすと……なまめかしく見える。この言葉で合ってる？　たぶんそうね。大嫌いな言葉だけど。輝く金色の髪も、大きな青い目と鼻筋の通った鼻と高い頬骨とふっくらしたやわらかな唇を備えた卵形の顔も、アンは大嫌いだった。豊かな胸も、華奢《きゃしゃ》なウェストも、形のいい尻も、ほっそりと長い脚も、大嫌いだった。

昔は美人だといわれるのがうれしかったし、しばしばそういわれた。だが、美貌が彼女を不幸にした。

「できましたわ」ようやくメイドがいって、一歩下がり、自分の結った髪が鏡に映っているのを惚れ惚れとみつめた。カールさせ、輪を作り、ねじり、編み、逆毛を立てて、すばらしく芸術的な形に結いあげてあった。「こんなにお美しければ、貴族の殿方もうっとりなさるでしょう。残念ですこと――いまお屋敷にいらっしゃる方々は、みなさま、奥さまがおいでですもの。でも、バトラーさんがいます。〝さん〟づけで呼ばれてますけど、ほんとは貴族のご子息なんですよ」

「もし、そのバトラーさんが今夜わたしにひと目惚れなさって」アンはいった。「夜が終わる前に、その手と、心と、財産をさしだしてくださったら、あなたに感謝しなくちゃね、グレニス」

二人で笑った。

「ところで、バトラーさんってどういう方？」

「ここの管理人なんです。あの方……いえ、なんでもありません。今夜いらっしゃるかどうかもわからないし。せっかくおぐしを結ってさしあげたのに、無駄だったかしら」メイドはためいきをついた。「でも、大丈夫。つぎの機会がありますもの。それに、日をあらためて外部のお客さまをお招きする予定だって、パリー夫人がいってますし。公爵さまがおいでのときは、いつもそうすることになってます。もしかしたら、今回はパーティがあるかもしれない。奥方さまや、ほかの方たちもおそろいですから。もしパーティがあったら、特別すてきなスタイルに結ってさしあげますね」

「あら、これは特別じゃないの？」困惑を隠すために笑いながら、きれいに結いあげられた髪を指さして、アンはきいた。こういう髪形にすると、整った目鼻立ちと首の長い曲線が強調される。

「いまにわかります」グレニスは快活に答えた。「そろそろ階下へいらっしゃらないと。思ったより時間がかかってしまったから。遅刻なさると、わたしがパリー夫人からお小言をいわれて、二度とここにうかがえなくなります」

階段をおりて客間へ向かいながら、アンは自分がやけに目立つような気がした。もっとも、ほかの貴婦人たちが身につけているであろう豪華な衣装に比べれば、これでもずいぶん地味に見えるはずだが。また、足を交互に出して歩いていくのは、ひどく気の重いことだった。しかし、自分にどんな選択肢があるだろう。

たぶん、今夜の晩餐が終われば、暗がりにひっこむことができるだろう。

ひらいたドアの前まできて、不安な思いでジョシュアの姿を捜し求めたが、急ぎ足で近づいてきたのは公爵夫人その人だった。

ビューカッスル公爵夫人というのは意外な人だった。髪は短めの黒っぽい巻毛、すばらしい美人だが、その美しさは、姿形《すがたかたち》のすばらしさよりも、明るい活気から生まれたもののようだ。笑みを絶やさず、目はいつもきらめいているように見え、礼儀作法にも、物腰にも、身分が大幅に高くなったことを吹聴するようなところはまったくない。子供部屋にいたときも、公爵夫人は大人気だった。

朝食後ほどなく、レディ・エイダンとレディ・ロズソーン（アンは数年前、コーンウォールでこの二人に会ったことがある）を伴って子供部屋にやってきたとき、公爵夫人はアンをくつろがせようと心を砕き、膝を折ってお辞儀をした彼女を立たせると、腕を組み、ベビーベッドで赤ちゃんが眠っている薄暗い部屋へ案内した。赤ちゃんは小さな手を握りしめて頭の両側に置き、目がさめたらすぐふりまわしてやろうと固く決心しているかに見えた。公爵夫人は、自分の父親は田舎紳士で、収入の不足を補うために村の学校で教えなくてはならなかったので、自分もときたま教壇に立つことがあり、そんな日々のなかで、あまり気の進まなかったハウスパーティに顔を出して公爵と出会ったのだという事実を、会話のなかに巧みに織りこんだ。

「ほんとに不愉快な経験なのよ、ミス・ジュウェル」さほど重要な話ではないといいたげな口調で、公爵夫人はつづけた。「田舎の荘園館に閉じこめられ、優越感でいっぱいの見知らぬ人々に囲まれて、いまいるのがここ以外の場所ならどこでもいいのにって思ってしまうんですもの。わたし、最初はすべてから遠く離れて、薄暗い片隅から批判的な目で観察しようとしてたのよ。でも、そんなわたしをウルフリックが見つけて、怒らせようとしてね——とんでもない男でしょ——そこで、わたしは自尊心を守るために、片隅から出ていったの」公爵夫人は軽やかに笑った。

ウルフリックというのはビューカッスル公爵のことにちがいない——アンは推測した。そして、それと同時に気づいたのだが、アンもまた、自尊心を守るために薄暗い片隅から、子供部屋から出ていくよう、求められているのだ。

でも、公爵夫人は——アンは思った——未婚の母になったことなんてない。

いまもまた、公爵夫人はアンと腕を組んだ。

「みんなにちゃんとご紹介しましょうね、ミス・ジュウェル」といった。「まずは、この人がウルフリックよ」

部屋にいる全員が見知らぬ相手だったとしても、近づいてくる男性の身元は即座にわかったにちがいない。背が高く、浅黒く、キリッとした端正な顔立ちで、どこから見ても貴族そのものだ——よそよそしくて、威厳に満ちていて、強い存在感がある。それにひきかえ、こちらはもと家庭教師、未婚の母、彼の屋敷においては招かれざる客だ——そして、彼の食卓で食事をしようとしている。

公爵夫人と腕を組んでいなければ、向きを変えて逃げだしたに決まっている。いえ、そうはならなかったかも。わたしにもすこしはプライドがある。

「ウルフリック」公爵夫人がいった。「ようやく、ミス・ジュウェルをつかまえたわ。この人がわたしの夫、ビューカッスル公爵よ、ミス・ジュウェル」

アンは膝を折ってお辞儀をした。つぎの瞬間、外の闇の世界へ追放されるものと、うすうす覚悟した。

「初めまして」と、小声でいった。

公爵はアンのほうへ軽く頭を傾け、アンは彼が長い指で宝石入りの片眼鏡の柄を握っているのに気づいた。持ちあげるところまではいかなかったが、なんとなく恐ろしいしぐさだった。

「ミス・ジュウェル」公爵はいった。「きのう、妻とわたしは遺憾ながら、あなたを個人的にお迎えすることができませんでした。どうか、寛大なお心でお許しいただきたい。あなたとご子息がすでに心地よく落ち着かれ、今後の滞在を楽しんでくださるよう願っております」

慇懃《いんぎん》な挨拶だったが、公爵の風変わりな銀色の目は微笑していなかった。

「この方、子供部屋で一日じゅう忙しくしてらしたのよ、ウルフリック。喧嘩の仲裁をしたり、遊びを考えたりして」公爵夫人は、あなたこそ世界でいちばん温かな人よといわんばかりに、夫に明るく笑いかけた。

「傷跡はどこにも見受けられませんな」公爵がいった。たぶん、ほんのすこしだけユーモアを発揮したのだろう。「だが、甥や姪《めい》たちはおそらく、明日になったらもっと暴れてやろうと思って、今日は準備運動にとどめておいたのかもしれません。われわれの息子がまだゆりかごで眠る赤ん坊でいてくれて、あなたの健康にとっては何よりでしたな。悪たれぞろいというベドウィン家の評判を、これから何年かにわたって息子が守りつづけてくれることに、われわれは大きな期待を寄せているのです」

公爵夫人が笑った。

ええ、そうね――アンは思った――公爵の言葉にはまちがいなくユーモアがある。そして、公爵がわが子を〝わたしの息子〟ではなく〝われわれの息子〟と呼んだことに好感を持った。彼のような地位にある者の多くは〝わたしの息子〟と呼ぶのがふつうなのだが。

そのあと、アンは公爵夫人に連れられて、まだ紹介されていない人々と顔を合わせた――プリチャード夫人（レディ・エイダンの初老の伯母で、ウェールズ人）。ラナルフ・ベドウィン卿夫妻。ロズソーン子爵。子爵も子供部屋に顔を出したのだが、アンはそのときデイヴィッドの部屋にいて、デイヴィッドと年上の子供たち何人かを相手に言葉遊びをやっている最中だった。ウェストン男爵（レディ・アレインの伯父）。トンプスン夫人（公爵夫人の母親）とミス・トンプスン（公爵夫人のいちばん上の姉）。ロフター牧師夫妻（下の姉とその夫で、アレグザンダーの両親）。

アンは顔と名前を覚えようと努力した――もっとも、これから二、三週間のあいだ、それらを使う立場にならずにすむよう願っていた。

「あら」アンと腕を組んだまま、公爵夫人がいった。「ようやくバトラーさんのお出ましだわ」

わたしの凝った髪形に熱烈な恋をして、今夜のうちに結婚を申しこむことになってる荘園管理人ね――アンはそう思ってふり向き、自分の部屋を出てから初めて胸がときめくのを感じつつ、ドアのほうを見た。

一瞬、そこに立つ男のきわだって整った顔立ちと男性的な体格に、ふたたび目を奪われていた。西向きの窓からさしこむ夕方の陽ざしのなかに、その姿がはっきりと見えた。そして、今日もまた、アンがみつめていたのは左の横顔だった。

しかし、彼に気づいた衝撃で息が止まりそうになったそのとき、背が高くて、浅黒くて、これまたハンサムなアレイン卿と、さらに背が高くて、色白で、いかついながらも整った顔立ちのラナルフ卿が彼のもとに駆け寄り、背中を叩いて、心からの歓迎ぶりを見せたため、彼の姿はアンの視界から消えてしまった。

「シド、この野郎」ラナルフ卿の声がきこえた。「いったいどこに隠れてたんだ？　だが、ウルフがけさ、神を恐れる気持ちをきみの心に叩きこんだってわけか」

よそ者じゃなかったのね――アンは思った。この人と再会する運命だったのね。この人がグランドゥール館の管理人のバトラー氏。

かすかな吐き気を覚えた。階段をおりて客間へ向かうあいだどうにか維持していたわずかな食欲も失せてしまった。

ゆうべあんな無作法なまねをしたことを、心の底から後悔した――あるいは、謝りたくてあとで捜しにいったのに、見つけられなかったことを。

おまけに、こんな形での再会だなんて。

彼に姿を見られずに自分の部屋へこっそりもどれるなら、そうしたいところだった。でも、彼が戸口をふさぐ形で立っている。しかも、公爵夫人がわたしといまも腕を組んだまま。それに、ゆうべのわたしは臆病な、さらには、残酷ともいえる態度をとってしまった。いまこそ――たぶん！――過ちを正すチャンスよ。

でも、彼にしてみれば、今日もまたわたしと顔を合わせるなんて、まっぴらにちがいない。

シドナムは小雨にもかかわらず、屋敷まで歩いてきた。居心地のいいコテージでのんびりしていたい気持ちのほうが百万倍も強いのに――玄関からなかに入り、濡れたマントと帽子を従僕に渡し、階段をのぼって客間に向かいながら、そう思った。しかし、けさビューカッスルからじきじきに招待状を渡されたのだ。ビューカッスルの招待となれば、ぜったいに逆らえない――とくに、彼が妻の名前を出したときには。

「昨夜、きみが晩餐にこなかったので、公爵夫人が落胆していたぞ」この朝、書斎で、デスクの向こうから荘園の帳簿の一冊をひき寄せながら公爵がいった。グランドゥール館に滞在中は、いつもここで実務をこなしている。「公爵夫人の落胆した姿を見ると、わたしは妙に目をそらしたくなる。まあ、昨夜はもちろん不可抗力だったわけだが。なにしろ、きみが招待状を受けとったのは、晩餐の時刻のはるかあとだったわけだから。今夜はそのような手違いはおきるまい」

もちろん、ビューカッスルはちゃんと嘘を見抜いていたのだ。だが、まったくの嘘だったわけではない。シドナムは散歩に出かける前にはまだ招待状を読んでいなかった。ただ、それを目にして、内容を推察し、時間がすぎてしまうまでわざと封をあけなかっただけだ。

「今夜、公爵夫人に直接お詫びを申しあげます」何もきいていないような顔で帳簿をめくっているビューカッスルに、シドナムはいった。

そういうわけで、晩餐の前の屈辱を味わうために、ここにやってきたのだった。ベドウィン家の全員とその伴侶《はんりょ》が片目に眼帯をあて、右腕を背中に縛りつけた格好でテーブルにすわらされる光景を心に描いて、暗い喜びを覚えた。いや、たとえ頭のなかだけのことでも、ひねくれてはならない。この招待は親切心から出たものだ。ぼくだって人間だから、人間性につきものの矛盾に満ちていて、みんながここに一カ月滞在するあいだに一度も集まりに招待してもらえなかったら、傷つき、ムッとすることだろう。

それを認めて、シドナムは悲しげな笑みを浮かべた。

少々遅かったかもしれない――客間のドアに近づきながら思った。いや、遅くないとしても――遅刻でないことはわかっている――自分が最後の一人だ。登場のさいに注目の的になることだけは、なんとしても避けたかった。しかし、戸口に立って公爵か公爵夫人はいないかと捜しているあいだに、ラナルフとアレインが両側から駆け寄ってきたので、不意に、この試練もまんざら悪くないという気になった。ここに集まった者の多くは昔からの友人だし、あとの者もこちらに悪意を持つはずはない。考えてみれば、屋敷の客ではないのだから、四六時中みんなの視線にさらされるわけではない。それに、この席には子供たちは出ないはずだ。

「海辺の洞穴に隠れてたのさ」ラナルフの質問に答えて、シドナムはいった。「きみが捜しにくれば見つけられたのに、ラルフ。だが、わずかな小雨で家に閉じこもってしまったのかい？　それとも、けわしい崖の道に怖気づいたとか？」

アレインがシドナムの右肩をつかんだ。二人の親しさを示すしぐさだ。大部分の者はなるべくシドナムの右側を避けようとするのだから。

「元気か、シド？　久しぶりだなあ。きみの家から山のような伝言をあずかってきたぞ。ローレンからいくつか、母上から十以上、キットからひとつかふたつ、父上からひとつ——だが、いくら思いだそうとしても、ひとつも浮かんでこない。きみはどうだ、ラルフ？」

「湿気の多い日は暖かなウールの服を着るようにとか、そんなようなことだったと思う。賭《か》けてもいい」ラナルフがニッと笑った。「もちろん、ぼくだって覚えてないさ。だが、ご婦人方が覚えてるだろう。こっちにきて、初対面の人たちに会ってくれ。おっと、クリスティーンがやってくる。われらが手ごわい公爵夫人にはもう会った？」

「会いましたとも」公爵夫人がそういって、シドナムに温かな笑顔を向けた。「今夜おいでいただけて、心から喜んでますのよ、バトラーさん」

夫人が左手をさしだしたので、シドナムはそこに身をかがめた。

「つつしんでお詫びを申しあげねばなりません、奥方さま」といった。「ゆうべの件につきまして。留守にしていたため、招待状を拝見したときは、すでに——すでに手遅れでした」

シドナムの言葉が一瞬とぎれたのは、公爵夫人の右側にいて腕を組んでいる一人の女性にちらっと目をやったせいだった。

ゆうべの人だ、とすぐに気づいた。

ひとつの点だけは、やはりまちがっていなかったようだ。息を呑むほど美しい。温めたハチミツのような色の髪、長い睫毛《まつげ》のせいで靄《もや》がかかったように見える青い目、整った完璧な目鼻立ち。それに、今夜はマントがないので、身体の線も顔立ちに劣らずすばらしいことが見てとれる。

なるほど、最初の推測が正しかったようだ。ベドウィン家に嫁いだ女性の一人なのだ。

シドナムは理屈にならない奇妙な苦さを感じた。

「お詫びの必要などありませんことよ」公爵夫人が断言した。「ミス・ジュウェルをご紹介していいかしら。フライヤとジョシュアの大切なお友達なの。バトラーさんはグランドゥール館の管理人をしてくださってるのよ」アンのために夫人は説明した。

シドナムがお辞儀をし、アンは膝を折って挨拶した。ミス・ジュウェル。この人にふさわしい名前だ。ベドウィン家の妻たちの一人ではなかったのだ。だが、彼女に好意を感じるには至らなかった。

不意に、ゆうべ彼女の夢を見たことを思いだした。彼女があの小道に立って彼を待っていた。彼はそばへ行き、彼女の頬に触れようとした――右手の指で。そして、可憐な青い目をみつめた――両方の目で。いつまでも目ざめないでいたいから、頬をつねるのはやめてほしいと彼女に頼んだ。すると彼女は、いますぐ目をさまさなくてはと答えた。あなたの腕が崖から落ちてしまったから、潮が満ちてきて腕をさらっていく前に捜しにいかなくては。夢と現《うつつ》のあいだをさまよい、夢を見つつもそれが夢であることに気づいているという、いっぷう変わった奇怪な夢のひとつだった。

「ミス・ジュウェル」シドナムは挨拶した。

「バトラーさま」アンはつぶやき声で答えた。

そのあと、公爵夫人がミス・ジュウェルと別れて、シドナムだけを部屋のあちこちへ案内し、初対面の人々に紹介してまわった。

知らない相手に会うのがシドナムはいまだに苦手だった。ただし、身体の右側が人目に触れないように努力する段階はとっくの昔に過ぎていた。彼の醜さは受け入れがたいものだった。かつての彼は、他人の目のなかに賞賛以外は何も見たことがなかった。女性の目に憧れが浮かぶことすらあった。といっても、そこにつけこんで女性を口説くようなまねをしたことはないが。人生が一変したとき、彼はまだひどく若かった。それまでは自分の美貌に自惚《うぬぼ》れを持ったことなどなかった。ごく自然なこととして受け止めていた――美貌が永遠に破壊されてしまうまでは。

ここに集まった人々は、ぼくのことをあらかじめ知ってたわけだ――しばらくして、公爵夫人の姉であるミス・エリナー・トンプスンに腕を貸してダイニング・ルームへ向かいながら、シドナムは気がついた。露骨に驚きの表情を見せた者は一人もいなかった。

だが、彼女――ミス・ジュウェル――だけは、ぼくのことを知らなかった。ゆうべ、悪魔に出会ったかのような顔で逃げていった。シドナムは無意識のうちに、彼女の信じがたい美しさに腹を立てていた。子供っぽいということは自分でもわかっていたが。世の中には楽々と人生を歩んでいける連中もいるのだ。

首をまわすと、視力がない側の席にモーガンがすわっているのに気づいたので、ミス・トンプスンだけでなく彼女とも会話をしようと努めた。すくなくとも、屋敷の厨房で働く者たちは彼のことを知っていて、片手で切れない料理を彼に出してはならない、できればフォークで切れるものが望ましい、ということを心得ていた。

ふと見ると、ミス・ジュウェルはとなりのウェストン男爵ににこやかな笑顔で何か話しかけているところで、それに答えるかのように、男爵の顔に笑みが浮かんでいた。あの女、男爵を魅了し、とりこにしようとしている。

いや、彼女を嫌ってはいけない。腹を立ててはならない。あるいは、ウェストンや反対側にすわったアレインをうらやんではならない。

あきれたな。ふだんのぼくなら、つまらない嫉妬《しっと》に駆られることなんかないのに。
あるいは、悪意にも。あるいは、腹立ちにも。
シドナムは左手でスープのスプーンをとり、ひと皿めにとりかかった。

4

その夜はアンが恐れていたようなひどい試練にはならなかった。全員が貴族の称号を持っているわけではなく、貴族の家に生まれたわけでもなかった。

プリチャード夫人は――晩餐のテーブルでアンは席が近くだった――かつてウェールズの炭鉱で生計を立てていたことがあり、姪のレディ・エイダン・ベドウィンがお嬢さまとして育てられたのは、父親が炭鉱で財をなし、イングランドに購入した屋敷で紳士にふさわしい暮らしを始めたからにすぎなかった。レディ・ラナルフ・ベドウィンは――あとで客間に移ってからわかったのだが――田舎の牧師の娘で、ロンドンの女優の孫でもあり、誇らしげな口調でそのことを語った。公爵夫人にしてからが、この朝おおらかに認めたように、身分の低い紳士階級の出身だ。夫人の義兄は田舎の小さな教区で牧師をしている。母親と姉がその教区のコテージで一緒に暮らしている。

だが、ここに集まった全員が、このうえない高貴な生まれであるかのようにベドウィン家に受け入れられている。

もちろん、グランドゥール館に集う人々のなかに、未婚の母となった者はアン以外に一人もいないが、アンを見下す者や、この集まりにもぐりこむなんて図々しいといわんばかりの態度をとる者は一人もいなかった。それどころか、レディ・エイダンなどはアンにわざわざ息子のことを尋ね、「ミス・マーティンの学校で教師からも生徒からも甘やかされています」とアンが答えると、笑いだした。

「でも、息子がもうすこし大きくなったら、本人のためにも、男子校へやらなくてはなりません」アンはいった。「つらいでしょうね――あの子よりむしろ、わたしのほうが」

「ほんとにねえ」レディ・エイダンもうなずいた。「うちでも来年、デイヴィーが十二になったら学校へやる予定なんですけど、わたし、いまからもう寂しくって」

二人は微笑をかわした。同情しあう苦悩の母親二人。

「あの方もお気の毒に」紳士たちが女性と合流するあいだに、音楽のような響きを持つウェールズ訛りでプリチャード夫人がいった。「でも、労働者階級の生まれじゃなくてよかったわ。戦争が終わってからは仕事の口もありませんもの。きっと物乞いになって、多くの兵隊さんたちと同じように飢えていたでしょう」

「あら、わたしはそうは思いませんわ、マリ伯母さま」レディ・エイダンがいった。「物静かではあるけど、鋼鉄の意志を秘めた人ですもの。どんな逆境も乗り越えるはずよ。貧しさだって」

二人が話題にしているのはバトラー氏のことだと、アンは察した。今夜の彼女は最初から、彼に申しわけないという思いでいっぱいで、したがって、彼のほうへ目をやるのを避けていた――そのくせ、絶えず彼のことを意識していた。

「いったい何があったんですの？」アンはきいた。

「戦争よ」レディ・エイダンが答えた。「周囲のみんなから反対されたんだけど、自分の意志を貫き、お兄さまであるレイヴンズバーグ子爵のあとを追ってイベリア半島へいらしたの。それからほどなく、お兄さまが彼を連れてお帰りになったんだけど、あのときは死んだも同然だったわ。でも、どうにか回復し、ウルフリックのもとで働きたいといって、こちらに移ってらしたの。わたしがエイダンと出会う前のことですけどね。エイダンは当時、騎兵隊の大佐として半島にいて、うちの兄の上官だったの。兄は帰らぬ人となりました。戦争がようやく終わって、わたし、どんなにうれしかったことか」

カード用のテーブルが用意されたのをきっかけに、これまでとはちがうグループがいくつかできあがり、それからほどなく、アンは遠くの隅にぽつんとすわっているバトラー氏に気づいた。彼女自身は、カードテーブルにつくのを辞退したミス・トンプスンやロズソーン伯爵夫妻と一緒だった。しかし、勇気をなくす前に立ちあがり、みんなにことわってその場を離れた。バトラー氏に話しかけないままで今宵を終わらせるわけにはいかない。もっとも、彼のほうにアンと口をきく気があるかどうかは疑わしいが。

近づいてくる彼女に気づいて、彼が鋭く視線をあげ、つぎに立ちあがった。

「ミス・ジュウェル」

その態度と声から、彼が一人になりたがっていることと、アンに好意を持っていないことが察せられた——だからって、彼を非難することはできない、そうでしょ？

アンは彼の顔をみつめ、慎重に視線の焦点を調整して、顔の両側を見るようにした。彼は右目に、いや、かつて右目があった場所に黒い眼帯をしていた。あとの部分は、額から顎へ、そして首筋にかけて、紫がかった火傷の跡におおわれていた。中身のない右袖が夜会服の脇にピンで留めてあった。

いま気づいたのだが、彼のほうがアンより頭ひとつ分だけ背が高く、また、たくましい胸板も肩も彼女の記憶ちがいではなかった。障害に負けてしまうような男性ではなさそうだ。

「ゆうべ、ひき返しましたのよ」アンはいった。「あの場から走り去ったあと、数分してから。でも、あなたはもういらっしゃらなかった」

彼は黙ったまま、しばらくアンをみつめ返した。

「お詫びします」と、唐突にいった。「あなたを怖がらせてしまったことを。そんなつもりはなかったんですが」

礼儀正しい言葉。礼儀正しい口調。それでも、アンには、彼の嫌悪が、こんな女とは話したくないという思いが感じとれた。

「いいえ、誤解なさってるわ。お詫びすべきなのはこちらです。そのためにひき返したんです。心からお詫びします。申しわけありません」

ほかに何がいえるだろう。自分の行動を弁明しようとしても、事態をよけい悪くするだけだ。

ふたたび、気詰まりなほど長い沈黙が流れた。アンは向きを変えて立ち去ろうかと思った。いうべきことはすでに伝えた。あとは何もない。

「ひき返されたとは勇敢なことでしたね」彼はいった。「暗くなりかけていたし、夜のあいだ、崖の上は人気のない危険な場所になる。しかも、わたしはあなたにとって未知の人間だった。ひき返してくださってありがとう。もっとも、すでに帰宅したあとでしたが」

許してもらえたのだとアンは思った。笑みを浮かべて、会釈をし、ふたたび立ち去ろうとした。それでもかまわなかった。いまも嫌われたままなのかどうかはわからないが、

「おすわりになりませんか、ミス・ジュウェル」さきほどすわっていた場所のそばの椅子を、彼が示した。

わたしがぐずぐずしているものだから、お義理でひきとめてくれたのね――アンは思った。できれば、ほかの場所へ移りたかった。彼のそばにいると気詰まりだった。自分で認めるのは恥ずかしいが、彼を見ているのがつらかった。

ふつうの相手を見るときと同じように彼をみつめ、顔の左側だけに視線を集中しないように、そして、凝視していると思われるのを避けるために、視線をそらさないよう努力するのは、なんと困難なことだろう。わたしの身の上を知る人々のなかにも、わたしを見るときに、そして、ふつうの女として扱おうとするときに、同じ苦労をする人がいるのかしら。そ

りゃ、いるに決まってるわ。

アンは背筋をしゃんと伸ばして椅子の端に腰かけ、膝の上で手を重ねた。

「レイヴンズバーグ子爵の弟さんだそうですね、バトラーさま」興味深い話題ならいくらでもあるはずなのに、ひとつも頭に浮かんでこないまま、アンはていねいな口調でいった。

「そうです」

この話題はそれ以上発展しようがなかった。レイヴンズバーグ子爵が何者かも、アンは知らないのだ。だが、彼のほうでアンを気の毒に思ったようだ。

「そして、ハンプシャーのアルヴズリー・パークに住むレッドフィールド伯爵の息子でもあります」と彼女に告げた。「うちの荘園は、ビューカッスル公爵の本宅であるリンジー館となりあっているんです。兄たちとぼくはベドウィン家の子供たちと一緒に大きくなりました。あそこの連中は腕白でね——まあ、うちもそうでしたが」

「兄たち?」アンは眉をあげた。

「上の兄のジェロームは、洪水にやられた家から農場の作男とその家族を助けだそうとして風邪をひき、亡くなりました。残されたのはキットとぼくだけです」

顔の右側の神経がひどく麻痺しているにちがいない——アンは思った。右側だけが無表情で、しゃべるときに、口がやや斜めになる。

「お兄さまを亡くされて、おつらかったでしょうね」

「ええ」

ふだんのアンなら、会話を進めるのに手こずるようなことはないが、ここ一分か二分のあいだに口にしたのは、あきれるほどくだらない言葉ばかりだった。その一方、頭のなかでは、ぜったい口に出せないとわかっている質問が執拗《しつよう》に響き渡っていた。

半島で何があったんですか。

いつの戦闘でそんなことに？

死んだほうがましだと思ったことはありますか？

いまでもそう思うことはありますか？

かつての彼は、人並みはずれた、うっとりするほどハンサムな男だったにちがいない。

「なんて愚かな質問をしてしまったのかしら」アンはいった。「『いいえ、ちっともつらくありません』なんてお答えになれるはずもないのに」

一瞬、彼の黒っぽい片目が、何か辛辣な反論をしようとするかのように、きびしい冷酷な表情を浮かべてアンの視線を受け止めた。やがて、その目がきらめき、意外なことに、二人そろって吹きだした。彼の口の左側が右側より高くなり、妙に魅力のある傾いた笑みが浮かんだ。

「ミス・ジュウェル、おたがいのために協定を結びませんか。ゆうべのことはなかった、今夜ここで初めて出会った、というふりをする」

「そうね」アンは椅子にもたれてすこし楽な姿勢になった。「わたしも賛成です」

彼の左手が腿の上に置かれていた。指が長くて芸術家のような手ね――アンは思った。この推測がはずれていることを、あるいは、彼が左利きであることを願った。視線をあげて彼の顔を見た。

「ゆうべは、わたし、肩身の狭い思いをしてたんです」正直に告白したことに、アンは自分でも驚いた。

「あなたが？　どうして？」

いわなければよかったと後悔した。だが、彼が返事を待っていた。

「ジョシュアが――ホールミア侯爵が――夏のあいだ、うちの息子をここに連れてこようといってくださいましたの。そうすれば、ほかの子たちと遊べますでしょ」アンは説明した。「でも、息子はまだ九歳で、わたし、一度もそばから離したことがありません。それで、お返事をためらってましたら、侯爵夫人がご一緒にどうぞといってくださったので、お受けしましたの。息子をがっかりさせたくなかったので。でも、お客さま扱いされるなんて思ってもいませんでした」

彼の短い沈黙から、アンは自分の境遇をずいぶんしゃべってしまったことに気づいた。今度はたぶん、彼のほうが背を向けて逃げだすか、まぎれもない嫌悪の表情を見せるかするだろう。

「バースの女学校で住込みの教師をしています」アンはいった。「教えることが大好きですし、デイヴィッドも小さいときからそこで大切にされています。でも、だんだん大きくなってきました。ジョシュアと一緒に行かせてやらなくてはと思いました――息子はジョシュアのことが大好きなんです」

「子供には遊び仲間が必要です」彼はいった。「それから、父親的な存在も必要だ。男の子の場合はとくに。でもね、ミス・ジュウェル、いちばん必要なのは母親です。あえていわせていただけば、デイヴィッドを連れてここにこられたのは、まことに正しい判断だったと思いますよ」

「まあ」アンは彼の言葉に予想もしなかった安らぎを感じた。「やさしいお言葉ですこと」

「願わくは、あなたがビューカッスルに怯えていなければいいのですが。しかし、たとえそうだとしても、ほとんどの人間が彼に怯えていることを知れば、あなたの心も慰められるでしょう。ビューカッスルの父上が死を覚悟したときに、あいつはやんちゃな子供時代から突然ひき離されて、公爵という身分に伴う膨大な責任をひきつぐべく、徹底的に、無慈悲といってもいいような教育を受け、わずか十七か十八で公爵になったのです。帝王学を完璧に身につけました——完璧すぎるという者もいるほどです。だが、冷酷な男ではありません。ぼくには驚くほど親切にしてくれます」

「わたし、公爵さまにお目にかかったのは今夜が初めてです」アンは彼にいった。「とても礼儀正しいお方でした。でも、正直に申しあげると、わたしのほうは怖くて床のなかへ沈みこんでしまいそうでしたわ」

　ふたたび、二人で吹きだした。

「公爵夫人はすばらしく気立てのいい方ですのね」

「ローレンの話だと――あ、ぼくの兄嫁ですけど――恋愛結婚だそうですよ。去年の一大ニュースだったとか。ビューカッスルが恋をして結婚するなんて、誰一人予想もしなかった。でも、たぶん、恋してしまったんでしょう」

お茶の盆が運びこまれ、二組のカード遊びが終わろうとしていた。

「そろそろ帰らなくては」バトラー氏がいった。「お知りあいになれて光栄でした、ミス・ジュウェル」

アンは椅子の肘掛けに両手をかけて立ちあがった。ふと気づくと、彼のほうは低い椅子から立ちあがるのがすこし遅れていた。片腕と片目をなくすと、きっと、彼女にとってはごく当たり前のことである身体の自然な重心の移動を、意識しておこなわなくてはならないのだろう。その変化に順応するまでにどれぐらいかかったのだろう。完璧に順応したのだろうか。

「公爵夫人にお礼をいってきます」といって、彼が片手をさしだした。「おやすみなさい」

「おやすみなさい、バトラーさま」

アンが片手を出すと、彼は握手をし、手を放して立ち去った。

アンはその場に残されて唇を噛んだ。もちろん、公爵夫人がさきほどやったように、左手を出さなくてはいけなかったのだ。あのときの二人の握手はひどく不器用で、まるで手をつないでふりまわしているみたいだった。ひどく親密な感じがあった。ドギマギするぐらいに。

彼はビューカッスル公爵夫人にお辞儀をしていた。夫人は彼に温かな笑みを向け、その肩に片手をかけてわずかに身を寄せ、何か話をしていた。彼の背後からラナルフ卿が近づき、右肩をぴしゃっと叩いた。二人の男は一緒に部屋を出ていった。

あの人、どこに住んでるのかしら。

また会うことがあるかしら。

しかし、たとえ会うことがあっても、今度はあまり気まずい思いをせずにすむだろう。ゆうべの出来事に対するバツの悪さを乗り越えたのだ。その点でアンは心からホッとしていた。今度はもっと気楽に会えるだろう。

でも、片手と片目をなくし、顔にあんなひどい傷を負うなんて、なんという悲劇かしら。

孤独？

友達はいるの？

社会から追放された人間は孤独で友達もいない。コーンウォールのリドミアという村で送った年月が思いだされた。あのころのアンは村八分だった。

バースの学校でようやく友達ができ、そのうちの三人――クローディア自身、スザンナ、フランシス――が姉妹のような存在になったことに対してアンが感謝を忘れたことは一度もなかった。あの長く孤独な歳月のあとで、予想だにしなかった、自分にはもったいないほどの幸せを手にすることができたのだ。

バトラー氏にも親しい友達がいることを、アンは願った。

「こっちにきてお茶でもどう？」ジョシュアがいきなり彼女の横にあらわれた。「滞在を楽しんでくれてるといいけど」

「ええ」アンは彼に笑顔を見せた。「楽しんでるわ、ありがとう、ジョシュア」

〝でもね、ミス・ジュウェル、いちばん必要なのは母親です。あえていわせていただけば、デイヴィッドを連れてここにこられたのは、まことに正しい判断だったと思いますよ〟

心によみがえったバトラー氏の言葉がアンを温め、慰めてくれた。わたしの判断は正しかった。デイヴィッドはほかの子たちと一緒にいられて、一日じゅう生き生きと楽しそうだった。でも、わたしが晩餐の着替えをする前に、おやすみをいいにいったら、抱きついてくれた。

「ありがと、ママ」といった。「ここに連れてきてくれて。ぼくたち、きてよかったね」

〝ぼく〟ではなく、〝ぼくたち〟。

幸せそうなデイヴィッドを見ることさえできれば、一カ月にわたる居心地の悪さと困惑に喜んで耐えてみせようと、アンは思った。学校で教職員からも女生徒からも可愛がられているデイヴィッドだが、仲のいい友達は一人もいない。

そして、父親もいない。

翌日、シドナムはほぼ一日じゅう忙しくすごした。用事を見つけるのは造作もないことだった。だが、いまは、ふだんの仕事に加えて、所有の農場へ朝の見まわりに出かけたり、小作人の畑をいくつか訪ねたりするビューカッスル公爵のお供をしなくてはならない。公爵がウェールズの荘園ですごす時間はごくわずかかもしれないが、シドナムから送っている月々の報告書に丹念に目を通しているので、知っておくべきことはすべて心得ている。そして、荘園にくればいつも、帳簿の点検に割く時間はごくわずかにして、馬や徒歩で領地をまわって視察をおこなったり、人々と話をしたりするのに膨大な時間を費やしている。

しかし、ビューカッスルもいまでは夫となり、夫人がみんなのために午後から浜辺でピクニックを計画しているというので、正午になると屋敷へもどっていったのを見て、シドナムは微笑ましく思った。昔のビューカッスルなら、そのような浮かれ騒ぎに加わろうとは夢にも思わなかっただろう。

ビューカッスル公爵夫人は、シドナムの目から見れば、ごく平凡な人間だった。美人ではないが愛らしく、優雅ではないがすらっと小粋で、やたらと上品ぶったところも傲慢なところもなく、礼儀正しくて、気立てがいい。陽気で笑いにあふれている。おまけに、田舎教師の娘として生まれた。要するに、ウルフリックの花嫁候補として人々が思い描いていた女性とは正反対のタイプだ。その事実を見るにつけ、シドナムは、夫人が公爵に対してふしぎな力を持っていることに感心する。なんとまあ、ゆうべはビューカッスルが夫人に一度だけ笑いかけるところまで見てしまった。

彼女のおかげで、なんだか孤独になった。といっても、シドナム自身が彼女に想いを寄せているわけではない。しかし、仕事を終えて帰宅すると誰かが待っていてくれるのは、そして、その誰かのためなら、浜辺のピクニックというような些細《ささい》な約束のためであっても、たまには仕事を早く切りあげようという気持ちになるのは、信じられないほどすばらしいことにちがいない。

それに、ビューカッスルの子供部屋には赤ん坊がいる。

シドナムは午後からずっと、浜辺と、その上の崖と、そこへ通じる芝生を避けてすごした。ハウスパーティの一員ではないのだし、子供たちを怖がらせたくないという思いもあった。ウェールズ南部の海沿いは雨が多いので、日のさんさんと照る暖かな一日を家に閉じこもってすごすのがいやさに、公爵所有の農場で忙しく働いた。

だが、午後遅くなって馬でコテージにもどろうとすると、屋敷の前の芝生でクリケットのゲームがにぎやかにおこなわれているのが見えた。あらゆるサイズの人がたくさん参加している様子だった。浜辺のピクニックは終わったらしい。

浜辺へ行ってももう大丈夫だろう。

シドナムは浜辺が大好きだった。崖の上も大好きだが、眺めは異なっている。崖の上からだと、自然の荒々しさ、そこに秘められた残忍さ、パノラマのような美しさを実感することができる。上に陸地、下には海が広がって遠くの水平線までつづき、その向こうにはコーンウォールの海岸線があり、そのまた向こうにはフランスの海岸線と大西洋がある。

だが、浜辺で彼が目にするのは、大きな弧を描いて彼の前と背後と両側に広がる金色の砂だけだ。もっとも基本的な形の大地、海の力によって摩滅した大地。そして、シドナムはそこでもまた、海の広大さと力を、すべての生命の源である海の偉大な神秘を実感させられる。

右手に握った絵筆の存在をもっとも強く感じ、現実のカンバスにはけっして描きだせないイメージが浮かんでくるのは、浜辺にいるときだった。ときには、イメージだけで満足できることもあった。

断層線に沿って崖の上から浜辺までつづく、急勾配ながらもけっこう広い小道を途中までおりたとき、全員が屋敷にもどったわけではないことを知った。誰かが残っていた。潮がひいたばかりの、海と平行線を描くキラキラ濡れた砂の上を、片手でスカートを持ちあげ、反対の手に靴と思われるものを持って、女性が歩いていた。

シドナムは大きなためいきをついて、ひき返そうとした。わけもなく腹立たしかった。この庭園と浜辺をわがものと思うようになっていた自分に気づいた。だが、ちがう。それはビューカッスルのものであり、ミス・ジュウェルはビューカッスルに招かれた客なのだ。

砂の上を歩いていたのはミス・ジュウェルだった。

二人分のスペースは充分にあると、シドナムは思った。広い浜辺だし、潮がひきつつあるので、一分ごとにさらに広くなっている。

シドナムは小道をおりていった。

彼女には息子がいる。〝ミス〟・ジュウェルなのに。女学校の教師をやっていて、息子と一緒に暮らしている。ホールミア侯爵夫妻が彼女と知りあいで、ここに招待した。いや、訂正

——ホールミアが彼女の息子をここに連れてきたがったので、フライヤが母親にも誘いの声をかけたのだ。

どちらが誘ったにせよ、夫妻が彼女をここに連れてこようとしたことを、シドナムはふしぎに思った。ホールミアが彼女の息子に関心を持つ理由となりそうな人間関係について、彼女からは何もきいていない。さらにふしぎなのは、一族の集まりにそのような邪魔が入ったことをビューカッスルが黙認していることだった。非摘出子を産んだ未婚の女性。しかも、彼女自身、客として迎えられるとは思っておらず、召使いのつもりでやってきたようだ。だが、好奇心をそそられはしたものの、グランドゥール館における彼女の存在は自分には関係のないことだと、シドナムは割り切った。

それでもやはり、フライヤが彼女を招待しないでくれればよかったのにと思った。彼女がグランドゥール館にこなければよかったのにと思った。ゆうべ彼女から謝罪されたときは、心地よい驚きに包まれた。短い会話のなかで、彼女と気が合うことを知った。だが、ゆうべもまた彼女の夢を見た。今度は岬に立つのが彼女で、彼は小道に立っていた。何か透けたものをふんわりまとっていて、それが風を受けて均整のとれた身体にまとわりつき、ハチミツ色の長い髪はほどかれて風にそよいでいた。ところが、シドナムが彼女に近づき、手を伸ばして触れようとすると、彼女は急に怯えた表情になり、向きを変えて逃げようとした。崖のへりから飛びだしたので、シドナムは存在しない腕で彼女をつかもうとした。しかし、夢のなかではなぜか、彼が落ちていった。崖の下の岩場に叩きつけられる寸前に、ビクッと目をさました。

そんなばかげた夢は見たくもなかった。ふだんの悪夢だけでもつらいというのに。

小道のいちばん下までおり、崖のふもとの岩や砂利を乗り越えてから、砂の上に立ち、彼がいることも知らずに歩いているミス・ジュウェルをみつめた。彼女はそよ風に向かって顔をあげ、首をゆっくりと左右に向けている。靴のほかにボンネットも手にしているのが、いま彼にも見てとれた。

彼女を見る目がわずか二十四時間前とはまったくちがってしまったのがふしぎだった。きのうは彼女のことを、絶世の美女で、人生の苦労はたぶん知らないだろうから、人間的な深みや思いやりなどあるはずがないと思っていた。初めて出会った夕方に逃げだしたこと以外、彼女については何も知らなかったので、反感を持っていた。

しかし、ゆうべ、彼女は詫びをいうためにわざわざシドナムのところにやってきた。それから、子供がいることと、ビューカッスルの客として肩身の狭い思いでいることを話した。そこで彼も気がついた――美人だからといって、自信たっぷりに生きていけるわけではないのだ。いやいや、未婚の母というだけでも、楽な人生ではないだろう。彼女もやはり、シドナムと同じように、地獄を見てきたにちがいない。唯一のちがいは、彼の地獄が周囲の者にも見えるのに対して、彼女の地獄は外からは見えないということだ。

シドナムは向きを変えて彼女と反対のほうへ行こうと思い、足を踏みだした。だが、視野の端に何かが映ったとみえて、彼女が首をまわし、彼に気づき、歩くのをやめた。

反対方向へ歩き去ったりしたら、ひねくれ者だと思われそうだ。彼女と一緒に歩くのはためらわれたが、もちろん、本心をいえば、反対方向へは行きたくなかった。ためらいつつも、浜辺を横切って彼女に近づいていった。

彼女は水色のハイウエストのドレスを着ていて、裾《すそ》の一方をくるぶしの上まで持ちあげていた。髪はゆうべよりもシンプルな形に結ってあった。なぜかゆうべよりきれいに見えた。それどころか、胸がズキンとするほどきれいだった。ふしぎなことだが、ここが彼女にふさわしい環境であり、本来の居場所であるかのようだった。

「バトラーさま」彼が声の届く範囲に近づいたとたん、彼女がいった。「みなさん、ずいぶん前にお屋敷のほうへもどられました。にぎやかな騒ぎのあとの静けさを楽しみたくて、わたしだけあとに残りましたの」

「邪魔してしまって申しわけありません」

「あら、お謝りになる必要はありませんわ。邪魔しているのはわたしのほうですもの」

「みんな、ピクニックを楽しんでましたか」彼女からすこし離れて濡れた砂のへりに立ち、彼は尋ねた。

「もちろんですとも」一瞬、彼女の表情が翳《かげ》ったが、すぐに微笑を浮かべた。その目に楽しげなきらめきが宿ったのを見て、シドナムは思わず心を奪われた。「公爵夫人が子供たちと波のなかでバシャバシャ遊んでらしたんですけど、どういうわけかバランスをくずして、お倒れになったの。そしたら、公爵さまがヘシアンブーツも何もかもそのままで、夫人を助けようとして海によたよた入られて、同じぐらい濡れておしまいになったのよ。ほかの大人たちは愉快な冗談だと思い、子供たちは大喜びでキャーキャーいってました。公爵夫人も歯がガチガチ鳴ってるのに、笑いころげてらっしゃいました。ふつうでは考えられないことですわ」

「見る値打ちがあったでしょうね。ビューカッスルがブーツをはいたまま海に入っていくなんて。彼も笑ってましたか」

「いえ、とんでもない。でも、目が輝いてたから、ひょっとすると心のなかで笑ってらしたのかも」

二人は陽気な笑みをかわした。彼女は完璧な美に加えて、歯並びもきれいで真っ白だった。

「お屋敷にもどることにしますわ」微笑が消えていくなかで、彼女はいった。「あなたを安らぎのなかに置いてさしあげなくては」

たしかに、それが彼の望んでいたことだった。それを求めてここにきたのだった。もちろん、彼女の姿を求めてここにきたのではない。だが……。

「ちょっと散歩しませんか」と誘ってみた。

突然、ゆうべの彼女の何がもっとも立派だったかを悟った。今日も彼女は同じことをしている。彼の顔をまっすぐ見ているのだ。彼のこれまでの観察によれば、人はたいてい、彼にまったく視線を向けないか、もしくは、左耳か左肩に目の焦点を合わせようとする。シドナムのほうは、誰と一緒にいても、相手にひどい嫌悪を感じさせないために、顔をやや横へ向けなくてはという衝動に駆られてしまう。彼女と一緒だと、その衝動を感じない。最初のときは向こうが逃げだしたのだが。

彼女も内心では嫌悪感を抱いているかもしれない——どうして抱かずにいられよう——しかし、彼と接するさいには並々ならぬ気遣いを見せている。シドナムはそれをありがたいと思った。

「ええ」彼女の視線がシドナムのトップブーツに落ち、ふたたび笑顔になった。「乾いた砂のほうへ行きましょうか」

しかし、シドナムはわざわざ濡れた砂の上を歩き、彼女の横で歩調を合わせた。

しばらくのあいだ、二人は無言で散歩をつづけた。シドナムは水面に陽ざしが反射するのをみつめ、左頬が風に軽くなでられるのを感じた。潮の香を含んだ暖かな空気を吸いこみ、最近とみに襲いかかってくることの多くなった思いを胸に抱いた——ここが故郷だという思い。五年前にウェールズのこんな辺鄙《へんぴ》な場所にやってきたのは、キットが戦地からもどり、ローレンと結婚したため、アルヴズリーに住みつづけることができなくなったからだった。不自由な身体のため自分の力で世の中へ出ていくことのできない末息子が、家族にしがみついているにすぎないのだから。ビューカッスルの荘園の管理人となってここに移り住み、腕が二本そろった男の二倍の仕事をこなすことに全力をそそいだ。だが、やはり異邦人のような気がしてならなかった。それに、しばらくのあいだは、社会のクズのような扱いを受けたものだった。彼と交際し、彼の姿を目にするのが、人々にとって困難だということは、彼にもわかっていた。

しかし、彼は屈しなかった。そして、この一、二年のあいだに、自分などには理解の及ばない何かの力に導かれてここにやってきたのだと——故郷に帰ってきたのだと——実感するようになった。それはたぶん、運命の力だろう。

ティー・グウィンの件は、ビューカッスルにはまだ切りだしていなかった。だが、そのうちに話をするつもりだった。かならず。ここに自分の家を持たなくては。

傍らの女性を意識するのは、わくわくすることだった。彼女は強制されて横を歩いているのではない。いやなら、ことわればいいのだから。

「孤独を感じたことはありますか?」なんの脈絡もなく、不意に彼女が尋ねた。いささか驚いたシドナムが首をまわし、彼女を見おろすと、彼女は見るからにドギマギした顔でシドナムを見た。「すみません。ときどき、思ってることが口に出てしまって」

身体が不自由で、醜くて、彼女から見れば文明から隔絶した辺鄙な場所にちがいない土地で暮らしているから? シドナムが最初に感じたのは怒りだった。結局、この女もほかの連中と変わりなかったんだ。なんで彼女だけはべつだと思ったんだろう。

「あなたは?」シドナムは彼女に質問を投げ返した。

彼女はふたたびシドナムから視線をそらした。ドレスの裾をおろしたことに、シドナムは気がついた。背中にまわした両方の手に靴とボンネットを持っていた。

「わたしは女学校に住みこんでいます」アンはいった。「二人の時間はほとんどありません。息子がいて、この子がおきているあいだ、手のあいた時間はすべてそちらにとられてしまいます。それに、教師のなかにいいお友達が何人かいて、とくに親しいのが、校長のミス・マーティンと、わたしと同じ住込み教師のスザンナ・オズボーン。以前そこで教えていたもう一人のお友達とは、頻繁に文通しています。その人、現在はエッジカム伯爵夫人という身分です。どうして孤独に浸っていられます？」

「でも、孤独なのでは？」シドナムはきいた。

突然、彼女も孤独なんだ、あんな質問をよこしたのは病的な好奇心からではなく、彼女自身の孤独のせいだったんだと気づいた。彼女はたぶん、シドナムのなかに同じ魂を見てとったのだろう。そして、彼もたぶん、彼女のなかに同じものを見たのだろう。シドナムは彼女の孤独を知った。信じがたいことだが。こんなきれいな女性がどうして孤独になれる？　しかし、未婚の母なのだ。

「孤独がどういうものか、わたしにはよくわかりません」アンはいった。「文字どおりの一人暮らしという意味でないとすれば、寂しさに対する恐怖や、一人きりでいることへの恐怖でしょうか。わたしにはそんな恐怖はありません。一人でいるのが好きですもの」

「では、あなたが恐怖を覚えるのはなんですか」

彼女はちらっとシドナムを見て微笑した。言葉が見つかる前からすでに、彼女の胸の内を雄弁に語っている弱々しい微笑だった。

一分か二分、沈黙がつづき、たぶん何も答えてもらえないだろうとシドナムは思ったのだが、そのあとで彼女が答えた。「自分自身を二度と見つけられないこと」

「では、かつて自分を見失ったことがあるんですか」シドナムはそっと尋ねた。

「よくわかりません。できるだけいい母親になろうと努力してきました。なんとかして、デイヴィッドの母親と父親の両方になろうとしてきました。息子が幸せで意欲的な人間に育ってくれれば、それだけでわたしも幸せです。でも、息子が巣立っていったあと、わたし自身のなかに何が残るのでしょう。巣立ちのときはかならずきます。まず学校に入り、つぎに、大人になった息子が自分の人生を歩みはじめる。わたしは十七年か十八年分の広さと深さを持つからっぽの黒い穴を見つけることになるのでしょうか。いやだわ、何をいってるのかしら。こんな話、誰にもしたことがなかったのに。考えることすらしないようにしてきたのに」

「ときには」シドナムはいった。「友達や親戚より、思いやりのある他人に打ち明けるほうが楽なこともあるものです」

「あなたがその人なの?」ふたたび彼女にちらっとみつめられて、シドナムは彼女の顔が太陽に照らされているのに気づいた。当分のあいだ、上流社会には見られない小麦色の肌になってしまうだろう。

「思いやりのある他人? そうです。ところで、お気づきになったことはありますか——人は自分の孤独を認めるぐらいなら、どのような悪徳や欠点でも認めてしまうものだということを。まるで孤独が恥ずべきことのように」

「わたしは孤独です」アンはほとんど息もつかずに早口でいった。「恐ろしく孤独です。そして、ええ、恥ずべきことだと思います。同時に、感謝の念がないとも思います。息子がいるというのに」

「その息子さんは、ほかの子たちと遊びながら自分の人生を築きあげるのに忙しい」

「ついさっき、ぞっとすることがありました」アンは急いでいった。「だから、一人でここに散歩にきたんです。みなさんが浜辺からひきあげようとしていて、わたし、なんの気なしにデイヴィッドと手をつなごうとしました。もう小さな子供じゃないのに、ときどきそれを忘れてしまうんです。デイヴィッドは『やめてよ、ママ！』といって、逃げだし、ジョシュアとならんで歩きだしました。ジョシュアは自分の子供を肩車しているのに、デイヴィッドの髪をくしゃくしゃっとなでて、あの子の肩に手を置き、しきりに話しかけていました。二人とも意地悪をしたわけじゃありませんのよ。ジョシュアなんて、何があったのか見てもいないんですもの。愚かですわね、そんなことで傷つくなんて。子供も大人もほかにおおぜいいましたから、そのなかの誰かと一緒に屋敷へもどればよかったんです。でも、とても寂しくて怖かった。ほかの子たちや、喜んでデイヴィッドの相手になろうとしてくれる大人たちと、どうして息子の愛情を奪いあうことができきまして？　なぜそんなことをしなきゃいけませんの？　息子のために喜んでるのに。同時に、自分の料簡の狭さがいやでたまらない」

そうだったのか――シドナムは思った――自分は彼女のことをひどく誤解していた。彼女に与えられた人生においては、美貌はなんの価値も持たず、それも息子が成長するにつれてゆっくりと無慈悲に変化していく。子供の父親である男のことを、シドナムはちらっと考えた。その男はどうなったんだ？　彼女はなぜそいつと結婚しなかったんだ？　いや、もっと的確にいうなら、そいつはなぜ彼女と結婚しなかったんだ？

「あなたと競争するなんて」シドナムはきっぱりいった。「いまも、これからも、誰にもできませんよ、ミス・ジュウェル。あなたは息子さんの母親なんだ。息子さんはあなたに愛され、癒され、支えられ、守られ、認められたいと思っている。ある意味では、将来もずっとそうでしょう。ぼくと母のことを考えてみても、ぼくの心のなかで母の代わりになれる人は誰もいません。しかし、母親と息子の関係は対等なものではありません。あなたと二人きりだと、息子さんは孤独を感じるでしょう。ちょうど、あなたが息子さんとの二人暮らしに孤独を感じているように」

「でも、わたしには友達がいます」アンは反論した。

「ぼくもです」彼が答えた。「こちらにきてもう五年、友達がたくさんできました。そのうち何人かとはとくに親しくて、いつ訪ねていってもかまわないし、どんなことについても気兼ねなく話ができます。ハンプシャーには、父、母、兄、兄嫁がいて、心からぼくを愛してくれ、ぼくのためならどんなことでもしてくれます」

彼女のほうは家族の話をまったくしていないことに、シドナムは気づいた。話に出たのは息子のことだけだ。

「でも、孤独だとおっしゃるの？」

「そう、たしかに孤独です」シドナムは正直に答えながら、向きを変え、太陽に照らされた崖が灰色というよりも銀色にきらめき、頭上の空が濃紺に変わっていくのをみつめた。

こんな言葉を口にしたことは、これまで一度もなかった。ひとりごとをつぶやくときでさえ。だが、それはまさに真実だった。

「ありがとう」彼女が意外な返事をした。ほかに何かいおうとするかのように息を吸ったが、それきり黙ってしまった。

ありがとう？　だが、シドナムのほうも彼女に感謝したい気持ちだった。彼女は彼に孤独かと尋ね、つぎに自分自身の孤独を認め、自分の不安定な人生をちらっと見せてくれた。苦悩と不安定という共通の人生体験を通じて、二人を結びつけてくれた。彼自身の人生に特殊な点や哀れな点はないのだという気にさせてくれた。

シドナムは多くの者から哀れみの対象として見られているため、自己憐憫に陥らないようにするには、つねに並々ならぬ気丈さが必要だった――いつも成功するとはかぎらなかった。とくに、最初のころはだめだった。孤独な自分を哀れんだことはなかった。それは彼の人生の現実にすぎず、それに順応してきた――人が孤独に順応できるものであるなら。

「そろそろもどらなくては」アンはいった。「デイヴィッドと離れて一、二時間たってしまったので、あの子に会いたくてたまりません――あら、なんてバカなことを申しあげたのかしら。散歩につきあってくださってありがとうございます、バトラーさま。半時間を楽しくすごさせていただきました」

「あのう」彼はいった。「息子さんがほかの子と遊ぶのに夢中になり、あなたが屋敷の客でいることが多少気詰まりになったら、またぼくと散歩してくれませんか、ミス・ジュウェル。そうすれば……いや、いいんです」彼は急にバツが悪くなった。

「喜んで」アンはあわてて答えた。

「ほんとに？」彼は立ち止まり、向きを変えてアンを見た。顔の正面をわざとそちらに向けるようにした。「じゃ、明日は？　同じ時刻に。ぼくの住んでるところをご存じですか。コテージなんですが」

「門の近くにある藁葺きのかわいい家？」

「そうです。明日はそちらのほうへ歩いてきてくれませんか」

「ええ」

二人はみつめあい、シドナムは彼女が下唇を噛んでいるのに目を留めた。

「では、明日」彼女はそういうと、向きを変え、裸足《はだし》のまま砂浜を横切って崖の小道のほうへ急いだ。

シドナムは去っていく彼女を見送った。

〝……デイヴィッドと離れて一、二時間たってしまったので、あの子に会いたくてたまりません〟

息子について感傷的な言葉を口にしたことを、彼女は詫びた。だが、その言葉はシドナムの頭のなかにこだましつづけ、彼は一瞬、目ざめたままで幻想に浸った。夢のなかだからという言い訳はできない。

いまの言葉がデイヴィッドではなく、自分について、シドナム・バトラーについていわれたものだったら？

〝……彼に会いたくてたまりません〟

5

翌朝、チャールズ・ロフター牧師夫妻は隣村の教区牧師を表敬訪問するために、馬車で出かけていった。トンプスン夫人と子供たちも同行し、そのなかには十歳のアレグザンダーも含まれていた。ビューカッスル公爵夫人はエイダン卿夫妻を連れて、前回ウェールズにきたときに知りあった隣人の家へ出かけていった。デイヴィーとベッキーもついていった。公爵夫人の赤ん坊と、レディ・エイダンの娘で二歳になるハナは子供部屋に残された。

どちらのグループもデイヴィッド・ジュウェルを誘ってくれたが、デイヴィッドは屋敷に残るほうを選んだ。アンが子供部屋へ行ってみると、デイヴィッドが感心にも幼い子供数人の遊び相手になっていて、子供たちはつぎに誰がデイヴィッドの背中に乗るかをめぐってすさまじい口喧嘩をしていた。

「つぎはローラだよ」デイヴィッドがダニエルにいいきかせていた。「そのつぎはミランダ」

アレイン卿の双子の片方がはりきってデイヴィッドの背中に乗り、デイヴィッドが部屋を這いまわって何回か跳ねたりヒヒーンと鳴いたりしたので、キャーキャー笑いながら、デイヴィッドの首にいっそう強くしがみついた。そのあいだ、ラナルフ卿の娘のミランダやほかの子供たちは、自分の順番を待ちながら飛び跳ねていた。

十分後、デイヴィッドは「お馬さんは麦を食べてくるね」といって、アンのところにやってきた。髪がくしゃくしゃで、頬が紅潮し、目に楽しそうなきらめきが宿っていた。

「みんなから残ってって頼まれたんだ」と説明した。「だから、ぼく、残ったの」

「偉いわ」アンはそういって、息子の額に落ちた髪を掻きあげた。髪はすぐまた落ちてきた。いつものことだ。バースの学校にいるときは生徒のなかで最年少のデイヴィッドにとって、小さな子供たちのヒーローになったことがいかに大きな意味を持っているかに、アンも気がついた。

「今日の午後は、みんなとまたクリケットをするんだ。ジョシュアおじちゃんが球の投げ方を教えてくれるんだって」

ジョシュアおじちゃん？　一瞬、アンはムッとした。彼女もジョシュアのことが大好きだし、昔から変わらず力になってくれることには感謝しているが、ホールミア侯爵と自分の息子との関係だけはぜったいに認めたくなかった。しかし、反射的に「ホールミア卿と呼びなさい」と息子をたしなめようとして、そこで思いとどまった。〝ジョシュアおじちゃん〟という呼び方は、どう考えても、デイヴィッドの思いつきではない。

「で、上手に投げられる？」アンはきいた。

「まだだめ」デイヴィッドは白状した。「けど、公爵夫人が、見込みがあるっていってくれたよ。ぼくから四点も奪ったあとで。それからラナルフ卿が打席についたとき、ぼく、ウィケットを倒してアウトをとったんだ。ラナルフ卿がわざとそうしてくれたんだと思うけど」

「じゃあ」アンは息子に笑いかけ、身をかがめて、しきりにデイヴィッドの脚をひっぱっている、ロズソーン伯爵の息子でまだよちよち歩きのジュールズ・アシュフォードを抱きあげた。「ラナルフ卿が本気になったときでもアウトがとれるように練習しなきゃね」高い高いをしてやって、子供がキャーキャー笑うまで待ってから、下におろして鼻をこすりあわせた。

「ママ」デイヴィッドの声が新たな種類の熱意を帯びた。「レディ・ロズソーンが午前中に絵を描きにいくことになってて、一緒に行こうって誘われたんだけど。ぼくの分のイーゼルと絵具も用意してくれるって。行っていい？　いいでしょ？　ママも見にくる？」

「とっても親切な方ね」アンはいった。そのあいだも、腕に抱いた子供が身体をはずませ、キャーキャー笑い、もう一度高い高いをしてほしいとせがんでいた。アンは望みを叶えてやり、笑いながら子供を見あげた。

デイヴィッドは昔から絵を描くのが好きで、アンも上手な絵だといつも感心している。ミス・マーティンの学校で美術を教えるアプトン氏などは、デイヴィッドには本物の才能がある、大切に伸ばしてやらなくては、と主張している。

「生涯の親友ができましたね、ミス・ジュウェル」彼女の背後でロズソーン伯爵がいった。

「だが、すこしでも油断すると、ヘトヘトにさせられますぞ。さあ、おいで、息子や」

ジュールズは早くもそちらへ手を伸ばしていた。

伯爵と一緒に夫人も子供部屋に入ってきていた。

「絵を描きにいくお許しは出たかしら、デイヴィッド？」ときいた。

「ご迷惑でなければいいんですけど」アンはいった。

「とんでもない」伯爵夫人はアンを安心させ、子供部屋の向こうからスキップしながらやってきた三歳の子供を抱きあげた。「少年のなかにひたむきな芸術家の魂を発見することができて、わたしも喜んでますのよ。ええと、ジャック、あなたはお父さまと、ジュールズと、ジュディス叔母さまのところのウィリアムと一緒に、羊さんを見にいってらっしゃい。お父さまが一匹つかまえてくださったら、背中に乗ってもいいわよ。楽しそうでしょ」

「わたしが羊を追いかけるのを見物するのは、まちがいなく楽しいだろう」伯爵が哀れな声でいった。

「ご一緒にいらっしゃいません、ミス・ジュウェル？」伯爵夫人がいった。「海を描こうと思ってますの。いつの日か、海の真髄をとらえることができると信じています。もっとも、カップ一杯の水を手のなかに溜めようとするのと同じぐらい不可能なことだといわれてきましたけど」

「だが、そういったのはわたしじゃないからね、きみ《シェリ》」伯爵がいった。「きみが川でそれをやるのを見てきた——あ、真髄をとらえるって意味だよ」

うららかな気持ちのいい朝で、自分で絵を描く気はなかったものの、アンにとっては楽しいひとときだった。三日前の夕方にバトラー氏が立っていたまさにその岬に、伯爵夫人がイーゼルを置いた。アンには荒涼たる風景としか思えず、自分ならもっと絵になる場所を選ぶのにと思ったが、伯爵夫人は草むらにすわって膝をかかえこんで自分だけの沈黙の世界に入っていく前に、この場所を選んだ理由を説明した。

「わたし、ろくでもない家庭教師にいつもがっかりさせられてましたの」といった。「リンジー館の庭園でいちばん愛らしい場所を見つけて、花や木々や小鳥を描くように、というんですもの。それから、わたしが絵を描きはじめると、そばをうろうろして、わたしのやることをすべて非難しながら、絵はどう描くべきかを滔々《とうとう》と論じるんです。でも、絵を描くことは、愛らしさとなんの関係もありませんわ、ミス・ジュウェル。あるいは規則に従うこととも。すくなくとも、わたしにとってはね。絵を描くというのは、目に見えるものの内部に入りこみ、その奥にある現実をつかむことなんです」

「自分を見るのと同じような目で物事を見るってことでしょ」だしぬけにデイヴィッドがいった。

「まあ」伯爵夫人は笑いだした。「よくわかってるのね、デイヴィッド。わたし、あなたが選ばないような場所を選んでしまったかしら。自分勝手だった？」

「そんなことありません」デイヴィッドは断言した。「ぼく、どこででも描けるよ」

二人の連れが無言で絵を描きつづけるあいだ、アンは腰をおろして日光浴を楽しんだ。すでに二時間はたったにちがいない。

今日の午後もバトラー氏と散歩に行くことになっている。でも、今回はあらかじめ約束したうえで。向こうが誘い、わたしが承知した。どちらもずいぶん意外なことね。わずか二日前の夜には、彼にあまり好意を持たれていないような気がしてならなかったのに。厳密にいうなら、腰をおろして二人でしばらく話をする前のことだけど。それから、一緒に浜辺を歩いたときも、そばにいてくつろげる相手ではなかった。彼を見るのは簡単なことではなかった。

なのに、なんという会話をしてしまったのかしら！ ふだんは自分に対して認めることすら避けている事柄を、彼に包み隠さず話してしまったなんて、自分でも信じられない。

自分が孤独だと思ったことは、めったになかった。

現在、二十九歳。十年前——正確にいうなら、十年とすこし前——には、自分の選んだ男と平凡な幸せに満ちた人生を送るつもりでいた。あのころは、いつまでも幸せに暮らせるものと信じていた。だが、デイヴィッドの誕生と——それに先立つ出来事のせいで——彼女の計画していた未来はズタズタになってしまった。

九年のあいだ——もうじき十年になる——デイヴィッドが彼女のすべてだった。彼女の現在だった。しかし、彼女の未来ではない——そのことはアン自身もよくわかっている。でも、想像の世界にしか存在しないのに、未来ってそんなに大切なものなの？ 現在だけで充分じゃないの？

でも、わたしに必要なのは未来というより、希望だわ――アンは気づいた。わたしが孤独に陥り、ときたま、ぞっとするほど絶望に近いもののへりへ追いやられるのは、希望がないせいね。

クローディア・マーティンの学校で一生を終えることになるの？　そこで教えることをアンは愛していた。心の底から。そして、生徒全員（とくに慈善事業の生徒）と、クローディアと、スザンナが大好きで、それから、やや程度は落ちるが、ほかの教師たちのことも好きだった。残りの生涯をそこで送るとしても、気の滅入る点はまったくない。

ううん、本当はある。

バトラー氏から散歩に誘われて、愚かにも、そんな些細なことが重大に思えてきた。伯爵の子息である紳士が、わたしともっと一緒にいたいというだけの理由で散歩に誘ってくれた。ほかに理由はありえない。そして、わたしのほうも、彼ともっと一緒にいたくて誘いに応じた。

そういう単純なことにすぎない。

彼の外見もべつに気にならなかった。求婚されたわけではないのだし。

そして、正直なところ、散歩に誘われてうれしかった――自尊心をくすぐられさえした。この十年間、散歩に誘ってくれた男はほかに一人もいなかった。

先に絵を描き終えたのはデイヴィッドだった。絵筆を洗い、アンを見あげた。

「見にこない、ママ？」といった。

デイヴィッドはたったひとつの岩を選んで描いていた。岬の端からつきだした岩であることが、アンにもわかった。そのうちに割れて、下の浜辺へ落下するだろう。しかし、いまはまだ、わずかに傾いて岬にしがみつき、ひび割れから生えた植物が岩を岬につなぎとめている。デイヴィッドの描いた絵を見て、アンは、いままで二時間ほどぼんやり腰をおろして目をあけていながら見すごしていたものを、こまごまとした点まで気づかされた。アンの未熟な目には薄い灰色と緑にしか見えなかったものを描くのに、デイヴィッドはさまざまな色を用いていた。こんなすばらしい絵が描ければ、自慢したがる大人がたくさんいるだろう。わたしだってきっとそう。

「まあ、デイヴィッド」アンは息子の肩を抱いた。「アプトン先生が褒めてくださるのも当然だわ。ねえ？」

「けど、すごく平板な感じ」デイヴィッドは反論した。

伯爵夫人がイーゼルの上から二人に笑いかけていた。

「ミス・ジュウェル」といった。「辛抱強くつきあってくださいましたわね。息子さんも、わたしも、一緒にいて楽しい相手じゃなかったでしょうに。絵を見せてもらっていいかしら、デイヴィッド」

デイヴィッドがうなずくと、夫人がやってきて絵を見た。

「まあ」まる一分間、無言で絵を見つめてから、夫人はいった。「たしかに、あなたには芸術家の目が備わってるわ。わたしの絵も見てみない？」

デイヴィッドが夫人のイーゼルの向こう側へ飛んでいったので、アンもあとにつづいた。

「わ、すごい！」デイヴィッドがいった。

夫人が描いたのは海で、陽ざしを受けてきらめき、空の青と、空を流れていくフワフワした雲が水面に映っていた。しかし、アンが思うに、きれいな絵ではない。目に見える風景を再現しただけのものではない。どういう絵であるかを言葉にするのはむずかしかった。見る側が水面下へ誘われ、空を見あげているという感じだろうか。いや、たぶん、それもちがう。水中にひきずりこまれ、空のなかへひきずりこまれる、といった感じ。

デイヴィッドはなんていったかしら。〝自分を見るのと同じような目で物事を見る〟いつからそんなことがいえるようになったの？

「あら、思いがけない人がやってくるわ」不意にレディ・ロズソーンがいい、温かな笑みを浮かべて、手をふろうと片手をあげた。「シドナム、いいところで会ったわね」

アンがあわててふり向くと、なるほど、バトラー氏が崖の小道をやってくるところだった。初めて会ったときと同じ服装で、それに帽子が加わっていた。彼女が見ているあいだに、その帽子を軽く持ちあげた。

デイヴィッドがすごい勢いで彼女の横に飛んできて、うしろで身を縮めた。

「ママ」と小声でいった。半べソだった。

「おはよう、モーガン、ミス・ジュウェル」小道で足を止めて、シドナムが挨拶した。「爽《さわ》やかな日ですね。農場のひとつから近道をして帰るところなんです」

「わたしたちは絵を描いてたのよ。見ればおわかりでしょうけど」レディ・ロズソーンが彼にいった。「こっちにきて、わたしの下手くそな絵の欠点を残らず指摘してくださらない？」

彼が一瞬躊躇《ちゅうちょ》したようにアンには思えたが、やがて、近づいてきた。ちらっと視線が合って、アンはわけもなく脈が速くなるのを感じた。二人だけの秘密があるかのように。あとで彼と会うことになっている。二人で散歩に出かける約束になっている。

求婚されてるような気になるなんて、とんでもないおバカさんね。まったく……あきれた人。

「きみが描いたものをぼくが批判したことなんてあったかな、モーガン」彼はそういいながらやってきて、レディ・ロズソーンのイーゼルの前に立った。デイヴィッドがアンをひっぱって脇にどいた。「ぼくにはそうは思えないが」

「一度もないわ。あなたはいつも親切で、いつも励ましてくれた。でも、あなたが絵を見にくると、わたし、いつも緊張したものだったわ」

「これは」頭を絵のほうへ傾け、沈黙のなかで立ちつくし、ずいぶん長く感じられる時間がすぎてから、シドナムはいった。「じつにみごとだ、モーガン。この前きみの作品を見せてもらったときに比べると、画家としてずいぶん成長したようだね」

レディ・ロズソーンは微笑して、彼のそばに寄り、首を傾けて絵をみつめた。

「そうね、もしかしたら、多少はましになったかもしれない」と、笑いながらいった。「でも、けさは画家仲間を連れてきたのよ。デイヴィッド・ジュウェルにはもうお会いになった？　ミス・ジュウェルの坊ちゃんよ。デイヴィッド、この人はバトラーさん。ここで公爵家の管理人をしていて、子供のときからわたしととっても仲良しだったの」

「デイヴィッド」彼のほうを向いて、バトラー氏が声をかけた。

「こんにちは」デイヴィッドはちょこんとお辞儀をして、アンにいっそう強くしがみついた。「ぼくの絵、上手じゃないです。あんな大きなもの、ぼくには見えない」片手で弧を描くようにして、レディ・ロズソーンの絵をさし示した。

「そして、わたしには、あんな小さなものは見えないわ」デイヴィッドの絵のほうを向いてうなずきながら、伯爵夫人がいった。「でも、大きなものも、小さなものも、どちらも存在するのよ、デイヴィッド。そして、どちらも神さまの御心《みこころ》をわたしたちに見せてくれる。昔、あなたにそういわれたのを覚えてるわ、シドナム。わたしがデイヴィッドぐらいの年で、あなたみたいに上手な絵はぜったい描けないって思いこんでたときに」

　ああ——彼の背中をみつめ、芸術家のように長い指をしているという印象を受けたことを思いだしながら、アンは胃に不快なしこりを感じた——じゃ、この人、やっぱり絵を描いてたのね。

「きみの絵を見せてもらってもいいかな、デイヴィッド」バトラー氏が尋ね、それを見るために全員で移動した。デイヴィッドはアンにぎゅっとしがみついたままだった。

「すごく平板なんです」デイヴィッドはいった。

　しかし、バトラー氏はレディ・ロズソーンのときと同じように、無言で絵をみつめていた。

「誰かに教わったんだね」といった。「いくつもの色を用いて、絵心のない者にとってはひとつの色彩としか思えないものを創りだすことを」

「アプトン先生です」デイヴィッドは答えた。「ママの学校にいる美術の先生」

「まだこんなに小さいのに、呑みこみの早い子だ」バトラー氏はいった。「この同じ岩をべつの時刻に、あるいは、べつの天候のときに描いたら、色彩もちがってくる。そう思わないかね」

「岩そのものもちがって見えます」デイヴィッドはいった。「光っておもしろい。光はただの光じゃない。そのこともアプトン先生が教えてくれました。光は虹みたいなんだって、知ってました？　ぼくらの目には見えないけど、七色全部そろってるんだって」

「すごいことだね」バトラー氏はいった。「そういう話をきくと、つくづく思う——ぼくらの周囲にはつねに、あらゆる種類のものが何百万と存在してるのに、それに気づくことができない。なぜなら、人間の感覚に限界があるからだ。きみにわかるかな」

「はい」デイヴィッドはいった。「視覚、触覚、嗅覚、聴覚、味覚——これで五つ」片手の指を折って数えた。「でも、たぶん、ぼくらの持ってない感覚がほかにもたくさんあると思います。ミス・マーティンが前にそう教えてくれました」

バトラー氏は絵の一カ所を指で示した。岩が岬の崖にくっついている部分で、ひと握りの草によって補強されているかに見える。

「ここが気に入った。あの岩はもうじき落下し、新たな形になって下の浜辺で存在することになるだろうが、いまのところは、崖の上の地盤に勇敢にしがみついてて、地盤のほうも、力のかぎり岩をつなぎとめようとしている。あの岩に目を留めるとは、きみはなんて利口な子なんだろう。ぼくにはとてもできない。じっさい、ここに何回も立っていながら、一度も気づかなかった」

アンが気づいたのは、デイヴィッドが自分の脇から離れて、イーゼルの——そして、バトラー氏の——近くに立ったということだった。

「岩の傾きを見ることができるし、その下の深い海と上の崖の存在もかすかに感じられる」

バトラー氏はいった。「遠近感がみごとに出ている。この絵は平板だって、さっきいってたけど、どういう意味だい」

「あの……」しばらくのあいだ、デイヴィッドは自分のいいたいことを説明する言葉が見つからない様子だった。絵をさし示し、自分の指で招くようなしぐさをしてみせた。「じっとしてるだけだもん。平板でしょ」

バトラー氏が向きを変えてデイヴィッドを見た。アンはふたたび、息を呑むほど端正な彼の顔立ちに——そして、時間と注意を子供に向けてくれるやさしさに、胸を打たれた。

「油絵を描いたことはあるかい、デイヴィッド」

デイヴィッドは首を横にふった。

「学校には油絵具がないんです。アプトン先生がいうには、淑女にふさわしいのは水彩絵具だけだって。あの学校に、男の子はぼく一人だし」

「水彩絵具は紳士のためのものでもある」バトラー氏がいった。「また、油絵具は淑女にもふさわしい。どちらか一方を使う画家もいれば、状況に応じて両方を使い分ける画家もいる。だが、なかには、ぜったいに油絵具を使う必要のある画家がいるんだ。おそらく、きみもその一人だろう。油絵具を使えば、質感が生まれる。絵がカンバスから離れて立体的に見えるようになる。それから、絵に情熱が吹きこまれる。この意味が理解できるぐらいきみが大人になっていればの話だが。学校にもどったら、たぶんきみのママがアプトン先生に話をして、油絵を教えてもらえる可能性があるかどうかたしかめてくれるだろう。だけど、この水彩画はものすごく上手だよ。見せてくれてありがとう」

デイヴィッドは顔を輝かせてアンのほうを見た。

「アプトン先生、教えてくれると思う、ママ？」

「先生にお話ししてみなきゃ」アンは笑顔で息子を見おろして、額に落ちた髪をふたたび掻きあげてやり、そのあとでふと顔をあげると、バトラー氏が自分をじっとみつめているのに気づいた。

やがて、彼は帰ることにした。全員に別れを告げ、帽子をもとどおりにかぶり、つばに手を触れた。

「ねえ、シド」小道のほうへもどろうとする彼に、レディ・ロズソーンがいった。「お願い、いつか一緒に絵を描きにきてちょうだい」

彼がふり向いた。

「それは無理だよ、モーガン」軽い口調でいった。「ウルフリックから給料をもらう身でありながら、仕事の時間をほかのことに悪用したりすれば、あいつから大目玉を食らうことになる」

彼が歩き去るのをしばらく見ていて、いったいどういう事情であんな怪我を負ったのだろうと、アンは思った。歩くときに足をひきずっている。しかし、アンがそんなことを考えているうちに、彼は歩調を整え、ふつうに歩きはじめた。

「バトラーさんは」彼が声の届かない場所まで立ち去ると、デイヴィッドが興奮した声でいった。「怪物だ」

「デイヴィッド！」アンは叱《しか》った。

伯爵夫人がデイヴィッドの肩に手を置いた。

「怪物なの？」

「アレグザンダーがそう呼んでた」デイヴィッドは夫人にいった。「怪物みたいに醜くて、嵐の夜に子供を待ち伏せして、肝臓を食べちゃうんだって」

「デイヴィッド」アンはきびしくたしなめた。「バトラーさんはビューカッスル公爵の荘園の管理人なのよ。ナポレオン・ボナパルトを負かすために戦った勇敢な軍人だったのよ。その戦争のことは、あなたも歴史の授業で習ったでしょ。そして、戦闘でひどい怪我をしてしまったの。尊敬すべき人なのよ。怪物扱いなんて、しちゃいけないわ」

「ぼく、アレグザンダーのいったことをいっただけだよ」デイヴィッドは反論した。「バカだった。今度アレグザンダーにそういっとく」

「わたしはリンジー館で大きくなったのよ、デイヴィッド」絵筆を洗い、絵の道具を片づけながら、伯爵夫人がいった。「兄たちと姉とわたしは、となりの荘園に住むバトラー家の兄弟とよく遊んだものだった。わたしは末っ子だったから、みんな、いつもわたしのことを邪魔にして、外へ遊びにいくときも連れてってくれないの。わたしの憧れの人はキット・バトラーだったわ。だって、わたしが遅れずにすむように、いつも肩車をしてくれたんですもの。でも、いちばん親切にしてくれて、進んで声をかけたり、わたしのことを一人前の大人扱いして話をきいたりしてくれたのはシドナムだった。絵は好きなように描けばいいって励ましてくれたのも彼だった。シドナムが大怪我を負い、半死半生の状態で戦地から送り返されてきたとき、わたし、自分の一部も死んでしまったような気がしたわ。もとの彼にはもどれないだろうと思った。たしかに、そのとおりだった。シドナムは新しい人間になって、ここにやってきた。昔の彼を知らない人や、じっくり時間をかけて彼のことを知ろうという気のない人は、いつまでたっても、怪物という目でしか見ないでしょうね。でも、あなたとわたしは芸術家よ。理解できるはずよ――物事の真の意味は奥深いところに隠れている、物事の真の意味はつねに美しい、ということが。だって、あふれるような愛があるんですもの」

「あの人、絵にくわしいんだね」デイヴィッドはいった。「油絵具の使い方を教えてもらいたいなあ。でも、無理だよね。片腕だもの」

「ええ、そうね」伯爵夫人が悲しげにいった。「それに……あ、いけない、長居しすぎたみたい。ジャーヴェスとジョシュアがわたしたちを連れもどしにやってきたわ」

〝……物事の真の意味は奥深いところに隠れている、物事の真の意味はつねに美しい、ということが。だって、あふれるような愛があるんですもの〟

そんなことってあるかしら――アンは考えこんだ。ほんとにそうなの？

「さあ、愛しい人」声の届く範囲までくると、伯爵がいった。「今日はうまく描けたかい」夫人のイーゼルに近づいて、片手を彼女の肩に置いた。

「まだまだだよ」夫人は残念そうに笑った。「でも、ぜったいあきらめないわ、ジャーヴェス」頭をかしげて、頰を夫の手にくっつけた。

それは一瞬のしぐさで、なんの気どりもないものだった。しかし、アンはそこに親密な夫婦の絆《きずな》を強く感じた。

一方、ジョシュアのほうは、デイヴィッドの絵を褒め、彼のうなじにやさしく手を置いていた。

屋敷にもどる道々、ジョシュアはデイヴィッドのイーゼルと絵を持って、アンとならんで歩いた。少年は腕を左右に広げて空を舞う凧《たこ》のまねをしながら、みんなの前を走り、木々のあいだを抜けたり、芝生を横切ったりしていた。

「デイヴィッドからききましたけど、あなた、あの子をクリケットの名投手になさるおつもり？」アンはいった。

ジョシュアは笑いだした。「熱心に練習すれば、かなりうまくなるだろう。午後のゲームに参加する、アン？　それとも、きのうと同じく臆病者のふりをして、また浜辺に隠れるつもり？」

「散歩の約束をしてるの」アンはいった。

「きみが？　おやまあ。べつのサボり屋と？　そいつは許せん。その女性の名前をいいたまえ。ぼくが懲らしめてやる」

「散歩の相手はバトラー氏よ。公爵家の管理人の」アンの頰が熱くなった。赤面したのがばれなければいいがと思った。でも、どうして赤くなるの？

「ほんとに？」ジョシュアは彼女を見おろし、一緒に黙って歩くあいだも、みつめつづけた。

「ジョシュア」とうとうアンはいった。「二人で散歩に行くだけなのよ。きのう、浜辺で偶然に会って、しばらく一緒に歩いたの。今日もまた歩きませんかって、向こうがお尋ねになったの」

ジョシュアは彼女に笑顔を向けていた。

「なぜきみが浜辺に残ったのかと、ふしぎだったんだ。密会の約束があったのか」

「冗談はやめて！」アンは笑った。しかし、すぐさま生真面目な顔になった。「〝ジョシュアおじちゃん〟と呼ぶようデイヴィッドをそそのかすのは、やめていただきたいわ」

「じゃ、〝サー〟とか〝閣下〟のほうがいいの？　あの子はぼくの身内なんだよ」

「ちがいます」アンは抗議した。

「アン」ジョシュアはいった。「アルバートは腹黒い悪党だった。死んでくれてよかったと思うよ、きみとデイヴィッドとプルーのために。でも、あいつはぼくのいとこで、デイヴィッドはあいつの息子だ。ぼくはデイヴィッドの血縁者。わけもなくあの子をかわいがってるわけではない。プルー、コンスタンス、チャスティティはデイヴィッドの叔母で、その事実をいつでも認める気でいる。あの子にはできるだけ多くの親戚が必要なんだ。きみの側には一人もいないだろ――とにかく、きみがデイヴィッドに会わせてもいいと思う人物は」

「だって、わたしの実家のほうでデイヴィッドに会うのを拒んでるんですもの」アンは叫んだ。

ジョシュアはためいきをついた。

「動揺させてしまったね。すまない。本当にすまない。フライヤにいわれたよ――『アンがどんな気持ちか、わたしにはよくわかるわ。デイヴィッドを一人で育てたいというアンの望みを尊重してあげなくては』と。だけど、〝おじちゃん〟と呼ばせるぐらいはいいだろう、アン。あとの子はみんな、パパと呼べる相手を持っている。まあ、デイヴィーの場合は〝叔父さん〟だけどね。亡くなった父親のことを忘れないようにと、エイダンとイヴがいつもうるさくいってるから」

ジョシュアの意見がもっともなことはわかっているし、非摘出子を親戚として受け入れてくれる親切も身にしみているが、それでもやはり、アンは反論したかった。親戚関係を認めるなんて、どうしても耐えられない。しかし、その瞬間、ロズソーン伯爵夫人がふり向き、二人に向かって何かいったので、残りの道のりは四人で一緒に歩くことになった。

6

　アンはクリケットのゲームを二、三分見てから、そっと抜けだし、到着した日に目を留めた藁葺《わらぶ》き屋根のコテージの方角めざして車寄せを歩いていった。ゲームに参加しないのが自分だけではないことを知って、ホッとしていた。すこし離れたところで公爵夫人が幼い子供たちと輪になって遊び、公爵がそれを見守っていた。いつものきびしい顔つきだが、温かな毛布にくるんだ息子を抱いていた。アンが出ていくのにとくに注目した者は一人もいないようだ。ジョシュアがみんなに吹聴せずにいてくれることを、アンは願った。

　ベドウィン家の全員が彼女の行き先を知り、大まちがいの結論をひきだすとしたら、考えただけでぞっとする。ロマンティックな逢引《あいび》きではないのだから。でも、みんなはきっと、アンが傷ついた孤独な男をたぶらかす気でいるのだと思うだろう。

　車寄せから離れ、ドギマギしながらコテージに近づいた。召使いがいるのかしら。見知らぬ女がドアをノックして「バトラーさんはいらっしゃいます?」と尋ねたら、向こうはどう思うだろう。

しかし、そんな心配は無用だった。白壁のコテージをとりまく愛らしい花壇の外側に低い石塀と木の門があり、そこに近づきもしないうちに、玄関ドアがひらいて、彼が出てきた。

アンは小道で立ち止まった。

「きてくださるかどうか心配でした」彼女のほうにやってきて、門をひらき、うしろ手でしめながら、シドナムはいった。「お屋敷の客であるあなたを誘うなんて、ぼくも図々しかった。それに、けさは息子さんやモーガンとご一緒だったし。ひょっとすると――」

「きたかったんです」アンはいった。

「ぼくもきてほしかった」彼はかすかな笑みを見せた。

アンは突然、彼の前で恥じらいを感じた。まるで本物の逢引きみたい。誰かが見ていたら、わたしたち、きっと情けない姿でしょうね――窓から召使いがこっそりのぞいていないことを願った。年齢が半分の少年と少女みたいに、ぎくしゃくしているにちがいない。

「峡谷のほうはごらんになりましたか」彼がきいた。

アンは首をふった。「お屋敷の庭園と、崖と、浜辺しか見ておりません」

「一年のうちでもっとも美しい時期ではないんですよ」車寄せまでもどって反対側へ渡ろうと身ぶりで示しながら、彼はいった。「春には、野生の水仙とブルーベルが森の地面をおおいつくし、その一帯を魔法の国に変えますし、秋になれば、頭上に色鮮やかな屋根ができ、足もとには色鮮やかな絨毯《じゅうたん》が敷きつめられます。でも、どの季節もすてきです。冬はとくにいい。いまはすべてが緑色だが、あなたが芸術家の目をお持ちなら、緑にもさまざまな色合いがあり、花が咲いていなくとも、五感にとっては非の打ちどころのない豪華な祝祭であることがおわかりになるはずです」

アンはほどなく、峡谷に入ったことを知った。木々がまばらに生えた林や茂みを歩いていくと、やがて、地面が下りになって、眼下にこんもり茂った森が見えてきた。

二人は草むらや堅固な大地や露出した木の根などを頼りに、安全な足場を見つけながら長い急斜面をおりていき、やがて、峡谷の底にたどり着いた。広く浅い川が瀬音を立て、ゆるやかに蛇行しながら海のほうへ流れていた。いまいる場所からだと海は見えないが、アンは海の香りを感じた。また、木々の香りや夏の大気の温もりも感じた。頭上の木の枝が太陽のぎらぎらした輝きをさえぎって、歓迎すべき木陰を作ってくれている。

この峡谷には、俗世を超越した安らぎが漂っていて、わずか数分前にいた場所から何マイルも遠くへきたような気がした。頭上で木の葉がやさしくそよいでいた。

「きれいですね」アンは木肌に手を触れ、頭をもたせかけた。カモメが一羽、上空で鳴いている。

「ウェールズは美しいところです。このあたりの土地は大部分がイングランド人の所有ですが、イングランドとはまったくちがいます。ここには、古代のケルトの歴史、神秘主義、平和、音楽があるのです、ミス・ジュウェル——計り知れない富が。ウェールズの男性もしくは女性がハープを奏でるのをきくまでは、あるいは、ウェールズ人の歌声をきくまでは——

できれば、聖歌隊の合唱がいいですね——音楽が魂に何を与えてくれるかを知っているなどとはとても主張できません。村のチャペルの司祭をしているテュードル・リースというウェールズ人がいましてね、ぼくにウェールズ語を教えてくれています。時間ばかりかかって、あまり進歩がありませんが。難解な言語なんです」

「わかりますわ」アンはいった。「あなたがウェールズに恋をなさったことが、バトラーさま」

「ここで一生を送りたいと思っています。グランドゥール館でという意味ではありませんよ。男には自分の居場所が必要です。自分の財産だと思えるものが。自分だけの家が」

アンは思いもよらぬ憧《あこが》れが胸に広がるのを感じ、ざらざらした木肌に手を強く押しつけた。

「で、そのような場所をすでに考えてらっしゃいますの？」

「ええ」

アンは一瞬、彼がさらに言葉をつづけるのかと思ったが、そうはならなかった。首をまわして、非の打ちどころのない端正な側だけが彼女の目に入るようにした。個人的すぎる話題だったのね——アンは思った。こちらは結局、赤の他人だもの。しかし、羨望《せんぼう》を感じた。

〝男には自分の居場所が必要です。自分の財産だと思えるものが。自分だけの家が〟

ええ。女だって、そういうものが必要よ。

「川沿いの道を歩いていくと、橋の下に出ます。あなたが初めてこられたとき、グランドゥール館へ行くのに、たぶんそこを渡られたはずです。そこを通り抜けると、小さな浜辺があって、引き潮のときには大きな浜辺とつながります。ごらんになりますか」

「ええ」アンは彼とならんで歩きはじめた。「あ、橋のことを思いだしましたわ。緑豊かなかわいい谷間にかかっているという印象でしたけど、すっかり忘れていました。ここがまさにその谷なんですね」

一分か二分のあいだ、心地よい沈黙がつづき、二人のあいだで沈黙が長びくことにアンは満足を覚えた。だが、ついにそれを破ったのは彼女のほうだった。

「ご親切にありがとうございました。けさ、デイヴィッドのために時間を割いてくださって。絵の批評をいただいて、あの子、とても感激していました」

「九歳の子供にしては、風景のとらえ方がすばらしいし、技術もかなりのものです。励ますに値する子だ。しかし、ぼくからわざわざ申しあげるまでもありませんね」

「あなたも絵を描いてらしたんですか」

返事がくる前に、してはならない質問だったとアンは気づいた――彼の表情がこわばった。しかし、質問を撤回したくとも、もう手遅れだった。彼はしばらく時間を置いてから答えた。

「昔はね。だが、いまはちがう」と、ややぶっきらぼうにいった。「右利きなんです、ミス・ジュウェル」

ふたたび沈黙が流れたが、もはや前のような心地よいものではなかった。アンが彼の個人的な世界へ土足で踏みこんでしまったのだ――ロズソーン伯爵夫人が彼の絵の才能について真実を語っていたとすれば、彼の個人的な苦悩のなかへ。彼は右利きだったが、右手は失われてしまった。絵を描くことはもうできない。

彼が不意に歩くのをやめて、木にもたれた。アンも川岸の近くで足を止め、恐る恐る彼を見あげた。彼の目はアンの頭上を通り越して向こう岸の斜面をみつめていた。

「申しわけありません」アンはいった。「あのような質問をすべきではありませんでした。許してください」

彼の視線が落ちてアンの上で静止した。「そこなんですよ、問題は、ミス・ジュウェル。人々が――とくに、ぼくの大好きな人々が――ぼくの前で出すのを恐れている話題がたくさんあるため、安全なのは天気と政治の話だけになってしまう。政治の話にしても、いくつかの出来事については、みんな、極力避けようとしています。たとえば、最近の戦争に関係したこととかね。周囲がぼくを傷つけることを恐れるものだから、ぼくは神経過敏になってしまった。肉体の一部が回復不能の損傷を受けたというだけで、つねに脆《もろ》い花のような目で見られているのです」

「でも、本当のあなたはちがうんですか」アンは彼に尋ねた。

彼は悲しげに微笑した。

「あなたは？」お返しに彼がきいた。「未婚の母になったから？」

面と向かってその事実をそっけなく口にする者は、ふつうはいない。

「こちらが先に質問しましたのよ」アンは身をかがめ、小石を何個か拾うと、片手を高くあげて、一個ずつポチャンと水面に落としていった。

「ぼくは人間が驚異の回復力を持つ生きものであることを知りました、ミス・ジュウェル。ぼくの人生は終わったと思っていました。そうでないとわかってからも、長いあいだ、終わってくれることを願っていました。そう願いつづけ、自分を哀れみ、人々の同情を買い、一生をみじめにすごすという選択肢もあったでしょう。だが、ぼくはそういう生き方を選ばなかった。人生を新たな方向へ向け、まずまずの成功を収めてきました。絵や画家に関係することは、けさまで極力避けてきました。モーガンの頼みを受け入れて彼女の絵を見たのは苦痛だった――耐えがたい苦痛だった。絵具の匂いだけでも……まあ、どうにかそれを切り抜け、歩いて帰宅するあいだ、自分を誇らしく思ったほどでした。家に着くと、帳簿を今日の分まできちんとつけて、書かなければならなかった手紙を二、三通書きました。人生はつづいていくのです」

「で、だいたいにおいて、幸福なんですか」アンは彼に尋ねた。だが、彼は以前、孤独であることを認めていた。

「幸福？　だいたいにおいて？　幸福というのは束の間のものです。誰かのところに永遠にとどまることは、けっしてありません。もっとも、ぼくたちの多くは、いつか永遠の幸せが訪れるだろう、死ぬまで幸せに暮らせるだろう、などというばかげた考えを頑《かたく》なに信じていますけどね。ぼくもほとんどの人と同じように、幸せな瞬間というのを知っています。たぶん、一部の人々が気づかずに終わってしまうもののなかに幸福を見つけることを学んだのでしょう。いまこの瞬間、夏の暑さを感じ、木々と水を目にし、空を飛ぶ見えないカモメの声を耳にしています。いつもは一人でここにくるのに、いまは連れのいる珍しさを味わっています。そして、この瞬間がぼくに幸福をもたらしてくれるのです」

アンは不意に涙があふれてくるのを感じて顔をそむけた。一緒にいて幸福だと、彼がいってくれている。知らない相手が――男性が――アンと一緒にいて幸せだといってくれたのだ。

「今度はあなたの番ですよ」彼がいった。

「あら、わたしは脆くなんかありません。デイヴィッドが産まれたときに、わたしの人生は変わりました。ときたま、悲惨な変わりようだと思いたくなることがあります。でも、あの子がわたしの人生に大きな愛を与えてくれました。しみじみ思いますわ――わたしはこの世でもっとも祝福された者の一人なんだ、と。周囲の助けを得て、あなたと同じように自分の人生を新たな方向へ向け、ミス・マーティンの学校で有意義な人生を送るようになりました。おっしゃるとおりですわ、バトラーさま。人は自分の人生をまわりの状況に順応させ、たとえ一瞬の幸せであろうと、そこにある幸せをつかまなくてはなりません。それができなければ、神の恩寵《おんちょう》を受ける機会を逃すことになります。いまがまさに幸せな瞬間ですわ。いつまでも忘れません」

「〝神の恩寵を受ける〟」彼は低くつぶやいた。「ぼくはその言葉を忘れないでしょう。気に入りました」

アンは両手をこすって、拾った小石についてきた土くれを払い落とし、顔をあげて彼に笑いかけた。

「息子さんの父親を愛してらしたんですか」彼がきいた。

その言葉に、アンは殴られたような衝撃を感じた。目を閉じると、かすかにふらついた。今度は向こうが彼女の個人的な世界に入りこんできた――彼女の個人的な苦悩のなかに。おたがいさまというべきか。

「いえ」アンは答えた。「愛してはいませんでした。憎んでいました。ええ、憎んでました」

「その人はいまどこに?」

「亡くなりました」

その事実に悲しみを感じたことは一度もなかった。あるいは、自分にも責任の一端があったかもしれないという事実に対して、罪悪の疼《うず》きを感じたこともなかった。

「散歩をつづけましょうか」もたれていた木から身体を離して、彼が提案した。

「ええ」

ふたたび歩きはじめて、アンはホッとした。前方に橋と峡谷の終わりが、そして、浜辺と峡谷を隔てる草の生えた砂丘が見えてきた。

橋を支える三つの石のアーチにみとれながら、橋の下を通り抜け、数分後には、草の生えた砂丘を横切って、もっと堅固で平らな砂地が広がる小さな浜辺に出ていた。そこは崖に囲まれていて、目を前方へ向けると白波の立つ青い海があり、上のほうを見ると、もうすこし淡い空の青が広がっていた。川は砂丘のまわりで幾筋にも分かれ、細い水路となって浜辺から海へ流れこんでいた。

きのうは――アンは思った――自分の孤独を認めあった。今日は自分の脆さを否定している。きのうは真実を語った。今日はたぶん、二人とも嘘をついているのだろう。

二人とも脆い。彼は二度と絵を描くことができない。わたしは夫を持つことも、家庭を作ることも、もっと多くの子を産むこともできない。

「永遠に失ったもののことを、いつまでも嘆いているわけにはいきません」まるでアンと同じ思考回路をたどったかのように、彼がいった。「ぼくが目や腕を再生できないのと同じく、あなたのほうも、社会的に見れば、無垢《むく》な評判をとりもどすことはもうできない。だが、ぼくは自分にできる仕事を手に入れました。英国で最高の荘園管理人になりました。あなたのほうは最高の教師になりましたか」

彼が向きを変えてアンをみつめ、アンは彼の唇の片方が吊りあがって、ふたたび、あの妙に魅力的な斜めの微笑を浮かべていることに気づいた。

「英国で？」アンは片手を胸にあて、ふざけ半分に愕然たる表情を浮かべて彼を見た。「そんな低いところに目標を置くなんて、とんでもない話ですわ、バトラーさま。わたしは世界最高の教師になりました」

他愛のない冗談に、二人は吹きだした。そして、アンは突然、思いがけなくも、彼を男として意識した。

向きを変えて軽やかに浜辺を走っていき、潮がひいたあとに残された濡れた砂に足が沈みそうになったところで、ようやく立ち止まった。自分の感情にひどくうろたえていた。いつもだったら、はるかにうまく感情を抑制できるのに。この人の前で――バトラー氏の前で！――こんな気持ちになるなんて！　彼をまともに見ることができなかった。

彼が追いかけてきたことにアンは気づいた。首をまわして、彼に微笑した。

「聴いて！」といった。

「気づきさえしない人もいるんですよ」しばし沈黙が流れたのちに、彼はいった。「海の素朴な轟《とどろ》きは、静寂とまちがえやすいのでね」

二人はならんで立ち、一心に耳を傾けた。

だが、しばらくすると、アンには、きこえているのが自分の心臓の鼓動のように思われてきた。

あるいは、彼の。

そして、自分が生身の女であることを痛いほど意識した。単に生きて呼吸しているのではなく……生身の女なのだ。

シドナムにとって、彼女と一緒にすごすのは心弾むことであり、せつないことでもあった。

彼女は遠慮のない質問をいくつかよこした。彼の家族も親しい友達も用心深く避けてきた質問。そして、彼が自分の心のなかでさえなるべく避けようとしてきた質問。だが、彼のほうも、彼女にずいぶん個人的な質問をした。彼女を知る者たちはたぶん、子供の父親についての質問を避けてきたことだろう。

彼女はその男を憎んでいた。

すると、強姦《ごうかん》されたのだろうか。それとも、男が妊娠させておきながら結婚を拒んだので、憎しみが生まれたのだろうか。

信じられないほどきれいな女だ。笑みを浮かべたときや、周囲の美しさにみとれているときはとくに。しかも、一緒にいてくれる。散歩に誘ったら、承諾してくれた。彼女と一緒にいると、相手の目に何が映っているかを忘れそうになる。彼女と一緒にいると、自分が……なんの傷も受けていないような気がしてくる。

彼女を見ていても、自分と同じように傷ついた弱い存在だという実感は湧いてこない。シドナムは首をまわして、波打ち際で波が砕けて泡になり、ひいていく波にその泡が吸いこまれるのを見守った。

では、自分も弱い存在なのだろうか。ここ六年から七年のあいだは、あらゆる面で強い人間であることを立証しながらすごしてきた。しかし、ある意味では、完全に成功したわけではないし、今後もぜったい成功できないことを痛感していた。自分で孤独を認めた。そうだろう？　やりがいのある仕事と、いい友達を持っているにもかかわらず、根本的に彼は孤独だった。彼女が孤独であるのと同じく。彼がここでの暮らしを気に入っている理由のひとつは、知らない人間にほとんど会わなくてすむということだ。こんな外見をしているため、初対面の相手の目に浮かぶ表情を見て傷つかずにすむことはありえない。

こちらが美女を見て目を楽しませているのに対して、彼女のほうは、すくなくとも何回かは怪物のような醜さを目にしたにちがいない。自分がハンサムだなどとうぬぼれたことは一度もないが……ま、しかたがない。

「潮がすっかりひいたら」恐れていた自己憐憫に包まれてしまう前に、シドナムは右のほうを指さして彼女にいった。「あそこにつきでている岩場の先端をまわって、大きな浜辺へ出ることができます。しかし、いまぐらいの引き潮では、まだまだここだけが孤立した状態です」

「ここの景色を見ていると、コーンウォールを思いだします。海岸線をすこし行くたびに、まったく種類のちがうみごとな景色があらわれるんですよ。あの岩場にのぼったら、その大きな浜辺を見ることができまして？」

「ええ。しかし、岩場はかなり高いし、ゴツゴツしている」シドナムは警告した。

彼女は笑った。

「挑戦しがいがありそう」といって、大股でそちらへ歩いていった。

彼は岩場にのぼるのをいつも楽しんでいた。ときには、三方に海を見ながら、パノラマのような景色にみとれたり、干潮時の潮だまりで貝やその他の海の生きものを探したりする。

やはり挑戦するのが好きで、片腕と片目がなくて片方の膝《ひざ》が少々弱いために前へ進むのが困難でも、ときには危険であっても、そういう場所へのぼることにしている。

いまの彼にはできないことがいくつかある。しかし、無理かもしれないという程度ではなく、絶対的に不可能だと悟ったうえでなくては、あきらめる気になれない。絵は絶対的に不可能なことのひとつだ。

岩のぼりはちがう。

「あら、見て！」岩場をのぼる途中で、アンがいった。小さな浜辺のかなり上まできていたが、岩場の向こうが見渡せる高さにはまだ達していなかった。足もとの小さな砂のくぼみに貝殻がたくさんあるのに気づいて、腰をかがめ、何個か拾いあげていた。てのひらに貝殻をひとつのせると、彼にも見えるようにさしだした。「こんなに精巧に創られたものってあるかしら」

「ちょっと思いつけませんね」彼は正直にいった。

「自然って、驚嘆すべきものだと思いません？」平らな岩に腰をおろし、膝の上に貝殻をならべながら、彼女はいった。

「つねにそうです」彼も同意した。「自然を支配したり、自然に逆らおうとしたりする人間に大惨事をもたらすときでさえ。自然はきわめつきの完璧なる芸術家だから、このように脆く繊細なものを生みだすこともできるんですね」

シドナムは彼女の近くの岩に腰をおろして、渓谷の下に広がる浜辺を見おろした。海辺で暮らせるときに内陸での暮らしを選ぶ者がいるのはなぜだろう。

二人は暖かな陽ざしを頭に受け、そよ風の涼しさを顔に感じながら、しばらく黙ってすわっていた。連れがいるのはなんと楽しいことかとシドナムは思った。そして、近所に友達が何人もいるのに、一緒に散歩に出たことがなく、乗馬さえやったことがないのに気づいた。ここにくるときはいつも一人だった——今日までは。

しかし、これからはいつも、彼女が一緒にきてくれたことを思いだすだろう。この瞬間の彼女の姿を思いだすだろう。そよ風にかすかになびくボンネットのつば、優雅ではあるがくつろいだ姿勢、貝殻のひとつにうやうやしいともいえる様子で触れている長くほっそりした指、彼女の肩の背後にある岩、反対の肩の向こうに見える海、彼女のドレスよりわずかに濃い色だ——きのう着ていたのと同じドレス。

彼女が顔をあげ、シドナムの視線を受け止めた。

「いったい何があったんですの？」と、彼にきいた。

その質問はさまざまな意味に解釈できるだろう。しかし、彼女が何を尋ねているのか、シドナムにははっきりわかった。

「ぼくは将校でした。半島戦争のときに」

「ええ。存じています」

シドナムは彼女から顔をそむけた。

「拷問を受けたんです。兄と二人で特別任務に出ていて、山中でフランス軍の斥候隊の罠《わな》にはまってしまった。一人が囮《おとり》となってわざと敵につかまれば、もう一人がぼくたちに託された重要書類を持って逃げ延びられる可能性があった。キットは歴戦の勇士だが、ぼくは軍人としてまったく未熟だった。しかも、キットのほうも、ぼくにそれを命じるつらい義務を負わなくてすむ。そうすれば、キットはぼくの上官だ。ぼくは自分が囮になることを進んで申しでた。二人ともそのときは軍服を着ていなかった」

いうまでもなく、その事実が大きな差を生むことになった。軍服を着ていたなら、英国軍の将校として、敵から礼儀と敬意を持って扱われたことだろう。

シドナムに見せようとしてかざした貝殻の表面を、アンは指でなでていた。

「敵はキットとその任務に関する情報をほしがった。そこで、その情報をぼくからひきだすために、一週間ほどかけて徹底的な拷問をおこなった。まずぼくの右目から始めて、徐々に下へ移っていった。膝まで行ったところで、キットとスペインのパルチザンが救出してくれた」

「拷問はいまもつづいているのね」アンがいった。それは質問ではなかった。「向こうが求める情報を、あなたは渡さなかった」

「そう」

彼女の指がすべての貝殻を包みこみ、手の関節が白くなるぐらいに膝の上で握りしめた。

「信じられないほど勇敢な方ね」

彼女の賞賛に、シドナムは心が温まった。べつの言葉を予想していたのだ――たとえば、

〝まあ、お気の毒に〟というような。それが通常の反応だった。家族の反応だった。兄のキットは何年ものあいだ、自分を苦しめ、責めさいなんできた。

「勇敢というより、頑固なんでしょう」シドナムはいった。「ぼくは三人兄弟の末っ子で、腕白で騒々しい兄たちの陰に隠れたおとなしい繊細な子だったんです。何かを証明したくて、ぼくに将校の位を買ってくれるよう父に頼みこみました。人はときとして、望んだ以上のものを得てしまうものです、ミス・ジュウェル。ぼくはたしかに、何かを証明するチャンスを与えられ、それを実現しました――ただし、ずいぶん高い代償を払って」

「あなたを誇りに思ってらっしゃるでしょうね」アンはいった。「ご家族は」

「ええ」シドナムはうなずいた。

「でも、ご家族のもとで暮らすのをやめたんですね」

「家族というのはすばらしいものです。ぼくは言葉にできないほど、自分の家族を大切に思っています。しかし、一人一人が自分の人生を持ち、進むべき道を持ち、切りひらいていくべき運命を持っているのです。ぼくが二度と恐怖や苦痛を感じたり、自暴自棄に陥ったりせずにすむよう、ぼくを守り、かばい、こまごまと世話をするために、家族がどんなに心を砕いたかは、あなたにも想像がつくと思います。結局、ぼくは家族から離れるしかなかった――でないと、家族にすべてを委ねたいという誘惑に負けてしまう」

彼女が手をひらき、ふたたび貝殻がのぞいたので、シドナムは手を伸ばして貝殻をとり、自分の上着のポケットにていねいにしまった。

「あなたのご家族は？」と、彼女にきいた。

「おります」

「ああ、だったら、ぼくのいう意味がわかってもらえますね」

「家族とはもう十年以上会っておりません」

たしか、息子が九歳だったのでは？　明らかに何か関係がありそうだ。

「勘当されたんですか」

「いいえ。家族は許してくれました」

二人のあいだに沈黙が流れ、上空では二羽のカモメが大きく鳴きかわし、やがて、二人からそう遠くない岩場におりてくると、何かを見つけてつつきはじめた。

「許す？」シドナムは遠慮がちにきいた。

「子供ができたんです。結婚もしてないのに。わたしは堕落した女でした。そして、すくなくとも、困惑のタネでした」アンは立てた膝をかかえ、遠くの水平線をみつめていた。

家族にとって？　彼女のことよりも自分たちの困惑のほうが、家族にとっては大問題だったのだろうか。

「でも、許してくれたのなら、ご家族もあなたが実家にもどることを望んでおられたはずだ。そうでしょう？」

「家族から手紙がきても、デイヴィッドのことはただの一度も書いてありませんでした。たぶん、わたしが実家にもどることがあれば、デイヴィッドも連れていくつもりだと、家族にはわかっているのでしょう。帰ってこいといってくれたことは、一度もありません」

「あなたのほうも、どっちみち、帰るつもりはなかったんでしょう？」シドナムはきいた。

「実家に帰るのに、家族の招きは必要ないと思いますよ。あなたがご自分の意思で帰れば、ご家族も喜ばれるでしょう」

「帰りたいとは思いません。もう実家ではありませんもの。習慣でそう呼んでいるにすぎません。いまはミス・マーティンの学校が実家です」

ちがう。いくら居心地がよくても、仕事の場は家庭にはなりえない。グランドゥール館もぼくの家庭ではない。学校が彼女の家庭だとは思えない。ぼくと同じく、彼女も自分の家庭を持っていないのだ。だが、すくなくとも、ぼくには家を手に入れる望みと、そのための財力がある。

「何があったんです？」シドナムは手を伸ばして彼女の腕に触れそうになったが、寸前で思いとどまった。ぼくに触れられても、向こうは喜ばないだろう。

「わたしはコーンウォールにあるペンハロー館で、レディ・プルーデンス・ムーアの家庭教師をしていました。誰もが会いたいと願うような愛らしさと明るさに満ちた幼子の魂が、成長した少女の身体に宿っている――そんな子でした。その子の兄のアルバートが、妹に……手を出そうと躍起になっていましたが、父親である侯爵にわたしが訴えても、自分のことしか頭にない人なので無駄でしたし、母親のほうも、息子を溺愛《できあい》し、知能の遅れた娘を嫌っていたので、やはり無駄でした。上のお嬢さんたちは、妹をかわいがってはいても、なんの力もありません。そして、ジョシュアは——彼が現在の侯爵で、プルーのいとこにあたりますが——すこし離れた村に住んでいたため、プルーに会いにくるのは週に一度だけでした。わたしはアルバートをプルーから遠ざけようとして、彼に甘い言葉をかけました。あの子を助けたい一心だったんです。彼一人ぐらい、うまくあしらえるつもりでした。でも、だめだった」

しばらくのあいだ、アンは膝に額をのせて、話を中断した——じつのところ、それ以上話す必要はなかった。

「その結果がデイヴィッドでした」頭をあげて、アンはいった。「できれば……ああ、あの子があんな災いのなかから生まれたのでなかったら、どんなによかったか」

ふたたび、シドナムは彼女に触れようとしたが、思いとどまった。

「さきほどのあなたの言葉を、ぼくからお返ししましょう。あなたは信じられないほど勇敢な人だ」

「愚かなだけですわ。ああいう男たちでも道理を説けば改心させられる、と信じこんでいた無数の女の一人にすぎません。そう信じて結婚する女もいます。わたしの場合、すくなくともその運命からは逃れることができました」

それでも——シドナムは気づいた——その下司男《げす》が彼女と結婚していれば、息子はいまごろホールミア侯爵となり、彼女は高い社会的地位と莫大な財産を持つ侯爵未亡人になっていただろう。

「でも、少女は救われたんですね」シドナムはいった。「あ、レディ・プルーデンス・ムーアのことですが」

アンは青白い顔で海のほうを見て微笑した。「数年前に漁師と結婚して、元気な息子が二人います。ときどき手紙をくれるんですよ。書くのをお姉さんに手伝ってもらって。子供っぽい大きな字で、非の打ちどころのない正確な文章を書いてきます。もしも長くつづくタイプの幸福があるとすれば、バトラーさま、プルーの人生こそそれですわ」

「あなたの尽力によるものだ」彼はいった。

アンは不意に立ちあがって、スカートの砂を払った。彼も立ちあがろうとしたが、彼女の悲痛な身の上話で頭がいっぱいだったため、注意散漫になっていた。右膝がガクッと折れ、転倒を避けるために左腕を使おうとして、あわてて身体をひねらなくてはならなかった。ぎごちない、ぶざまな一瞬で、バツの悪い思いをした。身体をおこそうとしたそのとき、彼を支えようとして彼女が片手を伸ばしていたことに気づいた――じっさいに彼に触れたわけではないが。

たがいの目をみつめあった。ドギマギするほど近い距離だった。

「ドジですね」彼はいった。

彼女は手を脇へおろした。

「ここにのぼろうと決心したとき、わたし、何も考えてなくて……」そういって、下唇を嚙《か》んだ。

「そのほうがかえってよかった」シドナムは急いでいった。「二人とも障害をかかえています、ミス・ジュウェル。だが、障害者として生きるのを拒むことの大切さを知っている」

つぎの瞬間、彼女がある行動に出た。あまりに意外なことだったので、シドナムは二つの浜辺を隔てる岩場の上で、片足をやや高いところに置いたまま、根が生えたように立ちつくした。彼女がふたたび手をあげ、指先で彼の左頬に触れたのだ。

「二人とも、苦しみの真髄をみつめることを学びました、バトラーさま。だから、変化したんです――より良い方向へ。おたがい、障害者ではありません。生き残った勝者です」

そのとき初めて、アンは自分が何をしたかに気づいたらしく、あわててぎこちなく手をひっこめた瞬間に頬を染めたのを、ボンネットのつばが落とす影のなかにシドナムは見てとった。

「誰か男性はいたんですか――ムーアのあとに」彼女にきいた。

彼女はすぐさま首をふった。

「いいえ」そして、短い沈黙ののちにいった。「女性はいらしたの？　あのあとに……〝事故〟と呼ぶのは変でしょうけど」

「いいえ」彼は答えた。「一人も」

長い孤独な禁欲生活を意識する心が、おたがい言葉にこそ出さないものの、二人のあいだで脈打っていた。どうして言葉にできよう。いまも実質的には赤の他人なのだから――そして、男と女なのだから。

不意に、そのような親密なことを双方で意識した気恥ずかしさに襲われて、彼女は向きを変えると、岩のぼりを再開し、ついに岩場のてっぺんに立ち、片手で陽ざしから目をかばいながら反対側を見渡した。シドナムはもとの場所にしばらく立っていたが、やがて彼女のあとを追った。

シドナムの頬からあわてて手をひっこめるという彼女の行動のなかになんらかの嫌悪があったことを、彼が自分に対して隠そうとしても、それは無理だった。

ぜったいに考えてはならない――彼女も自分と同じように孤独で、性生活と無縁なのだから、二人で……などとは。

いかなる女性に対しても、そんな思いを抱いてはならない。

それに、彼女のほうはおそらく、あまりにもひどく傷ついたせいで、ほかの男に抱かれる気になれないだろう。

シドナムは彼女を追って岩場をのぼり、接近しすぎないよう気をつけながら、横に立った。

「うっとりする景色ですわね」きのう二人で歩いた大きな浜辺をじっと見渡しながら、彼女がいった。しかし、彼にはそれが心の底から出た言葉ではなく、この場に合った表現を選んだだけのように思われた。

「たしかに」彼はうなずいた。景色を見るのに目が二つあればいいと、いつも思っていた。しかし、ひとつだけでも、ないよりはましだ。

ほぼ干潮に近くなっていた。いま二人が立っている岩場の先端をまわって歩いていくことも、もうできるだろう。下で待っていれば、岩場をのぼらずにすんだのだ。

「向こうの浜へおりてもいいし、いまきた道をひき返してもいい」彼はいった。「もしくは、右のほうへのぼっていけば、崖のてっぺんに出ることもできます。のぼりにくいルートではありません。選択はおまかせします」

彼女がシドナムを見たが、今回、その視線は彼の目ではなく、顎のあたりに向けられていた。

「遅くなってしまったわ」彼女がいった。その声は快活で……そっけなかった。「いちばん時間のかからないルートで帰ったほうがよさそうね。時間のたつのを忘れていました。今日の午後はほんとに楽しかったわ、バトラーさま。ありがとうございます」

おたがいの身の上話をしたことで、あまりにも距離が近くなってしまった。わずかなあいだのことではあるが、たぶん、友人としての同情を肉体的な親密さととりちがえてしまったのだろう。だが、やがてシドナムに手を触れた彼女は、どう考えても無理だと悟った。そして、シドナムのほうは、彼女がいかに傷ついているかを知り、たとえ機会が与えられたとしても、彼女を自分のものにするのは感情的に不可能だと悟った。

シドナムはそれ以上何もいわずに向きを変えると、自分が先に立って崖のてっぺんまで行き、それから小道をたどって、コテージのすぐ前を通る車寄せに出た。途中、会話はほとんどなかった。

「屋敷までお送りしましょう」コテージの前に出たところで、彼はいった。

「いえ、その必要はありませんわ。送っていただいたら、あなたがここにもどるのに長い距離を歩かなきゃなりませんもの」

二人は足を止め、礼儀正しく快活に視線をかわした。まるで、しばらく話をしていたが話題が尽きてしまい、別れの挨拶をしてべつべつの方向へ去りたがっている他人どうしのようだった。

たしかに、二人はそういう関係にすぎない——他人どうし。

「つきあってくださってありがとう」シドナムはいった。「楽しい午後でした。ここでの一カ月間を楽しんでください。別れの挨拶はやめておきます。バースへおもどりになる前に、きっとまたお会いできるでしょう」

「ええ」アンは彼の顎のあたりへ笑顔を向けた。「そうですわね。見たことのない場所をいろいろ見せてくださって、ありがとうございました」

そういうと、だしぬけに向きを変え、屋敷のほうをめざして車寄せを大股で歩き去った。

シドナムはその場に立って彼女を見送りながら、落胆に包まれていた。彼女は屋敷の客にすぎない。こちらの人生にちらっと触れて、すぐまた遠ざかっていく人。短時間の出会いが五回あったからといって——そして、向こうがバースへ帰るまでに、たぶんもう五回ほど会うだろうが——それによって自分の人生が変わるわけではない。

だが、きのうの彼女との散歩や、今日の散歩の誘いなどは、慎むべきだったのかもしれない。愚かなことはしたくなかった。たとえば、彼女に恋をするというような。

彼女がふり返りもせずにカーブを曲がって姿を消したところで、シドナムはそうした思いを払いのけようとするかのように首をふった。コテージのほうへ足を向けた。

彼女の貝殻をポケットに入れたままだったのを思いだして、手をつっこんだ。指で貝殻を握りしめた。

7

　アンがシドナムにふたたび会ったのは、一週間以上たってからだった。ある日の午後、デイヴィッドと外を散歩したあとで屋敷にもどろうとして、ちらっと顔を合わせたのをべつにすれば。シドナムは玄関ドアからすこし離れたテラスに立ち、ビューカッスル公爵と話をしているところだった。公爵が軽く会釈をよこした。バトラー氏は、視力のないほうの側からアンたちが近づいてきたので、二人を見るために身体を右にまわし、同じく軽い会釈をしてから公爵との話にもどった。

　アンはまた、ある日の午後、アレイン卿とラナルフ卿とレディ・ホールミアが彼と遠乗りに出かけたという話をきき、彼が馬に乗れることを知って驚いた。いえ、そんなことで驚いてちゃいけないわ、と自分をたしなめた。およそ考えうるかぎりの方法で障害と闘っている人だもの——絵を描くことだけは無理だろうけど。その闘いにも乗りだして勝利を収める可能性はあるのかしら。いえ、たぶんだめね。どうあがいてもだめなことが、世の中にはあるものよ。

家庭教師のような立場で子供部屋に残るわけにはいかなくて、大人も子供もまじえた日々の遊びにひっぱりだされたにもかかわらず、一週間はけっこう楽しくすぎていった。誰もが戸外で多くの時間をすごした――散歩、クリケットやその他の球技、水泳、ボート遊び、浜辺で砂の城造り、木登り、木立でかくれんぼ、崖の低いところで岩登り、ピクニック。

ロズソーン伯爵が、ある日、彼女に説明してくれた。彼らの暮らしは年間を通じて多忙をきわめており――たとえば、彼とジョシュアと公爵は貴族院議員をしている――そのため、子供たちと、ときには伴侶とすら、長いあいだ会えないことがある。だから、夏のこの時期のように自由な時間があれば、家族と一緒にすごし、思いきり遊ぶことにしているのだ、と。

デイヴィッドはアンがこれまで見たこともないぐらい幸せそうだった。ほかの子に負けず劣らず騒がしいわがままな腕白小僧になれることを知って、アンは驚いた。それどころか、デイヴィーとアレグザンダーとデイヴィッドの三人組がリーダーを決めるときは、たいていデイヴィッドが選ばれた。デイヴィーの妹のベッキーはデイヴィッドになついていた。ほかの幼い子供たちもみんな同じで、デイヴィッドはいつも根気強くその子たちと遊んでやっていた。ジョシュアのことが大好きだったし、ラナルフ卿やアレイン卿やその他の紳士たちにも、多少程度は落ちるにせよ、やはり好意を持っていた。ビューカッスル公爵のことを怖がっているのは事実だったが、アンはある日、デイヴィッドが自分の部屋の鏡の前で超然たる横柄な表情を作り、架空の片眼鏡を持ちあげる練習をしているのを見てしまった。誰のまねをしているかは、火を見るよりも明らかだった。

アンは息子のために、夏休みが永遠に終わらなければいいのにと思った。自分のためには、一カ月が何事もなくすぎてくれればそれだけで満足だった。レディ・エイダンとその伯母のプリチャード夫人がとくにアンと仲良くなってくれた。また、公爵夫人も、かつては彼女自身が教師だったことからアンと学校の話をするのを好み、親しくしてくれた。それから、公爵夫人の本好きな姉、ミス・トンプスンは本や教育論をめぐる長い議論にアンをひきずりこみ、聡明であると同時に、楽しい——ユーモアたっぷりといってもいい——話し相手になってくれた。じっさい、アンに愛想よくしない者は一人もいなかった。公爵までが、ある夜、読み終えたばかりの本をアンも以前に読んでいることを知って、たっぷり三十分のあいだ彼女と話しこんだほどだった。

ところが逆に、バースのミス・マーティンの学校にいたときより、このグランドゥール館にきてからのほうが、孤独を強く感じるようになった。ひとつには、自分がペテン師になった気がするからだった。ただし、アンがどこの誰で何をしているかは、屋敷の誰もが知っているはずだ。もうひとつには、若い年代の人々がみな伴侶を持っているからだった。ミス・トンプスンは例外だが、彼女は独身でいることに満足している様子だ。ある晩、アンが自分の寝室の窓辺にたたずみ、髪をブラッシングしながら、月の光を浴びた庭とその向こうの海をながめていたとき、屋敷から崖の方角へ向かって芝生をゆっくり横切っていく男女を目にした。男は女の肩を抱き、女は男の腰に手をまわしている。それが公爵夫妻だと知って、アンは衝撃に近いものに見舞われた。

彼女が感じた痛烈な羨望の念は、思わず湧いてきたもので、鋭く胸をえぐった。その瞬間、孤独がその真実の姿をさらけだした――男を求める生々しい孤独。

バトラー氏のことがちらっと心に浮かんだが、彼の記憶を払いのけた。彼に好意を持っていたし、向こうも好意を持ってくれていると思っていた。しかし、二つの浜辺にはさまれたあの岩場で、何をする気なのか自分ではまったく意識しないまま、彼に触れてしまった。とたんに彼の身体がこわばるのを感じ、彼の顔に狼狽《ろうばい》の色を見てとった。そして、自分の指先が彼の頬に触れているのに気づき、太陽を受けた肌の温もりを意識したとき、自分のなかにも同じようなショックと狼狽を感じた。

しかし、その前の無防備な一瞬、全身を痛みに近いもので貫かれるような強烈な欲望に襲われた。喉が痛くなり、乳房がこわばり、子宮が脈動し、内腿《もも》が生々しい感受性に脈打った。それらの感覚が性的な欲望であることは、自分でももちろんわかっていた。

そして、ほんの一瞬のちに、心の隅にためらいが生まれた。いま指を触れている場所のすぐ先に彼の顔の反対側があるが、そちらは紫に変色し、感覚をなくしている。目がない。腕もない。服の下にさらにどれだけの損傷が隠れているか、誰にわかるだろう。

アンは彼のことを心から払いのけた――それでも、無意識のうちに、どのようにしてあんな恐ろしい傷を負うことになったのかと考えてしまう。夜になるとつい考えこみ、そのまま眠れなくなることもあれば、その思いが夢のなかにまで入りこんでくることもあった。

だが、二人はついに再会することになった。ある晩、公爵夫妻が近隣の人々を晩餐《ばんさん》に招待したので、とっておきの緑色の絹のドレスをまとい、献身的なグレニスの手で髪をカールしてもらい、凝った形に結ってもらったアンが客間におりていくと、最初に目に入ったのが、エイダン卿夫妻と話しこんでいるバトラー氏だった。

このような場面には強すぎるほどの喜びで、アンの胸は高鳴った。最後に会ったとき、彼は彼女からあとずさった――そして、彼女も彼からあとずさった。

プリチャード夫人がとなりにすわるよう手招きしてくれたので、アンはありがたくそれに従った。近隣の人々に会うのは初めてだったので、ひどく気後《きおく》れしていたのだ。公爵夫人から顔を出すようにと念を押されていなければ、今夜は階下におりるのを避けたことだろう。

もちろん、客たちが到着しはじめると、紹介から逃げるわけにはいかなかった。妻と年かさの子供たちを連れたイングランドの地主が二、三人、公爵の土地を借りている夫婦がひと組、牧師と妻と息子と娘、ウェールズ人の牧師と村の学校の校長。この二人の英語は強いウェールズ訛《なま》りなので、アンは言葉を理解するために注意深く耳を傾けなくてはならなかった。もっとも、多少は訓練を積んでいた。プリチャード夫人の訛りもそれに負けないぐらい強烈だったから。

やがて、晩餐の知らせがあった。アンをエスコートして左側の席にすわらせるよう指示されていたのは、バトラー氏だった。

彼がさしだした腕に手をかけて、アンが遠慮がちに笑みを浮かべると、彼も微笑を返してくれた。

アンは妙に泣きたくなった――そして、妙にうれしくて笑いたくなった。

彼に会えなくて寂しかったのだ。クローディアやスザンナやフランシスにすら話したことのない自分の心の内を、彼にきいてもらった。彼のほうも、心の奥底を打ち明けてくれた。だが、もう一度会いたいという彼の側からの意思表示がないままに、一週間以上がすぎてしまった。

わたしったら、何を期待してたの？

求婚してくれるとでも？

二人で一緒に歩いたときに、彼がいっていた――人間は驚異的な回復力を持つ生きものだと。アンは彼が左手でフォークを使って料理を切り分け、優雅といってもいい巧みなしぐさで口へ運ぶ様子や、視力のない側にすわっているレディ・ホールミアのほうへ、ぎごちなさなどみじんも感じさせずに首をまわし、彼女と言葉をかわす様子を見守りながら、彼のいったことはたしかに真実だと思った。

食事のあいだ、彼はもっぱらレディ・ホールミアと話していた。しかし、それはたぶん、村の学校の校長をしているジョーンズ氏がアンのとなりにすわったとたん、彼女がそちらと話を始めたせいだったのだろう。彼女も教師だと知って、ジョーンズ氏が関心を持った。彼の説明によると、ウェールズの教師は大半が男性なのだそうだ。

バトラー氏のことが妙に意識された――たぶん、前回の二人の会話が親密な男女に近いものだったせいだろう。ほとんど知らない仲なのに、自分は孤独だ、何年ものあいだ異性から遠ざかっている、などと認めあう者が、いったい何人いるだろう。

やがて、当然のことながら礼儀作法に従って、レディ・ホールミアは反対側にすわったイングランドの地主のほうを向き、ジョーンズ氏は反対側のロフター夫人のほうを向いた。

「ミス・ジュウェル」バトラー氏が礼儀正しく尋ねた。「息子さんともども、グランデュールの滞在を楽しんでおられますか」

「ええ、とても」アンは答えた。「ありがとうございます」

「で、息子さんはあれからまた絵を描かれましたか」

「はい。二回。どちらもレディ・ロズソーンと一緒に」

「それはよかった。今夜は余興があることをご存じでしたか」

「ええ。レディ・ラナルフがお芝居をなさるとか。きっとすばらしいことでしょう。それから、ジョシュアとレディ・ホールミアがデュエットなさるそうね。ぜひ歌ってほしいとみなさんにいわれて、レディ・ホールミアは喧嘩腰《けんか》でおことわりになったのに。自分が妻を守るためにここにいるのだから、誰であれ、妻をいじめることはぜったい許さない、とジョシュアがいったものだから、レディ・ホールミアは憤慨《ふんがい》の面持ちでジョシュアに食ってかかって、歌うことを承知なさいましたのよ。ジョシュアがレディ・ホールミアのお兄さまたちとかわしたウィンクには、お気づきにならなかったみたい」

バトラー氏が笑いだし、アンも一緒になって笑った。

「いつも驚かされます」声をひそめて、彼はいった。「フライヤをどう扱うべきかを、ジョシュアがみごとに心得てるようなのでね。フライヤは昔からお転婆で、癇癪《かんしゃく》持ちでした。今夜はもうひと組、デュエットがあります。ヒュー・スィウィドが奥さんのハープの伴奏に合わせて歌うんです」

スィウィド夫妻は公爵の借地人で、まだ若い夫婦だった。

「お上手ですの？」

彼は空《から》になった皿にスプーンを置き、心臓のところを二本の指で叩いた。

「彼らの音楽は耳から入ってきます」といった。「だが、ここにとどまります。おききになれば、その意味がわかっていただけるでしょう」

「じゃ、楽しみにしておりますわ」

「本当にきいていただきたいのは、日曜の朝、ウェールズ人の教会に集まった信徒が歌う賛美歌です。教会の屋根が吹き飛んでしまいそうなほどの迫力です。いや、めちゃめちゃな騒音のせいではありませんよ。練習のために集まることなど週のあいだに一度もないのに、四部合唱ができるんです。それはみごとなものです」

「すてきでしょうね」アンは心からいった。

「今度の日曜日にお連れしたいな。礼拝の文句はひと言も理解できないかもしれないが、それに耐えられるとおっしゃるなら。すべてウェールズ語なんです。でも、音楽がすばらしい！」

先週の日曜日、アンはいつもの習慣として教会へ出かけた。しかし、出かけた先は、ベドウィン家の人々の通うイングランド人の教会だった。ベドウィン家のために最前列に設けられている、特別に詰物がされた信者席にすわった。あとの信者席の多くはからっぽだった。

「うかがいたいわ」アンはいった。

「ほんとに？」彼は従僕が前に置いた果物とチーズの皿から顔をあげて、アンに視線を向けた。「では、日曜の朝、コテージまできてくださいますか。そして、一緒に出かけましょう」

「ええ。ありがとうございます」

急に息苦しさを感じた。まるで密会の約束をしたかのようだ。一緒に教会へ行く約束をした。それだけのことなのに。でも、みんなにどう思われるかしら。ううん、誰にどう思われようとかまわない。わたしが行きたいんだもの。

それに、彼がこちらを見ている。やはりそれを望んでいるかのように。

そのとき、レディ・ホールミアがふたたび彼を相手に話しはじめ、まもなく、ジョーンズ氏もアンに視線をもどしたので、二人でしばらくしゃべっていると、やがて公爵夫人が立ちあがって、客間のほうへ移りましょうと女性たちを促し、一方、男性陣はその場に残ってポートワインを楽しむことになった。

三十分ほどしてから、紳士たちが淑女たちに合流した。自分の目がすぐさまバトラー氏を探し求めていることに気づいて、アンはそんな自分にどぎまぎした。日曜日にウェールズ人の教会へ一緒に行き、ウェールズ人の歌声をじかに聴いてもらいたい、と彼に誘われたぐらい、べつにたいしたことじゃないのに。

いいえ、たいしたことだわ。

紳士の注目を浴びたことで、愚かにも若い娘にもどったような気がした。ほんとに愚かね。わたしは二十九歳、求婚とはなんの関係もないことなのに。しかし、ほんの二週間前まで、相手がただの友人であっても、男性と出かけたことは一度もなかった。ヘンリー・アーノルドのとき以来一度も。しかも、あれははるか昔のことだ。

アンがお茶の盆のところにすわってお茶係をしようと申しでると、公爵夫人も承知してくれた。しかし、それほど忙しくなかったので、人々がいくつかのグループに分かれて話しこんでいる様子を観察するぐらいの暇はあった。裕福なイングランドの地主たちとベドウィン家の面々、スィウィド夫人とプリチャード夫人とトンプスン夫人、牧師夫妻とウェストン男爵とミス・トンプスン、スィウィド氏、ジョーンズ氏、リース氏（ウェールズ人の牧師）とバトラー氏とビューカッスル公爵。公爵夫人がグループのあいだをまわり、行く先々で微笑をひきだしていた。

バトラー氏は話に夢中になっていて、ただの一度もアンのほうを見なかった――アンは彼の視力がないほうの側にいた。しかし、しばらくして、お茶の盆があわただしく片づけられるあいだに立ちあがり、スカートを手でなでつけていたとき、彼がそばに立っていることに気づいた。

「一緒にすわりませんか、ミス・ジュウェル」と彼がいった。「ほかに何かおつもりがなければの話ですが」

「ありませんわ」アンは彼に笑顔を向けた。「ありがとうございます」

こうして、アンは誰の夫でもない男性のそばで、余興を見物し、耳を傾ける喜びを心ゆくまで味わうことができた。照れくさくなるほど心がはずんだ。

まず、レディ・ホールミアがジョシュアのピアノ伴奏でイングランド民謡を二、三曲歌った。驚くほど上手だった。もっとも、最初に言い訳がされたのだが。

「ぜったい最初でなきゃいやだって、強くいいました」聴衆に向かって、彼女はいった。「ほかの方たちのほうがはるかに上手に決まってますもの——ジュディスが上手なのは当然だし——そのあとで歌わされるなんてまっぴら」

聴衆が大笑いするあいだに、ジョシュアはピアノの前でニッと笑った。

レディ・ホールミアって、カッとなりやすいけど、誰もが好きにならずにいられない人ね——アンは思った。

「さっさと歌えよ、フライヤ。長たらしい演説はやめにして」アレイン卿が叫んだ。

つぎに、スイウィド夫人——小柄で、黒っぽい髪で、いかにもケルト民族という感じの女性——が、美しく彫刻された大きなハープを演奏し、アンはほどなく、まばたきして涙をこらえ、べつの世界とべつの文化のなかへ運ばれたような気がしている自分に気づいた。夫人の奏でる音楽はそれほどまでに美しかった。

「昔からずっと思ってたんです」曲のあいだの短い休憩のときに、バトラー氏がアンのほうへ身を寄せ、低くささやいた。「ハープにはウェールズの魂がこもっている」

「ええ」アンはいった。「そうね。たしかにそうだわ」

やがて、スィウィド氏が立ちあがり、妻のハープに合わせて、軽やかな心地よいテノールの声で歌いはじめた。ウェールズ語の歌詞なのでひと言も理解できなかったが、それでも、アンはひと晩じゅうきいていたいと思った。

余興の最後を締めくくることになっているレディ・ラナルフを、少々気の毒に思った。最初でなくてはいやだといったレディ・ホールミアはなかなか頭がいい。

レディ・ラナルフは豊満な身体に輝くような赤毛という、絶世の美女だった。しかし、脇役の助けもなしに一人芝居をするのかと思うと、すばらしい女優だと噂《うわさ》にきいてはいても、アンはなんだか心配になってきた。

「できれば」バトラー氏がいった。「マクベス夫人をやってもらいたいな。前にあの人の舞台を見たことがあるんです。名演技だった」

レディ・ラナルフが最初に演じたのはデズデモーナだった。結った髪をほどき、上品な緑色のイブニングドレスを演技の力でナイトガウンに変えて、困惑と誤った信頼のなかでオセロが寝室にくるのを待ち、身の潔白を訴え、命乞いをした。

侍女が、そしてのちにはオセロが同じ寝室にいるかのような印象を与え、しかもそれを一人芝居でやってのけるというのは、たしかに名演技だと、アンも思った。アンが知りあって二週間近くになるレディ・ラナルフという女性の特徴をすべて消し去り、無垢で、可憐《かれん》で、貞淑で、怯《おび》えきった、しかし、気品のあるオセロの妻になりきっていた。

芝居が終わって現実にひきもどされたとき、アンは一瞬、自分がどこにいるのかわからなかった。

つぎに、ビューカッスル公爵のたっての頼みで、レディ・ラナルフはなんと、マクベス夫人を演じることになった。今回も髪はほどいたままで、ドレスがナイトガウンの代わりだった――同じく夜の場面だ。しかし、さきほどの場面と役柄の――そして、女優自身の――共通点はそこまでだった。レディ・ラナルフは、力強く、冷酷で、狂気に包まれ、苦悩に苛《さいな》まれるマクベス夫人になり、夢遊病になってさまよい、罪の血を洗い流そうと必死になった。アンは夫人の手からダンカン王の血が滴るのを見ようとするかのように、思わず椅子から身を乗りだし、その手に視線を据えた。

ほかのみんなと一緒に熱烈な拍手をしながら、偉大なる演技をまのあたりにしたことを実感した。

バトラー氏が期待に満ちた目でアンを見ていた。

「いかがでした？」

「こんなすばらしい舞台を見たのは、本当に久しぶりです」アンは答えた。

彼は笑った。「こんなすばらしい舞台を見たのは生まれて初めてだとおっしゃるのではないかと思ってました」

「わたし、友人がおりますの」アンは説明した。「ヨーロッパじゅうに熱狂の嵐を巻きおこした女性です。あんなみごとなソプラノの声はきいたことがありません。ほんの二年前まで、ミス・マーティンの学校で教師をしていました」

「で、いまは？」

「エッジカム伯爵夫人になっています。シンクレア子爵──現在の伯爵ですけど──と結婚する前は、フランシス・アラードと名乗っていました」

「ああ、前にその方の話をされましたね。たしか、それ以前にも、その名前をきいたような気がします。しかし、その方の歌を聴く喜びはいまだ経験しておりません」

「もし機会があったら、けっしてお逃しにならないように」

「わかりました」彼はふたたび微笑を浮かべた。余興が終了したので、周囲ではベドウィン家の人々や客が立ちあがり、雑談をしたり笑ったりしていた。

「これからダンスが始まります」バトラー氏はいった。「ぼくはそろそろ退散する潮時だ」

「あら」自分を抑える暇もなく、言葉が口をついて出た。「まだお帰りにならないで」

客間の絨毯が巻いて片づけられ、室内が蒸し暑くなってきたため、部屋の片側のフレンチドアがあけはなたれていた。ロフター夫人がピアノの前にすわっていた。あらかじめ伴奏役を申しでていたのだ。今宵の締めくくりとして、カード遊びよりくだけたカントリーダンスのほうが楽しいだろうというのが、公爵夫人の思いつきだった。ただし、年配の人々のためにカードテーブルも二卓用意されていた。

アンはとたんにきまりが悪くなった。もし彼が今夜の集まりから――そして、彼女から――逃げだすための口実を持ちだすときを待っていたのだとしたら?

「じゃ、ぼくは椅子にすわって、あなたが踊るのを見てなきゃいけないんですか」微笑しながら、彼がいった。「あなたの踊りの相手が妬《ねた》ましくなってしまう、ミス・ジュウェル」

彼が口説き文句に近いことをいったのはこれが初めてだった。

「でも、わたし、踊りたいなんて思ってませんわ」アンはいった。正直そのものの返事ではなかったが。「よろしければ、すわってお話しししません? どうしても帰りたいとお思いになっているのでなければ」

「ぼくがどうしてもやりたいのは」彼がいった。「冷たい夜の空気をこの肺にとりこむことです。外に出てみませんか、ミス・ジュウェル。今夜の月がどんなに明るいか、見てみましょう」

二人ともなんてバカだったのかしら――椅子から立ちながら、アンは思った――一週間以上も無駄にしてしまったなんて。ときどき会って、散歩したり、話をしたりすればよかったのに。でも、すくなくとも今夜がある。そして、日曜の朝を楽しみに待つことができる。

「ええ、ぜひ」アンはいった。「ショールをとりにいってもいいですか」

数分後、騒がしい声と楽しげな笑いのなかで、カード遊びの人々がゲームを始め、踊りの人々が二列にならんでいるあいだに、二人はフレンチドアから外に出た。誰もわたしたちが出ていくのに気づいていないはずだわ――アンは思った。

「ああ」足を止め、空を見あげて、バトラー氏がいった。「明るい月夜だろうと思っていました。空には雲ひとつないし、ほら、見て――今夜は満月に近い」

「無数の星が月の光に輝きを添えている」アンはいった。「宇宙の広さと荘厳さに触れても、つねに畏怖《いふ》の念に打たれるわけじゃないのはなぜなんでしょう」

「習性ですよ。見慣れた光景ですからね。もし、生まれたときから目が――両方の目が――見えなかった者が突然見えるようになったら、こういう夜空に圧倒されて、夜明けまで空をみつめるか、転落してしまうのではないかと恐れて地面にしがみつくかのどちらかでしょう。あるいは、自分は宇宙の中心にいる、目にするものすべての支配者だ、と単純に思いこむか」

暑かった一日のあとで、夜の大気はうっとりするほど涼しかった。アンはショールをすべらせて肘まで落とし、かすかに潮の香のする空気を深く吸いこんだ。

「名案でしたわね」といった。「外に出ようというのは」

「心の底から畏怖の念に打たれる夜景をごらんになりたければ、向こうの丘のてっぺんにのぼるといいですよ。昼間、あそこにのぼられたことはありますか」

彼の指さす丘は庭園の一部だったが、崖のてっぺんから見える景色の一部でもあり、ハリエニシダの茂みと野の花と草におおわれた小高いところだった。散歩やゲームのときにアンがそこまで行ったことはまだ一度もないが、しばしばその景色にみとれ、ここを去る前に一度、一人で、もしくはデイヴィッドを連れて、ぜひ行ってみようと思っていた。

「いいえ。でも、あそこからの眺めはみごとでしょうね」

バトラー氏はアンの夜会用の靴を見た。「いま行ってみるには遠すぎますか」

アンは、暗くなってから独身の女が独身の男と一緒に出かける先としては遠すぎるかもしれないと思ったが、その思いを払いのけた。わたしは二十九歳、自立した女。礼儀作法と付添いの女性に守られなくてはならない深窓の令嬢ではない。

「いいえ」アンは答えた。

二人は話をしながらゆっくり歩いた。ランタンを持参することは二人とも考えもしなかったが、どっちみち、不要だっただろう。昼間のように明るい夜だから。丘は見た目より高くてけわしかった。ようやく頂上までのぼったときには、アンは息を切らしていて、華奢《きゃしゃ》な夜会靴に守られただけの足でゴツゴツした石を何度か踏みつけたために、足の裏が疼いていた。しかし、痛みをこらえ、苦労してのぼってきただけの甲斐があったことは、すぐさまわかった。

「わあ、見て！」そういいながら、自分も景色にみとれた。

しかし、バトラー氏は、丘の上で勢いを増した風に髪を乱しながら、アンをみつめていた。

「きっと感激なさると思っていました」といった。

夜のこんな時間でも、何マイルにもわたって大地が広がり、夏空の下で平和にまどろんでいるのを見ることができた。しかし、アンの目を奪ったのは海だった。広大な弧を描いて広がり、上空の光を受けてかすかに銀色を帯び、月の光が太い帯となって水平線から海岸まで延びていた。右のほうから陸地が長く延びて、月光の帯のなかに入りこみ、光との対比で漆《しっ》黒《こく》に見え、咆哮《ほうこう》する竜という印象が以前にも増して強くなった。この高さからだと、その彼方に広がる海も見える。

「あの竜を賞賛せずにはいられませんわ」そちらを指さして、アンはいった。「大海原に向かって咆哮し、挑みかかってるんですもの。海の広大さと力にもひるむことなく」

「われわれ全員の教訓になりますね」彼は笑った。「これ以上に美しい景色がほかにあるでしょうか」

「ありませんわ」アンは熱をこめていった。「連れてきていただいてよかった」

「ちょっとすわりましょう。だが、きれいなドレスを着ておられる。ぼくの上着を敷いてすわってください」

「ショールを使いましょう」アンは肘にかけたショールをはずし、それを広げた。「ね？この大きさなら二人分たっぷり」向きを変えて、足もとの草むらにショールを広げ、片側に腰をおろした。

そのすぐあとで、彼もすわった。

「ときどきここにくるんです」彼はいった。「腰をおろして考えごとをしたいとき。寒い荒れ模様の冬でもくるんですよ。それが荒々しい自然の美のいい点ですね。同じときはけっしてないのに、いつもすばらしくて、心を癒してくれる」

二人は心地よい沈黙に包まれてしばらくすわっていた。やがて、彼に学校のことを尋ねられて、アンは親しくしている同僚や、ほかの教職員、生徒、授業、課外活動のことなどを話した。彼の質問と、返事に興味を持ってくれる様子につられて、長いあいだ話しつづけ、仕事というより幸福な生き方のように感じられる職場を見つけることができて自分がいかに幸福であったかを、しみじみ感じた。

「ところで、あなたのほうは？」彼に尋ねた。「荘園の管理人をやるというのは、本当に興味が持てることですの？」

彼は自分の仕事をアンに説明し、公爵所有の農場と労働者たち、小作人の農場、何人かの村人、村でとくに親しくしている友人たちについて語った。

「不在地主のために管理人をやっていて困るのは、自分が所有者のような気になってしまうことです。ぼくもグランドゥール館や、田園地帯や、このあたりの人々に愛着を持つようになりました。ずっとここを離れたくないと思っています。でも、このことは前にもお話ししましたね」

やがて、二人はまた沈黙に陥った。そして、アンは海の景色に驚きの目をみはりつつも、いちばん美しい眺めは頭上の空であることに気づいた。しかし、空を見ようとして首をのけぞらせると、頭がクラクラした。

ショールに寝ころんで、頭のうしろで手を組んだ。

「わあ、このほうがきれい。こうして見える星の数って、いくつぐらいあるんでしょう？」

「もし数えたければ」彼がクスッと笑って首をまわし、彼女を見おろした。「ぼくに止めてくれと頼まないでくださいね」

「目に見えない星だって、きっとたくさんあるんだわ。宇宙はどこまで広がってるのかしら」

「無限に」

「無限っていう概念は、わたしには理解しきれないわ。かならずどこかに終わりがあるはずよ。でも、大きな質問がひとつ——終わりの向こうには何があるんでしょう」

彼はクスクス笑いをつづけながら、アンのとなりに寝ころんだ。

「ぼくが思うに、天文学者や哲学者や神学者はその解答の追究をぜったいにやめないだろうから、たぶん、いつの日か答えが見つかることでしょう。ぼくもあなたと同じ好奇心を持っています。でも、ときには、驚嘆するだけです」

「そうね」アンの目は空をさまよった。「人は真理を追究するように創られている。でも、同時に、物事をすなおに受け入れて楽しむようにも創られている。おっしゃるとおりだわ。北斗七星が見える。わたしが名前をいえるのはあの星だけよ、残念ながら。でも、かまいませんよね」

「もちろん」

二人は首をあげて微笑をかわし、ふたたび空に視線をもどして、その華麗さにみとれた。

ところが……。

　ところが、突然、アンの意識にべつのものが入りこんできた。二人の距離が近すぎるため、右側に彼の体温が感じられる。夜、誰もいない丘の頂上で男と女が横になっている。いまにも肌が触れそうだ。これまで二人でいろんな話をしてきた。二人で一緒に笑った。友達だもの――アンは思った。

　しかし、星空をながめているうちに高まった官能的な思いにスパイスを添えたのは、友情ではなかった。それよりはるかに性的なものだった。アンは彼の男らしさを感じ、ひそかな悦びを味わった。といっても、自分から行動に出るつもりはなかったし、彼が行動に出るのを期待しているわけでもなかったが。

　いや、たぶん、期待していたのだろう。

　ただ、ひどく怖かった――彼が怖かったし、自分自身が怖かった。

　だが、自分の思考や感情を深く探ろうとはしなかった。この瞬間を単純に楽しみ、学校にもどって秋からの学期の日常に深く入りこんだら、今夜のことを思いだし、あらゆる瞬間を、あらゆる感情を、心に呼びおこすつもりだった。そして、ひそかに涙を流すことだろう――わたしの人生はちがうものになっていたかもしれない。もし……。

　でも、自分の過去を変えたいなんて、どうして思うの？　いくら醜い過去であっても。その過去がなければ、デイヴィッドは生まれてこなかったのよ。

「ミス・ジュウェル」ついにバトラー氏がそっと声をかけた。「いま気づいたんですが、ここにきてからずいぶん時間がたったにちがいない。おそらく、踊りが終わり、近隣の人たちは家に帰ったことでしょう。田舎の人間はあまり夜更かししませんから。ぼくがあなたの評判を落としたのでなければいいが」

「そんなことあるもんですか」しかし、アンは身体をおこし、髪を調べて、彼が立ちあがるあいだに自分も立ちあがった。「わたしたちが出ていっても、誰も気づきもしませんでしたもの。もどったときも気づかれずにすむでしょう。それに、誰かに気づかれたってかまわないでしょ？　友達二人が外の空気を吸いに出かけただけですもの」

「友達か」彼はアンをみつめ、彼女がショールの土をはらって肩にかける姿を見て微笑した。「友達でいられてよかった。この前一緒に散歩をしたあとで、心配になってたんです」

二人の立つ位置がとても近いことにアンは気づいた。手を伸ばしてもう一度彼の頬に触れたいという衝動に負けそうになった。だが、彼のほうは彼女に触れるそぶりすら見せない。この人、わたしに触れたいと思ってないの？……わたしはこの人に触れたいと真剣に思ってる？

結局、彼には触れなかった。そして、彼のほうも触れてこなかったことにホッとした。なぜなら、もし彼女が触れれば、あるいは、彼が触れれば、今回は手を触れるだけではすまなかっただろうから。彼にキスされることには耐えられない。望んでいても、尻込みしてしまうだろう。

尻込みしそうだと思ったとたん、アンは考えこんだ。尻込みの理由は彼の容貌？　それとも、最後にわたしに触れたのがあんな男だったせい……？

アンは向きを変えた。

「丘の下まで競走よ」というなり走りだし、よろめいたり、すべったり、悲鳴をあげたり、笑ったりしながら——そして、足を痛めながら——彼からわずかに遅れて丘のふもとに無事到着した。

アンが息を切らし、笑いが止まらないまま、彼とならんで歩きはじめたとき、彼は唇を斜めにゆがめて微笑していた。

二人でフレンチドアから客間に入ると、ちょうど踊りが終わったところだった。外から招かれた客が連れを探し、自分の持ち物を探し、公爵夫妻や屋敷の泊まり客に、そして、招かれた客どうしで別れの挨拶をしているため、室内はとてもにぎやかだった。

アンは思った——もどってくるのに絶好のタイミングだったわ。わたしとバトラーさまが姿を消したことに、誰も気づきもしなかったみたい。

「ぼくもお暇《いとま》しなくては、ミス・ジュウェル」バトラー氏はアンに軽くお辞儀をした。「日曜の朝、つきあってくださるお気持ちに変わりはありませんか」

「ええ、もちろん。楽しみにしています」

彼が公爵夫人に別れの挨拶をするのを見守りながら、アンはいまこの瞬間、浮き浮きする幸せを感じていた。

息子と同じく、わたしにも、女性だけじゃなくて男性とのつきあいが必要なんだわ。わたしの人生にはそれが欠けていた。きっと、この人のことが恋しくなるだろう……でも、だめ、そのことは考えないようにしよう。
今日は木曜日。日曜日までまだ三日もある——指を折って数えてみた。
三日後には、もう一度彼に会える。

8

「ウェールズ語だけの礼拝に出かける？　ひと言も理解できないじゃない」モーガン（レディ・ロズソーン）がそういってジョシュアを見あげた。やがて、いたずらっぽく、うれしそうに顔を輝かせた。「すごく楽しみだわ、ウフフ」

「楽しみ？」エイダン卿がいった。眉根を寄せて渋い表情だ。「教会の礼拝が？　モーガン、ぼくは女心をまるっきり理解できないまま、墓へ行くことになりそうだ」

「あいつが彼女を教会へ誘ったって？」アレイン卿が目を丸くした。「大胆できわどい行為だな、まったく。シドがそんな悪魔のようなやつとは知らなかった」

「たぶん」ラナルフ卿がニッと笑った。「付添いが必要かもしれん。誰か立候補しないか。ジョシュ、きみ、あの女性と縁続きなんだろ」

「ところが、ぼくは彼女の息子を教会へ連れていく役目を仰せつかっている」侯爵はいった。「同時に二つの場所にいることはできないんだ、ラルフ」

ジュディスが舌打ちした。

「木曜日の晩餐のとき、二人をとなりどうしの席にしたのは、たしかに名案だったわね、クリスティーン」といった。「こちらの思惑どおりに運んだじゃない」

「ただし、フライヤがシドを相手にしゃべりまくって、すべて台無しにするところだった」ラナルフ卿がいった。「フライヤのほうへしきりにうなずきやウィンクを送ったおかげで、わたしは偏頭痛をおこしそうだった」

「まあ、バカいわないで、ラルフ、そんなことしてないくせに！」フライヤが食ってかかった。「もちろん、シドとしゃべりましたとも。こういうことはね、あまり露骨にやっちゃいけないの。わたしたちが縁結びに励んでることに、シドがほんの一瞬でも感づいたら、いっきに百マイルぐらい逃げてしまうわよ。誰に彼が非難できて？」

「ぼくは非難しないよ、フライヤ」アレイン卿が断言した。

「それに、ミス・ジュウェルのほうは二百マイルほど逃げるでしょうね、フライヤ」公爵夫人がいった。「とにかく、こちらがすこしでもチャンスを与えれば、まるまる一カ月のあいだ暗い片隅に隠れてすごしそうな人ですもの。ついさっきも、ミス・ジュウェルがほかのみんなと一緒に朝食のテーブルに居残らないで、そっと出ていったことに気づかなかった？　わたし、あの人のことが大好きよ。親しくなるためのしかるべきチャンスさえあれば、彼女とバトラー氏がお似合いのカップルになるだろうって意見にも賛成だわ」

「〝しかるべき〟という言葉が曲者だな、クリスティーン」エイダン卿がいった。「シドナムもミス・ジュウェルも孤独な人間だというだけで、なぜ二人が似合いのカップルになるだろうと考えなくてはならないのか、わたしには理解できない」

「それはたぶん、きみの体内にロマンティックな血が流れていないせいさ、エイダン」クックッと笑って、ラナルフ卿がいった。

「でも、賛成する気はなくって、エイダン？」レイチェル（レディ・アレイン）が尋ねた。「似合いのカップルになれるかどうかを見きわめるチャンスを二人に与えるべきだって意見に。そもそも、行動をおこしたのはあの二人のほうなのよ。浜辺を一緒に散歩して、翌日もまた散歩の約束をしたりして。それから、木曜の夜、二人が一時間ほど外へ出てたことをわたしたちに教えたのは、あなただったでしょ、ラナルフ。ま、もちろん、全員が気づいてたけど」

「それらすべてのことから証明されるのは」エイダン卿がいった。「当人たちがその気になりさえすれば、熱烈なロマンスを生みだす能力を充分に備えているということだ。ちょうどかつてのイヴとわたしのように」

「あら、ウルフリックにすこし助けてもらったでしょ。白状なさい、エイダン」彼の妻がつけくわえた。

「ウルフリックが結びの神？」ジャーヴェスがいった。「ヒエー！　こりゃたまげた」

このような会話に自分の名前が出たことを、公爵はおもしろがっている様子ではなかった。コーヒーカップを下に置きながら、片方の眉を雄弁に吊りあげた。

「わたしから見れば」公爵はいった。「当家の管理人と泊まり客の一人が爽やかな夏の夜に散歩に出かけたところで、二人で教会の礼拝に出たところで――たとえウェールズ人の教会であろうとも――わたしの消化活動の妨げになるほどの熱っぽい臆測を、わが一族が胸の内に抱く必要はないと思う。クリスティーン、十分以内に子供たちを階下に連れてくるよう、子供部屋のほうへ伝えてやったかね」

「もちろんよ、ウルフリック」公爵夫人は朝食のテーブルの向こうから、夫にやさしい笑みを送った。目がきらめいていた。「そして、〝子供たち〟のなかにはデイヴィッド・ジュウェルも含まれてるのよ。そうすれば、デイヴィッドのママとバトラー氏は二人きりでウェールズ人の教会とここを往復できますもの」

公爵は片眼鏡の柄に手を触れたが、握ろうとはしなかった。それどころか、観察力に長《た》けた目撃者がいたなら、夫人をみつめ返したときに公爵の唇がピクッとひきつったことを証言しただろう。

それからちょうど十五分後、列を連ねた馬車の最後の一台がグランドゥール館の玄関を離れ、ベドウィン家の面々とその子供たちと泊り客（デイヴィッド・ジュウェルを含む）を、村にあるイングランド人の教会の礼拝へ連れていった。

アン・ジュウェルはみんなの出発を自分の寝室の窓から見守っていた。自分がいないことは、ジョシュアとデイヴィッド以外の誰にも気づかれていないはずだと、幸せにも信じこんでいた。

シドナムはコテージの居間の窓辺にすわって、車寄せをながめていた。しばらく前に馬車が何台も通っていったが――教会の礼拝は、ウェールズ人のチャペルより一時間早く始まる――どの馬車にもミス・ジュウェルの姿はなかった。とすると、本当に彼との約束を守る気でいるにちがいない。シドナムはなぜか、彼女から何か言い訳が届きそうな気がしてならなかった。それはたぶん、この日をとても楽しみにしていたからだろう。

さきほどまで雨になりそうな気配だったし、空はいまも曇っている。だが、なんとか持ちそうだ。

シドナムは疲れていた。以前からの悪夢に慣れてはいるが、それに耐えるのは生やさしいことではなく、また、目ざめたあとに悪夢の世界から抜けだすのは、それ自体が悪夢のようだった。従僕を始めとする召使いたちは、そうした夜には彼がわめいたり悲鳴をあげたりしても、邪魔してはならないことを心得ていた。最近のシドナムは家族と離れて暮らすことにとても感謝している。悪夢にうなされるたびに家族から心配され、そばについていようと強くいわれると、無下《むげ》にはことわれない。悪夢の翌日はいつも疲れてけだるく、気分も落ちこんでしまう。だが、すっかりおなじみとなったこの古い敵も、以前のような力は持たなくなっている。けさも強固な意志の力で、シドナムは悪夢の世界から抜けだした。

ゆうべがそうした悪夢の夜でなければよかったのにと思った。万全の体調でこの朝を迎えたかった。彼女と二人ですごせる最後のチャンスかもしれない。

三日前の夜、丘の上で彼女にキスする寸前までいったことに、向こうははたして気づいていただろうか。長く記憶に残る夜になるだろう。彼女の美しさと自分の恋心に圧倒されそうになった。衝動をどうにか抑えることができてやれやれだ。

気軽に口説いたり、恋愛を楽しんだりできる二人ではない。

クリーム色のモスリンのドレスを着て、麦わらのボンネットを茶色のリボンで結んだ、背が高くて優美で愛らしい彼女が車寄せを近づいてくるのを見た瞬間、彼の胸は高鳴った。女性と一緒に出かけることなどめったにないので、つきあってもらえることがうれしくてたまらなかった。帽子をかぶり、コテージを出て、門の外まで彼女を迎えに出た。

「できれば」彼女に挨拶したあとで、空を見あげてシドナムはいった。「雨にならないでほしい。でも、雲行きを見るかぎりでは、さっきよりましなようです」

アンも空を見あげた。

「わたし、傘も持ってこなかったわ」といった。「たとえボンネットをだめにしても、楽観主義でいこうと決めたんです」

たしかに、彼女は楽しそうに見えた。彼に連れられてチャペルへ行こうと決めたことを心から喜んでいるようだった。一緒にいれば楽しくすごせただろうに、一週間以上も無駄にしてしまうとは、二人ともなんと愚かだったことか。考えてみれば、その一週間のあいだに、彼女のことを何度も思い浮かべていた。彼女の滞在期間はわずか一カ月。

外に出たおかげで、シドナムの疲れもすこしとれた。

「あとの人はみんな、教会へ出かけましたね」彼はいった。「馬車が通っていくのを見ていました。一緒に行くのをことわるのに、どんな口実をつけたんです？」

「何も」アンはいった。「ジョシュアと話をして、デイヴィッドを教会へ連れてってもらえないかと頼んだだけです。わたしが行けない理由は説明しましたが、ジョシュアの口からほかの方に伝わることはたぶんないでしょう。わたしがどこにいようと、みなさんが関心をお持ちになる理由はありませんもの」

先週、数人で遠乗りに出かけたときに、ラルフが彼女のことを話題にし、わざととしか思えない不自然にぶっきらぼうな口調で、彼女の容貌に関するシドナムの意見を求めた。それから、先日の夜は、アンと二人で客間にもどったときにアレインと目が合ったが、彼の目には興味津々の臆測の色が浮かんでいた。そのあとでモーガンの視線に気づくと、モーガンはにこやかな微笑をよこした。ベドウィン家の連中はミス・ジュウェルが思っている以上に、関心を寄せているのかもしれない。しかし、そんなことを口にして彼女を警戒させるつもりはなかった。ベドウィンの連中はひっこんでろ――ぼくが誰と仲良くしようと、連中の知ったことではない。

「午後からみんなで馬車に乗って出かける計画を、公爵夫人が立ててらっしゃいます。わたしもそれに遅れないようにもどらなくては」

「ぼくのほうは、雨にならなければティー・グウィンへ出かけるつもりでいます」

「ティーなんですって？」

「ティー・グウィン」シドナムはくりかえした。「ウェールズ語で、〝白い家〟という意味です。もっとも、じっさいには白じゃなくて、灰色の石造りのかなり大きな荘園館で、庭園に囲まれています。かつては本当に白かったんでしょうが、一世紀ちょっと前にとりこわされ、建てなおされました。現在はビューカッスル公爵の所有ですが、ぼくはそれを買いとって、自分の家にしたいと思ってるんです」

二日前、ついにその件をビューカッスルの前で切りだした。公爵はイエスとはいわなかった。ノーともいわなかった。銀色の目をわずかに細め、片眼鏡の柄を指で探し求めながら、シドナムをみつめただけだった。

「むろん」ようやく公爵はいった。「きみのことだから、わたしがその要求に応じるべきだという反駁《はんばく》できない理由を、ずらりとそろえているのだろうね、シドナム。わたしがグランドゥール館を去る前に、そのすべてをきかせてもらおう。だが、今日はだめだ。今日は公爵夫人がお茶の時間に客間でわたしのくるのを待っている」

それだけだった。だが、ノーとはいわなかった。

「前にもその話をなさいましたわね」ミス・ジュウェルがいった。「峡谷を歩いていたときに。でも、屋敷の名前はおっしゃらなかった。ティー・グウィン。ウェールズ語でも、英語でも、すてきですね。陽気な響きがあって」

「よかったら、ここを離れる前に、一度ぼくと一緒に見にいきませんか」

その言葉を口にしたとたん、シドナムは後悔した。ティー・グウィンを将来の家にしたいと願っている。そこに住み、そこに根をおろし、残りの生涯をできるかぎり幸せに送ろうと思っている。ミス・ジュウェルを連れていき、そこに彼女の思い出を刻むのが果たして賢明なことかどうか、彼は迷った。だが、なぜ迷うのか、自分でもわからなかった。

しかし、とにかく口にしてしまった。

「あなたに見てほしいんです。庭園がきちんと手入れされ、家のなかがきれいに掃除されているよう、ぼくのほうでつねに気を配っています。もっとも、最後の借家人が出ていって、すでに一年近くになりますが」

「まあ、行ってみたいわ。うれしい。楽しみにしています」

そのあとはあまり話をしなかったが、庭園の門を通り抜けて左へ曲がり、左右に生垣のある狭い道をしばらく歩いて峡谷にかかった橋を渡ると、ほどなく村に着いた。絵のように美しい小さな村で、灰色の石造りの家々——藁葺き屋根あり、灰色のスレート屋根あり——が道路からすこし奥まったところに勝手な方角を向いて建っていて、どこの庭も緑豊かなイボタノキの生垣に縁どられ、家の前には花壇と芝生が広がり、裏庭では野菜が何列にも長くならんで成長中だった。教会は細い尖塔のついた高いもので、チャペルのほうは道路のすこし先にあり、もっとずんぐりしていて頑丈そうだった。

シドナムはいつもチャペルの礼拝に出るわけではなかった。牧師のテュードル・リースからウェールズ語のレッスンを受けていて、多少は理解することもしゃべることもできるし、読むほうはもっと得意だが、周囲の人々がふつうの会話のスピードで話しはじめると、たちまち理解不能になり、長々とつづく説教は頭の上を素通りしてしまう。だが、ときどき礼拝に顔を出している。ウェールズ語の響きと、牧師や会衆の熱っぽさが大好きだった。しかし、彼をもっとも惹きつけているのは音楽だった。

村人のなかに入っても、みんな、シドナムの外見にはとっくに慣れっこなので、彼が周囲の目を気にすることはもはやない。しかし、けさはミス・ジュウェルを連れてチャペルに到着したため、やはり照れがあり、会衆のなかに広がった沈黙と新たなささやきと人々のうなずきが気になった。彼女のほうをちらっと見ると、彼女も同じ困惑を感じているようだった。

しかし、けさの礼拝は長く記憶に残るものになるだろう。たぶん、いつまでも忘れないだろう。村に住む人々も、近郷からやってくる人々も、彼の存在に慣れてはいるが、それでも大半の者は彼と距離を置いている。たぶん、嫌悪ではなく、敬意から。彼は信者席にいつも一人ですわっていた——だが、今日はちがう。

今日は一時間半のあいだ、美しい女性がとなりにすわっていた。誰にも胸の内を読まれずにすんで、シドナムはホッとした。長い説教のあいだ、彼女と自分の関係についてありとあらゆる空想をしてみた。

だが、彼の記憶にもっとも強く残るのは、テューードル・リースが彼女を会衆に紹介し、歓迎しようとして、突然英語に切り替えたときに、彼女が頬を赤らめ、微笑した様子だろう。

そして、百人ほどのウェールズ人男女が口をひらき、下稽古なしの完璧なハーモニーで賛美歌を歌うあいだ、彼女がすべての曲に魅了されていた様子だろう。

そう——牧師と握手をし、外の通りに集まって噂話やニュースを交換しあう人々に会釈と笑顔を送ったあとで、チャペルを離れながら、シドナムは思った——この朝のことはいつまでも忘れないだろう。

いまから二週間のうちに、彼女を一度ティー・グウィンへ案内しよう。そうすれば、彼女がバースへ帰ったあとで、それも思い出になるだろう。

その思い出につきまとうのが苦悩なのか、喜びなのか——それとも、無関心なのか——彼にはまったくわからない。時間が答えを出してくれるだろう。

「バトラーさま」歩いて帰る途中、渓谷を見おろす橋の上でしばらく立ち止まって、彼女がいった。「どうしてウェールズに恋をなさったのか、わたしにもわかるような気がします。単にべつの国というだけではないんですね。まるで別世界のよう。連れてきていただいて、ほんとによかったわ」

「ぼくもよかったと思っています」

そのあとで、自分を愚かしく思い、軽い動揺すら覚えた。なぜなら、彼女から何も返事がなく、二人ともその場にじっとしたまま、彼の言葉だけが目の前に漂っているように思えたからだ。が、やがて二人は歩きはじめ、ふたたび庭園の門をくぐり、彼はほかにいうべきことはないかと考えた。

彼女がきてくれたことを自分が喜んでいるのかどうかすら、シドナムにはわからなかった。女っ気のない独身生活にも、この何年かでどうにか耐えられるようになっていた。障害者となって以来、彼が失ったすべてのものを思いださせる相手が、誰一人いなかったからだ。

ところが、アン・ジュウェルがグランドゥール館と彼の人生のなかにあらわれた。運命のいたずらというべきか、まばゆいほど美しいばかりでなく、彼の友達になってくれた。だが、彼がぜったい忘れてはならないことがある――初対面のときに彼女が示した反応、二つの浜辺にはさまれた岩場でなにげなく彼の頬に触れたあとで手をひっこめた様子。あるいは、二、三日前の夜、キスしたいという誘惑に彼が負けそうになったとき、彼女が向きを変えて丘を駆けおりていった姿。

彼女は友達――それ以上ではない。

彼女が去ったあと、ふたたび悪魔たちと闘わなくてはならないだろう。

彼女を恋しく思うだろう――そして、必死に忘れようとするだろう。

アン・ジュウェルとシドナム・バトラーが一緒にチャペルへ出かけ、彼がアンを屋敷に送り届けてから一人でコテージへ帰っていった日曜の朝以来、二人はほぼ毎日のように会った。

あのときの外出は、アンにとって予想もしなかったほど楽しいものだった。ウェールズ語の礼拝が理解不能であることを考えれば、なんともふしぎな話だ。いや、それはかならずしも真実ではない。音楽だけでなく、礼拝のすべてが知性を迂回して、彼女の心にじかに訴えかけてきた。それに、男性の連れがいて、彼と一緒に教会へ出かけ、信者席で彼のとなりにすわり、ふたたび一緒に屋敷へ帰ることには、否定しようのない魅惑があった。

それから十日ほどのあいだ、彼とばったり出会うことも何度かあった。たとえば、ある夜、デイヴィッドを寝かしつけたあとで崖の上まで散歩に出かけたときなど。しかし、約束したうえで会うことのほうが多かった。たいてい、彼の仕事がすみ、デイヴィッドがほかの子たちと遊びや何かに夢中になっている午後に。

彼が村の学校を見に連れていってくれたときは、ジョーンズ氏に出迎えられ、子供たちは夏休み中なので、ひとつしかない正方形の教室で小さな木の机の前に三人ですわり、一時間以上も話をした――いや、正確にいうなら、アンとバトラー氏が耳を傾け、校長のジョーンズ氏がウェールズとウェールズの歴史と教育について雄弁に語りつづけた。授業に英語とウェールズ語の両方が使われていることを知って、アンは興味を持った。英語を話す生徒と、ウェールズ語を話す生徒の両方がいるからだ。そして、数週間もすると、どの生徒も二つの言語を話せるようになる。

バトラー氏はスィウィド夫妻のところへも案内してくれた。アンがチャペルで聴いたすばらしいハープの演奏のことを憧れの口調で語ったからで、スィウィド夫人は半時間以上もアンの相手をして、バトラー氏が彼女の夫と農場のことで話しこんでいるあいだ、楽器を見せてくれ、さまざまな旋律や和音を奏でたり、アンのために演奏したりしてくれた。帰る前にぜひお茶をといってくれて、十一歳と十二歳の二人の息子もそこに加わった。アンがデイヴィッドの話をすると、少年たちはデイヴィッドにも遊びにきてほしいといった。二人とも村の学校に通っている。

アンはシドナム・バトラーと田舎道を歩いたり、峡谷の流れのほとりに腰をおろしたり、浜辺を散歩したりした。一度などは、前に二人が〝竜〟と呼んだはるかな岬まではるばる出かけていった。

「これはもともとウェールズの竜で、海神によって石に変えられたんだという人も、このあたりにはいるんですよ」笑いながら、シドナム氏はいった。「魅力的な伝説ですが、きっと、イングランドの人間がいかにだまされやすいかを見てやろうというんでしょうね」

二人はその日、ピクニック用の軽食を持参して、バターを塗ったとても薄いパンとチーズを食べ、デザートにスグリのケーキを食べ、生ぬるくなったレモネードを飲んだ。そこは本土から遠く離れた場所で、陽ざしにきらめく海が三方に広がっていた。

「まるで船に乗ってるみたい」アンはいった。「航海中……そう、異国のどこかを、すばらしいところを」

「永遠に向かって旅をする。魅惑的な、永遠に完璧な旅」

「いいえ、永遠はだめ。帰ってこられなかったら、失って残念に思うものがたくさんありますもの。それに、デイヴィッドを置いてはいけません」

「おっしゃるとおりだ。では、永遠はやめましょう。長い長い午後だけにしておきましょう」

「賛成」アンは草の上に寝ころび、一週間前に星をながめたときと同じように青い空を見あげた。「長い午後。帰る時刻になったらおこしてくださいな」

ところが、アンが目を閉じたすぐあとに、彼が長い草で彼女の鼻をくすぐったものだから、二人とも吹きだした。おたがいの顔の距離がかなり近かった。アンはふたたび目を閉じた。そうすれば、どちらも緊張しなくてすむし、緊張をほぐすために相手から無理に離れる必要もない。

その緊張のなかには、どこかうしろめたい喜びがあった。だが、彼にじっさいに触れられることは、考えただけで耐えられなかった。自分が尻込みしているのが彼の容貌のせいなのか、それとも、自分自身の男性経験のせいなのか、アンにはいまだにわからない。たぶん、どちらもすこしずつ——あるいは、大いに——関係しているのだろう。

この何日か、雨が一度もふっていない。空には雲ひとつなかった。

アンは二人でありとあらゆることを話したような気がした。彼と一緒にいると、親しい友達の誰と会っているときにも劣らずくつろげる。ただ、男性という点だけがちがっている。

男性の友達ができたのはとても楽しいことだった。彼といるところを見られても、アンはもう気にしなかった。それに、二人一緒のところをベドウィン家の人々や他の泊まり客に見られることは避けられない。どうして気にしなきゃいけないの？　隠さなきゃいけないようなことは何もないんだし、わたしがグランドゥール館の管理人と親しくしていることをからかう人は誰もいない――ジョシュアだって。

ある日の午後には、二人でいるところをデイヴィッドにまで見られてしまった。アンとバトラー氏が丘をおりてくると、ほかの子たちと芝生で遊んでいたデイヴィッドがみんなから離れて、二人のところに走ってきた。

「ママ」と叫んだ。「木の皮で指切っちゃった、見て。けど、レディ・エイダンが子供部屋に連れてってくれて、消毒して、包帯巻いてくれたの。ぜんぜん痛くないよ。ボールをキャッチするのがちょっと大変だけど。こんにちは、おじさん。けさ、また絵を描きにいったんだよ。でも、アプトン先生に油絵を教えてもらうのが待ちきれない。あ、ジャックが呼んでる――行かなきゃ」

デイヴィッドはそういうなり、返事も待たずに走り去った。アンがバトラー氏を見ると、彼は笑顔でアンを見ていた。

「ぼくが子供だったころは、大人の相手をしてる暇なんてなかったな。光栄だ」

「あの子、ここにいるのがとても楽しいみたい。バースに帰ったらひどく落ちこむんじゃないかと心配です」

「いやいや」彼はいった。「今度はアプトン氏に突撃するという目標がありますよ」

なんでも話せる友達がいるというのは心安らぐことだった。だが、一方、話したくないことについては、よけいな好奇心や憤慨を招くことなく沈黙を通すことができた。たとえば、あるとき、彼からまたしても家族のことを尋ねられて、アンは代わりにフランシスのことと、彼女がサマセット州にあるバークレイ・コートにアンやスザンナやクローディアのための部屋を特別に用意して、学校の休みとフランシスが屋敷に滞在する時期が一致したときにはかならずみんなが泊まりにくるのを待っている、といったことを話した。話題がすり替わったことについて、バトラー氏はひと言も触れなかった。彼のほうにもまた、アンが踏み込むことのできない沈黙の場所がいくつかあった。絵の才能が彼にとってつらい話題であることを知ったアンは、それについては二度と質問しないことにした。

ある日、日数をかぞえてみて、ウェールズでの休暇が最後の週に入っていることを知り、愕然《がくぜん》とした。ウェールズ滞在は無限の長さに感じられるだろうと覚悟していたのに、いまでは、休暇が終わりかけていることのほうが信じられなかった。デイヴィッドの気持ちを思って悲しくなったが、彼女自身にとっても悲しかった。とりわけ、ようやく実を結びかけたばかりの、だが、大きな喜びを与えてくれた友情が終わりに近づいていることを悲しく思った。

そう、もうじき終わってしまう。再会できる見込みはないし、わたしが去ったあとで文通できるとも思えない。来月のいまごろは、おたがいをうっすらと覚えているだけでしょうね。来年のいまごろは、たまにちらっと思いだす程度かしら。思いだすことがあればだけど。

ティー・グウィン――彼がビューカッスル公爵から買いとるつもりの屋敷――へ案内しようと前にいってくれたのに、きっと忘れてしまったのだろうと、アンは思っていた。しかし、彼女の出発まであと三日になったとき、彼からふたたびその話が出た。彼が晩餐に招かれてグランドゥール館にきていたので、食事がすむと、これまで何度もしてきたように、ほかの人々からすこし離れて二人だけで腰をおろした。二人きりになることをとやかくいう者はいなかったし、つきあいの悪さや照れくささを二人に感じさせる者もいなかった。

でも——アンは思った——わたしが重要人物じゃないから、誰も注意を向けないだけのこと。みんな、いつも親切だし、愛想よくしてくれるけど。それに、バトラー氏はただの管理人。そんな二人を誰がわざわざ気にするというの？

「あさって、おいでになりませんか」彼がきいた。「あいにく、明日は一日じゅう忙しくしていますが、あさってなら暇ですから。ピクニック用の軽食を用意してティー・グウィンへ出かけ、そのついでに、前回あそこを訪れたあとで頼んでおいた工事が終わったかどうか、確認してみようと思ってるんです」

あさってはすでに、遠出が計画されていた——みんなではるばるペンブルック城まで出かけることになっている。銃眼つきの胸壁にのぼったり、地下牢におりたりできるというので、年上の子供たちは大興奮だ。アンも出かけるのを楽しみにしていた。しかし、自分の存在がどうしても必要なわけではないと思った。大人たちはみな、ときたま自分の子供に特別の注意を向けつつも、だいたいにおいてすべての子供の面倒を平等にみてくれる。その結果、デイヴィッドには父親の代わりがたくさんできた——そして、母親の代わりもたくさん。

といっても、アンが息子をほったらかしにしているわけではなかった。まさにその逆だった。バトラー氏とひんぱんに出かけてはいたが、じつをいうと、デイヴィッド――すくなくとも、デイヴィッドを含めた大人数の大人と子供――と一緒にすごす時間は、学校の授業があるときよりもはるかに長かった。

ティー・グウィンを見たくてたまらなくなった。バトラー氏がいつの日か自分のものにしたいと願っている屋敷だ。たぶん、そこで生涯をすごすつもりだろう。

見てみたかった。いつか彼を思いだすときに、そこにいる彼の姿が思い描けるようにしておきたかった。

また、ウェールズを去る前に、彼ともう一度だけ午後の時間をすごしたかった。それが最後になるだろう。

そう思うと、心が沈んだ。

「ぜひお供したいわ」アンはいった。「デイヴィッドに話をして、わたしがペンブルック城へ行かなくてもあの子が気にしないかどうか、たしかめてみます。わたしの代わりにデイヴィッドの面倒をみてもらえないかどうか、ジョシュアにきいてみます。でも、二人がいやがるとは思えませんけど」

「では、一時にここの玄関の外に二輪馬車を持ってきます」彼はいった。「あなたからことわりの伝言がこないかぎり」

二輪馬車。徒歩で行けないところへ足を延ばすのは初めてだ。御者がいるのだろうか。二輪馬車の座席に三人では、かなり窮屈なことだろう。

しかし、ペンブルック城見物をあきらめることになっても、こちらの遠出のほうが楽しみだった。ベッドに入ってもなかなか寝つけないほどだった。まるでご馳走を約束された子供みたい——そんな自分にあきれてしまった。もっとも、寝つけない原因は興奮だけではなかった。

一緒にすごす最後の午後になるだろう。

あと一日だけ好天がつづいてくれるよう願った。

9

好天がつづいた。

午前中の半ばに馬車がペンブルック城めざして出発したとき、真っ青な空から太陽が微笑みかけていた。昼すぎにバトラー氏が徒歩でやってきて、ほぼ同時に厩《うまや》のほうから二輪馬車があらわれたときも――アンは自分の部屋の窓からずっと見守っていたのだ――空には雲ひとつなかった。

アンは麦わらのボンネットのリボンを顎の下で結び、呼ばれるまで待たずに階段を駆けおりた。少女のころにもどったような気分だった。

玄関ホールの真ん中にバトラー氏が立ち、笑顔で彼女を見あげていた。ふしぎね――アンは思った――こんなに早くこの人の外見に慣れてしまうなんて。中身のない右袖《そで》にも、神経が死んでしまった紫色の右頬にも、眼帯にも。

「馬車で出かけるにはもってこいの午後ですよ」彼がいった。

二人で外に出たとき、馬の頭のほうに馬番が立っているのがアンの目に入ったが、馬番は二人に丁重に会釈しただけで、バトラー氏がアンに手を貸して馬車の左側にすわらせてから彼女のとなりに乗りこむあいだ、その場にじっとしていた。馬番がバトラー氏に手綱を渡し、うしろに下がり、そして馬車は走りだした。

じゃ、バトラーさまが自分で馬車を走らせるのね。それぐらい予想して当然だったわ。どんな難題でもこなせる人だもの――乗馬も含めて。

「心配はご無用です」彼女の心を読んだかのように、彼が請けあった。「馬車を走らせる訓練はずいぶんやりましたからね。片手でこなせることがどんなにあるかを知ったら、きっと驚かれますよ。何頭立てかの馬車を走らせたこともあります。もっとも、正直にいうと、さすがに身の毛がよだちましたが」

彼の左手に、アンは指が長くて芸術家のようだという第一印象を受け、つぎは、フォークを使うときの器用さに感心したものだったが、彼が馬を方向転換させて苦もなく車寄せに出るのを見て、腕はもちろんのこと、手もきわめてたくましいことに気がついた。馬車は藁葺き屋根のコテージの前でいったん停止し、彼が召使いに命じて馬車のうしろにピクニック・バスケットを積みこませてから、門を抜け、橋を渡り、急カーブを切って街道から離れ、村を抜ける狭い脇道に入った。

「左手で字もお書きになれるの？」アンは彼にきいた。

「クモの巣とヒヨコの足跡を足して二で割ったようなものなら書けます。驚いたことに、ほかの人々にも判読できるようですよ。また、いまでは、一分間に三文字の言葉を一語以上書くことができます。ただし、ペンを口にくわえ、舌を頬のなかで正しい角度に調節できればの話ですが」

彼がクスッと笑った拍子に、アンも吹きだした。最初は彼のことをうちひしがれた悲劇の男性だと思い、彼のほうも孤独を認めたことを思いだすと、なんだかふしぎな気がした。だが、彼はたしかに、自己憐憫《れんびん》や挫折《ざせつ》感に浸る人間ではない。ばかげたことを片っ端から笑いの材料にし、ときには自分のことまで冗談にしてしまう。内面に大きな力を秘めている証拠だ。

「左手に絵筆を持つことはできませんの？」アンはきいた。

言葉が口から出たとたん、それを後悔した。軽はずみに尋ねたわけではなく、それを試したことがあるのかどうか、ほかの事柄と同じくそれにも挑戦してみたが挫折してしまったのかどうかを、真剣に知りたかったのだが、同時に、出会ってほどなく二人でひいた目に見えぬ線を、自分が踏み越えてしまったことに気づいた。彼の気分の変化は外にはいっさいあらわれなかったが、そのあとにつづいた短い沈黙のなかに、前には存在しなかった緊張が漂っていた。

「だめです」しばらくしてから、バトラー氏は答えた。「絵筆はつねに右手で握るものです、ミス・ジュウェル」

現在形。どういう意味なのか、アンにはわからなかった。だが、尋ねるのはよそうと思った。すでに土足で踏みこみすぎてしまった。

村を抜けたところでふたたび急カーブを切ると、道がいちだんと狭くなり、生垣が左右の車輪をこすった。

「向こうからほかの馬車がきたらどうしますの?」

「一方がバックするしかない。すわったままにらみあうより、そのほうが生産的です。このあたりに住んでいると、バックの名人になれますよ」

右のほうを見ると、生垣の向こうで緑の作物が風にそよいでいた。左側の石ころの多い地帯では羊が草を食《は》んでいる。そして、どこまで行っても、遠くに崖と海が見える。そして、暖かな大気には潮の香が感じられる。

「息子さんのことがご自慢でしょうね」彼がいった。「かわいらしい子だ」

アンは驚きと喜びに包まれて彼を見た。

「二、三日前に、ラルフとアレインとフライヤがいっていました——息子さんは人に喜んでもらおうと一生けんめいだし、勉強にも熱心だって」彼が説明した。「それから、小さな子たちの遊び相手になってくれるって。ここには小さな子がずいぶんいますからね」

「デイヴィッドはいつもいい子なんです」アンはいった。「学校の先生や生徒にとてもかわいがられています。あの子が小さかったころは、わたし、あの子にとって学校が理想的な環境だと思っていました。でも、あの学校にずっと置いておくわけにはいきません。今月に入って、これまで以上にそのことを意識するようになりました。でも、ジョシュアに男子校を見つけてもらうことを考えただけで怖くなります。ああ、バトラーさま、親をやっていくって、わたしには想像もつかなかったほど大変なことですわ」

「なるほど」彼はアンのほうを見てから、狭い脇道から離れ、二つの野原にはさまれた、わだちのある小道に入っていった。

「自分でふと気づくと、息子を鋳型にはめこんで支配しようとしています。だって、息子にとって何がいちばんいいことか、息子にどんな人間になってもらいたいか、よくわかっていますもの。たとえば、絵は好きな趣味程度にとどめておくよう、あの子の説得に努めてきました。大人になったら、自分で働いて生計を立てなくてはなりませんから。でも、あの子が親とはまったくちがう個性を持った一人の人間であり、わたしにぜんぜん似ていなくて――そして、自分自身の意志を持っていることを知って、愕然としました。そんなことでなぜショックを受けるのかしら。誰だってそうなんだと、頭のなかではずっとわかってたのに。でも、人を本当に理解するためには、心で学ばなきゃいけない場合があるんですね。自分の子供を持つ前は、親なんて楽なものだと思ってましたけど」

バトラー氏はやさしく笑った。「あなたのおかげで、ミス・ジュウェル、永遠に子供を持てないのは幸運かもしれないという気がしてきました」

「あら」アンはあわてて彼のほうを向いた。「誤解なさらないで。デイヴィッドはわたしの人生でいちばん大切な宝物ですのよ」

そこでたちまち罪悪感に襲われた。デイヴィッド抜きでこの一日を楽しんでいたからだ。

それどころか、デイヴィッドのことを考えもしなかった。お城の見物を楽しんでるかしら。階段や胸壁で危ないまねをしてないかしら。ジョシュアがちゃんと見張ってくれてるかしら。お行儀よくしてるかしら。

バトラー氏が首をまわして、彼女に笑いかけた。

どうして子供が持てないの？　結婚はしないと決めてるから？　結婚できないから？　拷問のせいで……。

しかし、彼女の注意は不意によそへそれた。彼が馬車を停めると、前方の地面が傾斜して大きな浅い鉢のような地形になっているのが見えた。木立にぐるっと囲まれているが、二人がいまいる場所だけはべつで、小道が急に広くなって石畳の車寄せに変わり、栈が五本ある木製の門の向こうへ延びていて、門の横には素朴な木戸と歩道がある。車寄せの左右には牧草地が広がり、毛のムクムクした羊たちが草を食べ、なかには、古いオークやニレの木陰で陽ざしを避けている羊もいた。

向こう側の斜面の下近くに隠れ垣が造ってあるにちがいないと、アンは思った。上のほうに、きちんと刈りこまれた芝生と、花壇と、バラを這《は》わせた東屋《あずまや》らしきものが見えた。しかし、彼女の注意の大部分を奪ったのは家で、これも向こう側の斜面に建っていた。灰色の石造りで、建築学的に見るなら、とくに美しいものではなかった。三階建てで、四角くて、がっしりしていて、一階と二階に細長い窓がならび、三階には正方形の窓がついている。壁の半分以上がツタにおおわれている。木立が家を縁どっている。

ふつうの住宅でもなく、豪壮な邸宅でもない。ほんの数マイルの距離にあるグランドゥール館に比べれば小さい。〝荘園館〟というのがぴったりの言葉だろう。家も庭園もけっして狭くはないのだが、窪地《くぼち》にあるため、隠れ里にきたような居心地の良さが味わえる。

海はさっきの脇道の反対側にあるという。たぶん、一マイルか二マイルほど先に。

バトラー氏がまだ馬車からおりて門をひらこうとしていないことに、アンは気づいた。彼女をみつめていた。

「どう思われます？」彼が尋ねた。

「そうね」家、木立、花壇、羊がちらほら見える牧草地、円形に広がった庭園にみとれながら、アンはいった。「ここなら幸せな人生をお送りになれるわ、バトラーさま。どうして幸せになれずにいられます？」

こんなすてきなところで誰が幸せになれずにいられるだろう。アンは羨望と憧れで不意に胸がいっぱいになり、心臓のあたりに物理的な痛みを感じたほどだった。

「ぼくがグランドゥール館にきたころは、退役した海軍大佐夫妻が十年契約でこの家を借りて住んでいました。去年、夫妻が越していったあと、ぼくは新たな借家人を見つける努力をほとんどしなかった。ビューカッスル家の荘園管理人になって以来、それが唯一の職務怠慢といえましょう」

「公爵さまがあなたに売ってくださいますの？」

「まだことわられてはいません。だが、売るともいってくれない。でも、ここを離れる前に、はっきりした返事をくれるでしょう」

不意に、アンは気づいた――これだけの不動産を買おうという人なんだから、きっと大金持ちなのね。社会的地位からすると、二人のあいだには大きな隔たりがある。この人に下心を持ってなくてよかった。

だが、彼と友人になれたことは大きな喜びだった。

「ぼくが門をあけるあいだ、手綱を持っててくれますか」彼が頼んだ。

「わたしにやらせて」アンは彼の返事も待たずに馬車から飛びおりると、門をひらき、手前にひいた。いちばん下の桟に足をかけて、途中から門と一緒にまわり、上を見て馬車のなかのバトラー氏に笑いかけた。突然、周囲の田園風景の美しさが心にしみた。緑の草、青い空、小鳥のさえずり、虫の羽音、かすかな風。草木と家畜と海の匂いがする。太陽の熱が感じられる。

記憶に焼きついて永遠に消えることのない、祝福されたあざやかな瞬間のひとつであることを、アンは実感した。

彼はにこりともせずにアンをみつめ返していた。何を考えているのか、まったくわからない。もしかすると、アンが勝手に門をひらいたので気分を害したのかもしれない。彼には無理だとアンが判断したのだと、向こうは思っているかもしれない。

「もう我慢できない」アンはいった。「木戸をまたぐあいだ、もうしばらく待ってくださる？」

「門があいてるのに？」唇を斜めにして、彼が微笑した。

「木戸はまたぐためにあるのよ。わたし、これを見ると我慢できなくなるの」

彼はそちらを指さし、馬車の座席から、からかい半分に軽くお辞儀をしてみせた。

しかし、アンが石段を二段あがって木の桟に両足をかけ、ふり向いて彼に微笑してみせようと思って桟に腰かけたときには、彼はすでに馬車からおり、門のいちばん上に手綱をゆるく巻きつけ、アンがおりるのを片手で助けるために大股で近づいてきた。

「両方の腕があれば、完璧な騎士道精神を発揮して、あなたを抱いておろしてあげられるのだが」

「でも、それじゃ」アンは彼の左手に自分の右手をあずけ、反対の手でスカートを持ちあげながらいった。「わたしが女王のようにおりるチャンスを失ってしまうわ、バトラーさま」

ところが、彼女の重みでいちばん下の桟がぐらついたため、あわてて飛びおりて、彼に頭をぶつける寸前に止まるという、なんとも威厳のない女王になってしまった。アンは笑いだし、彼の顔を見あげた——その距離はほんの数インチ。

既視感が強烈な勢いで襲いかかってきた。下腹部をこぶしで殴られたような気がした。二つの浜辺にはさまれた岩場の上でのシーンが再現されたかのようだ。

彼の左目がひどく黒ずみ、真剣な光を帯びていて、笑みのない口もとがとても美しかった。彼の息が頰にかかるのが感じられた。彼の体温がアンの全身に伝わってきた。めまいがしそうな狂おしい一瞬のなかで、彼のほうへふらっと身を寄せた。軽く目を閉じた。

だが、つぎの瞬間、あわてて身をひいてふたたび笑いだし、それと同時に、彼にあずけていた手をひっこめた。

「お礼を申しあげます」と、冗談っぽくいった。「あなたが支えてくださらなければ、まちがいなく怪我をしていたことでしょう。ほかの何よりも誇りと威厳を傷つけられたことでしょう。でも、誇りと威厳は守らねばなりません」

「あの桟の修理を頼んでおかなくては」彼がいった。

しばらくしてから、二人は馬車にならんですわり、斜面を下り、ティー・グウィンの家と庭園のある窪地に入っていった。

今日もまた、もうすこしで彼に触れるところだった――手だけじゃなくて、彼の身体に。キスする寸前までいった。彼もそれに気づいている。いまは、隅で身を縮めたわたしを意識しながら、ぎごちなくとなりにすわっている。でも、わたしが身を縮めている理由を、向こうはたぶん誤解しているだろう。

彼のせいじゃない。まったくちがう。

原因はこのわたし。

肉体的に親密になるのが怖いから。

でも、わたしが離れたおかげで、向こうもホッとしてるかもしれない。わたしは処女じゃない。男に犯された過去がある。子供がいる。それを考えれば、わたしが彼に想いを寄せてるのとは逆に、向こうがわたしを嫌悪していてもおかしくない。

でも、彼が嫌悪を感じてるなんて思えない。

アンは牧草地を見渡し、前方の家と庭をみつめて、もう一度単純な幸せに浸ろうとした。


ティー・グウィンには住込みの召使いはいなかった。だが、シドナムは庭を定期的に手入れさせ、家のほうも空気の入れ替えと掃除がきちんとされるように目を光らせていた。たとえ、この不動産に個人的な関心がなくとも、公爵家の管理人として、それだけはやっていたはずだ。だが、管理が行き届いているかどうかを確認するために、自分でしばしば出向くことは、たぶんなかっただろう。

シドナムは二輪馬車を厩のある区画に入れると、馬を馬車からはずしてカラス麦と水を与え、そのあいだに、ミス・ジュウェルはあたりを見てまわった。手伝おうといってくれたのだが、シドナムのほうでことわった。ピクニック・バスケットは馬車に置いたままにしておいた。どこで食べるかは、あとで決めればいい。

彼女を家に連れて入るのが妙にためらわれた。いや、たぶんその逆だろう。家を見せたくてたまらないのだが、それにふさわしいタイミングを選びたかった。ここに着いたばかりのときは、木戸のところで彼女にキスしそうになった直後だったため、まだ心が乱れていた。とんでもない過ちを犯すところだった。キスしようとしたとたん、彼女が身をひくのを感じ、彼女への恋心を募らせるのがいかに愚かなことかを痛切に悟らされた。

彼女といい友人になったため、彼女と一緒にいるととてもくつろげるため、ときどき、自分と女性のあいだには友情以外の何ものも存在しえないということを忘れてしまう。

いまのところ、ミス・アン・ジュウェルと建物のなかで二人きりになることは避けたかった。今日の彼女は小枝模様のモスリンで仕立てたハイウェストのドレスと、つばがひらひらした麦わらのボンネット姿で、その両方にブルーのリボンがついていて、これまで以上に魅力的だった。もっとも、ドレスも帽子も何度も見てきたものだが。また、グランドゥール館で何週間もすごしたおかげで、小麦色に焼けて健康そうだ。彼の口からその事実を指摘したら、向こうは喜ばないかもしれないが――淑女というのはふつう、小麦色の肌になるのをいやがるものだ。彼女の姿を忘れることはけっしてないだろう。弧を描いてひらきつつある門のいちばん下の桟に足をかけ、彼を見あげて笑ったときの、なんの苦労もない少女のような姿。

それが彼の心を乱した。

彼女を連れて庭園を散策した。木々のあいだを抜けて田舎風の小道をたどり、羊やその糞《ふん》をよけたり、隠れ垣の上のほうに広がる手入れの行き届いた芝生では見ることのないデイジーやキンポウゲやクローバーにみとれたりしながら、広々とした牧草地を抜け、芝生を横切ると、まずは、誰も住んでいないのに野菜が何列も栽培されている裏庭へ行き、つぎに、玄関のほうにまわり、色彩豊かな花壇のところに出て、雑草が一本も生えていないのを見て安心してから、バラを這わせた東屋まで行った。

そこで腰をおろすことができてホッとした。ほとんど休憩なしで一時間以上歩きつづけたため、右膝が痛くなっていた。花壇に咲くバラや、東屋の格子にからんだバラなど、何十本ものバラの香りがあたりに濃厚に立ちこめていた。ミツバチの低い羽音がきこえた。

だが、彼女はすわろうとしなかった。それに気づいていれば彼のほうも腰をおろさなかっただろうが、立ちあがる気にはもうなれなかった。すわったまま、アンがバラの花壇に身をかがめて、ひときわみごとに咲いた花に顔を寄せたり、軽く触れたり、香りを楽しんだりするのをみつめた。

満ち足りてくつろいだ表情だと、彼は思った。まるで、わが家にいるように見える。この自分と同じように……。

ビューカッスルから「きみには売らない」といわれたら、落胆をどうやって癒せばいいだろう。この土地にとどまることはできないかもしれない。考えただけでつらくなる。彼が暮らしたいと思う土地は、ここ以外にないのだから。

しかし、ここで一生暮らすことになったとしても、暑くけだるい夏の午後、ここにもう一度すわることがあったとしても、そのときは一人ぼっちだ。

花に囲まれた美しい女はもういない。

「よかったら、バラを何本か切って」彼はいった。「グランドゥール館へ持ち帰ってください。家からハサミをとってきましょう」

「萎《しお》れてしまうわ」シドナムのほうを向いて、彼女がいった。「それよりも自然の環境のなかに置いて、寿命が尽きるまでそっとしておきましょう。お気持ちだけいただいておきます」

　彼女が近づいてきたのでシドナムは立ちあがったが、彼女が腰をおろしたあとで、自分もふたたびすわった。位置を変えればよかったと後悔したが、もう手遅れだった。目がないほうの側に彼女がすわっている。ふだんの彼なら、こんなドジなことはしないのに。

「レディ・プルーデンス・ムーアの家庭教師の職を追われたあと」彼女は話しはじめた。「わたしはリドミアという村の小さなコテージへ越しました。家で個人的に教室をひらいて生活費を稼いでいました。ジョシュアからの経済援助も受けざるをえませんでしたけど。何人かの生徒と息子のおかげで、毎日忙しくすごしていました。でも、やはり孤独でたまらなかった。授業にきている生徒を送りだしてコテージのドアをしめれば、あとはデイヴィッドと二人きり。ときどき……耐えきれなくなりました」

「じゃあ、よかったですね」シドナムはいった。「寄宿学校の教師の口が見つかって」

「ええ。あんな幸運に恵まれたのは本当に久しぶりでした。あなたは一人暮らしがお好き？」

「一人きりになることはないですね。つねに召使いがいます。たいてい、友達みたいな関係です。従僕とはとくに」

　首を大きくまわさなくては彼女を見ることができなかった。ひどく不便なことだった。

「ここに一人でお住みになるの？」彼女がきいた。「それがあなたの求める幸せをもたらしてくれます？」

ほんの一時間前、丘のてっぺんで馬車を停めたとき、彼女はここなら彼も幸せな人生が送れるだろうといった。この一時間のあいだ、二人ともはずむような足どりで歩きまわり、しゃべり、笑い、ときには心地よい沈黙に浸った。陽ざしと夏の大気の温もりを感じた。いつのまに憂鬱《ゆううつ》が忍び寄ってきたのだろう。

彼はこの午後ずっと、今日がグランドゥール館で彼女がすごす最後の日だという事実を考えないようにしていた。明日になれば彼女は去り、一週間もしないうちに全員がいなくなる。最初のうちは、みんなが帰っていく日を指折り数えて待っていた。いまはべつの理由からしぶしぶ日を数えている。しかし、ミス・ジュウェルとすごせる日はもう残っていない。彼女と会わずに無駄にすごした日々を後悔した。だが、たとえ一日も欠かさず、いっときも離れずすごしてきたとしても、今日が最後の日であることには変わりがない。

「ぼくの人生はぼくが自分で作っていきます。それは誰にとってもつねに真理です。未来に何が待ち受けているのかも、未来の出来事にどんな思いを抱くことになるのかも、予測できません。自分で計画を立てても、これだけ注意深く丹念に練りあげた計画なんだからかならずうまくいく、とは断言できません。イベリア半島でどんな運命が待っているのか、ぼくに予測できたでしょうか。コーンウォールで何がおきるのか、あなたに予測できたでしょうか。しかし、予測できなくとも、そうしたことがおきてしまった。未来の計画や夢をこれだけ大きく覆されてしまえば、すべてをあきらめても、計画や夢を二度と持たなくても、人間らしい生き方を捨ててしまっても、許されることでしょう。それもまた、ぼくたちに課せら

れた選択です。ぼくはここで幸せになれるだろうか。なれるよう最善を尽くすつもりです
――ビューカッスルがここを売ってくれればの話ですが」

「かつてのあなたの夢はなんでしたの？」

シドナムは首をまわして彼女の姿を視野に入れた。彼女はやや斜め向きにすわって彼と向きあい、長い睫毛《まつげ》とボンネットのつばが落とす影のせいで煙ったように見える大きな目で彼をみつめていた。どうやら、傷ついたほうの側をじっくり見ていたようだ。場所を入れ替わろうと彼から提案してもよかったのだが、黙っていることにした。そのほうが安全だ。木戸のところで彼女が身をひいたことを――そう、彼女がそうしたのは事実だ――つねに思いだし、彼女への気持ちが友情を超えてはならないことを肝に銘じておける。

「とても慎ましいものでした」彼は答えた。「絵を描きたかった。自分の家庭と妻と子供がほしかった。いや、せっかく質問されたんだから、正直にお答えしましょう。偉大な画家になりたかった。ロイヤル・アカデミーに作品が展示されることを夢見ていました。だが、選択をしなくてはならなかった――人生には選択肢がつきものです。兄たちに負けないぐらい勇敢で男らしいところを世間の人々に見てもらいたい、という思いもあった。そこで父親を説得して、将校の位を買ってもらった。そんな生き方はぼくにふさわしくないといって家族に反対されればされるほど、依怙地《いこじ》になって我を通そうとした。いまのぼくは自分の選択の結果をかかえて生きていかなくてはなりません。その選択がまちがっていたというつもりはありません。そんなことをするのは愚かだし、無意味です。あのときの選択が以後のあらゆ

る出来事へぼくを導いてくれた。いまの瞬間もそのひとつです。そして、今日、または明日、または来週おこなう選択が、つぎの、そしてまたつぎの瞬間へと、ぼくを導いていくでしょう。すべて旅なのです、ミス・ジュウェル。それが人生なんだと、ぼくは悟りました——人生は旅であり、何が正しくて何がまちがっているかを判断することなく、つぎの段階へ、さらにまたつぎの段階へと進むための勇気と活力なのです」

「怪我をなさる前も、そこまで聡明でいらしたの？」

「ちがいますとも。そして、いまから十年先、二十年先まで生きたとしたら、いま口にした言葉を愚かしく、あるいは、すくなくとも軽薄に感じることでしょう。聡明さは経験から生まれるもので、ぼくは目下、二十八年分の経験しかありません」

「わたしより一年すくないわ。年下だったのね」

「あなたの夢はなんでした？」

「愛する人との結婚。子供。田舎にささやかな自宅。すくなくとも、夢の一部は実現しました。デイヴィッドがいますもの」

「結婚したい人もすでに決まっていたわけですか」

「ええ」

彼にはつぎの質問はできなかった。きくまでもなく答えはわかっている。どんな男か知らないが、ほかの誰かの子供を妊娠していると知って、彼女を捨ててしまったのだ。

コーンウォールの男だろうか。

「でも、あなたのおっしゃるとおりね。誰もが人生という旅をつづけなくてはならない。もうひとつの選択肢は考えるのも恐ろしいことだわ」

そのあとにつづいた沈黙に、彼は気詰まりを覚えた。彼女が身じろぎもしていないのがわかる。きっと、となりで斜め向きにすわったままにちがいない。もちろん、彼が立ちあがればすむことだ。まだ家のなかを案内していない。しかし、彼のなかには頑固なところがあり、その場から動こうとしなかった。気のすむまで見るがいい。初めて見るわけでもないだろうに。

「心地よい眺めではない。そうでしょう?」ついにそう口走ってしまい、舌を嚙み切りたくなった。こんな自己憐憫の言葉を投げつけたら、相手はどう返事をすればいい? 彼を慰めるために、ばかげた嘘をならべるしかないではないか。

「ええ」彼女はいった。「そうね」

その返事は彼を傷つけるよりも愉快がらせた。シドナムはふたたび首をまわして、彼女に微笑した。

「でも、いまのあなたを知る人々にとって、それはあなたの一部だわ。世捨て人になるか、仮面をつけるかしないかぎり、その事実から逃げることはできない。片方の目が見えなくなり、片腕をなくし、かつては楽々とこなした多くのことができなくなるのは、つらいことでしょうね。鏡をのぞいて、かつての自分の顔を思いだし、二度と昔にもどれないことを痛感するのも、さぞつらいでしょう。あなたはすばらしくハンサムな人だった。そうよね? いまもハンサムよ。現在、あなたに会う人々は――以前のあなたを知らなければとくに――その顔にすぐに慣れてしまうはず。顔の右側は、おっしゃるとおり、心地よい眺めではない。でも、醜くもないわ。ほんとよ。醜くて当然でしょうけど、でもちがう。それはあなたの一部であり、あなたは知りあう価値のある人なのよ」

シドナムは顔を彼女のほうに向けたまま、笑いだした。だが、本心をいうと、深い感動に包まれていた。慰めの言葉をならべているだけではないことが感じとれた。

「ありがとう、ミス・ジュウェル。こうなってからもう何年もたつが、ぼくの容貌についていまのように率直に語ってくれた人は、一人もいなかった。家族でさえ――いや、家族だからこそ」

彼女は急に立ちあがり、バラを這わせた格子のそばまで行った。顔を寄せて、ひときわみごとに咲いた赤いバラの香りを嗅いだ。

「ごめんなさい」といった。「さっきのこと」

さっきといっても、ずいぶんいろいろあった。だが、彼女がなんのことをいっているかは、彼にもわかった。

「ぼくが悪いんです」といった。「あなたにキスしようなんて、考えちゃいけなかったんだ」

いや、考えたわけではない。その点が厄介だ。考えたのなら、キスする直前までいくことはなかっただろう。彼女がバランスをとりもどした瞬間に手を放し、あとずさったことだろう。

彼女が首をまわしてシドナムをみつめた。

「いえ、わたしのほうですわ」といった。「もうすこしでキスしそうになったのは」

彼女の頰が急に赤く染まった。

えっ……。夢にも思わなかったことだ。彼女のほうが自制したという――そして、いま、謝ろうとしている。シドナムは視線を落として、乗馬ズボンについた小さな泥を払った。

三週間ほど前、彼女がシドナムの頰に指先を触れ――つぎの瞬間、火傷《やけど》したかのように手をひっこめたことがあった。

今日も、彼にキスする寸前までいって――そして、急にあとずさった。

不意に、彼女が目の前に立っていることに気づいた。シドナムは顔をあげると、微笑して家のなかの案内を申しでようとした。ところが、深みをたたえたつぶらな彼女の目を見たとたん、その奥に魂を見てとることができそうな奇妙な感覚に包まれた。そして、前回とまったく同じ場所に彼女が指先をあてた。

「醜くなんかないわ、バトラーさま。ほんとよ。醜いなんてとんでもない」

そういうと、頭を傾けて、彼の口の左端に唇をつけた。その唇はひどく震えていて、シドナムは彼女の息が小さく切れ切れに頰にかかるのを感じた。しかし、彼女は自分に度胸があることを示そうとして、形ばかりの軽いキスをしたのではなかった。唇がその場に長くとどまっていたので、シドナムはその息を味わい、彼女がほしくてたまらなくなり、木肌に指の跡が残るぐらいきつく椅子の肘掛けを握りしめた。

彼女は頭をあげると、シドナムの顔の両側に目の焦点を置くというあの独特の視線で、彼を見おろした。その目に涙が浮かんでいることに、シドナムは気づいた。

「醜くなんかないわ」彼女はきっぱりした口調でくりかえした。たぶん、自分を納得させるためだろう。

「ありがとう」シドナムは無理に笑顔を作り、クスッと笑ってみせた。「ありがとう、ミス・ジュウェル。やさしい人だね」

こうして彼に触れることが、彼女にとってどんなに勇気のいることだったか、彼にはよくわかる。だが、思いやりのある女性なのだ。長いあいだ忘れていたわびしさに襲われたのは、彼女のせいではない。

彼女は陽ざしと女と夢の味がした。

「家のなかを案内しようか」立ちあがりながら、シドナムはいった。

「ええ、お願い。朝からずっと楽しみにしてたのよ」

つぎの瞬間、シドナムはひどく悲惨なことをした。長いあいだやっていなかったことだ。彼女に右腕をさしだそうとしたのだ。

だが、何もできなかった。

腕がないのだから。

彼女はシドナムのそんなしぐさに気づきもせず、ならんで歩きはじめた。

何分の一秒かのあいだ、シドナムは自分が半人前の男であることを忘れていたのだ。

10

ひんやりした静かな家に二人で入り、上の階から下の階まで部屋をひとつひとつ案内してもらうあいだ、アンは彼のことをひどく意識していた。男として、女の身体を疼かせる性の相手として、意識していた。

その感覚に半分おびえつつ、半分は魅了されていた。

彼にキスしたとき、顔の右側に触れないようひどく神経を遣《つか》った。しかし、右側のことが気にかかってならず、つい手を伸ばして触れてしまうのではないかという恐れがあった。ちょうど、高所恐怖症の人間が塔や崖から飛びおりてしまいそうになるのを恐れるように。

だが、アンがもっとも恐れたのは彼の顔の右側ではなかった。

アンのほうからキスした瞬間、彼の唇がそれに応えて動くことはなかったし、手が彼女に触れることもなかったものの、彼の男っぽさが、そして、すぐ先に親密な展開もありうることが、強く意識された。

アンがもっとも恐れたのは彼の男っぽさだった。

いや、むしろ、こわれてしまった彼女の女らしさだった。

「すてきな家ね」しばらくしてから、彼女はいった。「ここに惹かれてらっしゃる理由がわかるわ。どの部屋も四角くて、天井が高くて、堂々としている。そうでしょ？　それに、窓からたっぷり光が入ってくるし」

裏側の窓から菜園と木々の生い茂る斜面が見えるのに対して、表側の窓は花壇と庭園に面していた。美しさに包まれた家だ。しかも、ほんの一マイルほど先には、大海原と海岸線の絶景が広がっている。

「点検のために初めてここを訪れたとき、ひと目惚《ぼ》れしてしまいました」彼がいった。「そういう場所があるものなんですね。もっとも、そこと同じぐらい、いや、それ以上にすばしい場所がほかにあっても、なんら心を動かされないのに、なぜそこに惚れこんでしまうのか、論理的な説明ができるわけではありませんが。グランドゥール館も、いま寝泊まりしているコテージも大好きですが、〝わが家〟という実感がないんです」

アンはグロースター州の実家で幸せな少女時代を送ったし、リドミアのコテージにいたころは、神に祝福された聖域のようだと思ったものだが、わが家という実感はやはり一度もなかった。現在の住まいであるクローディアの学校は大好きだ。しかし、やはり〝わが家〟ではない。ティー・グウィンにめぐりあったバトラー氏のことが、またしてもうらやましくなり、ビューカッスル公爵が売却に同意してくれるよう願った。ティー・グウィンは人が根をおろして何世代も繁栄していける場所だ。ここなら、幸せになって、子供を育てて、それから……。

しかし、バトラー氏は一人でここに住む。わたしがここに住むことはけっしてない。あれこれ夢を描いても無駄なだけ。

「家のなかは涼しくてホッとする」すべての部屋を案内してまわり、タイル張りの玄関ホールにふたたび立ったときに、彼がいった。「ここでピクニックのお茶にしませんか。それとも、外の芝生にすわったほうがいいですか」

「ここにしましょう」アンはいった。「バスケットをとってきます」

「二人で両方から持ちましょう」

芝生にすればよかった――朝食の間の小さなテーブルにささやかなご馳走をならべて十分ほどたつと、アンは後悔しはじめた。太陽のおかげでひどく暑かったのは事実だった。しかし、戸外なら、自然の物音があれこれきこえて二人の注意をそらしてくれるし、見るものがたくさんあるので、自分たちが男と女であり、二人のあいだに何かがおきていて、双方がそれに気づいて居心地の悪さを感じている、という事実を意識せずにすむ。

その何かのせいで、周囲の空気までピンとはりつめていた。

バトラー氏に雇われている料理人が、二人のために、ミートパイと、キュウリのサンドイッチと、リンゴのタルトを用意してくれた。また、厚く切ったチーズと、お決まりのレモネードも入っていた。そのすべてをアンがテーブルにならべ、これもやはりバスケットに入っていた皿を添えた。レモネードをついだ。

二人は黙りこくって食べつづけ、たまに話をするときは、見知らぬ他人どうしのごとく毒にも薬にもならない話題を選んだ。陽ざしの強い暑い日がどれぐらいつづくかという予測だけでも、まる十分は使ったにちがいない。

「先週の日曜日、礼拝がすんでから、チャペルにきていた信徒の一人が、ほかの誰かに向かってこういっていました」彼は目をきらめかせていった。「陽ざしと暑さに恵まれたから、あとできっと悪天候に悩まされるだろう、と。永遠の悲観論者ですね」

アンの心は彼と一緒にあの教会にもどっていた。

「でも、みなさん、ウェールズ語でしゃべってらしたのよ」

彼は一瞬、きょとんとした表情になった。

「そういえばそうだ」といった。「ひょっとすると、思った以上にウェールズ語が理解できるようになったのかもしれない。よしよし、もうじき一人前のウェールズ人になれそうだ。しばらくしたら、ハープを弾きはじめるかもしれない。あ、だめだ」からっぽの袖を見おろした。「たぶん無理ですね」

両方が笑いだし、緊張がいくらかほぐれた。

最後に、アンは家のことを話題にした。

「ここがあなたのものになったら、すべていまのままにしておかれます？」

家具は完璧にそろっている。

「しばらくはね、ええ」彼はそういって椅子にもたれ、アンのほうはピクニック料理の残りをひとまとめにし、すべてをバスケットにしまってから、部屋を横切り、正面の窓辺に立って外の景色をながめた。「いまのこの家に惚れたわけだから、いくら改装するだけの財力があるからといっても、何もかも変えてしまうのは愚かしいことです。変えたいという思いが強くなれば、すこしずつ改装していくかもしれません。たとえば、玄関ホールには茶色が多く使われていますが、どんより曇った冬の日だと陰気な感じがします。あそこをまず変えなくては」

アンは牧草地で草を食《は》む羊をみつめ、名状しがたい憧れに胸が締めつけられるのを感じた。改装された玄関ホールを見てみたいという憧《あこが》れ？　そして、それは永遠に叶わぬ夢だというあきらめ。

「あなたのものだったら、どこを変えますか」彼がきいた。

「ほとんど変えませんわ。趣味のいい上等の家具が入ってますもの。でも、この部屋の赤を淡い黄色に変えようかしら。ここは朝食の間で、南と東に窓があるでしょう。明るい気分で一日をスタートできる部屋にしなくては――一月の嵐の日であっても」

「では」彼がクスッと笑った。「この部屋の基本色を淡い黄色に変えましょう。家がぼくのものになったらね」

彼が近づいてきて、右肩のすぐうしろに立ったことに、アンは気づいた。ふり向いて微笑したが、彼は思ったよりも近くにいた。アンは唾を呑みこんで、窓のほうへ顔をもどした。

しかし、今回は、崖をのぼることも、丘を駆けおりることもできないため、緊張をやわらげるすべがなかった。

「バースにもどるのを楽しみにしておいでてでしょうね」彼がいった。

「ええ」

沈黙が流れ、そのなかで不安が脈打っていた。

「あなたのほうは、グランドゥール館の静かな日々をとりもどすのを楽しみにしてらっしゃるんでしょ」

「ええ」

またしても沈黙。息をするのさえはばかられた。息遣いがきこえるからだ。

アンはきっぱりした態度で彼のほうを向いた。自分のほうは窓をつき破らないかぎりうしろに下がれない。向こうがしりぞくだろうと思ったのだが、彼はその場から動こうとしなかった。

「わかっていただきたいの」アンはいった。「あなたはけっして醜くないということを。初対面の相手がたじろぐのを、よく目になさるだろうと思います。現に、わたしも逃げだしましたもの。でも、それは、あなたを見た瞬間に相手が悟るからです——あなたが口にするのもおぞましい酷《むご》い運命に耐えてきたことと、そこからけっして逃れられないだろうということを。二回、三回、そして、三十三回ぐらい会ううちに、ほとんど気にならなくなります。あなたはあなた、外見の奥から、あなたの人格が輝きを放っています」

そこまでいって、アンはひどく照れくさくなり、彼がうしろに下がるか、部屋から出ていくかしてくれればいいのにと思った。

「願わくは」彼がいった。「われわれの住むこの社会が、たったひとつの事実をもとにして人を判断しようとするところでなければいいのだが。あなたについては、未婚の母であるという事実だけで——あなたが悪いわけでもないのに——人から判断されたりしないよう願っています。あなたが孤独でないことを願っています」

「あら、孤独ではありませんわ」頬がカッと熱くなるのを感じながら、アンは反論した。「友達がいます。息子がいます。それから——」

「手遅れですよ。何週間か前に、孤独だと白状したじゃありませんか」

ちょうど、彼がアンの前で孤独を認めたように。アンはゆっくりと息を吸いこんだ。

「十年のあいだ、あなたの人生には男性がいなかった——一人の悪党があなたを強引にものにし、死ぬ前にあなたの夢を打ち砕いてしまったという、ただそれだけの理由から。むなしくありませんか——自分は触れるのも汚らわしい人間だと思いつつも、誰かに触れてもらいたいと願うのは」

触れられるのを怖がるほうがもっとむなしい——アンは思った。しかし、それを言葉に出すつもりはなかった。もしかしたら、恐怖を克服する方法があるかもしれない。もしかしたら。

アンはまばたきして涙をこらえ、嗚咽《おえつ》が洩れそうになるのを恐れて唾を呑みこんだ。

「あなたは汚らわしくなんかないわ」

「あなたも」

「わたし……ここを去ったあとで、あなたのことを思いだすでしょう」

「ぼくも」

アンはふたたび唾を呑みこんだ。彼にみつめられていた。アンは突然きつく目を閉じて、無謀な勇気をかき集めた。

「わたし、一人ぼっちはもういやです」つぶやきに近い声でいった。「あなたにも一人ぼっちでいてほしくない」

目を閉じたままでいると、やがて彼の返事がきこえた。彼女と同じく声を低くしていた。

「ぼくにはあなたを慰めることができない。あなたはたぶん、嫌悪感抜きでぼくを見ることができると思う。だけど……ぼくたちがいま話しているのは、男女の親密さのことなんだよ。その点であなたに悲しい思いをさせることはできない」

アンは目をひらいて彼を見た。この人の言葉が正しいって、どうしてわかるの？　男性に――それも、とくにこの人に――触れられたら、どんなふうに感じるか、どうしてわかるの？

彼の顔の右側に触れるつもりで手をあげたが、代わりに、彼の肩にその手を置いた。そうしつつも、衣服の下にはどのような傷跡がひそんでいるのだろうと思わずにはいられなかった。しかし、アンのなかには、彼に触れることへの生理的嫌悪よりも――あるいは、触れられることへの嫌悪よりも――強い何かが存在していた。

人は生きていくうえでしばしば、必死に、強引に、苦しみを回避しようとする――自分自身の苦しみも、他人の苦しみも。しかし、ときには苦しみを受け入れ、手を触れることも必要だ。そうすれば、苦しみのなかに入りこみ、そこを突き抜け、先へ進むことができる。でないと、破滅してしまう。

「わたしも人から嫌悪を持たれる人間です」アンはいった。「男に身体を奪われた。結婚もしないまま、その男の子供を産んだ。高潔な女性ではありません。真実を知って離れていく男性が何人もいました」

「アン」彼がいった。涙をこらえて彼の目がキラッと光ったことに、アンは気づいた。「ああ、アン、そんな……。でも、また同じ結果になるかもしれない。もちろん、ぼくだったら、あなたと結婚するだろう。だが、結婚したらどんな悲惨な運命があなたを待ち受けているかを想像してほしい」

「やめて」アンはいった。「そんなふうにご自分を卑下なさるものじゃないわ」

「生涯ぼくに縛りつけられたいなんて芝居は、あなたにはできないはずだ」

アンは結婚の話などしたくなかったし、考えたくもなかった。あるいは――愚かにも――ふたたび妊娠することも。どちらも考えたくなかった。来週のいまごろはデイヴィッドを連れてバースに帰り、以前の生活にもどり、夏休み中にもかかわらず学校の仕事を再開しているだろう。バトラー氏は一人でここに残る――ほかのみんなも帰ってしまうのだから。

彼は一人ぼっちになる。

そして、この自分も一人ぼっち——人々に、友達に、囲まれてはいても。

でも、今日がある。いまこの瞬間がある。

「わたし、一人ぼっちはもういや」アンはふたたびいった。「あなたにも一人ぼっちでいてほしくない。このすてきな午後と、この一カ月の思い出を完璧なものにしたい」

「アン」彼はいった。「アン」

彼からアンという名前で呼ばれていることに、いま初めて気がついた。彼がそう呼ぶのをきいて、心がほのぼのとした。

やがて、彼が片手をあげ、てのひらをアンの頬につけ、指を彼女の髪のなかへすべらせた。アンは彼の手によりかかり、ふたたび目を閉じた。

「許して」といった。「許してください。わたしはここに立ってあなたを誘惑しようとし、世間の噂どおりの女だってことを証明している」

彼はそこで、アンが先ほど気づいたことを、すなわち、左腕しかなくても、両腕そろった男たちに負けないぐらい力があることを立証した。アンの腰に腕をまわして、勢いよく抱きよせた。そうしながら、うめくような声をあげた。アンは彼に強く抱きしめられ、彼の左肩に顔を埋めた。

「誘惑なんてここには存在しない」彼女の耳もとで声を落として、彼はささやいた。「どちらの側にも。いいかい、アン、ぼくがきみのすべてを求めていることをわかってほしい。たぶん、きみがぼくを求めているのと同じぐらいに。そして、ぼくももう一人ぼっちはいやだ。おたがいの孤独を消すことにしよう。せめてこの午後だけでも。完璧なひとときをすごすために」

アンは彼の腰に両腕をまわした。

〝……完璧なひとときをすごすために〟

お願い、神さま。お願い、神さま。

主寝室は壁が緑色のブロケード張りになっていて、高い天井の下に装飾帯がめぐらされていた。長い窓の左右には、装飾帯のところから床までのワインレッドのベルベットのカーテンがかかっていた。天蓋《てんがい》つきの巨大な四柱式ベッドの周囲には、ワインレッドと緑の縞《しま》の掛け布が垂れている。ベッドの上にはおそろいのベッドカバー。ペルシャ絨毯《じゅうたん》が床の大部分をおおっている。重厚な金泥仕上げの額縁に入った馬の絵が何点か壁にかかっている。

かわいい部屋ではないが、アンはさきほど、個性のある部屋だ、主《あるじ》の寝室にふさわしい、という印象を受けた。バトラー氏がティー・グウィンを購入すれば、きっとこの部屋で寝るのだろう。

窓からは、牧草地と、その向こうにある斜面の木々がながめられた。寝室に入ったときに窓の外へ目をやると、遠くのほうに、桟が五本ある木製の門と木戸が見えた。

木戸——すべての始まりとなった場所。

アンは軽く身を震わせた。だが、深く考えるのはやめようと思った。彼と出会ったほぼ最初の瞬間から、これを求め――そして、恐れ――ていたことは、自分でもわかっている。たぶん、孤独を認めあったあの瞬間からだろう。

いまの二人を駆り立てているのは、おたがいの孤独だった。二人がやろうとしていることの動機として、悪いものではない。相手の孤独を共有し、軽くするには、思いやりが必要だ。ある種の愛しさも必要だ。

アンはシドナムに対してあふれるような愛しさを感じた。信じがたい勇気を持ち、筆舌に尽くしがたい苦労をしてきたにもかかわらず、固い決意と威厳のもとに人生を立て直した人。なのに、自分は人と触れあうことのできない汚れた存在だと思いこんでいる人。

わたしが彼に手を触れて、その考えがまちがっていることを証明しよう。そして、彼がわたしに触れてくれれば、わたしのほうも、男に望まれる女にもどったような気分が味わえるだろう。たぶん。

お願い、神さま。

ドアをしめる音がきこえたので、ふり向き、不安な思いで彼を見た。しかし、朝食の間から主寝室にくるまでのあいだも、彼女の決意はくじけなかった。膝の力が抜けてしまうほど彼がほしくてたまらなかった。

「さて」彼女に笑顔を向け、二人のあいだの距離を縮めながら、彼がいった。「きみの髪をほどいてもいいかな。きみがやれば、両手を使って十倍も速くできるだろうけど、ぼくにやらせてくれない？」

アンは微笑し、髪をまとめるのに使われているヘアピンを彼の指が不器用にいじるあいだ、じっと立っていた。しきりと手を動かす彼の顔をじっくりみつめた。そこで気づいたのだが、黒い眼帯の奥に何が隠れているのかも、自分は知らずにいる。しかし、顔の左側の並はずれた美しさに、ふたたび息を呑んだ。彼は二十八。わたしよりひとつ年下。こんな災難にあわなかったとしても、けっして道楽息子にはならなかっただろう。まじめで、おだやかで、愛情深い男性だ。いまごろはもう、彼にふさわしい社会的地位を備えた美しい女性と結婚していただろう。子供にも恵まれていただろう。ティー・グウィンに連れてくる家族ができていたことだろう。

いや、ちがう――彼を知り、愛していた人々の忠告に逆らって半島戦争に参加しなかったなら、彼がウェールズにくることはなかったはず。

わたしが彼に会うこともなかったはず。

そして、わたしのほうは、強姦《ごうかん》されていなければ、いまごろはヘンリー・アーノルドの妻になり、グロースター州で暮らしていただろう。ティー・グウィンの主寝室に立って、奇妙な縁で大切な人となった片腕の男に髪をほどいてもらうことはなかっただろう。

運命って、なんてふしぎなの。

しかし、とりとめもない考えにふけっていたそのとき、髪が肩の下まで流れ落ち、彼がアンから視線をはずすことなく、手をうしろへやって、ヘアピンをテーブルに置いた。

その瞬間、思考の流れがいっきに停止し、アンは自分をひどく無力に感じた――自分の美しさに自信が持てないからではなく、逆に、美しさを自覚しているからだった。美を目にした者は、それ以外のものが見えなくなってしまう。美の持ち主の人柄さえも。彼の目を見たアンは、彼に美しいと思われていることを知った。

〝わたしはアンよ〟――彼に向かって叫びたかった。〝お願い、わたしがアンだってことを忘れないで〟

〝お願い、お願い、お願いだから、わたしの髪を輝ける王冠だなんて呼ばないで〟

彼が身を寄せてきて、閉じたままの唇をアンの唇に重ねた。欲望が彼女の身体を稲妻のように貫き、膝の力が抜けそうになった。それとともに、思考力がもどってきた。

うまくいくわ。ぜったい大丈夫。

「アン」彼のささやきがあまりに低かったので、もうすこしでき逃すところだった。

つぎに、彼は向こうを向き、上着を脱いでから、ベッドの端に腰かけてヘシアンブーツをひっぱった。片手でやるのは大変なことだ――見ているアンにもそれがわかった。自宅ではもちろん、従僕がやってくれるにちがいない。手を貸すべきかどうか迷ったが、それもできずにいるうちに、彼が一人でなんとかやり終えた。腕が二本そろった人間から見れば片腕ではとうてい無理だと思われることでも、ほとんどやってのけるのだろう。

シャツの右袖も、上着の袖と同じく脇にピンで留めてあった。

アンは身をこわばらせて待った。

　しかし、彼がふたたび立ちあがったときは、ベッドカバーをめくって彼女のほうに腕をさしだしただけだったので、これ以上服を脱ぐつもりはないことにアンも気づいた。

「アン、そのドレス、自分で脱いでくれる？　ぼくがやると時間がかかりすぎる」

　彼にじっとみつめられるなかで、アンはやがて、シュミーズとストッキングだけの姿で彼の前に立った。ベッドに腰かけてストッキングを脱ごうとしたが、彼が前に膝をつき、その手で片方ずつ脱がせてくれた。

「ああ」両方とも脱がせたあとで床にしゃがみ、彼女を見あげて、彼はいった。「信じられないぐらいきれいだ、アン。すまない。本当にすまない」

「ううん」アンが身をかがめて彼の肩に両手を置くと、髪が垂れ下がって二人の顔を包みこんだ。「そんなことおっしゃらないで。お願いだから。あなたがこんなふうじゃなかったら、わたしはあなたに出会えなかったでしょう。いまこうして二人でいることもなかったでしょう。そして、わたしがこんな人間じゃなかったら、ここにくることはなかったでしょう。あなたと二人でいたいの。すまないとおっしゃるのなら、わたしもそういわなきゃ。この午後はどんなことに対しても、すまないと思うのはやめることにしましょうよ」

「アン。ぼくはあまり経験がないんだ。おまけに、こんなことになってからは……一度もない」

　彼のほうも同じように自信のなさと不安を抱いていることを知って、アンはなんとなくホッとした。ひょっとすると、そのおかげで、ここまでくる勇気が出たのかもしれない。

「わたしも経験豊富とはいえないわ」アンは彼に微笑した。

彼が二人の唇のあいだの距離を縮めて、彼女にキスした。今度のは深いキスで、唇をひらいて、舌で彼女の唇をなで、やがて、彼女が口をひらくと、温かい舌を入れてきた。アンは両腕を彼のうなじにまわし、指を彼の髪にさし入れ、喉の奥で満足の声をあげた。

いや、もしかすると、声をあげたのは彼のほうかもしれない。

「横になって」顔をあげながら、アンの唇のそばで彼がささやいた。「シュミーズも脱いでくれる？　でも、きまりが悪ければ、そこまでしなくていいよ」

アンは腕を交差させてシュミーズを頭から脱ぐと、横になり、彼もとなりで寝られるように身体を脇へずらした。ふしぎなことに、立ったままの彼に何分かみつめられても、きまり悪さは感じなかった。彼はアンにきれいだといい、身体を求めてきた。だが、名前を呼んでくれるようになったし、アンは彼の目の表情から――もちろん、そこには欲望が浮かんでいたが――彼が見ているのはアンという人間であり、単なる官能的な美しさではないことを知った。彼の視線のもとでは、すなおな自分でいることができた。

そして、すくなくとも、これは新しい経験だった。男の前で裸になるのはこれが初めてだった。

彼がほしくて、興奮に震えた。

彼は右向きに横たわって彼女と向かいあい、片手を彼女の身体に這わせた。その手は温かくて、敏感で――震えていた。アンは彼のほうを向き、笑みを浮かべ、自分も片手で服の上から彼を愛撫した。彼の左側を。

彼の全身が熱を帯び、みごとな筋肉に包まれていた。アンは彼の腕と肩の筋肉や背筋が波打つのを感じとった。尻に手を置いて、そこの筋肉のたくましさを感じながら、いつしか目を閉じ、自分の唇をなめていた。彼が親指と人差し指で左右の乳首を交互につまみ、巧みに愛撫していた。

奇妙なことに、素肌に触れる彼の服の感触が、肌と肌を合わせたときと同じぐらい彼女を興奮させた。いや、それ以上だろう。

腿のあいだに熱く強烈な欲望の疼《うず》きがたまっていた。彼に身を寄せ、乳房をシャツに押しつけると、彼の手が下へおりて脚のあいだにすべりこみ、その疼く場所を見つけて愛撫を始めた。

彼が唇を重ねて、ふたたび舌をさし入れ、彼女の舌をゆっくりなぞってから、さらに奥へ入りこんだ。

「仰向けになって」彼女の口もとでささやいた。

アンがいま気づいたことだが、彼はズボンのウェストのボタンをはずし、前の部分をひらいていた。

彼にのしかかられ、脚のあいだに彼の脚が割りこんできて、脚を大きく広げさせられ、ズボンの温かな生地に包まれた彼のたくましい腿に自分の脚をからめるあいだ、アンは彼が障害者であることをほとんど忘れていた。のしかかった彼の身体が重かった。欲望と子宮へつづく繊細な入口に彼が男性自身をあてがうのを感じ、彼の手が身体の下にすべりこんできたので、彼女も両手で彼の尻を包みこんだ。

ゆっくりと、固く、深く、彼が入ってきた。

そのとたん、過去の記憶が身体の隅々にまで広がった。

抵抗はしなかった。悲鳴をあげることも、彼を押しのけることもしなかった。肉体が告げているのとはちがうことを頭のなかで考えようとして必死だった。自分にいいきかせようとした――この人はシドナム・バトラー、彼がわたしのなかにいるのはおたがいにそう望んだからよ。彼が入ってくる瞬間まで、わたしは驚きと、悦びと、さらに多くを求める欲望でいっぱいだったのよ。

自分の身体が緊張でこわばっていることに気づいた。彼の身体が重かった。彼女の奥深くに入りこみ――そこで動きを止めていた。

「アン」彼がいった。「アン？」

「シドナム」アンが彼の名前を呼んだのはこれが初めてだった。心のなかで呼んだことすらなかった。だが、これが――彼が誰なのかを認識したことが――彼女を救ってくれた。「シドナム、大丈夫よ。大丈夫。やめないで」

彼の脇腹に手を這わせ、やがて右側には腕がないことを不意に思いだしてうろたえた。

しかし、同じ瞬間に彼女のなかで彼が動き、端ぎりぎりまで退き、ふたたび押し入ってきた。じっとり潤った女の秘部で、なめらかなたくましい動きを見せた。

すべてがひどく官能的で、恥ずかしくなるほど淫《みだ》らだった。
肉体と精神が闘っていた——両方が勝利し、両方が敗北した。彼がシドナムであることを認識し、彼の行為のすばらしさを実感し、その行為を熱烈に求め、緊張を解き、彼に身体をひらいた。

なのに、肉体的には、性的には、何も感じなかった。恐怖も。悦びも。感じたのはただ、自分の身にふたたびこういうことがおきた、この思い出がたぶん過去の思い出を消し去ってくれるだろう、という精神的な満足だけだった。

彼の左手がアンの右手を握って指をからませ、つないだその手を彼女の頭上へ持っていき、女体のなかでしばらく動きつづけて、最後に彼女の横で吐息をついた。アンは身体の芯《しん》に熱い液体を感じた。

からめていた彼の指がゆるんだ。

その瞬間、アンは泣きたくなった。すばらしい行為だったのに、そのすばらしさを味わうことができなかった。親密な行為だったのに、そこから逃げだし、心の奥にある秘密の場所に隠れてしまった。ひとつになった肉体よりも深い悦びを共有できたかもしれないのに、彼から遠く切り離されてしまったような気がした。

終わるのとほぼ同時に、彼がぎごちなくころがってアンから離れ、顔をそむけたままベッドの端に腰かけた。ズボンの前のボタンをかけ、立ちあがって窓辺まで行き、そこにたたずんで外をみつめた。

本当にきれいな人――彼の広い肩、ほっそりした腰、ひきしまった尻、筋肉の発達した長い脚を見ながら、アンは思った。この人がいままでわたしのなかにいた。わたしを愛してくれた。

そして、わたしがその行為を楽しめなかったことを察している。

わたしのほうは、彼がそれにどんな理由をつけるかを察している。

いやだったわけじゃないのよ、完璧な悦びに到達できなかったのはあなたの障害のせいじゃないのよ、といおうとして、アンは口をひらきかけた。

でも、どうしてそんなことが口にできて？　そんな言葉のどこに安らぎが見いだせるというの？

それに、どうすれば真実を告げることができるだろう――二人の身体がひとつになった瞬間、べつの男の影が割りこんできたことを。一瞬、嫌悪のあまり、狂乱状態で彼に抵抗しそうになったことを。

一瞬、自分のなかで彼がアルバート・ムーアに変わったことを。

彼にどう説明すればいい？

アンは何もいわずにおいた。結局、抵抗しなかったのだし、あからさまな嫌悪を示す言葉もしぐさも見せなかった。それに、経験不足であることを、あらかじめ彼にことわってある。

彼のほうではたぶん、いまの愛の行為が経験不足の証拠だと思ってくれただろう。

しかし、アンはこの午後を完璧なものにしたいと思っていた。
心からそう願っていた……。
ああ、神さま、それだけを願っていたのに。

11

シドナムは寝室の窓辺に立って外をながめた。午後の遅い時刻になったばかりだ。この部屋にきてから、おそらく三十分ほどしかたっていないだろう。

背後のベッドでアン・ジュウェルが眠っているのかどうか、彼にはわからなかった。そちらを見てたしかめる気にはなれなかった。だが、眠っているとは思えない。

性的には満たされていた。長い禁欲生活のあとだっただけに、すばらしい気分になれるはずだった。ところが、彼が感じたのはみじめな挫折だった。性的な技巧に欠けていたとは思えない。とくに、相手がほとんど経験のない女なのだから。そうではなく、何かほかに原因があって、本当に親密な段階に入ったとたん、彼女が離れていこうとしたのだ。

彼女がこのぼくを美しいと思ってくれることを、この行為を美しいと思ってくれることを、自分は期待していたのだろうか？

バラの咲く東屋でキスしてくれた瞬間から、彼女がぼくに同情を示そう、彼女の目に映るぼくが正常な人間であることを保証しようと心を砕いていたことに、自分は気づかなかったのか？　彼女が身体をさしだしたのは耐えがたい孤独のせいだったことに気づかなかったのか？　本当だったら、彼女は何年も前に自分の選んだ男性と結婚していたはずだ。だが、当人にはどうにもできない運命に翻弄《ほんろう》されて、結婚できない身の上となってしまった。二人の午後を——そして、二人の交際を——こんな軽率な形へ持っていったために、両方がその報いを受けたのだろう。孤独を理由にさきほどの行為を正当化することはできない——寂しかったからというだけでは、絆《きずな》と永遠を求める理由になりえない。二人でそれらを見つけるのはやはり不可能だった。

　そのことを痛いほど思い知らされた。

手を出すのではなかったと、シドナムは後悔した。

性行為で孤独は癒せないことに気づいたが、もう手遅れだった。よけい孤独になっただけかもしれない。これから数日のあいだに、それが真実であることを痛感させられるかもしれない。

　首をまわして彼女を見る気にはなれなかった。彼の友人であり、悩みを打ち明けられる相手であったアン・ジュウェル、二、三週間前からシドナムが恋心を抱いていたその女性が姿を消し、見知らぬ人間に替わってしまった。彼女と一緒にいても、もうくつろげないだろう。本当の意味での親密さが芽生えないうちに親密な仲になってしまったせいだ。

だが、明日になれば、彼女はいなくなる——文字どおり。自分が今度ここにくるときは、この部屋に入り、同じ場所に立って、ふり向けばベッドで眠る彼女の姿があるのだと思いこむことにしよう。

いや、無理かもしれない。ここに立ち、彼女がティー・グウィンに一緒にきたことを忘れてしまいたいと思うかもしれない。

シドナムはふり向いた。彼女は布団をひっぱりあげ、腕だけ出して横になっていた。腕と肩がむきだしで、ハチミツ色のみごとな髪が頭と肩のまわりで、そして、枕の上で、キラキラと波打っていた。輝ける王冠だと思った。ただし、口にするのはやめておいた。陳腐すぎる。どっちみち、そういう言葉を口にする時機はすぎてしまった。

彼女がシドナムをじっと見ていた。表情が読めない。たぶん、愛の行為に満足できなかったことを彼に気づかれずにすむよう、願っているのだろう。

彼は笑顔になり、自分でも思いがけないことをいった。いずれにしろ、いわなくてはならない言葉だった――いまでなくても、時間がたってから。

「きみさえよければ、アン」シドナムはいった。「結婚しよう」

うっとりするようなプロポーズではない。シドナムは言葉を口にしながら気がついた。だが、これ以外にどんな形で求婚できる？　胸の想いを打ち明けたら、彼女を当惑させるに決まっているし、迷惑だと思われるかもしれないのに、どうしてそんなことをして彼女を束縛できる？　もちろん、同情されるのもいやだ。

「経済的に充分きみを養っていける」と、つけくわえた。「息子さんも一緒に。いい考えだと思うんだが。どうだろう」

もしかしたら、世界でいちばん悪い考えかもしれない――ふと思った。

彼女は返事をする前に長いあいだ彼をみつめた。

「たぶん」やがて、彼女はいった。「さっきの行為の根底には、友情と、欲求と、惹かれあう心があったんでしょうね。でも、それじゃ結婚の理由にならないわ」

「ならない？」シドナムは深い悲しみを感じた――同時に、大きな安堵《あんど》を。「友情も理由にならない？　夫婦が好意を抱きあい、気軽に話ができれば、理想的だと思わない？　そして、一緒に笑うことができれば」

「ええ。でも、それ以上のものがなくては」

愛情？　使われすぎていて、定義の曖昧《あいまい》な言葉だ。どういう意味があるのだろう。だが、彼女がいっているのは愛情ではないような気がした。夫と妻のあいだには肉体的な引力がなくてはならない――そういいたいのだろう。もしくは、すくなくとも嫌悪感だけはあってはならない、と。

彼と結婚し、生涯ベッドをともにする気にはなれないのだろう。だが、ベッドをともにしてくれる女などいるわけがないと、彼はこれまでずっと思ってきた。

さっきのおずおずした求婚に彼女がイエスと答えてくれていれば、彼はすぐさま結婚式の準備にとりかかっていただろう。彼女がイエスと答えそうな様子を見せただけでも、自分の気持ちが真剣であり、ベッドをともにしたから責任をとろうといっているだけではないことを、彼女に告げていただろう。そのあとで、正式な求婚の手順を踏んだことだろう。

しかし、彼女はイエスともいわず、心が動いた様子も見せなかった。

彼の一部分はホッと安堵していた。グランドゥール館にきて以来、自分の殻に閉じこもって暮らしてきた。その生き方はおおむね満足できるものだった。

ふたたび、彼女に笑顔を見せた。

「じゃ、この話題はもう出さないことにしよう。だけど、約束してほしいことがある、アン。バースへもどったあとで、子供ができているとわかったら、すぐ連絡してくれるね。そして、ぼくの求婚を受け入れると約束してほしい」

アンは無言で彼をみつめた。

「約束するね？」

彼女はうなずいた。

もっとちがう頼み方をすべきだったかもしれない――身をかがめて上着をとり、それを小脇にはさみ、ブーツを拾いあげながら思ったが、すでに遅すぎた。真心をこめて求婚し、彼女が哀れみからではなく、すなおに決心してくれるのを、待つべきだったのかもしれない。

だが、もう遅すぎる。求婚してことわられたのだ。

そう、性行為は孤独をよけいひどくする。シドナムはすでに、自分の孤独を生々しい痛みとして感じていた。

「一人でゆっくり着替えるといい」といって、衣服を抱えて部屋を横切り、ドアのほうへ行った——そして、ドアをあける前にブーツを床に置かなくてはならなかった。「階下で待ってるからね」
「ありがとう」アンはいった。

馬車はガタガタ揺れながら小道を走り、村を抜けてグランドゥール館の門まで帰るための細い道路へ曲がった。空はあいかわらず雲ひとつなく、遅い午後の陽ざしはまだ暑かった。

アンは思いがけないことに、愛の行為の心地よい余韻を体内に感じていた——かすかなけだるさ、敏感な乳房、腿のあいだに残された痛み、身体の奥の疼きに近い感覚。あの出来事のすばらしさだけに心を集中しようとした。すばらしかったことは否定しようがない——本当にすばらしかった。

完璧な一日の——そして、完璧な休暇の——完璧な締めくくりになるはずだった。

道路のカーブで身体が横へ揺すぶられ、シドナムの身体に腕が押しつけられた。二人のあいだにふたたびスペースを作りながら、アンは彼を見あげた。顔の左側をみつめた。信じられないぐらいハンサムだ。だが、じつをいうと、いまでは右側を見ても醜いとは思わなくなっている。前に彼にいったように、それも彼の一部なのだ。

「バースに帰るまで好天がつづくといいね」

「ええ」話がまたお天気に逆もどりね。

明日のいまごろは、グランドゥール館から遠く離れているだろう。

せつなくて胃が締めつけられた。

アンは彼から視線を離さなかった。この先何日ものあいだ、記憶が薄れていくまで――それは避けようがない――この瞬間の彼の顔を一心に思いだそうとするだろう。そして、二人のあいだにおきたことは、頭のなかで自分にいいきかせたとおりのすばらしい体験だったのだと、一心に思いこもうとするだろう。

しかし、二人は何よりもまず友人だし、友情はかけがえのないものだ。

この午後、シドナムに自分をさしだすべきではなかった。とんでもないまちがいだった。孤独も、同情も、さらには性的欲求すらも、充分な理由にはならない。なのに、彼にきちんと説明する勇気が出ない。事態を悪くするだけだもの。満足できる行為ではなかったのに、それについては、おたがいにひと言も触れようとしない。ひょっとすると、彼のほうは満足だったのかも。

あなたは彼の求婚をはねつけたのよ――自分にいいきかせた。わたしの好きな男性、尊敬し賞賛している男性、そして、快適な生活を保障してくれるはずの男性をはねつけた。結婚を申しこんでくれる人なんて、二度とあらわれないと思っていたのに。どうしてノーといってしまったの?

〝きみさえよければ、アン、結婚しよう〟

親切な言葉。親切と義務から出た言葉――一緒に寝たからだ。

彼のほうには、結婚する気なんかなかった。

たとえあったとしても、彼とは結婚できない――いえ、どんな男とも。過去に負った傷がいまも深すぎる。親密な関係を求められたとたん、自分の心のなかへ逃げこんでしまう。そこなら、感情から逃れることができるから。

　氷山のように冷えきった身体をシドナムに押しつけることはできない。それよりはるかに多くを与えられて当然の人だもの。

　友情をさしだすだけでは充分ではない。愛だけが……ただ、愛がどういうものかがわからない。すくなくとも、性的な愛、結婚生活の愛というものが。しばし目を閉じ、いつかの朝、レディ・ロズソーンが崖の上でいった言葉を思いだした。

〝物事の真の意味は奥深いところに隠れている、物事の真の意味はつねに美しい、ということが。だって、あふれるような愛があるんですもの〟

　しかし、アンは愛が信じられなかった。あらゆる場面で愛に傷つけられてきた――母親、ヘンリー・アーノルド、父親、妹によって。また、生徒のプルー・ムーアへの愛が悲劇を生んだ。愛が彼女にもたらしたのは苦痛だけだった。シドナムを愛するのも、彼に愛されるのも怖かった。二人のあいだに愛という真剣な問題などないほうが楽だ。

「アン」シドナムがやさしく声をかけて、さまよえる彼女の心を現在にひきもどした。「もしかしたら、明日の朝までに、きみの考えが変わるかもしれない。きみがここを発つ前にもう一度尋ねてみてもいいかな」

「だめ」アンは答えた。前方へ目をやると、村が近づいてくるのが見えた。「すてきな午後だったわ、シドナム。そう思わない？　それだけを記憶にとどめて、感謝しましょうよ」

封じこめよう。檻《おり》に入れよう。隠してしまおう。不完全だった点と、失われた可能性もすべて一緒に。

「とても楽しかったよ」シドナムはうなずいた。

〝だけど、約束してほしいことがある、アン。バースへもどったあとで、子供ができているとわかったら、すぐ連絡してくれるね。そして、ぼくの求婚を受け入れると約束してほしい〟

馬車が村に入り、コテージの玄関の外で古い椅子に腰かけてパイプをくゆらしている年配の村人に彼が挨拶するのを見て、アンは微笑した。

「いまの、ウェールズ語ね」走る馬車のなかで、彼女はいった。

「そうだよ」シドナムが彼女のほうを向き、にっこりした。「こんにちは――プラナウン・ダー――と挨拶して、娘さん夫婦は元気ですかと尋ねたんだ。見直した？」

「とっても」

二人で笑った。

その瞬間、今後恋しく思うのは彼のことだけではないのだと気づいた。この場所が恋しくなるだろう。ウェールズが恋しくなるだろう。彼がここを故郷だと思い、生涯を送る決心をしたのも、驚くにはあたらない。

アンは彼をうらやんだ。

でも、もし……。

だめ。だめ、考えるだけでもいけないことだ。

でも、ああ、彼が恋しくてたまらなくなるだろう。不意に思った――二人でティー・グウィンにもどり、失敗した部分を訂正できればどんなにいいだろう。でも、残されたのは未来のみ。二人で共有できる未来はわずかしかない。しかも、そのわずかな時間は苦しいだけ。指をパチンと鳴らして二週間後へ飛ぶことができればいいのに。そうすれば、明日の出発のつらさが過去のことになっているだろう。

アンは首をまわして、ふたたび彼の横顔をみつめ、記憶に刻みつけようとした。

シドナムは二輪馬車でそのまま厩まで行った。馬番の報告では、ペンブルック城へ出かけたほかの人々はまだ帰っていないとのことだった。

そこで、屋敷までの短い距離を歩いて数分後に別れの挨拶をする代わりに、二人はゆっくりと屋敷を離れ、いつしか、カントリーダンスの夜にのぼった丘のほうへ向かっていた。ふたたび丘にのぼり、頂上に立って、海を見渡した。海は遅い午後の光のなかで藍色《あいいろ》に染まり、一方、陸地のほうは、西の水平線に沈みはじめた太陽に照らされて金色の輝きを浴びていた。

二人は二フィートほど離れて立っていた。一時間ほど前にたまたまベッドをともにした、仲のいい他人どうし。

あれはまちがいだった。だが、後悔しようにも、一緒にいられる時間はもう残されていない。

彼女が唾を呑みこむ音をシドナムはきいた。喉の奥の嗚咽をきいた。性行為の親密さから逃げようとした彼女ではあるが、自分に好意を持っていてくれて、自分との別れを悲しんでいるのだと、シドナムは気づいた。友達になってくれた――それだけでもすばらしい贈物だ。

「きみがいなくなると寂しいな」

「ええ」落ち着いた声ではあったが、ふだんの彼女に比べるとうわずっていた。「じつをいうと、こちらにくるのは気が進まなかったのよ。レディ・ホールミアに招待されたというだけでのこのこ出かけてくるなんて、ひどく厚かましいことですもの。馬車がグランドゥール館に近づくにつれて、バースにひき返せるならどんなことでもしようって気になったわ。なのに、いまは、ここを去るのがつらくてたまらない」

去る必要はない。生涯、ここでぼくと一緒に暮らせばいい。だが、シドナムはそれを口にしなかった。口にできないことはわかっていた。それに、ティー・グウィンで彼女がすでに決断を下したのだ。ノーといったのだ。

「よかったら」シドナムはいった。「また来年もくればいい」

「そうね」アンはうなずいた。

しかし、彼女がくるはずのないことは、おたがいにわかっていた。明日、彼女がここを去れば、二度と会うことはないだろう。

そして、二人がただの友達であり、二人を結びつけたのが孤独にすぎなかったのなら、二度と会えなくても、さほどつらくはないはず。たぶん。すぐに相手のことを忘れて、ふだんの暮らしにもどっていくだろう。

しかし、シドナムにとっては、忘れられそうもない。

アン・ジュウェルを失うのは、人生でもっとも耐えがたい経験のひとつになるだろう。

手を伸ばして彼女の手をとると、指が彼の手にからみついてきて、強く握りしめた。

「知りあえて楽しかった、アン・ジュウェル」

「わたしもよ、シドナム・バトラー」

彼が首をまわして彼女をみつめ、二人で笑みをかわした。

もしかしたら、可能性があるかもしれない……彼女に充分な時間が与えられれば……。

しかし、彼がそういおうとして口をひらきかけた瞬間、彼女が不意に手をひっこめ、屋敷と車寄せのほうを指さした。

「あっ、帰ってきたわ」と叫んだ。「デイヴィッドが着いたとき、出迎えてやらなくては。一日じゅう、あの子から離れてたんですもの。ああ、元気にしててくれればいいけど」

馬車の列が車寄せを進んできた。

「行って」シドナムはいった。「馬車が着くころには、テラスに立って息子さんを迎えることができる」

アンが首をまわして彼を見た。

「行って。ぼくは近道をしてコテージにもどるから」

彼女はほんの一瞬ためらい、逡巡《しゅんじゅん》の表情をちらっと浮かべたが、やがて向きを変え、先日の夜と同じように丘を駆けおりていった。あのときは彼も横を走って、彼女よりすこし先に丘のふもとに着いたのだった。

彼はいま、アンのうしろ姿を見送りながら、話ができなかったことを、考えなおしてくれるよう頼めなかったことを、悲しんでいいのか喜んでいいのかわからずにいた。

喜べばいいのだと思いたかった。

来週になれば、喜んでいるだろう。

あるいは、来年。

あるいは、来世で。


ガラガラと走ってきた馬車の一台目が玄関の前で停まるのとほぼ同時にテラスに着いたアンは、いまにも涙が出そうだった。息子の顔を見て、声をきいて、腕に抱きしめたくてたまらない。なのに、別れも告げずにシドナムを置き去りにしてしまったことと、おそらく二度と会えないだろうということが、頭から離れなかった。

でも、別れの言葉は嫌い。大嫌い。このほうがいい。

テラスに立つアンを見つけたとたん、二台目の馬車からデイヴィッドが飛びおりて、全速力で走ってきた。足で地面を蹴《け》り、目をきらめかせ、口をしきりと動かして、甲高い大声をあげている。アンは息子をすくいあげて、笑いながら固く抱きしめ、息子の頭のてっぺんに唇をつけた。

「ママもくればよかったのに……ジョシュアおじちゃんがね……ママに見せたかった……デイヴィー……つぎに、ぼくたち……エイダン卿が……すっごく楽しかった……ジョシュアおじちゃん……ベッキーとマリアンは螺旋《らせん》階段を怖がったけど、ぼくが二人を助けてのぼらせてあげたら、レディ・エイダンがぼくのこと、完璧な紳士だっていってくれて……アレグザンダーが……ジョシュアおじちゃんとダニエル……小さな子たち……ママもこれればよかったのに……」

二人で子供部屋へ向かいながら、アンはふたたび笑いだした。デイヴィッドが一日をどんなふうにすごしたのか、ほとんど理解できなかったが、そんなことは問題ではなかった。

「楽しい一日だったようね」

「もう最高。でも、ママもお城が見られればよかったのに。きっと大好きになったよ」

「ええ、ぜったいそうだと思うわ」

「バトラーさんに連れてってもらったとこ、楽しかった？」

「ティー・グウィン？　ええ、とっても」

「けど、やっぱり、ぼくたちと一緒にくればよかったのに。そのほうがずっとずっと楽しかったよ。ジョシュアおじちゃんがね……」デイヴィッドはふたたび、とめどもなくしゃべりはじめた。

小麦色に日焼けした生き生きと楽しそうな息子を見るのは、幸せなことだった。

しかし、戸外で一日をすごしたせいか、デイヴィッドは疲れていた。アンが自分の部屋にもどって顔と手を洗い、夕食のための着替えをすませてから、息子の様子を見にいくと、部屋に一人でぽつんとしていた。寝間着になってベッドにすわり、折り曲げた膝《ひざ》を腕で抱えこんでいた。

「疲れたの？」アンは彼のほうへ身をかがめ、垂れた髪を掻きあげて額にキスをした。

なんだか元気がなくて、すこしも楽しそうではなかった。

「明日、帰るんだよね」

ベッドの足もとを見ると、トランクの荷造りがほぼ終わっていた。

それを考えただけで、アンは膝に力が入らなくなり、ベッドの端に腰かけた。

「そうよ。もう帰らなきゃ。一カ月もここにいたんですもの」

「ぼく、わかんない」不満そうな声で、デイヴィッドはいった。「みんなでこんなに楽しくやってるのに、どうして家に帰らなきゃいけないの？」

「でもね、困ったことに、楽しい時間というのは」アンはいった。「ずっとつづくと、楽しくなくなって、ただの退屈な時間になってしまうのよ」

「ちがう、そんなことない」デイヴィッドは逆らった。

もしかしたら、この子のほうが正しいのかもしれない。そもそも、誰が最初にそんな胡散《うさん》臭い格言を口にしたのかしら。

「今日はどの子のお母さんも一緒に行ったんだよ。ママのほかはみんな」デイヴィッドの口から出る言葉は、いささかとげとげしかった。

デイヴィッドがすねるなんて珍しい。アンは当惑に——そして、罪悪感に——襲われた。「ママが行かなくても平気かどうか、あなたに尋ねたでしょ」アンはいった。「そしたら、平気だっていったじゃない。そうでなきゃ、ママも一緒に——」

「それから、どの子のパパも行ったんだよ。デイヴィーのパパだけはべつだけど。死んじゃったから。けど、デイヴィーにはエイダンおじさんがいて、パパみたいにかわいがってくれる。だって、デイヴィーはおじさんの家に住んでて、一緒にいろんなことやってるもん。乗馬とか、釣りとか、水泳とか、一緒に行くんだよ」

「まあ、デイヴィッド」

「それから、ダニエルはジョシュアおじちゃんと暮らしてる」デイヴィッドはさらにつづけた。「パパなんだもん。おじちゃんはダニエルを連れて、ぼくらが昔住んでた村へ出かけて、釣り船で海に出たりするんだ。それから、肩車して、ダニエルが髪の毛ひっぱっても、ほかにいろんなことしても、怒らないんだ」

「ダニエル——」

「ぼくだって、前はパパがいたんでしょ？　ママはいないっていったけど、デイヴィーがいってたよ——誰にだってパパがいる、たとえ死んじゃっても。ぼくのパパ、死んだの？」

アンはほんの一瞬、目を閉じた。人生の危機というのはどうして、心の準備ができていないときを狙って襲いかかってくるの？　別れの言葉をきちんと告げられなかったため、彼女の心はいまも生々しく疼いていた。しかし、こちらの問題のほうが重大だ。精神を集中しようと努めた。

たしかに、これまでは、なぜ自分には父親がいないのかとデイヴィッドにきかれるたびに、あなたは特別で、ママしかいないけど、ママはよそのお母さんたちの二倍もあなたを愛してるのよ、と答えてきた。いくら相手が幼い子供でも、それはばかげた答えだし、いずれはきちんと返事をしなくてはならないことを、つねに覚悟していた。

でも、よりによって今夜そんなことにならなくてもいいのに。

「そうよ、デイヴィッド。パパは亡くなったの。溺《おぼ》れたのよ。夜、泳ぎにいって、溺れてしまったの。悲しいことだけど」

つぎは、父親はどこの誰なのかという質問がくるにちがいないと、アンは覚悟を決めた。ところが、その前に、もっと大切な質問があったようだ。

「パパ、ぼくのこと愛してくれてた？」デイヴィッドがきいた。青ざめた顔のなかで、目が二つの大きな打撲傷のように見えた。「ぼくといろいろ遊んでくれた？」

「ああ、デイヴィッド」アンは手の甲で息子の頰をなでた。「世界じゅうの誰よりもあなたを愛してくれたと思うわ。でもね、あなたが生まれる前に死んでしまったの」

「じゃ、どうしてぼくのパパになれたの？」眉をひそめて、デイヴィッドはきいた。

「それは……亡くなる前に、あなたをママにあずけていったから。で、ママはあなたが生まれるまで、大切にしまっておいたの。もうすこし大きくなったら、ちゃんと説明してあげるわ。でも、いまのあなたは目をあけてるのも大変そうだし、明日は忙しい一日が待ってるのよ。さ、横になりなさい。そしたら、ママがお話をして、お布団にくるんで、おやすみのキスをしてあげる」

十分後、デイヴィッドが眠そうな目でアンを見あげ――そして、いたずらっぽく微笑した。

「ママがお城にこなくてよかった」といった。「キーブルさんと、寮母さんと、ミス・マーティンに、ぼくからぜーんぶ話せるもん」

アンはクスッと笑った。「それから、クリケットと、ボート遊びと、海賊ごっこと、絵を描いたこともね。何もかも、あなたから話すといいわ。またみんなに会えるのが楽しみね。そうでしょ?」

「うん……」

子供によくあることだが、デイヴィッドはあっというまに寝入ってしまった。

しばらくあとにデイヴィーとアレグザンダーが足音を忍ばせて入ってくるまで、アンは息子のそばにすわっていた。

いつの日か、デイヴィッドが今夜しそびれた質問のことを考え、わたしがそれに答えることになるだろう。アルバート・ムーアのことを打ち明けなくてはならない。あの子の父親のことを。

アンは身震いした。

グレニスが長年にわたってアンのメイドをしてきたかのように、鼻をグスンといわせながら、荷造りをさせてほしいといいはった。そのため、用事はもう何もなく、客間におりて一、二時間、社交的にすごすしかなかった。たしかに、社交の必要があった。ティー・グウィン行きが単なる楽しい午後の遠出にとどまらなかったなどとは、誰も夢にも思っていないはず。

しかし、何時間か前には――指を折って時間を数えてみた――シドナム・バトラーと横になっていた。すばらしかった。すばらしい体験だったことが、頭ではわかっていた。もう一度体験すれば、頭だけでなく、肉体でも理解できるかもしれない。

もう一度同じことを体験したくて、不意に身体が疼いた。

彼の求婚をはねつけるなんて、まったく、頭がどうかしてるわね。

でも、どうしてイエスといえて？　彼に何をあげられるというの？

彼のほうだって、自分たちがやったことの責任をとらなくてはという律儀な気持ちのほかに、わたしに何をさしだせるというの？

〝きみさえよければ、アン、結婚しよう〟

12

「ここはたしかに、世界でいちばん美しい場所のひとつね」満ち足りた吐息を洩らし、夫の肩に頭をもたせかけて、ビューカッスル公爵夫人はいった。「あなたのいったとおりよ、ウルフリック。海に映る月影を見ていると、感動のあまり泣きたくなってしまう」

「できることなら」公爵はそっけなくいった。「その衝動には抵抗してもらいたい。今月に入ってすでに、ブーツを濡らしてしまったからね。下着はもちろんのことだが。ネッククロスだけは同様の運命から救ってやりたいと思っていたのだ」

夫人は笑いだし、公爵は妻の肩を抱いた腕に力をこめた。

二人は浜辺の波打ち際近くを散歩していた。ジェイムズに食事をさせ、ほかのみんなが寝室にひきとったあとで、二人だけの時間が持てそうなときは、こうしてときどき深夜の散歩に出かけることにしている。

「だけど、リンジー館にもどるのはとっても楽しみよ」

「家に帰れるのはうれしいわ」

「わが家ですもの」夫人は吐息とともにいった。「ほんと?」

「ほんと?」公爵はふたたびそういうと、ゆっくりと丹念なキスをするために、しばらく足を止めた。

「バトラーさんにあの白い家を売るおつもり?」ふたたび歩きながら、夫人がきいた。

「厳密にいうと、白い家ではない。きみをあそこへ連れていって、見せてやればよかった」

「でも、ウェールズ語でそういう意味なんでしょ。お売りになるの?」

「あの家は祖父が若いころに買ったものだ」公爵はいった。「ほどなく、祖父がそこに愛人を囲っているという噂が、あちこちの上流階級の客間に広まったようだが、やがて真相が明らかになった――といっても、悪意に満ちた警告の言葉を祖母の耳に入れた愚かな男の両目に、祖母が黒あざを作ってやったあとのことだがね――祖母ととくに仲のよかった友達で、夫からひどい暴力を受けていた女性が保護されていたのだ。祖父はその夫から決闘を挑まれ、そいつを殺した。ついでにいっておくと、その事件はうまくもみ消された。当時はそれがふつうのことだった。祖父は波乱万丈の人生を送った人でね。祖母も似たようなものかな。もちろん、ベドウィン家の男たちは、いったん結婚したら、愛人を持つようなことはけっしてしない」

　公爵夫人はクスッと笑った。「たぶん、何人かの方がお祖母さまのような妻をめとったあとで、危険なことだと悟ってあきらめたんでしょう」

公爵は珍しくも、大きな笑い声をあげた。

「ティー・グウィンはたぶん、シドナムに売ることになるだろう」黙って何分か歩いたあとで、公爵はいった。「いや、はっきりそう決めた。信頼できる人物の手に委ねられるわけだから。だが、こういう事柄に関して、わたしはそう簡単に譲歩する人間ではないと、みんなから思われている。シドナムに話すのはここを離れる直前にするつもりだ」

「ほんとにがっかりだわ」夫人がいった。「みんなでせっかく努力したのに、彼とミス・ジュウェルのあいだになんの進展もなかったなんて。お似合いのカップルだと固く信じていたのに。誰もがそう思っていたわ」

「身震いがするよ」公爵はいった。「ベドウィン家の人間とその配偶者のすべてが、縁結びなどという下劣な遊びをやるようになったかと思うと。あいつらの躾《しつけ》をどこでまちがえたのだろうと、わたしは深刻に悩んでしまう。あいつら、わたしたちを結びつけるのにも手を貸したと固く信じこんでいる様子だぞ、クリスティーン」

「あの人には誰かが必要なのよ」夫人は彼の言葉など耳に入らなかったかのようにいった。「ミス・ジュウェルもそう。二人が一緒にいるところを見ると、とってもお似合いに見えたんだけど。あなた、考えてみたことはない、ウルフリック？――ジョシュアのいとこがミス・ジュウェルと結婚していたら、彼女はホールミア侯爵夫人になり、ジョシュアはただのムーア氏になっていただろうって」

「わたしが思うに」公爵はそっけなく答えた。「フライヤにしてみれば、ただのムーア夫人になるのは不満だろうな」

「それに、わたし、あの二人が大好きなの」夫人はさらにつづけた。どうやら、まだアンとシドナムのことをいっているようだ。

「論理に従えば、おそらく、〝ゆえに二人は一緒になるべきだ〟という結論に到達するんだろうね。だが、論理がつねに優先するなら、きみとわたしがこうして一緒にいるのはなぜだろう？」

「今日の午後、みんなでペンブルック城へ出かけたときに、彼がミス・ジュウェルを白い家へ連れてったから、わたし、大いに期待してたのよ。屋敷にもどったら、きっと彼がプロポーズをすませていて、婚約の発表があるだろうって。ひそかに計画まで立ててたのよ——みんなの滞在を一日か二日延ばしてもらって、盛大な祝賀パーティをやろうって。ところが、今夜、ミス・ジュウェルはティー・グウィンのことなんてひと言も口にせず、ペンブルック城の話ばかりききたがった。しかも、ひと晩じゅう、微笑を絶やさなかった。あなた、お気づきにならなかった？　でも、わたしももっと早く気づくべきだったわ——そこが問題なのよ。でしょ？　ひそかに傷心を抱えているのでなければ、どうしてずっと微笑していられて？　たぶん、彼のほうに、求婚する勇気がなかったのね。自分のことを二目と見られぬ醜男だと思ってるのかもしれない、バカな人。今夜、彼も招待しておけばよかったわ。でも、わたしたちが何時に帰ってこられるかわからなかったし。ウルフリック、あなたの意見は——」

「クリスティーン」公爵はいかめしい声でいうと、足を止め、夫人の身体を自分のほうへ向けさせてから、月光と同じ色をした目でじっと見おろした。「きみをここに連れてきたのは、シドナム・バトラーの――あるいは、ミス・ジュウェルの――性生活の哀れな状況について議論をするためではない」

「ごめんなさい」夫人はためいきをついた。だが、つぎの瞬間、笑顔で夫を見あげて、彼の肩に手をかけた。非難されて神妙になった様子はまったくなかった。「どうしてわたしをここに連れてらしたの？」

今度の公爵のキスは丹念というより荒々しいものだった。

公爵夫人はアン・ジュウェルとシドナム・バトラーのことをもういっさい口にしなかった。

長らくつづいていた暑い乾燥した天気も、ついにくずれそうな気配になった。空には雲がどんよりと低く垂れこめ、シドナムが徒歩で車寄せを屋敷へ向かうあいだに雨がポツポツ降りだした。今日という日にふさわしい天気に思われた。

本当は、彼が屋敷へ行く必要はまったくなかった。公爵夫妻はあと二日間滞在の予定だし、じつをいうと、今日出発するのはホールミア一家とロズソーン一家だけなのだから。しかし、フライヤとモーガンに別れの挨拶をしておくのが礼儀だと思ったのだ。

いやいや、もちろん、彼は自分をだますことにそこまで熟達してはいなかった。

アン・ジュウェルも今日出発することになっている。

彼は心臓が胸のなかで文字どおり重く沈むのを感じていた。彼女のいない人生がどうなるのか、考える勇気はまだなかった。

けさは顔を出さないほうがいいのかもしれない。きのう、すでに別れを告げたのだから。ただ、ペンブルック城から馬車の列がもどってきたため、別れの言葉をじっさいに口にすることはできなかった。このままにしておくほうがいいのかもしれない。

しかし、夜明けからおきてコテージのなかを歩きまわり、二、三分おきに決心をひるがえしていたにもかかわらず、自分が屋敷に顔を出すだろうということは最初からわかっていた。

別れの言葉は、いくらつらくても、きちんと告げる必要がある。

どんな話でも、最後に〝終わり〟と書く必要がある。

そう思って、シドナムはグランドゥール館へ向かった。

車寄せを半分ほど行ったところで、足をひきずっていることに気づき、あわてて、しっかりした足どりに変えた。

テラスのところにすでに数台の馬車が用意されているのが見えた。霧雨から顔を守るために、帽子のつばをひっぱって低くした。

馬車の横をまわって、あけはなたれた玄関扉のほうを見たシドナムは、ベドウィン家の面々が配偶者と子供と他の客たちと一緒に勢ぞろいしているにちがいないと思った。玄関のなかがひどく騒がしく、活気にあふれていた。

シドナムが外のテラスに立ったままでいると、やがて、ジョシュアとロズソーンが出てきて彼と握手をかわし、子供たちが雨にひどく濡れないうちに馬車に乗せようとする乳母たちに手を貸した。それから、フライヤがアレインとラナルフにはさまれて出てくると、同じくシドナムと握手をかわし、いつもの歯に衣着せぬ口調で――どういう意味か説明もせずに――「あなたがこんなバカな人だとは思わなかったわ」といった。ジョシュアが彼女に手を貸して馬車に乗りこませ、そのあいだに、ラナルフがシドナムにニッと笑いかけ、アレインは眉を動かしてみせた。

つぎに、モーガンが出てきて兄たちを抱きしめ、シドナムも一緒に立っているのに気づくと、兄たちより彼の服のほうがひどく濡れているにもかかわらず、彼を抱きしめた。

「シドナム」モーガンにじっと顔をみつめられて、シドナムは彼女の目に涙が浮かんでいることを確信した。「ああ、大好きなシドナム。あなたにはぜったい幸福になってもらいたい」

「モーガン」シドナムは反論した。「いまも幸福だよ」

「アンが見つからない」ジョシュアがいった。

「プリチャード夫人が別れを惜しんで泣いてるんだ」ラナルフがニヤッと笑って説明した。

「それから、ジュディスとクリスティーンも順番を待っている」

「さあ、きみ」ロズソーンがモーガンにいった。「雨のあたらないところへ行こう」

「われわれ全員、雨のあたらないところへ行ったほうがいい」ラナルフはそういうなり、アレインと一緒に屋敷のなかへひき返し、ジョシュアとロズソーンは妻たちのあとから馬車に乗りこんだ。

突然、シドナム一人がテラスにとり残された——いや、もう一人、アン・ジュウェルがいた。顔を伏せ、息子の手を握って、小走りでテラスに出てきたところだった。一緒に出てきたエイダンは誰かの手に腕をつかまれ、屋敷のなかにひきもどされた。

やれやれ——シドナムは思った——ベドウィン家の連中は気配りに長けている。

彼から一、二フィートほどのところまできたとき、アンが顔をあげ、彼に気づいてビクッとした。

その顔が青ざめているように思われたが、たぶん、陽ざしがないため、そんな印象を受けただけだろう。

「みなさんにお別れをいおうと思ってうかがいました」シドナムはいった。

アンの息子がニコッと彼を見あげた。だが、いままで泣いていたような顔だった。

「油絵のこと、アプトン先生に頼んでみるね」といった。

シドナムは微笑を返した。

「デイヴィッド」シドナムから目を離さずに、アンがいった。「バトラーさまにお別れのお辞儀をしてから、馬車に乗りなさい。馬車のなかなら濡れないから」

「さよなら、デイヴィッド」シドナムはいった。「それから、きみの絵を見せてくれてありがとう」

「さよなら」少年は敬意のしるしにちょこんとお辞儀をし、雨から逃れるために、半分飛びこむように馬車に乗った。

こうして、最後に二人きりの時間を持つことになった。彼とアン・ジュウェル――一方には、ひらいた玄関ドアの向こうに人々がいて、反対側にも、ずらりと並んだ馬車のなかに人々がいる。これ以上おおっぴらな場というのもないだろう。

しかし、シドナムは目の前に立つ女性以外のすべてを忘れ去った。

アン。彼が並々ならぬ好意を抱いている女性。たぶん、愛しているであろう女性。

ちがう――愛していた女性だ。

彼女が去っていこうとしている。彼女との交わりを身体が鈍い痛みのごとく覚えているとしても、彼女に会うことは二度とないだろう。

では、彼の心は？　そう、いまは、鉛の錘《おもり》をつけられ、下にひきずられているような気分だった。

「約束を思いだしてくれるね？」手をさしだしながら、シドナムはきいた。

「ええ」

アンは彼の顎を見ていた。しかし、左手を彼の手にあずけた。彼はそこへ顔をかがめて、彼女の手を唇に持っていった。観客がいることを強く意識した――おそらく、全員そろってどこかよそへ視線を向けていることだろう。この最後の短い逢瀬《おうせ》を全員で計画したに決まっている。

シドナムが頭をあげて彼女の手を放すと、彼女は彼の顔をみつめた。頬と睫毛に霧雨の粒がついているのを、シドナムは目にした。眉がひそめられていた。

「さよなら」アンがいった。つぶやきに近い声だった。

「さよなら」シドナムはどうにか笑顔を見せることができた。

アンは向きを変え、彼が助けの手をさしだす暇もないうちにステップをのぼり、子供たちが乗っている馬車に乗りこんだ。フライヤの下の女の子が腕を広げて抱いてとせがんだため、アンの注意はそちらへ向いてしまった。

御者がステップをひきあげ、扉をバタンとしめてから、御者席にのぼると、馬車はゆっくり動きだして向きを変え、ホールミア侯爵の馬車を追うようにして車寄せを進みはじめた。

アンは窓から顔を出さなかった。

何人かが屋敷から出てきて手をふっていることに、シドナムはほとんど気づかなかった。

かつて味わったことのない孤独に包まれていた。

きのうのいまごろは、浮き浮きしながら陽ざしをみつめ、彼女と二人きりでティー・グウィンですごせる午後を楽しみにしていた。

まだきのうのことなのに。

彼女は行ってしまった。

右肩に手が置かれたので、目をあげると、ビューカッスル公爵のいかめしい無表情な顔があった。

「書斎へ行こう、シドナム。せっかくきてくれたのだから」公爵がいった。「ティー・グウィンの件を相談しなくては」

バースに着くころには、アンは子供たちを遊ばせるのに疲れはてていた。乳母の乗物酔いが帰りの旅ではまたいちだんとひどかったため、馬車のなかですごす長い時間に退屈して子供たちが駄々をこねたりしないよう、アンが率先して子供たちの遊び相手を務めたのだった。

食事や宿泊のために馬車をおりたときには、ジョシュアやレディ・ホールミアと会話をしながらことさら陽気にふるまった。落ちこんでいることを一瞬たりとも二人に感づかれまいとした。じつをいうと、どん底まで落ちこんでいたのだが。

男と寝て、単純にそれを忘れてしまえると信じてたなんて、ほんとに愚かだった。おたがいの孤独を一時間だけ癒しあい、感謝の気持ちでそれを思いだすことができると信じてたなんて、ほんとに愚かだった。

そして、シドナム・バトラーと寝て、その経験からごくふつうの女のように悦びを得るつもりでいたなんて、ほんとに愚かだった。

思い出は生傷にも似て、一マイル進むたびに悪化するばかりだった。

アンは男としての彼を知った。女としての自分を彼に知ってもらった。なのに、身体だけがその悦びから遠く離れたままだった。

彼が別れの挨拶にこないのではないかと、ひどく怖かった。

だが、彼がくることも怖かった。

そして、現実に彼がやってきたとき、損傷を受けたその端整な顔を最後にもう一度だけ見たとき、アンの胸にあったのは苦痛だけだった。

そして、決心を変えたことを彼に告げたいという強い誘惑。

でも、いわずにおいた。

この一カ月間、惹かれあい、二人で一緒にすごしてきた――そう、彼と寝た――二人とも孤独だったから。

でも、そんなことは理由にならない。

喉と胸にどうしても消えない鋭い痛みがあるのは、また孤独になってしまう、わたしの人生に男があらわれることは二度とないだろう、という思いのせいだけではないのでは？　シドナム・バトラーにすこしだけ恋してしまったのかもしれない。いえ、たぶん、熱烈に恋してしまったんだわ。

結ばれるはずのない相手に恋をしてしまった。

二台の馬車はグレート・パルティニー通りにあるレディ・ポットフォードの屋敷の外で停まった。ジョシュアの一家がコーンウォールへもどる前に、ここに二日ほど泊まる予定にしたからだ。馬車の片方は旅行カバンを積んだままダニエル通りまで行くことになったが、アンとデイヴィッドは脚のこわばりをほぐすために残りの道を歩くことにした。ジョシュアが送っていくといいはった。アンに腕をさしだした。デイヴィッドが反対側で彼にくっついて歩いた。

「アン」ジョシュアがいった。「この一カ月、楽しかったね」

「ほんとに楽しかった」アンはきっぱりと答えた。「誘ってくださって心から感謝してるわ、ジョシュア」

「なのに、きみたち二人ときたら、ずいぶん憂鬱そうな顔だ」

「いいえ、そんなことは――」アンは反論しようとした。

「ずっとあっちにいたかった」デイヴィッドが熱っぽく叫んだ。ついさきほど、ダニエルとエミリーにさよならをいい、レディ・ホールミアと握手をしたときのデイヴィッドは、半べソをかいていた。

「うん、そうできたらいいね」ジョシュアはうなずいた。「だけど、楽しいことにはかならず終わりがあるんだよ、坊や。でないと、新しいことを待つ楽しみがなくなってしまう。ミス・マーティンのお許しが出たら、クリスマスに二人でペンハローに泊まりにくるといい。ほら、楽しみに待つ材料ができたじゃないか」

アンが不意に気づいたのだが、デイヴィッドはジョシュアの手をきつく握りしめていた。いつものデイヴィッドなら、九歳の子がそんなことをするのはみっともないと思っているのに。

「アン」サットン通りを学校へ向かって歩きながら、ジョシュアが彼女のほうを向いていった。「シドナム・バトラーの住まいがバースの近くじゃなくて残念だね。きみたちの友情を、みんな、関心を持って見守ってたんだよ」

　向こうにいるあいだそれに気づかなかったことを、アンは喜んだ。

「ただの友情にすぎないわ」アンは断言した。

「ほんと？」ジョシュアが彼女の顔をのぞきこんだ。

　しかし、二人はすでに角を曲がってダニエル通りに入り、旅行カバンを積んだ馬車の到着に驚いたクローディアとスザンナが玄関の外に出て、二人を見守っていた。アンは抱擁と挨拶と笑いに呑みこまれた。抱擁から逃れて二人の向こうの玄関ドアのほうへ目をやると、もう一人の女性が立っているのが見えた。長身で、肌が浅黒く、ほっそりしていて、エレガントで、最新流行の装いに身を包んでいる――そして、にこやかに微笑していた。

「フランシス！」アンは叫び、広げた彼女の腕に飛びこんだ。

「ルシアスと二人で大陸からもどったところなのよ」エッジカム伯爵夫人となったフランシスがいった。「でね、家に帰る途中でバースに寄ったの。あなたたちの誰か一人が夏休みの最後の二週間をバークレイ・コートで一緒にすごしてくれないかと思って。スザンナがくることになったわ。アン、ちょうどいいときにもどってくれて会えるなんて、ほんとにうれしい。いつもあなたに会いたくてたまらないのよ。ずいぶんこんがり焼けたわね！」

　フランシスは吹雪の日に、無謀な追い越しをかけてきた伯爵とその御者のおかげで、乗っていた馬車が雪だまりにつっこんでしまい、愛する人にめぐり会ったのだ。初対面のときは反感のかたまりだったが、それがやがて愛に変わった。フランシスの結婚式のあとしばらくは、残された三人の友達も人生に以前より期待をかけるようになった。ただし、それを三人のあいだで正直に口にすることはなかったが。「あなたとすれちがいになってたら、くやしい思いをしたでしょうね」アンはいった。「あ、フランシス、会えてよかった」

しかし、なかに入る前に玄関のところでふり向くと、デイヴィッドが外の歩道でジョシュアの腕に抱かれているのが見えた。ジョシュアの首に両腕でしがみつき、彼の肩に顔を埋めている。ジョシュアは片手を少年の頭のうしろにあてがい、頭の横にキスしていた。

涙で視界がぼやけたので、アンはまばたきして涙をこらえた。

どうしてすてきなことを置き去りにしなきゃならないの？　どうして人生には別れがつきものなの？

ジョシュアがデイヴィッドを下におろし、両手で彼の顔をはさんで額にキスしてから、アンのほうを向いた。

「デイヴィッドを本当に立派に育てたね、アン」右手をさしだしながらいった。「すばらしい子だ。ペンハローから手紙を書くよ」

アンがジョシュアの手に自分の手を置くあいだに、デイヴィッドが横を通り抜け、三人の女性にも、お気に入りの一人であるキーブルにも挨拶せずに、学校のなかに入ってしまった。

「もう一度、ありがとう」アンはいった。

「アン」声をひそめ、彼女の手を握った手に力をこめて、ジョシュアはいった。「きみは立派に子育てをしている。だが、あの子には家族が必要だ。コーンウォールにくれば、あの子を受け入れようと待っている家族がいるんだよ――プルーとベン、コンスタンスとジム・ソーンダーズ、フライヤとぼく。それに、チャスティティとミーチャムもいる。住んでるところはちがうけどね。非嫡出子ではあっても、叔父も叔母もいとこもいるんだ。せめて、血筋について多少なりともあの子に打ち明けることを考えてくれなくては。いいね？」

「自分の息子の面倒ぐらい、自分でみられます」アンはこわばった声で答え、手をひっこめた。「でも、あの子にやさしくしてくださって、とても感謝しているわ」

「手紙を書くよ」ジョシュアは首をふりながらいった。がっかりしている様子だ。「さよなら、アン」

「さようなら」彼が角を曲がって見えなくなるまで、アンは見送った。

でも、別れにもいろんな種類がある――アンは思った。いまのは胸がはりさけそうな別れではない。デイヴィッドにとっては、きっとそうだろうけど。ジョシュアにはまた会える。たぶん、今度のクリスマスに。

シドナムには二度と会えない。

二度と。

スザンナが腕を組んだので、アンは友人たちと一緒に学校に入っていった。

わが家にもどってきた。家はいいものだ。
でも、〝二度と〟というのは、永遠に会えないということだ。

13

その夜、アンがデイヴィッドをベッドに入れるころには、デイヴィッドもクリスマスはそれほど遠い先のことではないのだと、ようやく納得した様子だった。また、寮母と数人の女生徒が彼の休暇に関心を持ってくれたことも、いくらか慰めになっていた。どこへ行ったのか、どんなことをしたのかを話して、みんなを喜ばせた。

「ママ」アンが寝る前のお話のつづきをしてきかせ、布団にくるんでやったあとで、デイヴィッドは本心を口にした。「家に帰るっていいね。小さな部屋をぼく一人で使えてうれしい」

そう。家に帰るのはいいものだ。そして、これから何日かのあいだ、用事がどっさり待っている。スザンナがフランシスとエッジカム伯爵に連れられてバークレイ・コートへ行ってしまうので、アンとクローディアだけで生徒の世話をしなくてはならない。それに、新学期の授業の準備も必要だ。手紙も書かなくては——ビューカッスル公爵夫人に宛ててお礼状を。レディ・エイダンとその伯母、レディ・ロズソーン、ミス・トンプスン、その他何人かのベドウィン家の妻たちに宛てて、友情をこめた手紙を。

家に帰るのはいいものだ。

長旅のせいと、グランドゥール館をあとにしたとき心が千々に乱れていたせいで疲れていたにもかかわらず、アンはクローディアの部屋で夜更かしをした。アンがもどり、フランシスが訪ねてきたおかげで、久しぶりに仲良し四人組がそろった。伯爵がロイヤル・ヨーク・ホテルに部屋をとっているのだが、フランシスは学校に泊まるつもりでいた。伯爵は夕食にやってきたが、そのあと、今宵は自分の存在が明らかに邪魔なようだし、それに加えて、自分には美容のための睡眠が必要なのにみんなは夜の半分以上をおしゃべりしてすごすにちがいないから、といって帰っていった。

アンは彼に好感を持っていた。あとの二人も同じで、フランシスのお伽話《とぎばなし》のような幸せを喜んでいた。

フランシスの大陸旅行とコンサートの成功や、ウェールズでアンが送った一カ月の休暇（シドナム・バトラーに関することは抜き）や、バースでの夏休みや、その他さまざまな話に花が咲いた。昔から、どんなことでも打ち明けあえる仲だった。アンにとって、彼女たちは単なる友人というより姉妹のようなものだ。フランシスが学校を去って二年になるのに、いまでもみんな、フランシスの顔が見られないことを寂しがっている。

帰ってきて本当によかった。

翌朝、伯爵が馬車でスザンナとフランシスを迎えにくると、アンは二人を抱きしめ、横にいるクローディアと一緒に、旅立つ彼女たちに向かって歩道から別れの手をふった。そのあと、クローディアと笑みをかわし、近くのシドニー・ガーデンズへ散歩とピクニックに出かけるために生徒を集合させようと思い、学校にもどった。

散歩、ピクニック、学校の向こうに広がる草地でのゲーム、校舎内での宝探しなど、夏休みの行事で二週間が忙しくすぎていった。アンはときどき、談話室や寮で生徒と一緒にすわって話をしたり、生徒の話に耳を傾けたりして、家庭的な雰囲気を作ろう、生徒のことを気にかけている大人がいることをわからせよう、と心を砕いていた。その一方、避けがたいことだが、新学期が近づきつつあった。新しい生徒がたくさん入ってくる。寄宿生と通学生を合計した人数が大幅にふえる。それだけ学校の評判が高くなってきたのだ。去年最上級生だった優等生のライラ・ウォルトンが学校に残り、ちょうど四年前のスザンナと同じように、補助教員をやることになっている。アンは何時間かを彼女とすごし、教師になるための準備の手助けをした。

やがて、ようやくスザンナが帰ってきた。ゆったりすごして小麦色に日焼けし、元気いっぱいで、バークレイ・コートでの休暇中の土産話がどっさりあった。

その晩、クローディアは新しく入ってくる通学生の両親と食事をする約束になっていた。ほかのみんなが部屋へひきとったあと、アンとスザンナはアンの部屋で二人きりの夜をすごした。スザンナはベッドに腰かけて、曲げた膝を両腕で抱えこみ、アンは小さなデスクのそばの椅子にすわっていた。

「二年前、フランシスが伯爵と結婚するためにここを去ったとき、あたし、フランシスを失うのが悲しくてたまらなかった」スザンナがためいきをついていった。「でもね、アン、フランシスの決断は正しかったわ。すごくうらやましい。伯爵ってすごく魅力的でしょ。しかも、フランシスのことをとても自慢にしている。彼女の歌につきあって遠くまで旅をしなきゃならないのも、ぜんぜん苦にならないようよ。それどころか、彼女の名声を喜んでるでしょ」

「しかも、執拗《しつよう》にフランシスを追いかけてたころと同じように、いまもベタ惚れ」アンはいった。「さっきここでお食事したときも、それがみえみえだった」

スザンナはふたたびためいきをついた。「お伽話みたいだったわね、あの二人のロマンス。伯爵彼、フランシスを離そうとしなかったでしょ。向こうはシンクレア子爵という身分で、伯爵の跡継ぎだったし、フランシスは身分の低い学校教師だったというのに。でも、すごい美人だったものね。いまはさらにきれいになってる。結婚と旅行と歌手としてのキャリアがフランシスを磨きあげたんだわ」

二人はしばらく沈黙した。フランシスの幸福を喜びつつも、自分たちの生き方を思ってちょっと気分が暗くなった。

「ところで、あなたはどうなの？」アンがきいた。「楽しかった？　誰か興味の持てる人に会わなかった？」

「あたしを夢中にさせて、お城へ連れてって花嫁にしてくれる公爵とか？」スザンナは笑った。「ううん、残念ながら。でも、フランシスもエッジカム伯爵もすごく親切で、毎日のように、あたしが楽しめる娯楽を何かしら用意してくれたわ。長いあいだ家をあけてたんだから、ほんとは二人でのんびり静かにすごすほうが幸せだったでしょうに。愛想がよくて興味の持てそうな人にも何人か会ったわ。もちろん、ほとんどが前から知ってる人だったけど」

「あら、特別な人はいなかったの？」アンがきいた。

「ええ。べつに」

アンは眉を吊りあげた。

「あの、じつは一人の紳士から」スザンナは白状した。「具体的な申し出を受けたの。名誉ある申し出とはいえないものだった。昔からよくある話よ、アン。でも、すごくハンサムで、すごく愛想のいい人だった。いいえ、もういいの。あなたのほうは？　あたしが出発する前の晩、ウェールズの休暇のことをあれこれ話してくれたけど、個人的な話はまったくなかったじゃない。誰か興味の持てる人に会わなかった？」

「ベドウィン家の人たちは」アンは微笑した。「誰もがとっても魅力的よ、スザンナ。いいえ、それじゃ、控えめすぎるわね。ビューカッスル公爵は噂どおりのいかめしい人。冷酷な銀色の目をしていて、長い指でいつも片眼鏡の柄を握ってるの。すごく怖い人って感じ。でも、わたしにはいつも礼儀正しく接してくれたわ。公爵夫人は陽気な人で、ちっとも高慢ちきじゃないし、公爵が奥さまを熱愛してるのは明らかよ。人前でそんな態度をとることはけっしてないけど。息子さんのこともかわいくてたまらないみたい。ぐずってばかりの、わがままな赤ちゃんなのに――お父さまに抱かれたときだけはちがうのよ。しかも、公爵はしょっちゅう赤ちゃんを抱いてるの。ふしぎな、謎めいた、魅力的な男性だわ」

スザンナは顎を膝にのせた。

「所帯持ちの公爵の話ばかりじゃ、気が滅入ってくるわ」といった。それでも、目は輝いていた。「独身の男はいなかったの？」

「独身の公爵は一人も」アンは微笑した。だが、突然、ティー・グウィンの木戸の上に腰かけて、笑顔でシドナム・バトラーを見おろし、地面におりる前に彼に手をあずけたときの思い出が浮かんできた。そして、二人を包んでいたすばらしい夏の日の思い出が。

スザンナがしげしげとアンをみつめていた。

「ほらほら、アン」といった。「誰なのよ？」

「べつに誰でもないわ」アンは椅子の上で身体の位置をずらしながら、あわてて答えた。しかし、すぐさま後悔した。「やだ、人のことをそんなふうにいうなんてひどいわね。ちゃんとした人なのよ。グランドゥール館の管理人をしているの。独身だったし、わたしも一人だったから、ときたま二人で散歩に出かけたり、その人が晩餐《ばんさん》に招かれた夜にとなりどうしの席になったりするのは、ごく自然なことだったわ。それだけのことなの」

アンは赤面しないように気をつけた。

「それだけ？」スザンナは彼女をじっとみつめたまま、くりかえした。「で、その人、背が高くて、浅黒くて、ハンサムだった？」

「ええ」アンはいった。「三つともそろってたわ」

　スザンナはみつめつづけた。

「ただの友達よ」アンはいった。

「ほんと？」スザンナがやさしくいった。

「ほんと」アンはどうしても笑顔になれなかった。じっとすわっていることもできなくなった。立ちあがり、窓辺まで行った。カーテンをあけて草地の闇をみつめた。「とても……親しい友達だった」

「でも、求婚してくれなかったのね。アン、残念だわ」

　長い沈黙がつづいた。アンはスザンナに反論しようとはしなかった。

「ねえ」やがて、スザンナがいった。「あちこち連れてってくれて、ちゃんとした人たちを紹介し、結婚にふさわしい相手とのお見合いをお膳立てしてくれる親兄弟がいたら、人生はもっと楽になるんじゃないかしら、アン。女学校で教師をやってるより、そのほうが楽だと思わない？」

「わたしには」カーテンをもとどおりにしめながら、アンはいった。「人生が楽なものだとは思えないわ。立派な家族がいて、結婚相手を選ぶのを助けてくれたり、本人の代わりに相手を決めてくれたりしても、若い女の子や大人の女性が悲惨な結婚生活を送る例はかぎりがない。不幸な結婚生活と、ここでの暮らしのどちらかを選べといわれたら、わたしはたぶん、ここにいるほうを選ぶと思う。いいえ、まちがいなくそうするわ」

アンはカーテンにしばらく額をつけていたが、やがて、室内に視線をもどした。

「あたしったら、とんでもない恩知らずね」スザンナがいった。「そんな質問をするなんて。この学校に送られてきたとき、幸運の女神が微笑んでくれたんだし、クローディアから教師にならないかっていわれたときは、天にものぼる心地だった。しかも、ここにはすばらしい友達がいる。人生にそれ以上何が望めるというの？」

「そうね。でも、わたしたちは教師であると同時に、女でもあるわ、スザンナ」ふたたび腰をおろして、アンはいった。「女には、種を保存するという目的のために天から与えられた欲求があるのよ」

ときとしてズタズタに傷つけられることもあるが、破壊されることのない欲求。

スザンナは無言でしばらくアンをみつめた。

「それって、ときには、無視するのがとてもむずかしいこともあるわね。あたし、この夏、かなり心が揺らいだのよ、アン。ある男の愛人になろうかと思ったの。あたしのなかの一部は、自分の選択が正しかったのかどうかいまだにわからずにいる。つぎのときに同じ選択ができるかどうかもわからない。そのつぎのときは？」

「さあ、どうかしら」アンはスザンナに悲しげな笑顔を見せた。

「おたがい、哀れな悲しい独身女ね」スザンナが笑い、ベッドからおりた。スカートのしわを伸ばした。「孤独なベッドに入ることにするわ。長旅でもうクタクタ。おやすみ、アン」

三日後、夏休みを終えた寄宿生が全員学校にもどってきて、大はしゃぎで歓声をあげ、騒がしくしゃべりながら、たがいに挨拶をかわし、教師にも挨拶した。新入生は不安に顔をこわばらせてやってきた。とくに不安そうなのが慈善事業の対象になっている二人の生徒で、ロンドンでミス・マーティンの代理人をしているハチャード氏に見いだされ、両親の付き添いもなしに一人ぼっちでここまできたのだった。このうち一人の授業料はレディ・ホールミアが出すことになっている――もちろん、彼女が陰にいることをクローディアは知らない。

アンはこの二人を自分の翼でかばい、すぐさま、片方の子はコックニー訛《なま》りがひどくて英語をしゃべっても周囲はほとんど理解できないので、発声法の特訓が必要であり、もう一人の子は、喧嘩《けんか》腰で虚勢をはるという嘆かわしい癖を、きびしく、忍耐強く――そして、愛情をたっぷりそそいで――矯正しなくてはならないことに気づいた。

翌朝、通学生たちが登校してきて、授業が始まった。

それから一カ月間、多忙な日々がつづいた。アンは授業に全力を注ぎ、慈善事業の新入生たちにはとくに気を配った。自由な時間はほとんどデイヴィッドの相手をしてすごした。クリスマスが終わったら授業に油絵をとりいれることにしようと、アプトン先生が約束してくれたので、デイヴィッドはいまからわくわくしている。アンはベドウィン家の貴婦人たちとジョシュアに手紙を書き、向こうからも手紙を受けとった。デイヴィーとベッキーとジョシュアからきた手紙にデイヴィッドが返事を書くのを手伝ってやった。

ごく平凡な日常がもどってきたように見えた。だが、その陰で、アン自身の人生はもはや平凡とは呼びえないことが徐々に明らかになってきた。学校が始まるまで生理がなかったのだが、動揺のなかで一カ月を送ったせいにすぎないと必死に自分にいいきかせてきた。朝の目ざめのあとで軽い吐き気に襲われるようになってもまだ、希望を捨てなかった——十年前もこんなふうだった。

しかし——奇跡を期待していたの？——九月の末になってもまだ生理はなかった。シドナム・バトラーがかつて選択についていっていた言葉を思いだした。一カ月半前に、彼と寝ることを選んだ。彼を求め、彼からも求められ、二人で一緒にすごせる最後の日だったから。そして、その選択が人生を永遠に変えることになった。

そう考えただけで怖くなる。

だが、その選択を変更したくとも、その影響を避けたくとも、もう何もできない。自分の人生を歩んでいくしかない。

肌寒い土曜の朝、スザンナが生徒の大半を連れて草地へゲームをしに出かけ、デイヴィッドも一緒について出ていくのを待った。それから、校長室のドアをノックし、どうぞという返事を待って部屋に入った。

「ちょっとよろしいでしょうか」ときいた。ついゆうべも、彼女とスザンナとライラがクローディアの居間に集まって、お茶を飲みながら、幅広い話題についておしゃべりを楽しんだところだった。スザンナとライラが部屋にもどったあとで、アンが一人で居残ることもできただろう。しかし、避けて通れない話を切りだすには、もっと堅苦しい環境が必要だと判断した。

クローディアがデスクから顔をあげた。

「授業料の支払いを最後まで渋ってた親がようやく払ってくれたわ」といった。「今年も財政的には大成功といえそうよ、アン。あと二年か三年すれば、例の慈善家の援助はもう必要ありませんって、ハチャードさんに報告できるでしょう」

羽根ペンを下に置くと、デスクの反対側の椅子を示して、アンにすわるようにいった。

「朝食のとき、アグネス・ライドの癇癪《かんしゃく》をうまくなだめてくれたわね。大爆発がおきるところだったけど、おかげで助かったわ。あなたには問題児を扱う非凡な才能があるわね」

「あの子は慣れない環境で少々とまどってるだけなんです」アンはいった。「怯《おび》えると、これまでの人生経験から、こぶしをふりあげるところまでいかなくとも、言葉という武器を使って。闘わなくてはと思ってしまう。でも、あの子はやさしい心と鋭い頭脳を持っています、クローディア。この学校にいるあいだに、両方がうまく育ってくれるといいんですけど。いえ、かならずそうなります。とてもいい学校ですもの。ここで学ぶ幸運に恵まれた子はみんな、すばらしい成長を遂げて卒業していきますもの」

クローディアは小首をかしげて椅子にもたれた。しばらくのあいだ無言だった。

「どうしたの、アン」と尋ねた。「しばらく前から、具体的にどうとはいえないんだけど、なんとなく気になってたのよ。あなたはこれまでどおり勤勉だし、明るいし、忍耐強い。でも、どことなく……そうね、静謐《せいひつ》な感じが消えたとでもいえばいいのかしら。それが気になってたの。体調がすぐれないの？　ブレイク先生に往診を頼みましょうか」

ブレイク氏は医者で、寄宿生の誰かの具合が悪くなると、いつでも往診にきてくれる。

「仕事をやめたいんです、クローディア」アンは唐突にいった。まるで、自分自身の背後に立って、呆然《ぼうぜん》とその言葉に耳を傾けているような気がした。誰かほかの人間がしゃべるのをきいているような気がした。とうとう口にしてしまった。それは真実であり、撤回できない言葉だった。

クローディアは鋭く彼女を見たが、何もいわなかった。

「じつは」アンは一瞬、目を閉じた。「結婚しようと思っています」

先週の土曜の朝、バースの中心部まで歩いて出かけ、グランドゥール館宛ての手紙を投函して以来、一週間かけてこれを計画し、練習してきた。しかし、練習してきた言葉はまだひと言も出ていない。おまけに、練習したときとちがい、笑顔になれないし、明るい幸せそうな表情も作れない。

「結婚？」

アンはクローディアがそのひと言しか口にしなかったことに気づいた。

「夏にウェールズでその人と出会いました」アンは説明した。「そのとき、結婚を申しこまれたんです。お受けしようと決心しました。向こうへ手紙で知らせました」

「おめでとう」クローディアは背筋をぴんと伸ばし、きびしい目でアンを見ていた。「その方の名前を教えてもらってもいいかしら」

アンはためいきをつき、椅子の上でやや前かがみになった。

「こんなふうに切りだすなんて、だめですよね」といった。「これじゃまるで、あなたが校長でわたしの雇い主、わたしは教師——それだけの関係みたい。二カ月近くひそかに考えたあげく、ようやく決心がついたような話し方をするのも、いけないことだわ。あなたの前ではもっと正直にならなくちゃ。ほんとにごめんなさい、クローディア。ウェールズですごした一カ月について、すべてお話ししましたけど、いちばん大事な部分を伏せてたんです。その人はシドナム・バトラー、レッドフィールド伯爵の末の息子さんで、グランドゥール館でビューカッスル公爵家の管理人をしています」

「シドナム・バトラー」クローディアがいった。「リンジー館からそう遠くないところにあるアルヴズリー・パークの？　覚えているわ。目をみはるほどハンサムな少年だった」

「わたしのお腹に彼の子供がいるんです」アンはぶっきらぼうにいった。

クローディアが目をみはり、アンは彼女の顎に力が入るのを見た。

「強姦されたの？」

「いえ！」アンの目が大きくなった。「ちがいます、クローディア。そんなんじゃありません。ちがいます。合意のうえでした。結婚しようといってくれたけど、ことわりました。でも、ひとつだけ約束しました。もし子供ができたら、彼に知らせて結婚を承知すると。一週間前に、彼に手紙を出しました」

短い沈黙があった。

「でも、あなたは彼との結婚を望んでいるの？」クローディアがきいた。

「いえ。そういうわけでは……」

しかし、予想していたよりもずっと彼が恋しかった。生理がないので、ひょっとするという疑いを抱きはじめる前からすでに、日中は彼のことで頭がいっぱいだったし、夢にまで彼が出てきた。そして、ずっと考えつづけた――バースにもどってから毎日考えつづけた――もし自分が突然の恐怖に駆られなかったら、そして、彼がちがう言葉で求婚してくれていたら、自分の返事もちがっていたのではないか。

〝きみさえよければ、アン、結婚しよう〟

誠実で、親切で、情熱に欠ける言葉。

いまや、結婚するしかなくなった。すべてを正しい方向へ進めようとする彼の誠実さを受け入れるしかない。彼のほうは、アンが約束だけは守ったものの肉体の安らぎを与える妻にはなれない、という事実を受け入れるしかない。

アンの一部は彼を求めていた。一部は彼に怯えていた。そして、二人を結婚へ追いやろうとする状況を心の底から憎んでいた。彼もきっと、この状況を憎むだろう。

「だったら、そんなことしちゃいけないわ、アン」クローディアがデスクに両手をついて身を乗りだした。声も表情もきびしかった。「相手は伯爵の息子で、富と特権に恵まれている。しかも、あれだけのハンサムじゃ、本人のためにならないわ――あなたのためにもならない。しかも、ビューカッスル公爵家の管理人。あなたがみじめになるだけよ」

「じゃ、ほかにどうすればいいんです、クローディア？」アンはきいた。「この学校に残る？　無理なことはおわかりでしょ」

アンはクローディアの目からきびしい光が消えるのを見た。

何年か前に、クローディアが未婚の母を教師として雇ったとき――そして、その教師が図々しくも非摘出子を連れてやってきたとき――多数の親が質問をよこし、懸念を表明した。一人の生徒などは、親の意向で学校をやめさせられた。

「それに」アンはいった。「デイヴィッドのときは選択肢がなくて、その結果、あの子はつらい人生を歩むことになりました。これから先もそうでしょう。つぎの子にはそんな思いをさせたくありません。今回は選択肢があるんですもの」

「結婚できるの？」クローディアがきいた。

「はい」

彼が結婚してくれることを、アンは心の底から固く信じていた。もうじき、きてくれるはず。だが、心のなかには、狼狽《ろうばい》に近い疑惑があった。もし、こなかったら？

「ああ、アン」クローディアは椅子にぐったりもたれてためいきをついた。「困ったこと。どうしてそんな……愚かなことを？」

アンのやったことは、もちろん、きわめて愚かだった。しかし、いまさら後悔しても始まらない。おきてしまったことだ。

「もっと早くお話しすべきでした。百パーセント確信するまで待つのではなく――おまけに、ウェールズの彼に手紙を出してからも、お話しするのをためらっていました。代わりの先生を早く見つける必要があるのにね。この一カ月間、ライラは見習い程度のことしかしていませんが、教師としてとても有望です、クローディア。スザンナと同じで、二、三カ月前までは同じ生徒だった少女たちの敬意をかちえたようだし、新入生からはとても慕われています。しかも、数学がよくできますし、わたしがあの子を教えていたときは、毎年、地理の成績がトップでした。ライラを正式に採用なさるおつもりなら、ご期待にそむくことはけっしてないと思います」

クローディアは沈んだ表情でしばらくアンをみつめていたが、やがてだしぬけに立ちあがると、デスクをまわり、アンを立たせて腕に抱きしめた。

「アン」といった。「アン、アン、ほんとは怒りにまかせてあなたを思いきり揺すぶってやりたい。でも……ああ、わたしで力になれることはないかしら。バトラー氏にほんのすこしでも愛情を持つことはできそう？」

アンはホッとした思いで抱擁に身を委ねた。学校での友情を失ってしまうのではないかと、さっきまで怖くてたまらなかった――いちばん怖かったのが、規律にきびしいクローディア・マーティンその人だった。結婚もせずに二度も子供を身ごもるような女には、友達の同情を求める資格はない。

「彼に深い愛情を感じていなかったら、たぶん……あのようなことにはならなかったでしょう。誘惑されたわけではありませんし、クローディア、もちろん、強姦でもありません。どうかそれだけは信じてください。おたがいに愛情を持っていたんです」

「なのに、彼の求婚をはねつけた」クローディアは一歩さがったが、アンの腕にかけた手はそのままだった。「あなたがとんでもないおバカさんなの？　それとも、わたしが何かききのがしたの？」

「あの時点では、彼と結婚するのはまちがいだと思ったんです」アンはいった。「二人にとって。それに、言葉で説明するのはむずかしい理由があったので。でも、子供ができたために、結婚が唯一の正しい道になったのです」

クローディアはふたたびためいきをついた。

「おすわりなさい」といって、デスクの横に垂れている呼鈴の紐《ひも》をひっぱった。「お茶のポットを持ってきてもらいましょう。お茶を飲めば、すべてをもっとはっきり見ることができるわ――そして、もっと冷静に。わたしの空耳でなければ、生徒たちがゲームを終えてもどってきたようよ。あら、見て、雨になってる。だからなのね。スザンナもここに呼んでいいかしら。姉妹のようなものですもの。でしょ？　フランシスがいなくなったのが、いまも残念でたまらないのよ。あなたまでいなくなったら、どんなに寂しいことでしょう」

呼鈴に応えてやってきたメイドに、クローディアは指示を与えた。

「ねえ、この件にはもう一人かかわってくるのよ、アン。そう思わない？」スザンナがやってくるのを待つあいだに、クローディアはいった。「バトラー氏はデイヴィッドのいい父親になれるかしら。答えがイエスなら、彼の数々の罪は大目に見ることにしましょう」

それこそが何よりもアンを悩ませていた問題だった。デイヴィッドは父親がほしくてたまらない。しかし、彼の考える理想の父親というのは、完璧な肉体を備えたスポーツ好きのジョシュアや、アレイン卿や、エイダン卿なのだ。とはいえ、デイヴィッドはシドナムに会っていて、画家仲間という意識を持っている。とくに反発した様子はなかった。

でも、シドナムが父親になると知ったら、あの子はどう感じるだろう。わたしの夫になると知ったら。

「デイヴィッドにやさしくしてくれると思います」アンはいった。

すくなくとも、その点だけはまちがいない。

14

この数週間ひどい雨つづきで、街道の旅は時間がかかり、危険を伴い、ときには通行止めになることもあった。シドナムはいらいらしながら、ビューカッスル公爵と顧問弁護士からの手紙が届くのを待ちつづけた。ティー・グウィンを正式に自分の所有物と呼べるようになる前に、最後の手続きをしなくてはならない。

手紙がようやく届いたときはもううれしくて、ほかの郵便物を見る前に、真っ先にそれを開封した。郵便物の山のてっぺんに母親の手紙がのっていることはわかっていたのだが。

書斎の中央に立って正式な書類に目を通し、長年の夢がついに実現した幸せを噛《か》みしめようとした。地主になったのだ。ウェールズに、深く愛するようになったこの国に、家と土地を所有することになったのだ。ようやくここの人間になれた。正式に。あとでテュードル・リースを訪ねて、二人で祝杯をあげよう。

しかし、最近は、幸せな気分に浸れなくなっている。

一カ月以上前に売買契約がほぼ完了したので、ティー・グウィンの玄関ホールと朝食の間の改装をおこなった。しかし、作業の監督や点検のためにそちらへ出向くことはなかった。二カ月近く、一度も足を運んでいない。あれ以来……。

そう、あのことがあって以来。

行こうという気になれなかった。馬車で門をくぐり——木戸の横を通らなくてはならない。バラを這《は》わせた東屋《あずまや》を歩いて通りすぎなくてはならない。からっぽの家に入らなくてはならない——そこで出会うのは工事の連中だけ。

そして、思い出だけ。

ティー・グウィンに越すのをやめ、居心地がよくて仕事場に近いからという口実をつけて、グランドゥール館のそばのコテージに住みつづけることにしようか、というばかげた考えはまだ浮かんでいなかった。

母親からの手紙を手にとり、残りの郵便物をざっと調べた。仕事関係のものばかりだった。そのなかに一通だけ、女らしい優美な字で書かれた薄い手紙が混じっていた。ローレンの字ではない。母親の手紙を未開封のまま脇に置き、その手紙を拾いあげると、すぐさま、バースからであることがわかった。

しばらくそれを凝視していると、口のなかがからからに渇いてきた。手紙を待つのは何週間も前にやめてしまったのに、これはまた思いもよらぬ不意打ちだ。もちろん、手紙の内容はわからないし、差出人の名前もまだ見ていないのだが。

しかし、ほかに誰がバースから手紙をよこすというのだ?

親指で封を切り、たった一枚の便箋をとりだした。

まず、署名に視線が向いた。

ああ。やはりそうだった。

彼女が書いた言葉を目で追い、頭のなかでそれを解読していった――単語のひとつひとつを、そして、短いフレーズを。何をいおうとしているのか、どうもピンとこない。

〝子供ができました。その場合はこちらからご連絡するという約束でございました。どうかご自愛くださいませ〟短い堅苦しい文章で書かれていた。

子供ができた。

ぼくの子供。

ぼくとアンの子供。

子供ができた。だが、彼女は未婚だ。

ようやく、手紙の意味をはっきりと理解した。

彼女は未婚だ。

彼女のところへ駆けつけなくては。一瞬の遅れも許されない。彼の人生は突然、きわめて大きな、だが、不安定な価値を持つものになった。アン・ジュウェルを――そして、二人のあいだにできた子供を――恐ろしい破滅から救えるのは自分しかいない。遅れは許されない。

手紙をたたんでポケットにしまうと、急いで書斎を出て寝室へ走り、呼鈴を鳴らし、従僕を呼んだ。かわいそうなアン――一刻も無駄にしてはならない。

しかし、もろろん、午後の半ばに呼びだされたことに驚きながら従僕がやってくる前から彼もすでに気づいていたように、アンを救いに駆けつけるというのは、乗馬靴をはいて、乗馬服を身につけてから、手近の馬に飛び乗り、イングランドとバースの方角めざして駆けていくというような単純なことではない。

ポケットから手紙をとりだし、ベッドの上に広げて読み直してみて、すぐに気づいたのだが、手紙の日付は一週間以上も前になっていた。こちらに届くまでに、ふだんの二倍以上かかっている。いうまでもなく――道路のせいだ！　ほとんど通行不能であることは、彼も知っている。今後もしばらく悪路に悩まされるだろう。毎日のように豪雨がつづいている。それはさておき、彼のほうも好き勝手な行動はとれない。責任と義務を負ったビューカッスル公爵家の荘園管理人なのだ。緊急の要件をいくつか片づけないことにはどこへも出かけられないし、長期にわたってグランドゥール館を離れるときにいつも代理をやってくれる男性と、打ち合わせをしておく必要もある。

「二日ほどしたら、イングランドへ出発する」シドナムは従僕に告げた。本音をいえば、一時間以内に出発するといいたいところだった。「荷造りをしておいてくれないか、アームステッド。一刻も早く出発できるように」

しかし、二日がすぎて、ようやく出発の準備が整ったとき、シドナムはアンを救うためにバースへ直行するわけにはいかないことを悟った。まずロンドンに寄らなくてはならない。二日たっても、天候はよくなっていなかった。泥だらけのすべりやすい道路と、水がたまって村の池みたいになっている深い穴のおかげで、ロンドンまでの旅は遅々として進まなかった。しかも、ようやくロンドンに着いたと思ったら、官僚世界の歯車の動きが身悶《みもだ》えしたくなるほどのろいことを思い知らされた。

ある午後の半ば、シドナムが不安に苛《さいな》まれながらダニエル通りのミス・マーティンの女学校に到着したときは、アンが手紙を投函してからすでに三週間もたっていた。

初老の校務員が応対に出て、シドナムの姿にすくみあがり、あわててドアを閉めそうになったが、訪問客が紳士にふさわしい服装をしていることに気づいたらしく、最後はドアのところに仁王立ちになって、疑惑と敵意を隠そうともせずに彼をにらみつけ、「どういうご用件でしょう」ときいた。

「ミス・ジュウェルにお目にかかりたい」シドナムはいった。「わたしがくることはご存じのはずです」

「先生はただいま授業中でして」校務員はいった。「お取次ぎできません」

「では、授業が終わるまで待たせていただこう」シドナムはきっぱりと校務員にいった。

「シドナム・バトラーが話をしたがっている、とミス・ジュウェルに伝えてもらいたい」

校務員は唇をすぼめ、客が紳士であろうとなかろうと鼻先でドアを閉めてやりたくてたまらないという顔になったが、やがて、無言で向きを変え、ブーツのかかとをギシギシいわせながら、廊下の左側にある応接室へ客を案内した。シドナムが部屋に入ると、ドアがしっかり閉ざされた。鍵のかかる音がきこえるのではないかと思ったほどだ。

部屋の真ん中に立ち、こぎれいな上品さと、ややくたびれた感じの両方に目をとめ、何かを合唱している少女たちの遠い歌声や、ときおりあがる笑い声や、誰かがたどたどしく弾いているピアノの音色に耳を傾けた。

授業が何時に終わるのか、シドナムにはまったくわからなかった。また、彼がここにいることを初老の校務員が忘れてしまうかもしれないし、客が訪ねてきたことをアン・ジュウェルにわざと黙っているかもしれない。

そのうち、彼女を探しに出ていく必要がありそうだ。

しかし、十五分ほど待たされたところで、ふたたび部屋のドアがひらき、一人の女性が入ってきた。どことなく見覚えのある女性で、シドナムはたぶんこれが有名な——もしくは、悪名高き——ミス・マーティンその人だろうと推測した。彼女がフライヤの家庭教師をやっていた当時、一度か二度会っただけだが、アッカンベーをしたも同然の態度でリンジー館を出ていったことは、のちのちまでの語り草になった。重い旅行カバンを提げて田舎道をズンズン歩いていく彼女にシドナムの父親が出会い、馬車を停めて、近くの乗合馬車の発着所まで乗っていくよう彼女を説得したのだった。

背筋をピンと伸ばし、唇を固く結んだ、凛々《りり》しい感じの女性だった。

両手をウェストのところで握りしめて立ったまま彼を見ているその女性に、シドナムはお辞儀をした。感心なことに、女性は彼の姿を見た瞬間、自分の反応をみごとに抑えこんだ。いや、ひょっとすると、アンから前もって注意を受けていたのかもしれない。

「ミス・マーティン、シドナム・バトラーと申します。ミス・ジュウェルに話があってうかがいました」

「すぐにまいります」ミス・マーティンはいった。「おみえになったことを伝えるために、キーブルを行かせました。数学の授業の残りはミス・ウォルトンが代理でやってくれるでしょう」

「恐れ入ります」シドナムはふたたび頭を下げた。

「おいでになるまでにずいぶん時間のかかったことが、義務を果たすにあたってのあなたの熱意を暗示しているのなら、バトラーさん」彼女は姿勢を変えず、きびしい表情のまま、いきなりそう切りだして、シドナムを驚かせた。「ひと言申しあげておきますが、ミス・ジュウェルには、避難所と支援が必要ならいつでも提供しようという意欲と能力を備えた友人が何人もおります。女でも、一致団結すれば多少の力は持てますのよ」

この女性がビューカッスルの前でも折れなかった理由が、シドナムにもわかってきた。

「感謝します。しかし、わたしもまた、ミス・ジュウェルに快適さと安全と幸福をもたらそうという意欲と能力を――そして、情熱を――備えております」

二人はにらみあい、相手の腹を探りあった。

シドナムはこの女性に反感を持つことができなかった。アンにこのような友達がいることを知ってうれしかった。明らかに事情を知っているようだが、倫理的な怒りに駆られてアンを学校から放りだすどころか、必要ならば住まいと支援を提供するつもりでいる。

「あなたは」ミス・マーティンがいった。「優秀な方なんでしょうね。その明らかな障害にもかかわらず、管理人の務めを果たしてビューカッスル公爵を満足させていらっしゃるのなら」

頭のてっぺんから足の先までを、それもとくに右側を批判の目で露骨に見られて、シドナムは思わず微笑しそうになった。だが、笑顔にはならなかった。これは意志の闘いだと思った。闘いの目的がどこにあるかはわからないが。ひとつだけわかっているのは、負けてはならないということだ。

二人がふたたび口をひらく前に、ミス・マーティンの背後でドアがひらいた。

アン・ジュウェル。

顔色が悪いし、具合も悪そうだ――シドナムは思った。痩せたようだ。また、彼の記憶にあるよりも、さらに美しかった。

彼女が去ってから一週間か二週間は、彼女の顔を必死に思い浮かべようとしてもできない時期がつづいた。つぎに、彼女の顔も、彼女のことも忘れてしまえればいいのにと思う時期が訪れた。思いだすのは苦痛で、ひどく憂鬱《ゆううつ》だった。彼女がベドウィン家の面々と一緒にグランドゥール館にやってきた当時は、孤独な暮らしを中断させられることにいらだっていた彼だが、みんなが去ったあと、その孤独は否定しようのない寂しさとなって彼を苦しめていた。

そして、深い不幸となって。

部屋の向こうにいる彼女と視線が合い、シドナムは正式なお辞儀をした。そこに立っているのが自分の子供を宿した女性ではないかのように。

子供という事実に胸を衝かれ、軽いめまいを覚えた。

「あら、ミス・ジュウェルがきたのね」ミス・マーティンがきびきびした声で、必要もないのにいった。

「すみません、クローディア」彼に視線を据えたまま、アンはいった。

校長にふさわしい名前だと、シドナムは思った――クローディア。妥協を許さぬ強い名前。ミス・マーティンは彼をもう一度きびしい目でみつめ、部下の教師にはもっとやさしい視線を向けてから、何もいわずに部屋を出ていった。

彼とアン・ジュウェルの二人だけになった。

あのさよならは結局、さよならではなかったんだ――シドナムは思った。

彼女に会えて、苦しいほどうれしかった。

そして、その理由が苦しいほど意識された。

彼女のお腹に子供がいる。

「きっと気を揉《も》んだだろうね」シドナムはいった。「ぼくがこないんじゃないかと」

「ええ」アンは答えた。「そうでした」

彼女はドアの片側に立っていて、彼とは部屋半分の距離があった。この三週間は彼女にとって無限の時間だったにちがいない。未婚の身で子供がいる――しかも、二人目。その事実によって自分がアルバート・ムーアと同じレベルの人間になってしまったとは思いたくなかった。

「雨のせいで、きみの手紙が届くのが遅くなり、ぼくがロンドンまで行くのに時間をとられてしまった」シドナムは説明した。「ほんとに申しわけない、アン。でも、ぼくを信頼してくれてたはずだ」

「そう思ってたわ。でも、あなたはこなかった」

大丈夫だってことは、きみもわかってくれてたはずだ」

「きみを裏切ることはけっしてない。そして、自分の子供を捨てるようなこともしない」ロンドンへ出向き、バースにひき返すあいだ、その思いが彼の頭から離れなかった。子供ができた。自分が父親になる。

アンがフッと息を吐き、身体の力を抜いた。彼の説明に納得し、許す気になったことが、シドナムにもわかった。

「シドナム、ほんとにごめんなさい――」

「いや!」シドナムは片手をあげて、彼女のほうへ歩み寄った。「そんなこといっちゃいけない、アン。ぼくもだ。ぼくにこんな連絡をしなきゃいけなかったことをきみが後悔し、きみをそんな立場に追いこんだことをぼくが後悔するなら、あの午後のティー・グウィンでの出来事についても、両方が後悔しなきゃいけなくなる。だけど、あのときは、二人ともああなることを望んだんだよ。それを後悔するなら、子供ができたことまで後悔することになる。『子供なんてほしくなかったのに』『まずいことになってしまった』といわなきゃいけなくなる。でもね、子供ができるというのはとてもうれしいことなんだよ。しかも、きみとぼくの子供だ。その子の誕生を喜ばなくては。どうか謝ったりしないでほしい」

アンはしばらくのあいだ無言で彼をみつめた。彼はその目の青さと、長い睫毛《まつげ》が投げかける煙ったような色合いに、あらためてみとれた。

「ロンドン？」やがて、アンはいった。「ロンドンへ行ってらしたの？」

「特別な許可証を手に入れるために」シドナムは説明した。「すぐに結婚しよう、アン。ぼくの苗字できみを守りたいんだ」

彼女の歯が下唇に食いこんでいた。

「〝教会で結婚予告をしてもらいたい、そうすれば、双方の家族が結婚式のために集まる時間をとれるから〟ときみが心から願っているなら、その願いを尊重するつもりだ。しかし、こうして三週間の遅れが生じただけでも、もう心配でたまらない。口にするのも恐ろしい運命からきみを守ってあげられるのは、このぼくしかいないんだ——ぼくにその気がなければ自分が面倒をみようと、ミス・マーティンも決心しているようだが」

「わたしには家族はいないわ」

「じゃ、明日の朝、結婚しよう。手筈を整えておくからね」

唇まで青ざめた彼女にみつめ返されて、シドナムは突然、あることを思いだした。ベッドをともにしたすぐあとで――いま考えてみると、受胎のすぐあとだったわけだが――口に出した不器用なプロポーズの言葉を思いだした。

〝きみさえよければ、アン、結婚しよう〟

これよりましな求婚の言葉を、彼女は一生涯きけないのだろうか。必要に迫られて大急ぎで結婚へ追いやられ、本式の求婚をしてもらえなかったことを永遠に悔やみつづけるのでは？

「アン」シドナムは彼女の左手をとり、右膝を床につけた――こうすれば、立ちあがるときに、頑丈な左足で身体を支えることができる。「アン、愛しい人、わたしの妻になってくれませんか」

彼女の手を唇に持っていったが、その前に、あふれる涙で彼女の目が大きくなったのに気づいた。アンが身をかがめ、シドナムは彼女の反対側の手が自分の頭に軽く置かれるのを感じた。

「お受けします」アンはいった。「あなたに心の安らぎをもたらし、良き伴侶《はんりょ》となれるよう、つねに最善を尽くします、シドナム。そして、あなたの子供――わたしたちの子供――にとって最高の母親になれるよう努力します」

シドナムは立ちあがり、彼女を抱き寄せた。彼女は首をまわして彼の左肩にのせ、自分の手を二人のあいだに入れて、彼の胸の上で広げた。

その瞬間、シドナムは思った――腕が両方そろっていればいいのに。そうすれば、彼女に両腕をまわして思いきり抱きしめ、彼女を安全に保護することができる。彼女を見るための目が両方そろっていればいいのに。それから……。

だが、こうして生きている。大きく変わった人生に対処するすべを学んできた。そして、いま、ともに人生を歩んでくれる妻を得た。ティー・グウィンに越してしばらくしたら、子供部屋で赤ちゃんが遊ぶようになる。これからは自分の人生を複数で考えることができる――妻、娘もしくは息子、そして自分。彼はなぜか、子供は女の子だと思いこんでいた。娘ができる。いや、息子かもしれない。

右腕と右目がなくても、また、完全な男としてアンを抱くことができなくても、くよくよ悩んではならない。彼女の身体のなかに入った瞬間、向こうがすくみあがったときのことは、思いださないようにしよう。自分のもっとも奥深いプライバシーを失うことも恐れてはならない。

与えられるかぎりのものを与えよう――自分の苗字によって彼女を守り、友情と誠意と親切と愛情を示すのだ。そうすれば、たぶん、いつかは……。

アンが顔をあげて、彼の顔をみつめた。

「大丈夫だよ」シドナムはいった。「すべてうまくいく」

「ええ」

彼女の唇がゆがんで微笑を浮かべ、シドナムは彼女も同じようなことを考えているのを知った——こんなことになってしまってどうしよう。いまとなっては、精一杯努力するしかない。

二人の未来が真っ暗というわけではない。おたがいに好意を持っている。彼女が好意を持っていることはたしかだ。自分のほうは彼女に恋している。もしかしたら、真剣に愛しているのかも。

これから生涯をかけて、自分がずっと夢見てきた温かな夫婦関係を築いていけばいい。

「アン」彼はいった。「息子さんはどうなの？　知ってるの？」

アンは首をふった。

「あなたがいらっしゃらないことには、あの子にどう話せばいいのかわからないでしょ」

「実の息子として、あの子を支え、世話をし、教育を受けさせ、かわいがってやりたいと思っている」彼は約束した。「きみが望むなら、アン、そして、あの子が望むなら、ぼくの苗字を名乗らせよう。でも、あの子のほうでぼくを受け入れてくれるだろうか」

「あの子がどう感じるか、わたしにはわからないわ。前々から、父親というものに憧れていたわ。ただ……」アンはまたしても唇を嚙んだ。

ただ、あの子が憧れているのは、すべてがそろった完璧な男性。たとえば、ジョシュアや、ロズソーンや、その他のベドウィン家の男たち。

「いまここにあの子を呼んで」シドナムは彼女にきいた。「二人で話してきかせようか。それとも、まず、きみ一人で話をするほうがいい？」

アンは深く息を吸い、ゆっくりと吐きだした。

「わたしが行って連れてくるわ。明日、あの子の人生は大きく変わってしまう。なるべく早く話してやらなくては。それに、あなたに直接会わせる必要もあるし」

アンが部屋を出ていったとたん、彼の心は重く沈んだ。〝明日、あの子の人生は変わってしまう〟明日、三人すべての人生が変わる。永遠に変わってしまい、もとにはもどれない。彼とアンだけの問題ではない。生まれてくる子供がいる。シドナムはすでにその子がかわいくてならず、愛しさで胸が苦しくなるほどだ。それから、デイヴィッド・ジュウェルという少年もいる。その子を愛していくことを彼は誓った。簡単にいくのかどうか、少年がなついてくれるのかどうか、まったくわからないが。

なついてくれなくても、誰に少年が非難できるだろう。片目と片腕の人間を父親にしたがる子供がどこにいるだろう。ほとんどの子から、また、一部の大人からでさえ、怪物として恐れられているというのに。

選択。

彼とアン・ジュウェルはティー・グウィンですごしたあの日の午後、愛をかわすことを選択し、その結果、二人の――そして、デイヴィッドの――人生は大きく変わった。

いいほうへ変わったのか、悪いほうへ変わったのかは、歳月だけが教えてくれるだろう。だが、そんなことはどうでもいい。人生という小道を最後まで歩いていくしかない。すくなくとも、いま、二人の道がひとつになったのだ。

ふたたび土曜日がめぐってきた。太陽が輝き、十月にしては比較的暖かな日だった。ミス・マーティンの学校の寄宿生と数人の通学生がいつものように草地へ出てゲームをしていたが、監督にあたっているのはスザンナ・オズボーンではなく、ライラ・ウォルトンだった。

スザンナはアン・ジュウェルの部屋にいて、笑いながら、ふだんよりエレガントなスタイルに結いあげることに成功したばかりの友達の髪に、小粒真珠をつないだ飾りをつけようとしていた。

「ほら」といって、ようやくうしろに下がり、自分の手仕事の成果をながめた。「花嫁さんのできあがりよ」

アンはとっておきの緑色の絹のドレスを着ていた。

クローディアは両手をウェストのところで組んで、ドアのすぐ内側に立っていた。

「アン」鏡に映ったアンの目をみつめていった。「ほんとに、ほんとに、決心はついたの?」

もちろん、愚かな質問だ。お腹に子供がいて、五分もすればその子の父親が結婚式を挙げるために到着するというときに、決心がついているかどうかなど、もうたいした問題ではない。

「つきました」アンはいった。

「すばらしくハンサムな人だったのにね」クローディアはためいきをついた。

「いまでもハンサムよ」アンは鏡に向かって笑いかけた。

「前に話してくれたわね」スザンナがいった。「背が高くて、浅黒くて、ハンサムな人だって、アン。戦争で負傷したことなんか、ひと言もいわなかったじゃない」

「どうでもいいことですもの」アンはいった。「彼とわたしが友達だって話もしたでしょ、スザンナ。それはほんとよ。いまでもそう」

「会うのが楽しみだわ」スザンナはいった。

しかし、その瞬間、クローディアがうしろを向き、キーブルがノックしようとしていたドアをひらいた。

「階下においでです」キーブルの口調ときたら、まるで悪魔とその手下が学校に入ってきたことを報告にきたみたいだった。彼自身も男性なのに、学校の外に広がる邪悪な男どもの世界から自分の領土を守ろうとして、つねに警戒怠りない。部屋の奥へ目をやり、立ちあがろうとしているアンを見た。「食べてしまいたいほどきれいですよ、ミス・ジュウェル」

「ありがとう、キーブルさん」アンは彼に微笑した。心臓がスリッパの底にくっついてしまったような気分だったが。

シドナムは式を執りおこなう牧師と一緒にやってきた。結婚式はクローディアの部屋で挙げられることになっていた。応接室は陰気すぎるというので却下されたのだ。

今日は婚礼の日――わたしの婚礼の日――なのに、アンが感じているのは心の重さだけだった。彼のことが好きだし、彼もアンに好意を持ってくれているが、おたがいに結婚のことまでは考えていなかった。好きでもない相手と結婚するより、シドナムと結婚するほうが、悪いことをしているような気がする——バカね。

彼にすべてを捧げられればいいのに。でも、わたしが彼にあげられるのは好意だけ。

彼もすべてを捧げてくれればいいのに。でも、〝愛〟という言葉をまだ一度も口にしてくれない。求婚は二回してくれたし、きのうのは感動的なまでにロマンティックだったけど、二回とも、情熱ではなく義務から出たものだった。でも、それで満足するしかないのね。彼はおだやかで親切な人。真剣に責任をとろうとしている。

ああ、でも、婚礼の日の花嫁はまったくちがう気分になるはずなのに——アンはせつなくなった。

「上へ行ってデイヴィッドを連れてくるわ」といった。

「あたしに行かせて」スザンナがいった。

「だめよ」アンは首をふった。「でも、ありがとう、スザンナ。それから、ありがとう、クローディア。いろいろと」

キーブルはすでに姿を消していた。だが、ブーツをギシギシいわせながら階段をおりていく足音がまだきこえていた。

アンは二人をすばやく抱きしめてから、階段をのぼり、寮母室のとなりの、デイヴィッドがずっと使ってきた小さな部屋まで行った。デイヴィッドは一張羅を着こみ、髪にきちんと櫛《くし》を入れて、ベッドの端にすわっていた。

「階下へ行く時間よ」アンはいった。

デイヴィッドは母親を見あげて立ちあがった。

「ねえ」といった。「パパが死なずにいてくれればよかったのに。生きててくれればよかったのに。そしたら、ジョシュアおじちゃんみたいに一緒にクリケットやったり、エイダン卿がデイヴィーに教えてるみたいにたり、アレイン卿みたいに一緒に木登りしたり、ラナルフ卿みたいにボート遊びに連れてってくれたりしたと思うよ。ロズソーン卿みたいにウィンクして、フランス語でぼくに変なあだ名をつけぼくが赤ちゃんだったときには、ビューカッスル公爵がジェイムズを抱くみたいに、ぼくを抱いてくれたと思う。あの……あの人がママに近づかないようにして、ぼくたち二人を愛してくれたと思う」

それは声をはりあげての非難攻撃ではなかった。小声で、だが、明瞭に話していた。アンは怒りを抑えて、息子の言葉にじっと耳を傾けた。

「デイヴィッド」きのうも六回ほどいったことをくりかえした。「ママはあなたが生まれてからずっとあなたを愛してきたし、今日の朝がすぎても、その愛はいささかも減りはしないのよ。ひとつだけちがうのは、ママはここで先生をしなくてもよくなって、そのおかげで、あなたとすごせる時間がふえるってことなの」

「でも、赤ちゃんが産まれるんでしょ」

「そうよ」アンは息子に微笑した。「あなたに弟か妹ができるのよ。その子はきっと、あなたを尊敬して、お兄ちゃんはすごい英雄なんだって思うわよ——ハナがデイヴィーをそう思ってるように。赤ちゃんが産まれるっていうのは、あなたを愛してくれる相手が一人ふえて、あなたのほうも、愛する相手が一人ふえるってことなの。ママはいまと同じように、ずっとあなたを愛していくわ。あなたと赤ちゃんにママの愛を半分ずつ分ける必要なんてないの。代わりに、愛が二倍になるの」

「でも、あの人は赤ちゃんに愛情を向けるよね」

「だって、赤ちゃんのパパですもの」アンはいった。「あなたが望めば、あなたのパパにもなってくれるわ。わたしにそういって、つぎに、あなたにもいってくれたでしょ。ただの友達でいるほうがいいってあなたがいうのなら、それでもかまわないともいってくれた。あの人はあなたの敵じゃないのよ、デイヴィッド。やさしい立派な人なの。アレイン卿や、エイダン卿や、そのほかいろんな人が、あの人のことをあれこれ話してくれたでしょ。あの人はみんなと仲良しなのよ。みんなから好かれてて、尊敬されてる。それに、あなたの絵のことでも親切にしてくれたじゃない。絵を褒めて、油絵をやってみるよう勧めてくれたとき、あの人のことが好きだったでしょ。いまも好きになれるよう努力してみない？」

「わかんない」デイヴィッドはきわめて正直だった。「なんでママにぼく以外の人間が必要なのか、ぼくにはわかんない——とくに、あんなやつなんて。アレグザンダーはあいつのこと、怪物だと思ってたんだよ。それに、どうしてママが赤ちゃんをもう一人ほしがるのかもわかんない。ぼくだけじゃいやなの？」

アンは身をかがめ、ほっそりと小さな息子の身体を両腕に包んで、その苦悩と困惑を感じとり、これまでの短い人生の日々を形作って錨《いかり》となってくれていたすべてのものを失うのではないか、という息子の恐怖を理解した。デイヴィッドはつねに、母親の心遣いと愛情を一身に受けてきた。いつだって、性格のいい陽気な子だった。そんな子がすねているのを見るのは——そして、原因が自分にあることを知るのは、胸の痛むことだった。

「人生は変化していくのよ、デイヴィッド。大人になれば、あなたにもわかるはずよ。つねに変化していくの。ちょうど、わたしたちがコーンウォールからこっちにきたときのように。でも、あなたの人生には、いつまでも変わらないものがひとつある。それだけは固く約束する。ママは心の底からずっとあなたを愛していくわ」

「そろそろ下へ行ったほうがいいよ。でないと、遅刻しちゃう」

「そうね」アンは身体をおこし、ふたたび息子に笑顔を向けた。「今日のあなた、驚くほどハンサムよ」

「ママ」アンとならんで階段をおりながら、デイヴィッドはいった。「ぼく、お行儀よくする。騒いだりしない。あの人を好きになるようがんばる——絵のことで親切にしてくれたもん。けど、〝パパと呼びなさい〟なんていわないで。やだからね。ぼくにはちゃんとパパがいるんだ。死んじゃったけど」

「あの人のことをバトラーさんって呼んでくれるだけでも、ママはうれしいわ」

そして、それは自分の苗字にもなる——そう思ったとたん、急に膝の力が抜けそうになった。もうすこしたてば、自分はシドナム・バトラー夫人になる。

だが、急に不安に駆られたり、狼狽したりしても、いまとなっては意味がない。お腹に子供がいるのだから。

アンは自分の結婚式に向かう花嫁だった。花婿が待っていてくれる。彼女の一部は彼に恋焦がれていた——会えなくて本当につらかった。もうじき彼と一緒になれる。

急に胸が高鳴り、思わず浮き浮きしてきた。

キーブルがクローディアの部屋のドアをあけてくれた。葬儀の場へその当人を案内するかのような、ひどく陰鬱な態度だった。

15

ウェールズから従僕を連れてきてはいたものの、シドナムは朝からひどい孤独に陥っていた。牧師を馬車で拾ったあとも、まだ孤独だった。自分の家族が大好きで、母親と父親とキットとローレンに定期的に手紙を書いているが、家族を恋しく思うことはめったにない。しかし、今日ばかりは、みんなが恋しくてたまらなかった。

キットとローレンの婚礼の様子がくりかえし思いだされた。家族と友人に囲まれた二人、人でぎっしりの教会、式をすませてから飾り立てた馬車で走り去った花嫁と花婿、挙式後にひらかれた結婚披露の朝食会、乾杯、笑い、幸福。

正直にいうなら、ミス・マーティンの学校に着いたとき、シドナムはいくらか自己嫌悪を感じながら、みじめな心境であることをひそかに認めた。今日は婚礼の日、なのに、大喜びしてくれる者は一人もいない。

今日も陰気な応接室に通されるだろうと予想していたのだが、代わりに、牧師ともども上の階へ案内された。ギシギシいうブーツをはいた初老の校務員がドアをあけると、そこは個人の居間らしき部屋で、明るい感じの、エレガントといってもいいしつらえになっていた。誰もいなかった。窓の向こうの草地に目をやると、少女の一団が何かのゲームに夢中になっているのが見えた。

少女たちを教育することが社会の未来に及ぼす危険について、牧師が滔々《とうとう》と偉そうに述べはじめ、シドナムはいらいらしながら花嫁の到着を待った。

それほど長くは待たずにすんだ。ドアがひらいて、アンが入ってきた。息子と、ミス・マーティンと、ミス・オズボーンと思われる若い女性が一緒だった。

しかし、シドナムの目にはアンしか映っていなかった。

アンは彼が前に何度か見たことのある緑色の絹のイブニングドレスを着ていた。髪はきれいに結いあげられ、真珠の飾りがついていて、舞踏会へ出かけるのかと思うほどだ。だが、彼女が出ようとしているのは自分の結婚式だ。

アンと目が合った瞬間、シドナムは痛切に思った――彼女のために障害のない男でいたかった。正式に求婚しようと思えばできたのに。この結婚式に家族や友達を招いて楽しい祝いの場にしたかった。だが、とりあえず、式だけは挙げられる。目下、大切なのはそれだけだ。

結婚生活と二人の未来については――自分たちで努力するしかない。未来にはつねに希望がある。

シドナムが彼女に笑顔を向けると、彼女は大きな目で彼をみつめ返し、かすかな笑みを浮かべて近づいてきた。

その瞬間、ほかのみんなが周囲に集まってくるのを待ちながら、シドナムはアン・ジュウエル以上にすばらしい女性には会ったことがないと思った。あるいは、これほど魅力的な女性にも。これほど愛すべき女性にも。彼女が花嫁になってくれるのだ。

「お集まりのみなさん」牧師が何百人もの会衆に向かって語りかけるかのように、格調高い朗々たる声を響かせて式を始めた。

突然、これが自分の夢見ていた結婚式でなくても、シドナムは気にならなくなった。二人が孤独だったために、ティー・グウィンでおたがいの腕のなかに慰めを見いだし、子供ができ、その結果、アンと神聖な結婚の絆で結ばれることになった。だが、原因などどうでもいい。

アンと結婚する。突然、自分が人生で望んでいるのはそれだけだと思った。

彼女への愛しさがこみあげてきて、まばたきして涙をこらえなくてはならなかった。

アンが彼のほうを見て、命あるかぎり、愛し、敬《うやま》い、従うことを誓ったとき、その目が思慕とやさしさと、そして……希望をこめて彼をみつめているように、シドナムには思われた。

大聖堂で式を挙げ、多数の参列者があったとしても、自分の結婚をここまで強く実感することはなかっただろう。

やがて、始まったときと同じく突然に、短い婚礼のミサが終了し、二人が夫婦になったことを牧師が宣言した。

アンは彼の妻になったのだ。

彼女の身はもう安全だ。お腹の子供も。

シドナムは彼女の左手をとり、唇に持っていった。彼女がはめている真新しい金の指輪のなめらかさを感じた。きのうの午後、彼が買っておいたものだ。

「アン。最愛の人」シドナムはささやいた。

「シドナム」彼女がふたたび微笑した。

しかし、いかにささやかな結婚式といえども、式の当日に新婚夫婦が二人きりになれる時間はあまりない。アンが身をかがめて息子を抱きしめ、牧師がシドナムと握手をし、つづいて、ミス・マーティンも彼と握手をした。シドナムの手をしっかり握りしめ、その目がまっすぐに彼をみつめた。

「アンを大事にしてくださいね、バトラーさん」といった。「わたしにとっては、妹のように大切な子です。それから、デイヴィッドのことも大事にしてやって」

それから、ミス・マーティンはアンを抱きしめ、そのあいだに、もう一人の若い女性が彼のほうを向いて左手をさしだした。

「スザンナ・オズボーンです、バトラーさま。アンがあなたのことを、背が高くて、浅黒くて、ハンサムだと話してくれたけど、すべて真実でしたわ。末永くお幸せに」

彼女の緑色の目がいたずらっぽくきらめいた。小柄で、髪は鳶色《とびいろ》、とても愛らしい若い女性だ。

「アンがほんとにそんなことを？」シドナムはクスッと笑い、途方もなくうれしくなった。「大ボラ吹きだ」

そのあとでふと気づくと、デイヴィッド・ジュウェルと向かいあっていた。デイヴィッドはまばたきもせず、真剣な顔で彼を見あげていた。シドナムは少年が母親の結婚を受け入れてくれることを願っていたが、きのうのデイヴィッドは気乗りのしない様子だった。それどころか逆だった。応接室に連れてこられたあと、何か恐ろしいことを予期して縮こまっているように見えた。そして、もうじき赤ん坊が家族の一員になることを告げられると、少年の目にはまず困惑が浮かび、つぎに傷ついた表情になり――そして、表情が消えた。

「デイヴィッド」いま、シドナムはいった。「お母さんを守り、きみを幸せにするために、ぼくは最善を尽くすつもりだ。きみはぼくの義理の息子。パパと呼んでくれてもいいし、お父さんと呼んでくれてもいい」手をさしだした。「だけど、きみがそう望むならね」

デイヴィッドは力なくそこに自分の手をのせた。「ありがとうございます」その声には、敵意も反抗も――あるいは、その他のいかなる露骨な感情も――なかった。

ああ。シドナムは思った――花婿と花嫁が婚礼の席からすぐさま〝いついつまでも幸せに〟という生活に入れるのは、お伽話のなかだけだ。

「アン、バトラーさん」ミス・マーティンがこの場の主導権を握った。「スザンナに手伝ってもらって、あなたがたのために、ささやかなお祝いの席を用意させてもらいました。何人かを招待して、ワインとケーキをつきあってもらうことになってるの。かまわないでしょ」

というわけで、シドナムが新妻と息子を連れてようやく学校を出ることができたのは、たっぷり一時間たってからだった。ほかの教師たちにも紹介された。ダンス教師のハッカビー氏、美術教師のアプトン氏、フランス語と音楽を教えているマドモアゼル・ピエール、補助教員のミス・ウォルトン。シドナムはみんなから「お幸せに」「おめでとう」といわれ、彼とアンの健康を願う乾杯に礼をいいながらも、結婚したばかりの男には不似合いな寂しさを感じていた。ささやかな集まりのなかに、彼の側の人間は一人もいない――妻と義理の息子がいるだけだ。

しかし、ついに、学校の外の歩道に出た。アンは服を着替え、ミス・マーティンとミス・オズボーンが外まで送ってくれた。二人はもう一度シドナムと握手して、アンとデイヴィッドを抱きしめた。ミス・オズボーンは明るいやさしさに満ちた笑みを浮かべつつも、アンたちとの別れがつらくて涙ぐんでいた。ミス・マーティンのほうは、涙ぐみはしなかったが、シドナムから見て深い愛情と思われるものを目にたたえて、じっとアンをみつめていた。

シドナムは待たせてあった馬車に妻を乗せ、デイヴィッドがその横に乗りこんだあとで、妻の向かいの座席にすわった。アンの頬は紅潮し、手は膝の上で固く握りしめられていた――やがて、馬車がガタンと揺れて動きだすと、身を乗りだし、友人二人に最後の別れの手をふった。

「二人ともきみを愛してるんだね」

アンが彼に視線を向け、彼はその目に、人生の新たな段階へ進んだ、あともどりはもうできない、という覚悟を見てとった。

「ええ」アンはいった。「会えなくなるのが寂しいわ」

自分が彼女から奪ったのは学校と教職だけではなかったのだと、シドナムは気がついた。家庭と家族までも奪ってしまった。「アンのことを妹のように大切に思っている」と、いさかおっかないミス・マーティンがいっていた。どうして、女が結婚すると、夫の選んだ場所へつき従うためにすべてを捨てなくてはならないのだろう。その不公平さについて、シドナムはこれまで考えたことがなかった。自分はいったいなんの権利があって、寂しさを感じ、式のときにはアンに友人二人が——もちろん息子も——付き添い、ささやかな祝いの席ではさらに友人がふえたことに、腹立ちを感じたりしたのだろう。彼女はいま、デイヴィッド以外のすべてを背後に残していこうとしているのに。

「これからどこへ?」馬車がシドニー・プレースからグレート・パルティニー通りに入ったところで、アンがきいた。

驚いている様子だったので、シドナムは、このまますぐにウェールズへ旅立つものと彼女が思いこんでいたのだと気づいた。結婚式のあとの予定については、きのう、彼女にひと言も話さなかった。相談しようとは夢にも思わなかった。人生の進路を選ぶさいには、つねに一人で決断を下してきた——半島で短期間すごして以来ずっと。もちろん、同じやり方をつづける権利は充分にある——なんといっても、彼がこの新婚生活を支配する夫なのだから。しかし、できることなら、今後はやり方を変えていきたいものだ。
「ロイヤル・ヨーク・ホテルにスイートルームを予約したんだ。ひと晩泊まっていこうと思って」

座席のあいだの狭い空間を隔てて彼女と視線が合い、彼女の頬がほのかに赤らんでいるのに気づいた。それに呼応するかのように、彼の呼吸が荒くなり、股間がこわばった。今夜が二人の婚礼の夜だ。午前中に式を挙げたのに、まだ結婚したという実感がない。

「午後から買物に行きたいと思ってるんだ」シドナムはアンにいった。デイヴィッドに視線を向けた。「きみたち二人を連れて」


少年の目が好奇心で大きくなったが、何もいわなかった。アンにぴったりくっついてすわっていた。

「油絵具を売ってる店をミルサム通りで見つけた」シドナムはいった。「すこし買おうと思ってね、デイヴィッド、きみはもう油絵具が使えそうだから。それから、絵具を買うのなら、きみがティー・グウィンで必要とするものもすべて買わなきゃ。絵を描くための道具を——たとえば、カンバスとか、パレットとか、絵筆とか」


デイヴィッドの目がまん丸になり、一瞬、母親そっくりの表情になった。

「でも、油絵具をどうやって使えばいいのか、ぼく、知りません」

「ティー・グウィンにもどったら、誰か教えてくれる人を見つけてあげよう」シドナムは約束した。

　スィウィド夫人が絵を趣味にしていることは、彼も知っているが、油絵をやるかどうかは知らない。もし油絵も描くのなら、デイヴィッドを喜んで指導してくれるだろう。だめだとしても、ほかに誰かいるにちがいない。

「絵具を買ってくださるなんて、すばらしく気前のいい贈物ね」アンはいった。「でも、ご自分でデイヴィッドに絵を教えることはできないの？」

「無理だ！」シドナムの声は自分で思ったよりもきつくなってしまった。

　アンは座席の奥に縮こまり、唇をきつく結んだ。

「ティー・グウィンってなんなの？」デイヴィッドがきいた。

「きみの新しい家だよ」シドナムは答えた。「ウェールズ語で〝白い家〟って意味なんだ。べつに白くないけど、昔は白かったんだ。というか、噂《うわさ》によるとそうらしい。ふつうの家より大きいよ。ま、グランドゥール館ほどじゃないけど。でも、グランドゥール館の近くにあって、海からもそんなに遠くない。隣人たちがいて、そのうち何人かは子供がいる。きみの年齢に近い子もいるから、喜んで遊び友達になってくれると思うよ。スィウィド家の兄弟とはきっと大の仲良しになれるだろう。兄弟は村の学校に通ってるんだ。きみとママが望むなら、きみもその学校に通えばいい。きみには新しい暮らしのなかで幸せになってもらいたいんだ」

　デイヴィッドは彼をみつめ返し、アンの肩に頬を押しつけた。これからのことを考え、楽しみのない暮らしでもなさそうだと思ったようだ。シドナムはアンの顔をみつめた。馬車は車輪をガラガラいわせながらパルティニー橋を渡っているところだった。

「じゃ、ティー・グウィンがあなたのものになったのね」アンがきいた。「ビューカッスル公爵が売ってくださったの?」

「そうなんだ。もっとも、まだ住んではいないけど。一緒に引っ越そう」

視線が合った瞬間、ティー・グウィンでの出来事を彼女が思いだしているのがわかった。今日という日が必然的な運命になったのは、あそこが原因だ。

「バースに長期滞在するわけじゃないから、仕立屋を頼むのは無理だな。午後から店をまわって、きみのために既製服をたくさん見つけよう」

「服?」アンはふたたび赤くなった。「新しい服なんて必要ないわ」

今日という日と、二人の新しい関係に、彼女もやはりまだ実感が湧かないのだ——そう思いつつアンをみつめると、自分の妻にふさわしい服装をさせる権利——そして義務——が彼にあることをようやく理解しはじめた表情が、彼女の目に浮かんでいた。しかし、彼女を困惑させたり、さらには、悩ませたりするのは、彼の意図からもっとも遠いことだった。

「新しい服はぼくからの結婚の贈物だよ、アン。ずっと楽しみにしてたんだ」

「結婚の贈物……」馬車がミルサム通りに入り、ロイヤル・ヨーク・ホテルの方角へ進んでいくあいだに、アンはつぶやいた。「でも、わたしはあなたに贈るものが何もない」

「そんなのいいんだよ」

「いいえ、そうはいかないわ。今日の午後、わたしも何か買わなくては。そしたら、みんなに贈物が行き渡る」

二人はみつめあった。最初に微笑したのは彼女だった。

彼女には新しい服が必要だ――どうあっても。ほんのわずかな服しか持っていないことを、シドナムは夏のあいだにはっきり察していた。今日だって、結婚式なのに古いイブニングドレスだった。冬が近づいているし、妊娠の段階も進んでいく。服が必要だ。彼女のために服を買わなくては。

そして、買物が終わったら、スイートルームで三人一緒に食事をし、それからデイヴィッドをベッドに入れる。そのあとに、結婚の初夜が待っている。

ティー・グウィンのときよりうまくできればいいのだが。彼女が自分になじんでくれて、婚礼の床から喜びをひきだせることを知ってくれればいいのだが。シドナムはそうなることを願った。

グランドゥール館を見おろす崖の上で初めて出会ったときの彼女の姿が思いだされた。薄闇の向こうから美の化身があらわれ、夢のなかに入ってきたかのようだった。そして、三カ月後、彼女がここにいる……。

彼女はアン・バトラー。

シドナム・バトラー夫人。

夕食を終えてしばらくすると、デイヴィッドはベッドに入る支度をした。彼にとっては感情の嵐に翻弄された一日だった。もっとも、楽しい興奮もなくはなかった。数時間かけて買物をしてから三人でホテルにもどったあと、デイヴィッドは子供用の部屋の狭いベッドの片方に真新しい絵の道具を残らず広げ、敬意と畏《おそ》れをこめて、ひとつずつ点検した。アンは思った――この子、一刻も早くティー・グウィンに着いて、シドナムが見つけると約束してくれた絵の先生に会いたいという思いで、そわそわしてるでしょうね。

しかし、自分に贈られた品々に対する彼女の興奮も息子に劣らぬもので、反対側のベッドにそれらを広げて、何着もの昼用のドレス、イブニングドレス三着（そのうち一着はいま彼女が着ているもの）、靴、ボンネット、小さな手提げ、その他、ぜったいに必要だとシドナムが主張した衣服と装飾品の数々にみとれていた。彼がいかに裕福かということを、今日あらためて実感した。また、宝石店へ行こうと彼がいいだして、ダイヤのイアリングと、金の鎖にダイヤのついたペンダントを買ってくれた。それも、いま身につけている。

アンは同じ宝石店で、大胆にも所持金のほぼすべてを使って、彼のために懐中時計の鎖を買った。彼は寝室のドアのところに立ち、その鎖をいじりながら、それよりはるかに贅沢《ぜいたく》な贈物の数々にみとれるアンとデイヴィッドをみつめていた。

アンは夜になってから、居間兼食事室の反対側にあるもうひとつの寝室――天蓋《てんがい》つきの大きなベッドが置かれた寝室――のことが気になってならなかった。新婚の夫とそこで初夜を迎えるのだ。

デイヴィッドがずっと一緒だったけれど、午後のあいだと夕食の時間にシドナムの見せた態度から、否応なく結婚することになったにもかかわらず彼が自分を求めてくれていて、形だけの結婚にするつもりなどないことを、アンは確信した。

アンのほうも、形だけの結婚は望んでいなかった。ごくふつうの女でいたかった。ごくふつうの結婚生活を送りたかった。

たぶん――アンは思った――彼とはすでに結ばれているのだから、今度こそ、心が告げることを肉体も信じてくれるだろう。たぶん、夢のような新婚初夜になるだろう。

夜のことを思って、朝からずっと、恐れと興奮に包まれていた。

デイヴィッドのベッドの端にすわって、子供が眠る前の長年の習慣どおり、話をしてきかせるうちに、ふたたび緊張してくるのを感じた。いつものように、前の晩に中断したところから話を再開し、即興であらすじを考えながら十分ほど語りきかせてから、手に汗握る場面で終わりにした。いつものように、デイヴィッドの眠そうな抗議の声をきいて笑いだし、身をかがめてキスをした。

「かわいそうなジムの身に何がおきるかわからないまま、明日の晩まで、どうやってすごせというんだい？」シドナムがドアのところから問いかけた。アンはそちらに背を向けていたが、彼がそこに立っていることは知っていた。

「ほかにどうしようもないわ」アンはそういって立ちあがった。「ジムにどんな運命がふりかかるのか、わたしも明日の晩までわからないんですもの」

アンは向きを変えて、デイヴィッドの額から髪を払いのけてやった。デイヴィッドが目を閉じる前の一瞬、その目に怒りが浮かんでいるのが見えた。

ああ、デイヴィッド――アンは無言で息子に語りかけた――あの人にチャンスをあげて。お願いだからチャンスをあげて。

「おやすみ、デイヴィッド」シドナムがいった。それ以上部屋に入ってこようとはしなかった。

「おやすみなさい」デイヴィッドはいった。そして、短い沈黙ののちにつづけた。「絵具、どうもありがとう」

しばらくしてから、アンはシドナムのあとについて居間にもどり、寝室のドアを背後でしめた。

「あの子、馬車の車輪が許すかぎりのスピードで、一刻も早くティー・グウィンに着きたがるでしょうね。新しい絵具を使いたくてたまらないのよ。デイヴィッドに最高の贈物をしてくださったわね」

「ティー・グウィンへまっすぐ帰るのはやめようと思うんだが」シドナムはいった。「ここからアルヴズリーまではけっこう近い。うちの両親に新婚の奥さんを紹介したくてね。二、三日、そちらに泊まっていこう」

料理が片づけられたテーブルの前の椅子に、アンは凍りつく思いでふたたび腰をおろし、シドナムは向かいにすわってワイングラスを手にした。彼が求婚しにきてくれるのを待つあいだ、彼との結婚はレッドフィールド伯爵家の嫁になることでもあるのだという考えが一度も頭をよぎらなかったのは、考えてみれば妙なことだった。伯爵家の人たちはわたしのことをどう思うだろう。その答えは考えるまでもなかった。

「みなさん、わたしのことをご存じなの?」

「いや」シドナムはいった。

そのとき初めて、自分のせいで彼が家族に対して気まずい思いをすることになるのだと気づいた。いや、そんなふうに考えてはいけない。こうなったのは、彼のほうにも責任があるのだから――〝責任〟という言葉が正しいのなら。

「じゃ、アルヴズリーにうかがわなきゃね」アンはいった。

突然、彼が目を輝かせ、唇を斜めにゆがめて微笑した。

「処刑されに行くことを承諾するような口調だね」といった。「きっと、みんなのことが好きになるよ、アン。みんなもきみを気に入ってくれると思う」

それは大いに疑わしいと、アンは思った。子供ができたため、あわてて結婚を決めたことについては、両方に等しく責任があるということを、今後も自分にいいきかせていくつもりだが、彼の家族がまったくべつの見方をするであろうことはまちがいない。

「ご家族に……何もかも話すの?」アンはきいた。

シドナムはグラスを置いたが、その指はグラスの脚をもてあそんでいた。

「みんなに知ってもらいたいと思っている」シドナムはふたたび笑顔になった。「ぼくが父親になることを。でも、きみのために、今回は何もいわないことにしよう。ティー・グウィンに帰ってから、手紙でみんなに報告するよ。子供が思いがけず早く生まれたら、みんなのほうで好き勝手な結論を出せばいい」

彼の視線が下に落ちてアンの腹部をみつめ、アンはそこを手で隠したいという衝動を必死に抑えた。二人の行為によって子宮に命が宿ったというのが、妙に非現実的なことに思われた。腿《もも》のあいだと身体の奥に、予想もしなかった、だが、とても歓迎すべき欲望の疼《うず》きを感じた。

「キットとローレンには子供が三人いる。三人ともデイヴィッドよりずっと年下だけど、いとこたちに会えれば、デイヴィッドも喜ぶと思うよ」

「あの子、小さな子の遊び相手をするのが大好きなの」アンはいった。「この何年か、年上の少女たちのなかですごしてきたから、それに対する自然な反動でしょうね。小さな子といると、自分が頼もしいお兄ちゃんになったように思うのね」

「じゃ、明日の朝、アルヴズリーへ向かおう」

二人は短い沈黙に陥った。性的な緊張でピリピリしていなければ、その沈黙は心地よいものだっただろう。だが、呼吸が速くなり、乳首が固くなるのを感じたときの困惑も、アンにとっては大きな喜びだった。わたしたちは夫と妻、今夜、そして、これから一生のあいだ、同じベッドで眠り、好きなときに愛をかわすことができる。

恐怖が薄れて、期待に変わった。前回の愛の行為を前にして感じた欲望と飢えと悦びを思いだした。彼がなかに入ってくるまでは、すべてが申し分なくすばらしかった。あのときの彼の記憶が、もうひとつの記憶を消し去ってくれた。すべてうまくいく。最高の状況で結婚したわけではない。それは事実。彼が自分を妻にと本気で考えたわけではないことぐらい、アンにもわかっている。しかし、自分と同じく、彼もそのなかで最大限の努力をするだろうということも、彼女にはわかっていた。

「アン」彼がいった。「アルヴズリーへ行ったあと、グロースター州まで足を延ばすことにしよう。きみの家族に会うために」

「だめ！」アンは叫んだ。

「いい機会だと思うよ。きみが未婚の母親になったことでご家族にわだかまりがあったとしても、こうして結婚したことを報告すれば、しこりも溶けると思う。そして、ぼくがデイヴィッドを実の息子のように思っていることを、ご家族にわかってもらうことができる。いいチャンスじゃないか――」

「よくないわ」アンは叫び、立ちあがって暖炉のところまで行くと、彼に背を向けて立ち、あかあかと燃える石炭をみつめた。「そんな機会は永遠にこない。わたしには家族なんかいない」

「いるよ」シドナムは静かな声で根気よくいった。「夫と息子がいる。アルヴズリーにはきみの義理の親と、兄夫婦と、甥《おい》と姪《めい》がいる。それから、グロースター州にはご両親と兄弟姉妹がいる。つまり、ぼくにとっては義理の親きょうだい、デイヴィッドにとっては祖父母と伯父伯母たちだ。たぶん、いとこもいるだろう。きみの口からはくわしい家族構成をまだ一度もきいてないけど」

「話すつもりもないわ。だって、わたしもよく知らないんですもの。わたしが慰めと支えを必要としたときに、家族はそばにきて慰めようとも支えようともしてくれなかった。だから、わたしは家族を頼らずに一人で生きてきて、家族なんか必要ないし、これからも二度と必要じゃないってことを悟ったの」

「人にはつねに家族が必要だよ」シドナムはいった。「なかには天涯孤独の人間もいる。そういう人たちは本当に気の毒だと思う。また、家族に背を向ける人間もいる。そのほうがもっと気の毒かもしれないね。だけど、すくなくとも、家族のもとにもどるチャンスだけはある」

「背を向けたのはわたしのほうじゃないわ」ウェールズにいたとき、自分が家族にどんな感情を抱いているかを話しておいたのに、いまになってこんな話題を出してきた彼に腹を立て、動揺しながら、アンはいった。「家族のもとにもどる気もないし」

「きみの意見には賛成できないな、アン。きみが幸せな人じゃないことは知っている。すくなくとも、ご家族と仲直りして、自分の息子を――そして、夫を――みんなにひきあわせる努力をしないかぎり、この先も幸せになれないだろう」

「ひと言いわせてね」彼のほうを向いて、アンはいった。「今度生まれてくる子は正真正銘の嫡出子で、みんなに大事にしてもらえる――なにしろ、レッドフィールド伯爵の孫ですもの。でも、もう一方には、デイヴィッド・ジュウェルがいる。非嫡出子のままで」

アンが怒った彼を見たのはこれが初めてだった。彼の顔の左側が青ざめ、輪郭がくっきりして、これまで以上にハンサムに見えた。対照的に、右側は静止したままで、黒い眼帯が不吉といってもいいほどだった。

「デイヴィッドはぼくの義理の息子だ。正式に養子にする手続きをとるつもりだ。あの子を説得することができれば、ぼくの苗字を名乗らせてもいいと思っている」

「デイヴィッドはわたしの息子よ」両脇でこぶしを固めて、アンは彼をにらみ返した。「あなたのものでも、ほかの誰のものでもない。あの子はデイヴィッド・ジュウェル。そして、あの子に必要なのはわたしだけ」

二人はしばらくのあいだこわばった表情でみつめあい、やがて、彼が視線をそらして、からになったワイングラスをテーブルの中央へ押しやった。

「すまない」といった。「独裁者になるのは避けたいと思っていた。妻に服従を強要し、それを自分の権利だと思いこむような亭主関白にはならないつもりだった。こちらの希望を伝えておこうと思っただけなんだ——きみをアルヴズリーへ連れていってぼくの家族に紹介し、そのあとできみにも同等のチャンスをあげて、ぼくをきみの実家へ連れてってもらいたい、と。でも、きみを傷つけ、怒らせることになってしまった。すまない」

アンの心から怒りがひいていき、あとに動揺が残された。彼女がカッとなることはめったにない。それに、シドナムのことが好きだった——いまでも好きだと思いたかった。なのに、婚礼の日にひどい喧嘩をしている。彼から卑怯者《ひきょう》と呼ばれたも同然だ。不幸な女だといわれ、きみは健全ではない、家族のところにもどらないかぎり健全さと癒しは得られない、とほのめかされた。家族のほうがわたしと息子――卑劣な強姦《ごうかん》から生まれた以外になんの罪もない息子――を捨てたのに。

そしてシドナムは、独裁者になるつもりはないといいながら、デイヴィッドと養子縁組をして自分の苗字を名乗らせたい、という話を出してきた。わたしがこの十年近く大切に息子を育ててきたことにも、ジュウェルという苗字にも、なんの価値もないかのように。わたしとデイヴィッドの両方を何かから救いだし、尊敬される地位にひきあげる必要があるかのように。

彼に腹を立てるのが理不尽であることはわかっていた――だからよけいに、おだやかな心をとりもどすことができなくなった。

「こちらこそごめんなさい」アンはいった。「よりによって、今日という日に喧嘩するつもりはなかったのよ――いえ、どんな日でも。きっと、疲れただけね。この二、三週間、精神的な負担が大きかったから」

「なんなら」シドナムが提案した。「今夜は、きみ、デイヴィッドの部屋にあるもうひとつのベッドで寝たら？」

思いもよらない提案だったので、アンは彼をみつめたまま、困惑を顔に出さないようにするだけで精一杯だった。そんなことは考えてもいなかった――今夜、ふつうの人生に向かって決意の一歩を踏みだそうと思っていた。彼のほうもそんなことを願っているとは思えなかった。午後から夕刻にかけて性的な緊張を感じていたのは、アン一人ではなかったはずだ。しかし、何かがこわれてしまい、気がつくと、彼の提案を拒否したいのに――彼もたぶん拒否されるのを待っているはずなのに――気づいたときには、承諾の返事をしていた。

「そうね。ありがとう。そのほうがいいかもしれない。それに、デイヴィッドが知らない部屋で目をさましたら、わたしがそばにいるのを見て安心するでしょうし」

ああ、バカ、バカ――アンは思った。

「それもそうだね」シドナムは立ちあがると、アンのそばまできて、正式なやり方で彼女の手をとり、唇に持っていった。それは彼女の左手だった。ロウソクの光を受けて真新しい結婚指輪がきらめくのを目にしたアンは、彼が顔をあげて唇にキスしてくれることを、このばかげた場面を終わらせてくれることを念じた。そうすれば、二人が待ち望んでいた夜を迎えることができる。

だが、シドナムは彼女にやさしく微笑しただけだった。

「おやすみ、アン。ぐっすり眠ってくれ、二人とも。明日の朝は早く出発することにしようか」

「ええ」彼にとられていた手をそっとひっこめ、笑顔を返して、アンはいった。「おやすみなさい、シドナム」

十分後、アンはデイヴィッドのそばの狭いベッドに横たわって、頭上の天蓋をみつめ、頬を斜めに伝って枕に滴り落ちる熱い涙を無視しようとしていた。

いまの状況の――そして、二人がとった行動の――愚かさを悟っても、なんの役にも立たなかった。

婚礼の夜だというのに、居間兼食事室が新婚の夫と彼女の寝室を隔てている。

それもみんな、さっきの口喧嘩のせいね――おたがいに謝りはしたけれど。

新婚初夜が二人を、〝いついつまでも幸せに〟とまではいかなくとも、とにかく幸せな未来へ送りだしてくれるよう、アンは必死に願ってきた。

いま、すべてがこわれてしまうのではないかという恐怖に包まれた。

やはりおきあがって彼のところへ行こうかと思った。だが、ティー・グウィンで愛の行為のきっかけを作ったのは自分のほうだった――そして、彼を落胆させてしまった。それをくりかえす勇気は、いまの彼女にはなかった。同じくりかえしになる可能性が大きいことを知っていたから。

16

馬車は方向を変えて、錬鉄製の大きな門のあいだを抜け、広い石畳の車寄せを進んでいった。左右に木立がつづいている。いま通っているのが、大邸宅のまわりに広がる庭園の外周部にちがいない。景色はちがっているが、アンは初めてグランドゥール館を訪れたときのことを鮮烈に思いだした——あそこがすべての始まりだった。

いまもあのときと同じような気分だった。

アンは進行方向を向いた座席にデイヴィッドとならんですわり、シドナムは御者席に背を向けてすわっていた。もうじき家族に会えるというので興奮しているのか、それとも、このような形での帰省を不安に思っているのか、傍目《はため》には判断がつかなかった。黙ってすわって窓の外をながめているだけだった。

バースを出て以来、三人とも口数がすくなくて、たまに話をしても、話題になるのはどうでもいいことばかりだった。

今夜のわたしたちはどうなるのかしら──アンは不安に思った。

しかし、前方に水面と芝生が見えてきた瞬間、いまから夜までに直面しなくてはならない事態がどっさりあることに気づいた。

「もうじき、内側の庭園が見えてくるからね」シドナムがいった。「見慣れた光景だけど、ぼくはいつも思わず息を呑んでしまう」

彼がそういっているあいだに、馬車は木立を抜け、馬車のなかに光があふれた。アンは水面が川だったことを知った。その向こうに古木を点々と配した芝生が広がり、ゆるやかな上り斜面となって屋敷へつづいている。屋敷まではまだまだ遠い。左のほうに、ところどころ木立に囲まれた湖が見えてきた。

アルヴズリー館と内側の庭園を初めて目にして、アンは自分が何をしたかをさらに痛感させられた。あの立派な堂々たる屋敷の子息と結婚したのだ。伯爵家の嫁となったのだ。

胃が不快な宙返りをして、何時間か前に消えた朝の吐き気がよみがえってきた。

馬車の車輪がまわるたびに、恐怖が高まるのを感じた。デイヴィッドも似たような不安を感じているらしく、アンにすり寄ってきて、腕をアンの腕にぴったりつけた。アンが息子を安心させようと笑顔を向けるあいだに、馬車は車輪をガラガラいわせながら、川にかかったパラディオ様式の屋根つき橋を渡り、庭園のなかに延びる車寄せに入っていった。

「うっとりするようなお庭だわ」といった。「そう思わない、デイヴィッド?」

屋敷の近くの芝生に何人かが出ていて、馬車が近づくにつれて、アンにもそれが見えてきた――貴婦人が二人（一人は若く、もう一人は年配）、子供が二人（四つぐらいの少年と、もうすこし幼い少女）。貴婦人は二人とも馬車のほうを見ていて、年配の婦人は片手をかざして陽ざしをさえぎっていた。

「ぼくの母だよ」窓のほうへ身を寄せて、シドナムがいった。「そして、ローレン。そして、アンドリュー。女の子はきっとソフィーだな。この前見たときはまだ赤ん坊だったのに、いまは子供部屋にもう一人赤ん坊がいる。まだ一度も見てないけど」

彼が生き生きしてきたことに、アンは気づいた。家に帰れてうれしいのだ。彼に対してやさしい愛情がこみあげてきた――そして、自分に対しては、刺すような孤独感が。

やがて、馬車が大きく弧を描いて、大理石の階段と奥に両びらきの玄関扉のある柱廊の手前のテラスに入っていったとき、アンは厩《うまや》のほうから出てきた乗馬服姿の紳士二人を目にした。

「ぼくの父」シドナムがいった。「それから、キット。ちょうどいいときに到着したようだ。全員がそろっている――赤ん坊を除いて」

アンは座席に深くもたれた。そうすれば、目の前の試練から永遠に身を隠すことができるかのように。シドナムが彼女に注意を向けた。

「そのボンネットと短い上着、きみの目とちょうど同じ色だね。きれいだよ、アン」

アンは新しい服のひとつを身につけていた。ドレスは上着よりやや淡い色合いだった。バースで買物をしたときの楽しさを思いだし、彼に笑顔を見せた。

馬車がゆっくり停止してステップがおろされるが早いか、シドナムが馬車からおりた。しかし、アンがおりるのに手を貸す余裕はなかった。彼の兄が馬車の窓越しにシドナムの姿を見たにちがいない。テラスの向こうから駆け寄ってきて、彼を両腕で抱きとめた。

「シド、この野郎!」笑いながら叫んだ。「急にどうしたんだ?」

シドナムほど長身ではなく、髪はもっと淡い色だった。アンから見ると、顔立ちもシドナムほど端整ではない。だが、健康でしなやかな身体をしていて、陽気な表情だった。

しかし、シドナムが返事をする暇もないうちに母親が小走りでやってきて、兄の腕から彼を奪いとり、自分の腕に抱きしめた。

「シドナム」明るい喜びの声で、母親はいった。「シドナム、シドナム」

「母さん」彼は片手で母親の背中を叩いた。

デイヴィッドがアンの腕の陰に顔を隠した。

シドナムの父親は背後に立って、温和な笑みを浮かべていた。そして、シドナムの兄嫁が巻毛の幼い女の子を抱きかかえ、少年の手をひき、麦わら帽子の大きなつばを風にひらひらさせながら、姿を見せた。黒っぽい髪とスミレ色の目をした美しい貴婦人だった。

「シドナム」彼女が叫んだ。「なんてすてきな驚きかしら!」

まあ、ほんとだわ、とっても仲のいい幸せな家族なのね。

馬車のなかにアンとデイヴィッドがいることに、誰も気づいていない様子だった。しかし、シドナムがまもなく母親の抱擁から身を離し、ふり向いて、笑顔でアンを見あげた。

「みんなに会ってもらいたい人が二人いるんだ」といって、手を伸ばし、アンを助けおろした。その手が彼女に温かくまわされると、誰もが驚きと好奇心に包まれて彼女に目を向けた。「ぼくの妻のアンと、アンの息子のデイヴィッド・ジュウェルを紹介させてもらえるかな。アン、デイヴィッド、紹介するよ――ぼくの両親のレッドフィールド伯爵夫妻、兄とその奥さんのキットとローレン、別名レイヴンズバーグ子爵夫妻。それから、兄の子供のアンドリューとソフィー」

アンは膝《ひざ》を折ってお辞儀をした。一人で馬車のステップをおりてきたデイヴィッドはピョコンと頭を下げると、アンにすり寄ってきて、身体をぴったり押しつけた。

「おまえの妻？」

「この野郎、シドナム？」

「結婚したの、シド！」

「まあ、シドナム、すてきだこと！」

みんながいちどきにしゃべった。しかし、びっくりし、衝撃すら受けていたが――当然のことだろう――反感を持った様子はなかった。いまはまだ。

小さな男の子がシドナムをみつめ、父親の脚をしきりに叩いたので、レイヴンズバーグ子爵は子供を腕に抱きあげた。幼い少女は子爵夫人の肩に顔を隠した。

威厳に満ちた堂々たる伯爵夫人が新しい嫁にすべての注意を向け、微笑した。

「アン、よろしくね」といって、アンの両手をとり、固く握りしめた。「うちの息子ったら、あなたと結婚したというのに、ひと言も知らせてくれなかったのね。なんて怠慢なんでしょう。二人のために盛大な結婚式をしてあげたかったわ。まったく、腹の立つ子ねえ、シドナム」

「とんでもないことをするやつだ、シド」彼の兄がいった。「アン――そう呼んでもいいかな。お近づきになれて光栄だ」彼もまた微笑を浮かべて、目尻に魅力的なしわを刻み、握手しようとあいたほうの手をさしだした。

「こちらこそ」アンはその手をとった。

「シドおじちゃんのこと、覚えてないのか、アンドリュー」息子を見おろして、彼はいった。

「軍隊のお医者さんが大きなナイフでおじちゃんの腕を切ったんだよね」少年はそういって、シドナムをちらっと見てから、手刀でスパッと切るまねをした。「パパがいってたよ」

「わたしもうれしいわ」子爵夫人が温かな口調でいい、一歩前に出て、ソフィアを抱いたままアンの頬に頬を寄せた。「うれしくてたまらない。それに、お姑《かあ》さま、アンとシドナムが盛大なお式を挙げなかったって、どうして断言できまして？　もしくは、それに負けないぐらいすてきなこぢんまりしたお式を。どちらにしても、出席できなかったのが残念だわ。それから、デイヴィッド」子爵夫人は彼のほうを向き、軽く身をかがめて抱きしめた。「わたしには新しい甥が、そして、アンドリューとソフィーとジェフリーには年上のいとこができるなんて、とってもすてき。ジェフリーは子供部屋でお昼寝を楽しんでるから、このワクワクする場面を逃してしまったけど」

「心から喜んでわが家にお迎えしますぞ、アン」伯爵が一歩進みでて、大きな手をさしだした。「だが、シドナムから母親にすこし説明させる必要がありそうだ。なぜまた、この瞬間まで、あなたのことをまったく知らせてくれなかったのか」

「きのう、特別な許可をいただいて、バースでひっそり式を挙げましたの、伯爵さま」アンはいった。

「特別な許可？」伯爵はシドナムのほうへ眉をひそめた。「だが、なぜそう急いだんだね、息子や。しかも、なぜ、バースなどで？」

「二日前まで、わたくし、そこの女学校で教師をしておりました」すこし気分が楽になって、アンは説明した。シドナムの家族は彼女を温かく受け入れる気になってくれたようだ。

「シドナムが式を遅らせることを望まなかったものですから」

「そうなんだ」シドナムが笑いながらうなずいた。「ぼくは――」

「ママが赤ちゃんを産むんだよ」デイヴィッドが甲高い声ではっきりいって、衝撃を受けた全員の注目を集めた。

とても短い沈黙が流れ、アンは思わず目を閉じたが、やがて目をひらくと、デイヴィッドが心配そうに彼女を見あげていた。アンは息子に笑顔を向けようとした。

「あと半年ちょっとで」シドナムが家族に告げた。「おかげで、ぼくたち、ものすごく幸せなんだ。そうだよね、アン。このぼくが父親になるんだよ」

一分ちょっとで、雰囲気がガラッと変わってしまった。季節はずれの暖かさを秋の冷気が切り裂いたかに思われた。

「で、ジュウェル氏はいつごろ亡くなられましたの？」伯爵夫人がきいた。突然、こわばったよそよそしい態度になっていた。

ああ。シドナムの家族にすこしずつなじんでいきたいという希望は、すべて打ち砕かれてしまった。

「結婚したのはきのうが初めてです」アンはいった。

「デイヴィッド・ジュウェル！」いきなり、子爵夫人が叫んだ。「そうだわ！　ミス・ジュウェルね。この夏、ビューカッスル公爵のウェールズのお屋敷にいらしたでしょ、アン。クリスティーンからあなたのお噂をききましたわ。彼女の話だと、シドナムとお友達になられたとか」

わずかのあいだ、気まずい沈黙が流れた。その沈黙のなかで、二人が夏のあいだに友達以上の関係になったことを、全員が悟ったにちがいない。

「さて」子爵が無理に元気な声を出した。「このテラスにずっと立ったままだと、あたりが暗くなってしまう。そろそろお茶にしたくなってきた。アンとシドもバースからの長旅のあとだから、きっとお茶が飲みたいことだろう。デイヴィッド、アンドリューとおじちゃんと一緒にこないか。そしたら、アンドリューの部屋の近くにきみの部屋を見つけてあげよう。年はいくつ？」

「もうじき十歳」

「九歳です」デイヴィッドは答えた。「もうじき十歳」

「もうじき十歳になる九歳！　なるほど、年上のいとこだね」子爵はいった。「それから、わたしのことはキットおじちゃんと呼んでくれ。だって、きみの伯父さんなんだもの。何が得意？　算数？　クリケット？　逆立ち？」

子爵はアンドリューを下におろして、妻の腕からソフィーを抱きとった。デイヴィッドは笑いながらアンから離れ、災厄をあとに残して、はずむような足どりで子爵たちと一緒に立ち去った。アンドリューは憧《あこが》れの目でデイヴィッドを見あげていた。

子爵夫人がアンと腕を組んで、大理石の階段をのぼり、屋敷に入っていった。そのあとに、両親にはさまれたシドナムがつづいた。

数分前のシドナムの帰郷と、結婚報告に対してみんながあげた大きな歓声のあとに、ぞっとするような重苦しい沈黙が待っていた。

「子供ときたら！」子爵夫人が同情のこもった声でそっとつぶやいた。「ことあるごとに破滅をもたらす。そうじゃなくって？　たとえ九歳の子であっても。いえ、もしかすると、九歳だからとくに」


その日の残りも、アンにとってはすこしも楽にならなかった。

シドナムと二度目の喧嘩をしてしまった。結婚して一日しかたっていないというのに。

「あのテラスで黒い穴に呑みこまれて、二度とみなさんと口をきかずにすんでいたら」客間へお茶に出かける前にひと休みできるよう、シドナムがかつて使っていた続き部屋に案内され、二人だけになってから、アンはいった。「わたし、幸せだったでしょうね」

「デイヴィッドを叱っちゃいけないよ。自分もグループの一員だってことを主張したかっただけなんだから。とにかく、アン、最初に本当のことを話してしまって、かえってよかったと思わないか」

「みなさん、わたしのことをどうお思いになるかしら」ボンネットをとってベッドの上に放りながら、アンは彼にいった。「まず、わたしと息子に紹介され、つぎに、家族に無断であわてて結婚したことを知らされた。それから、わたしが妊娠していることを知らされた。そして、以前は結婚していなかったことを知らされた」指を折って、ひとつずつ数えていった。「でも、みなさんがお考えになってることはたしかに真実だわ。わたしには伯爵家のご子息と結婚する権利なんか――」

「アン！」シドナムはきつい声でいった。「やめてくれ。この妊娠に関して、うちの家族がきみのことをどう思おうと、ぼくの責任についても考えるはずだ。子供を作るには男と女が必要だもの」

「いいえ、ちがう。わかってないのね。責められるのはつねに女のほうよ。たとえ強姦された身であっても」

「ぼくがティー・グウィンできみを無理やりものにしたといいたいのか」片手でベッドの支柱を握りしめ、顔の左側を紅潮させて、シドナムはいった。

「いいえ、とんでもない」アンはいった。「はっきりいって、ご家族は正反対にとるでしょう。誘惑したのはわたしのほうだと」

「バカな！　きみをよく知るようになれば、そして、きみがぼくにとってどんなに大切な人かを知れば、みんな、すぐにきみが大好きになるさ」

この人ったら、まるっきりわかってない。家に帰って家族に囲まれ、家族の愛と、なじみの環境と、家族の存在に、安らぎを感じている。家族の目を通してわたしを見ることができない――あるいは、わたしの目を通して状況を見ることもできない。

「髪を梳《す》いたり、手を洗ったりできる場所を教えてちょうだい」アンはいった。「みなさんがお待ちでしょうから」

「きみの困ったところは」部屋を出る支度が整ったときに、彼がいった。「自分自身と、ごくわずかな友達しか信用しないことだ」

「わたしの困ったところはね」アンは辛辣《しんらつ》にいい返した。「災厄が二度もふりかかってくるなんて信じてなかったことよ。呑みこみが遅いんだわ」

「じゃ、ぼくたちの子供が災厄だというのか」シドナムが静かにきいた。だが、その声が怒りで震えているのがアンにもわかった。「デイヴィッドも災厄なのか」

「それから、あなたの困ったところは」怒りで窒息しそうになりながら、アンはいった。「卑怯な戦法をとるってことだわ、シドナム・バトラー。わたしはそんな意味でいったんじゃないのよ。それぐらい、あなたもわかってるくせに」

「わめかなくてもいい。喧嘩してることを家じゅうに知らせる必要はない。じゃ、どういう意味でいったんだ?」

ふだんのアンは冷静な女性だった。冷静な教師としてよく知られていた。ふだんは思慮深く、理性的でもあった。自分がどうなってしまったのか、彼女自身にもよくわからなかった。自分の声のとげとげしさにも気づいていなかった。なじみのない怒りがようやくひいていった。ゆうべと同じだ。

「どういう意味でいったのか、自分でもわからない。ただ、家に帰りたいだけ」

だが、どこが家なのか、アンにはわからなかった。グロースター州の実家はずっと昔からもう家ではなかった。いまはもう、バースの学校も家ではない。ティー・グウィンへ行ったのは、忘れえぬあの一回だけだ。帰るべき家——安全な家——はどこにもない。

シドナムのいうとおりかもしれない。人のことが信用できない。どこにも属していない。でも、こんな喧嘩をしてしまったのは、すべてわたしが悪いから。

「もうすぐ家に連れてってあげる」シドナムの態度もやわらいでいた。「でも、せっかくきたんだから、二、三日泊まっていこう。いいだろ」

「ええ。もちろんよ」

アンはドアをひらき、彼の先に立って部屋を出た。階段をおりるときに彼が腕をさしだしたので、その腕をとった。しかし、二人のあいだには、決着のついていない喧嘩と、最初からぐらつきどおしの結婚生活が暗く影を落としていた。自分がすねて自己憐憫《れんびん》に陥っていたことをアンが悟っても、なんの助けにもならなかった。彼の家族がわたしのことをどう思ってるのかわからないもの、そうでしょ？

お茶の時間も、あとの晩餐のときも、誰もがきわめて礼儀正しかった。会話がとぎれることはなかった。しかし、到着のときにシドナムと彼女に向けられた温かな歓迎の雰囲気はすっかり消えていた。アンを無視する者はいなかった。それどころか、熱心に彼女を会話にひきこんだ。

伯爵が彼女にあれこれ質問して、実家の父親が紳士階級であること、妹と兄がいること、兄をまずイートンへ、そのあとオクスフォードへやるための学費が父親にとって大きな経済的負担となったため、アンのほうから、自分が結婚するまで数年のあいだ家庭教師の職に就くといいだしたことなどを知った。

伯爵夫人も質問をして、デイヴィッドを産むまでアンが本当に家庭教師をやっていたこと、出産後何年間かコーンウォールの村でわずかな生徒を教えていたこと、その後、幸運にも、バースにあるミス・マーティンの女学校へ数学と地理の教師として推薦されたことを知った。

「ミス・マーティン？」キットがニッと笑った――ファースト・ネームで呼んでほしいと、アンにはすでにいってあった。彼の妻も同じだった。「フライヤの家庭教師をやったあと、リンジー館を去り、ビューカッスルが書こうとした推薦状もことわったという、あの有名なミス・マーティン？」

「ええ」アンは答えた。「あのミス・マーティンです」

キットはさらに質問をつづけ、アンがグランドゥール館に招待されたのは、ホールミア侯爵がコーンウォールで彼女と親しくしていて、その妻がバースの学校へ彼女を推薦してくれたからだと知った。

「願わくは」クスッと笑って、キットはいった。「その特別おいしい事実をミス・マーティンには知られたくないものだ」

「もうご存じですわ」アンはいった。「ただ、わたしを雇ってくださったときは、ご存じありませんでしたけど」

伯爵が質問をよこし、アンが実家と十年間疎遠になっていることを知った。理由は誰もきかなかった。きかなくたってわかるものね――アンは思った。

晩餐の席で、ローレンは象牙色の絹にレースを重ねたアンのドレスを褒め、それがシドナムからの結婚の贈物で、きのう彼がバースで買ってくれた何着もの既製服のひとつであることを知った。また、金の鎖にダイヤがついたペンダントとダイヤのイアリングを褒めた伯爵夫人は、それもまた結婚の贈物であることを知った。

「ぼくが洗練された趣味の持ち主であることに賛成してくれますね、お母さん」シドナムはアンに笑顔を向けながらいった。「もっとも、ぼくの妻の美しさに装飾が必要だとは思えませんが」

アンは古い絹のドレスにすればよかった、宝石などつけてこなければよかったと思った。

当然のことながら、夜の時間がたつにつれて、みんなからこう見られているにちがいないという自分の姿が、残酷なまでにはっきり見えてきた――玉の輿《こし》を狙う女。もはや若くないことは明らかだ。もうじき十歳になる息子がいるのだから。裕福な暮らしをしたことがない。父親に財産がなかったため、生活のために働かざるをえなかった。息子は非摘出子。未来は明るくなかった。オールドミスの学校教師として生きていくしかなかった。唯一の財産は美貌だった。そこで、この夏、チャンス到来と見てとるや、美貌を武器に、地位と財力のある男をつかまえた。男の未来も彼女と同じぐらい暗かった。ただ、その理由はちがっていて、ひどい障害を負っているため、残りの生涯を孤独と寂しさのなかで送るしかなかったのだ。彼女の企《たくら》みは大成功。夏の終わりには、お腹に子供ができていた。子供の父親は、命よりも名誉を重んじることが明らかな紳士。障害を負った肉体がその証拠だ。

みんな、わたしをそういう女だと思っているにちがいない。

どうして思わずにいられるだろう。さまざまな事実が雄弁に物語っている。

とんでもない悪女。

みんなが礼儀正しく接してくれるのは、わたしがこの家の客であり、シドナムの妻であるからだ――全員がシドナムを溺愛《できあい》しているのは、彼女の目にも明らかだった。

でも、わたしのことは、みんな、どれだけ軽蔑《けいべつ》していることか！

就寝のために部屋にもどるころには、アンは疲れはてていた。シドナムが兄との会話を終えるために客間に残ってくれたので、ホッとした――二人は土地と作物と家畜のことを話していた。

シドナムの続き部屋には、居間と広い化粧室があったが、寝室はひとつしかなく――ベッドも一台だけだった。

アンはドレスを脱いで顔を洗い、寝間着に着替え、大急ぎで髪にブラシをかけてから、大きなベッドにもぐりこみ、できるかぎり端のほうへ寄って、耳の上まで布団をひきあげ、目を閉じた。

そのとき、ハッと気づいた――拷問者の手で痛めつけられた過去から立ち直るまでの長い年月のあいだ、シドナムが横になっていたベッドが、たぶんこれだったのだろう。そう思うと泣きたくなったが、涙をこらえた。自分一人の部屋というプライバシーはもはや持てない。

ゆうべ――結婚初夜――はとんでもない失敗だった。今夜こそ失敗を挽回できるだろうと、アンは期待をかけていた。だが、今夜の彼女は疲れきっていて、拷問を受ける以前のシドナムという男のために泣くこと以外、何もしたくなかった。

一度も会うことの叶わなかった男。

横になってからたぶん十五分ぐらいあとに、彼がそっと部屋に入ってきたとき、アンは眠ったふりをしていた。

17

悪夢はほぼいつも同じパターンをたどった。

悪夢に出てくるのは肉体的な拷問そのものではなかった。

拷問の合間のひとときだった――つぎの拷問を待つひととき。いつ始まるのかまったくわからないが、何をされるかはつねにわかっている。連中がいつも、事前に細部まで生々しく語ってきかせるからだ。そして、誘惑――向こうが望むものをさしだし、キットを売り、祖国と同盟国を裏切ることによって、死という至福の解放を手に入れたいという、抗しがたい強烈な誘惑。

「いやだ」シドナムが叫んでいる相手は連中ではなかった。それ――誘惑――だった。「いやだ。いやだ！　いやだ！」悲鳴はあげたくない。必死にこらえた。拷問のあいだ、悲鳴をあげたことは一度もなかった。敵を満足させてなるものかと思った。しかし、拷問の合間のひとときでも、声は向こうの耳に届くはず。だから、悲鳴をあげないようにした。しかし、ときには……。

「いやだあーあーあーあーあ！」

いつものように、悲鳴で目がさめた。汗びっしょりになってガバッとベッドに身をおこし、毛布をはねのけ、ベッドから出ようとしてつまずき――はねのけた手が右手だったからだ――溺《おぼ》れかけた者のように空気を求めてあえいだ。

ほぼ同時に、アンの存在に気づいた。彼女はベッドに身をおこし、距離がありすぎて届かないのに、彼のほうへ手をさしだしていた。自分がまだ半分以上悪夢のなかにいて、そこからしばらく抜けだせないことを、彼は長い経験から知っていた。肉体も精神も過去の毒に蝕《むしば》まれているため、しばらくのあいだ、現在に対処することができない。ふつうに礼儀正しくふるまうことすらできない。

「出てけ！」シドナムはいった。「ここから出ていけ」

「シドナム――」

「出ていけ！」

「シドナム」

アンもベッドから出て、裾《すそ》のほうをまわり、彼のそばまでやってきた。もし彼に右腕があれば、彼女に殴りかかっていただろう。

誰かがドアをノックした――いや、ガンガン叩いていた。

「シド？」キットの声だった。「シド？　アン？　入ってもいいか」

アンは向きを変えてドアのほうへ行った。そこまで行く直前にドアがひらいた。

「シド？」ふたたびキットがいった。「また悪夢か。ぼくが力になろう。アン――」

「失せろ！　出ていけ！」

その声は悲鳴に近かった。ほどなく、震えがきた。シドナムは何よりも弱さを嫌っていた。人に見られたくなかった。

「アン」ふたたびキットがいった。シドナムが短期間だけ知っていた陸軍将校としての声だった。「ローレンと一緒に行ってくれ。母もここにいる。二人と一緒に行ってくれ。ここはぼくがひきうける」

「出てけ！　みんな」

「悪い夢を見たんです」アンがいった。静かではあるが、きっぱりした声だった。「あとはわたしにまかせてください、キット。せっかくですけど」

「しかし――」

「この人はわたしの夫です。一人になりたがっています。ベッドにおもどりください。ご心配にはおよびません。わたしがついています」

そして、ドアを閉めて、アンはシドナムのそばに残った。

彼が震えはじめた――全身の細胞がひとつ残らず震えていた。というか、そんな気がした。彼にできるのはただ、空気が肺をぜいぜい出入りするあいだ、ベッドの支柱をつかんでしがみつき、歯を食いしばることだけだった。

「すわって」どれだけ時間がたったのかわからないが、やがて、アンが片手を彼の腕に置き、もういっぽうの手で背後から彼の腰を抱いて、そっとささやきかけた。

シドナムが腰をおろすと、そこには椅子があった。つぎに、ベッドの毛布が運ばれてきて、彼の全身を温かく覆い、顎の下にたくしこまれ、首と肩を包みこんだ。やわらかな温い繭にくるまれたような気がした。アンが彼の前で膝をついたにちがいない。彼の膝に頭をのせて、横を向き、両腕で彼の腰を抱いた。

それきり動かず、何もいわず、彼のほうはそのあいだ、汗をじっとりかいて震えつづけたが、ようやく、温かな毛布と、膝に置かれた彼女の頭の重みと、腰を抱いた彼女の腕の心地よさが伝わってきた。

母親、父親のジェローム、何人もの看護婦、従僕――これまでも、みんなが交代で彼に声をかけ、悪夢のあとの発作からひきもどそうとがんばってきたが、かえって発作がひどくなるだけだった。

シドナムは言葉にならないぐらい、彼女の沈黙に感謝した。また、そばにいてもらって、思いもしなかったほど安心できた。

「すまない」シドナムはようやくいった。

彼の手は毛布に包まれていた。その手を自由に動かせれば、彼女の頭の上に置いていただろう。しかし、彼女が頭をあげて彼を見あげたとき、窓からさしこむかすかな月の光を浴びたその姿に、シドナムはこんな美しい女を見るのは初めてだと思った。

「わたしこそ」アンはいった。「ああ、シドナム、愛しい人、謝るのはこちらよ。このことについて話してみない?」

「とんでもない、いやだ!」シドナムは叫んだ。「せっかくだけど、アン、やめておこう。これはぼく個人の悪霊で、おそらく、ぼくに一生つきまとうことだろう。あんな経験をしたからには、肉体が傷つくだけですむなんてありえない。二度と健全な肉体にもどれないのと同じく、精神も健全にはなれないんだ。ぼくはその事実を受け入れた。悪夢にうなされることも前ほど頻繁ではなくなったし、そんなときでもたいてい、前より短い時間でそこから逃れられるようになった。だけど、今夜の騒ぎできみを驚かせてしまって、すまないと思っている。今後も同じことがあると思う」

「シドナム」アンがいった。シドナムは彼女の腕が自分の腿の外側に延びていることに気づいた。「わたしはあなたと結婚したのよ。あなたのすべてと。この苦しみをあなたと分かちあえないことはわかってる。でも、それをわたしの目から隠さなきゃとか、最小限にとどめなきゃなんて思う必要はないわ。そんなことされたら悲しいもの。わたしたち、出会ってすぐに仲のいい友達になったでしょ? でも、いまでは友達以上の仲なのよ。新婚生活のスタートとしてはぎくしゃくしてるけど。わたしたち、夫と妻なのよ……愛しあってるのよ」

かつて一度だけ愛しあった。だが、その一度で彼女の胎内に生命が宿り、二人を永遠に結びつけることとなった。シドナムはゆうべも今日も彼女の苦悩を目にし、愛する人々と愛する暮らしから彼女をひき離すことにやましさを感じていたが、結ばれたことは後悔していなかった。この二日間、彼女に安らぎを与えるために心を砕くべきだった。口論などせずに、今夜のように重荷を負わせることもせずに。

毛布をおろして、彼女の腕に指をすべらせた。

「ぼくは虚栄心の強い自惚《うぬぼ》れ屋なんだ。自分の弱さをきみに見られるのがいやでたまらない」

「ううん」アンはいった。「あなたはわたしが知ってるなかでいちばん強い人よ、シドナム・バトラー」

彼はアンに微笑した。

「アンドリューのいってたことは本当なの？　あなたの腕を切断したのは軍の外科医だったの？」

「英国の外科医だった、うん。キットとスペインのパルチザンがぼくを救出してくれたあとで。腕を残しておくのは無理だった」

「シドナム、あなたが見たい」

彼女のいう意味をとりちがえるのは不可能だった。

彼が寝室にきたとき、アンはすでに眠っていたが、それでも彼はシャツと半ズボンのままでベッドに入っていた。

シドナムは首を横にふった。

「どうしても見たいの」

これから一生のあいだ、同じ家のなかで別居生活を送るのでないかぎり、避けては通れないことだと彼は思った。そんなふうに生きていくのは、独身を通すよりもはるかに耐えがたい。遅かれ早かれ、彼女に見せなくてはならない。

ただ、〝早かれ〟より〝遅かれ〟のほうがよかったのにと思う。今夜はひどく疲れている……。

しかし、アンは彼の承諾を待たなかった。すでに立ちあがり、ベッドのこちら側の小さなテーブルに一本だけのっていたロウソクに火をつけていた。つぎに、ふたたび彼の前に膝をつき、毛布をはずしてから、彼のシャツをズボンのウェストからひっぱりだした。彼女がシャツを持ちあげて頭から脱がせようとしたときに、ぼくが腕をあげなかったら、つむじ曲がりだと思われてしまう。

シドナムは目を閉じなかった。彼女をじっと見ていた。

外科医は肩から数インチのところで腕を切断していた。当時は戦闘が小休止の時期だったので、手術の順番を待つ負傷兵をかかえて時間に追われることもなく、ていねいできれいな仕事をしてくれた。切断の跡はふつう見苦しいものだが、彼の腕の付け根はきれいだった。

「いまでも腕があるんだよ」かすかにゆがんだ笑みを浮かべて、シドナムはいった。「手もある。ぼくの頭のなかでは、腕も手も残ってて、とてもリアルなんだ。それらを感じることができる。ときにはむず痒《がゆ》くなる。手を使おうとすることもある。だけど、見てのとおり、なくなってしまった」

だが、アンの目に映ったのは腕の付け根だけではなかった。右半身全体に紫色の火傷跡《やけど》が広がり、縦横に走る古い切り傷のどす黒い色と対照をなしていた。それらは脇腹から脚へ、そして、膝へとつづいていた。

アンは彼の裸の脇腹に手を置いた。ズボンのベルトのちょうど上に。

「いまでも痛む？」

シドナムは返事をためらった。

「そうだね」と認めた。「とくに、目と、腕の付け根と、膝が。膝は傷なんか負ってないのに。だけど、しょっちゅうではないし、耐えられなくもない。湿度の高いときがいちばんつらい。もう慣れたし、自分でコントロールできるけどね。人は大きな不便や、ときには痛みすらかかえたままで、生きていけるようになるんだよ、アン。ぼくは半年のあいだ、死にたくてたまらなかった。だけど、いまでは、死ななくてよかったと思っている。多くのものを失ったけど、それでも人生はすばらしい。ぼく自身、そんなに愚痴をこぼすタイプじゃないしね」

「ええ、そんな人じゃないわ」アンは同意した。

手を伸ばして、彼の顔の右側を包みこんだ。彼は目を閉じ、彼女の手によりかかった。イベリア半島から帰国して以来、彼の右側に手を触れた者は外科医以外にほとんどいなかった。まるで拷問者たちが永遠の所有権を主張しているかのようだった。誰かの手を――すさまじい暴力を経験したのちに、やさしい手を――どれだけ待ち望んでいたか、自分では気づいてもいなかった。まるで彼女の手から癒しの力が流れだし、その手が離れたあとで肉体がふたたび完全になるように思われた。

彼は嗚咽《おえつ》が洩れないように唾を呑みこんだ。

そのとき、彼女の親指が眼帯の黒い紐の下にすべりこむのを感じ、何をするつもりかを知った。彼女の手首をつかもうとして左目をあけたが、手遅れだった。彼女がシドナムの椅子のそばの床に眼帯を置いた。

彼は恐怖に包まれ、みじめな思いで彼女をみつめた。

「大丈夫よ」アンはやさしく彼にいった。「シドナム、あなたはわたしの夫よ。大丈夫」

いや、大丈夫ではない。右目は失われた。かつて眼球のあった場所に閉じたまぶたが貼りつき、おまけにひどい傷跡が残っている。〝見好いものではない〞というのは、はなはだしく控えめな表現だ。

シドナムは目を閉じまいとした。歯を食いしばり、自分をみつめる彼女を見守った。やがて彼女は立ちあがり、彼の肩に手をかけて身を寄せ、まぶたの外側にそっと唇をつけた。

シドナムは喉の奥からジーンとこみあげてくるものをこらえた。

アンはそのとき、笑みを浮かべて彼を見おろしていた。

「眼帯をとると、海賊っぽい雰囲気がなくなるわね」

「それはいいこと？　悪いこと？」シドナムはきいた。

「海賊をたまらなく魅力的だと思う女性もいるようよ」

「だったら、眼帯をもどしたほうがよさそうだ」

「誘惑なさらないほうがいいわ。夫がいますもの」

「おや。それは残念」

「わたしは残念じゃないわ。海賊なんか必要ない。夫がたまらなく魅力的だから」

シドナムは微笑し、彼女も微笑した。

しかし、二人のあいだの空気に火花がパチパチ飛んでいて、シドナムは倦怠感《けんたい》が消え去って彼女への熱い欲望に変わったことに驚いていた。今回はまちがいなく、彼女のほうから大胆に彼を誘っていた。

「ぼくが思うに」立ちあがりながら、シドナムはいった。「それが真実かどうか、確認したほうがよさそうだ」

「ええ、そうね」

アンが彼に近づき、ズボンのベルトのなかへ指をすべりこませ、ボタンをはずしてズボンを脱がせたので、彼は全裸で彼女の前に立つこととなった。膝までつづく傷跡をアンの目がたどっていた。

「アン」シドナムはいった。「いまのきみの状態だと――」

「わたしたちは結婚したのよ、シドナム。きのう結婚したのよ。もちろん、わたしがこんな状態になったから。いったんは別れを告げた。二度と会わないことにした。でも、こうして結婚したのよ。あらゆる意味において、わたしはあなたの妻になりたい。あなたもそれを望んでるはずだわ。そうでしょ？」

それは厳密にいえば愛の告白ではなく、彼女の状態ゆえに二人が到達した関係を現実的に受け入れたということだった。しかし、いまはそれで充分だった。彼女はシドナムの傷ついた裸体を目にし、それでも、結婚を完全なものにしたいと望んでいるのだ。今夜のところは、いまのところは、それだけで充分な贈物だった。

「赤ちゃんは？」

「医者へ行きなさいってクローディアに強くいわれて、そのお医者さまにきいてみたの。あなたが迎えにきて結婚してくれるって、心から信じてたんですもの。お医者さまがおっしゃるには、不快なことも、危険なこともありませんって——臨月に入ってからはだめだけど」

ロウソクの揺らめく明かりのなかで、寝間着からのぞく胸が赤く染まり、それが首から顔へ広がっていくのを、シドナムは見守った。なんと、医者に質問？　思わず口もとがほころびた。

「だったら」シドナムはいった。「ぼくたち、なぜここに立ったままなんだろう」

「まだ横になってないからよ」アンは腕を交差させて寝間着を持ちあげ、流れるような動作でひと息に頭から脱いだ。

二人で横になってから、シドナムは一糸まとわぬ美しい彼女の身体を、手で、指で、そして、指先で探り、愛撫した。そこでようやく、ロウソクを消し忘れたことに気がついた。だが、そのままにしておいた。彼女の目から自分を隠す必要はもはやない。結婚生活に伴う数多くの親密さのなかへ深く入っていく気なら、ありのままの自分をさらけだし、彼女がこちらの不完全さを受け入れてくれることを信じなくてはならない。

彼女の身体をまさぐり、唇で、歯で、舌で、手で、刺激した。

かすかにとがった乳首を口に含んで、舌でなめ、吸い、歯を軽くあてながら、その一方で、彼女の股間の熱く濡れた秘密の場所を愛撫しつづけた。彼女がうめき、彼の髪に指を差し入れた。つぎに、彼が顔をあげて、彼女の顔にキスの雨を降らせ、片方の耳たぶを唇で吸いはじめたとき、彼女の手が彼の勃起したものを見つけだした。片手で彼を愛撫しながら、もう一方の手で彼を包みこみ、親指の腹で羽のように軽く先端をなでた。

彼は目を閉じ、ゆっくりと息を吸った。息を吐きだしたときは、その吐息がきこえるほどだった。

やがて、シドナムは彼女に覆いかぶさり、一瞬、両方の腕があれば彼女にかける体重を加減できるのにと悲しく思った。しかし、アンは脚を広げて彼を喜んで迎え、その脚を彼にからめ、両腕を彼にまわし、尻の位置を動かして秘められた部分を彼に押しつけた。

彼は思いきり奥まで入り、ふたたびゆっくりと息を吸いこんだ。彼女に悦びを共有する時間も与えずに、あっというまに果ててしまうことのないように。

これが本当の結婚初夜だ——不意にシドナムは思った——こうして妻と愛をかわしている。アンと。その奇跡に心を打たれ、彼女の奥深くにとどまったまま、自分はいま、喜んで身体をひらいてくれた魅力的な女と単純に性行為をしているのではない、あるいは、性的体験を共有しているのではない、という喜ばしい思いを噛みしめた。自分の妻と愛をかわしているのだ。きのう結婚して、生涯をともにしようと誓った女と。

ゆっくりと身体をひき、ふたたび入り、ひいては入るゆっくりしたリズムを刻みながら、二人で悦びの瞬間を迎えられるように自分の欲望を抑えつけておくという、魅惑的な苦痛を味わっていた。

ところが、不意に、彼女が身体をかすかにこわばらせ、自分の下でじっと横になっていることに気づいた――だが、それは性的な欲望でこわばっているのではない。すべてが芝居だったのだと、彼は気づいた。もしくは、良き妻であろうとし、彼を正常な男として扱おうとするあっぱれな努力だったというべきか。

しかも、ロウソクの火をつけたままにしていた！

彼のなかで欲望が萎《な》えそうになった。

だが、萎えてしまったら、こちらが気づいたことを彼女に悟られる――そんなことになったら、今後どうやって夫婦としてやっていける？　彼女はぼくのためにこうしてくれている。ぼくを気遣っているからだ。まちがいなく、ぼくを気遣ってくれている。

シドナムはリズムを速めた。おのれの性的欲望以外のすべてに心を閉ざし、ついに、彼女の奥深くにとどまって、最後に訪れる至福の解放のひとときを迎えた。その瞬間に感じためくるめく肉の悦びを軽蔑したい気がした。

終わったとたん、彼女から離れ、毛布を彼女の肩の上までひっぱりあげた。彼女が彼をみつめているのが、ロウソクの光のなかに見えた。目を閉じて眠ったふりをしてくれればいいのにと思った。たぶん、彼に気づかれたことに気づいていないのだろう。今夜の彼女はとてもやさしかった。

「ありがとう」シドナムはそっといった。

しかし、彼女の目に涙が浮かんでいるのを見てギクッとした。では、おたがいに芝居をすることも許されないのか。

「シドナム」彼女がいった。消え入りそうな声だった。「あなたのせいじゃないのよ。お願いだから信じて――あなたが悪いんじゃない。悪いのはわたしなの」

彼女の言葉に含まれた真の意味が怒濤のごとく彼に襲いかかってきた。そうか、そうだったのか！　彼は肉体に加えられた、口にするのもおぞましい残虐行為ゆえに、恐ろしい悪夢にうなされるようになった。

アンのほうも、同じぐらいおぞましい残虐行為を受けたのだ。

やはり悪夢にうなされることがあるのだろうか。

それとも、彼女の悪夢というのは、肉体的に親密な行為なのだろうか。残虐行為ののちに二回おこなわれた親密な行為。一度はティー・グウィンで、そして、もう一度は今夜。

シドナムは愕然《がくぜん》として彼女をみつめ返した。頭のなかではシドナムだとわかっていても、身体のほうがムーアだと思いこんでしまうのだろうか。

「わたしが悪いの」ふたたび、彼女がいった。「どうか信じて、あなたじゃないのよ。あなたはきれいよ、シドナム。それに、やさしいし、おだやかだし」

「アン」シドナムは唇を重ねた。「アン、よくわかるよ。本当だ。これまでのぼくは朴念仁《ぼくねんじん》で、真剣に考えたことすらなかった。だけど、いまならよくわかる。ぼくに何かできることはない？　あの——ぼくだけ居間で眠ったほうがいいかな」

「だめ！」アンがすがりついてきて、彼に身体を押しつけた。「お願い、そんなことしないで。一緒に寝るのがいやでなければ——シドナム、ほんとにごめんなさい」

「シーッ」アンの髪に向かって彼はいった。「何もいわないで。ぼくが抱いててあげよう。きみがさっき抱いてくれたように。シーッ」

彼女のこめかみにキスをして、毛布が彼女の全身を包みこんでいることをたしかめた。自分の身体で彼女の身体を温めた。

すると、信じられないことに、うれしいことに、数分もしないうちに彼女の身体が温かくなり、こわばりがほぐれていき、ほどなく、彼女は眠りこんだ。

彼のほうは、本当なら寝られないはずだった。感情の嵐が吹き荒れた一夜だった。また、疲労困憊《こんぱい》の一夜でもあった。

だが、わずか数分後には、彼も眠りに落ちていた。

何かに鼻をくすぐられて、アンは目をさました。鼻をくすぐっているものの正体はわからないが、寝ぼけ半分に片手を二、三回ふりまわしただけでは、それを払いのけることはできぶしだ。

なかった。目をあける前に、人間のこぶしだと気づいた——正確にいうなら、シドナムのこ

アンは目をひらいた。

「おはよう、バトラー夫人」彼がいった。「今日じゅうにおきる予定はあるの？」

彼はベッドで彼女の傍らに横になっていた。だが、ベッドカバーの上に横たわり、きちんと服を着ていた。ようやく目がさめたアンの耳に、化粧室の閉じたドアの向こうで彼の従僕が動きまわっている音がきこえてきた。寝坊するなんて、彼女にしては珍しい。

「髭剃《ひげそ》りまですませたのね」アンは手を伸ばして、彼の左側のすべすべした顎の皮膚に触れた。

「海賊はいつもきれいに髭を剃るんじゃなかったっけ？」

「青髭？」アンは眉を吊りあげた。「黒髭？」

シドナムはニッと笑った。

アンはゆうべのことを一瞬たりとも忘れていなかった——どれひとつとして。彼のほうも忘れているはずはない。でも、彼は悲劇で一日をスタートするのはやめようと決めたのだ。だったら、わたしだって……。二人とも、闘うべき悪霊をかかえている。どうして二人のあいだで闘わなきゃいけないの？

アンは微笑を返した。

「ゆうべ、ここにあがってくる前に、けさはキットと父につきあって馬で出かける約束をし

た」シドナムはいった。「農場を見てまわるために。じつをいうと、健康を回復したあとの二、三年、ここで父のために管理人をやっていた。きみに話したっけ？　あの二人と出かけてもいい？」

いいわけないでしょ。彼の母親とローレンと子供たちのもとに、わたしだけがとり残される。でも、わたしったら、どうする気だったの？　彼が出かけるのをやめたら、その陰で縮こまってるつもりだったの？　ここはわたしが嫁いだ家、いまこそ、誠意を尽くしてこの家に溶けこみ、みんなが思っているような破廉恥な玉の輿狙いの女ではないことを示さなくては。

それに、いつから、卑屈な依頼心に負けて、すがりつく人を必要とするようになったの？

「もちろん、いいわよ」アンはいった。「楽しんでらして」

シドナムはゴロッとベッドからおりて、立ちあがった。

「ローレンがきみの世話をしてくれるからね」

「まあ、楽しみだわ」アンはいった。子爵夫人はとても美しく、とてもエレガントで、とても礼儀正しい。それに、やさしくしてくれた――デイヴィッドが悲惨な発言をしたあとでさえ。

「キットが婚約者として初めて彼女をここに連れてきたとき」シドナムは彼女にいった。「兄とぼくはひどい仲違いをしていた。それについては、いつか残らず話してあげよう。ある日、ローレンがぼくを呼びだした。ぼくと話をしようと決心して。彼女から見て好感の持てる人物じゃなかったのは明らかなのに。でも、彼女はぼくの話に耳を傾けてくれた——真剣に。嵐のようだったあの年月のなかで、ぼくの話をきき、ぼくの立場を理解しようとしてくれたのは、ローレンが初めてだった。強引にキットとぼくを対決させた。こっちは二人ともしぶしぶだったし、気詰まりで、おどおどしていた。だけど、おかげで仲直りできた。ローレンはぼくの大好きな一人なんだ。一度、ここにキスまでしてくれたんだよ」彼は人差し指で右の頰を叩いた。

「ローレンが？」

「妬《や》ける？」

「猛烈に」

二人は笑みをかわし、アンは、ゆうべ消えてしまわなかったものがすくなくともひとつあると確信した。いまも彼は仲良しでいてくれる。結婚して夫婦になったのだから、その程度のことで喜んでいてはいけないのだろうが、とにかくそれだけでもうれしいことだ。それに、アンはこの新しい一日を楽天主義でスタートさせようと固く決めていた。

「大至急着替えをすませてくれれば、一緒に朝食の席へおりていける」

十分後、二人で階段をおりていったとき、アンはけさから一度も吐き気がしていないことに初めて気づいた。ほかのことに気をとられて、吐き気を意識する暇などなかったのだろう。

その日の残りは、アンの予想よりはるかになごやかにすぎていった。男たちが朝食のテーブルをそそくさと離れ、声の届かないところへ行ったあとで、伯爵夫人がアンにいった。

「ゆうべは、シドナムのことはもちろんだけど、みんな、あなたのことも心配してたのよ、アン。それに、あなたが目の前でドアを閉めてしまったので、おろおろさせられたわ。だって、こういってはなんですけど、悪夢にうなされた息子を世話した経験が、あなたには一度もないんですもの。でも、悲鳴はあれきり一度もきこえなかったし、けさのあの子は見たこともないほど陽気で活力にあふれていた。いつもなら、翌日はぐったり疲れて、だるそうな様子なのに。いったいどんなふうになさったの？」

「毛布で温かくくるんで、震えが止まるまで、抱いててあげただけです」アンはそう答えながら、顔が赤くなるのを感じた。

　姑は笑みひとつ浮かべずにじっと彼女を見ていた。

「あの子がバカだったのよ」といった。「戦争に行くなんて、ほんとにバカ――キットに劣らず勇敢だってことを証明したいがために」

「たしかに証明なさったわ。それは認めておあげにならなきゃ、お姑《かあ》さま」ローレンはいった。

「でも、あんなに悲惨な犠牲を払ったのよ」伯爵夫人はいった。「とても才能のある子だったのに。アン、ご存じだった？」

「画家として？　はい、存じています」

「才能があるだけじゃなかったわ。偉大な画家になりたいという大きな夢を持っていた。なぜその夢を危険にさらしてまで半島へ行こうとしたのか、わたくしには理解できない」

「ときとして」アンはいった。「物静かで芸術の才に恵まれた男性というのは、自分の男らしさを証明したいという焦りを感じるものです。とくに、当時のシドナムみたいに、とても若いときには。それを証明するのに、戦争へ行く以上にいい方法があるでしょうか」

三人の女性は男という人種の愚かしさに首をふり、アンは突然、ゆうべキットがシドナムの世話をひきうけようとしたときに自分がそばに残ろうと決心したおかげで、彼の家族に好感を持ってもらえたのだと気づいた。もしかしたら、いずれは、みんなが自分を受け入れて、富と有力な縁故に恵まれた男と結婚しようと企んだわけではないことを理解してくれるかもしれない。

「シドナムの描いた絵は残ってますの？」アンはきいた。

レディ・レッドフィールドはためいきをついた。

「かつては屋敷じゅうに飾られていたわ。でも、あの子ったら、ここに運ばれてきたあと、自分の部屋から出られるようになるのはまだまだ先だというときに、ひとつ残らず絵を捨てるようにと命令したのよ。ええ、あのおだやかな息子がみんなに命令したの。いまは古いイーゼルや絵の道具と一緒に、屋根裏に積んであるわ。あの子がアルヴズリーから出ていったあと、一点か二点、もとどおりに飾ろうかと思ったことがあったけど、あの子の希望に背くようなことはどうしてもできなかった。それに、こんなに年月がたってから、あの子の絵を見ることに耐えられるかどうか、自分でもよくわからないのよ」

「でも、シドナムは悲劇の主人公じゃないわ」ローレンが笑顔でアンにいった。「それはあなたもお気づきになったでしょ、アン。シドナムは自分の力で有意義な新しい人生を切りひらいていった。障害をかかえてるから、並みたいていの苦労じゃなかったでしょうね。そして、いまは奥さんと子供ができて、幸せを嚙みしめている」

ローレンの微笑には純粋な温かさが含まれているように思われた。

「今日の午後、ローレンとわたくしの訪問についてらっしゃい、アン」口答えは許さないという口調で伯爵夫人がいった。「近隣の方々にあなたを紹介して、誰にも知らせずに急いで結婚したことになんとか説明をつけなくては。あなたの坊やはお留守番させましょう」

ローレンがクスッと笑って立ちあがった。

「デイヴィッドなら楽しくやってますわ」といった。「ゆうべ、わたしがジェフリーにお乳を飲ませようと思って子供部屋へ行ったら、デイヴィッドがアンドリューとソフィーの遊び相手をしてくれてて、二人が喧嘩《けんか》を始めたら、わたしが口を出す前に仲裁してくれたのよ。ちょっと子供部屋へ行ってみましょうか、アン」

ローレンとアンは午前中の残りをそこですごした。もっとも、子供たちと遊んでやる必要はなかった。色つきの積木で立派なお城を作ろうという意欲と能力を持った年上のいとこができたのが、アンドリューはうれしくてたまらないようだし、ソフィアのほうは、新しいいとこをみつめ、そろそろと近づき、手を伸ばして髪にさわれるだけで満足していた。デイヴィッドがふり向いてソフィアに笑いかけ、ソフィアは彼に積木を渡してもいいことになった。ただし、お城にさわることはアンドリューが禁止した。

デイヴィッドはとても楽しそうだった。

むっちり太って満ち足りた表情のジェフリーはお乳をもらったあと、アンの腕に抱かれ、勝てる見込みのない眠気と闘っていた。母親そっくりのあざやかなスミレ色の目をしていることに、アンは気づいた。

しばらくしてから、ローレンがいった。「妹が一人ふえるなんて、ほんとにすてき。それから、子供たちにとっては、新しい叔母さまができて、いとこがふえたのよね」

「じゃ、ご実家にも妹さんがいらっしゃるの？」アンはきいた。

「ほんとはいとこなの。その子たちと一緒に大きくなったのよ。いまもグウェンは妹のようだし、そのお兄さまのネヴィルは兄のようなものよ。一時は彼と結婚するつもりだったわ。それどころか、式を挙げるために、教会まで行ったのよ」

アンは目をみはった。「何があったの？」

ローレンはアンに身の上を語った。幼いときに父のウィットリーフ子爵を亡くし、それから一年もたたないうちに、母親がキルボーン伯爵の弟と再婚した。海外へ新婚旅行に出かけて、それきり帰国しなかった。もっとも、いまはおたがいに連絡をとりあうようになっている。ローレンはキルボーン伯爵邸でそこの息子や娘と一緒に大きくなり、大人になったらネヴィルと結婚するのだと思っていた。ネヴィルが戦争へ行くことになり、自分を待つ必要はないとローレンにいってきかせたが、彼女はひたすら待ちつづけ、ついに彼が帰国、求婚、そして婚礼の日がやってきた。ところが、彼女が教会に着いたそのとき、もう一人の女が——物乞いのような姿の女が——あらわれ、ネヴィルは自分の夫だ、半島で結婚したのだと告げた。

「でね、恐ろしいことに」アンに抱かれて眠っている赤ん坊の、まだ髪の生えていない頭を片手でそっとなでながら、ローレンはいった。「その人の言葉は真実だったの」

「まあ」アンはいった。「つらかったでしょ、ローレン」

「世界の終わりがきたのかと思ったわ」ローレンはすなおに認めた。「伯爵邸で大きくなって、実の娘でもこうはいかないだろうというぐらい、みんなに大切にしてもらったけど、でも、やっぱり実の娘じゃないってことをいつも意識していた。成長していくあいだ、立派な人間になろう、愛される人間になろうっていつもがんばってた——ちゃんと愛されてたのにね。そして、ネヴィルと結婚することだけがわたしの望みだった」

じゃ、洗練された完璧なローレンも耐えがたい苦悩を経験してきたのね——アンは思った。誰もが人生のどこかでそんな経験をするのだろう。自分だけが並みはずれた苦労を強いられていると思うのは、いつだってまちがっている。

「そして、一年後」ローレンはいった。「キットに出会った。結婚までの道のりが順調だったとはけっしていえないけど、リリーがなぜネヴィルの人生にふたたびあらわれたのか、なぜわたしが捨てられなくてはならなかったのかを悟るのに、長くはかからなかった。運命の女神が、わたしをキットのために残しておいてくれたのよ。わたしは運命を信じてるわ、アン――選択の自由がまったくない盲目的な運命ではなくて、一人一人の人生に図柄を用意して、選択肢を――無数の選択肢を――与えてくれる運命。人はその選択肢を通じて図柄を見つけ、幸せになることができる」

「まあ」アンはいった。「それはわたしも信じるわ。心から」

「運命があなたを導いてシドナムにひきあわせ、シドナムをあなたにひきあわせてくれた。外見なんて関係なし――あ、ごめんなさい！――おたがいに好きなんだってことが、傍《はた》から見ててもよくわかるわ」

二人は微笑をかわし、まもなく、会話はべつの方向へそれていったが、アンは心が深く癒されたのを感じていた。まるで神の祝福が与えられたかのようだった。この兄嫁と仲のいい友人になれるだろうと思った――実の姉妹同然になれるかもしれない。

それに、ゆうべシドナムのそばから離れなかったアンを、姑も好意的な目で見てくれて、今日の午後は近隣への訪問に連れていこうとしている。

もしかしたら、家族というのは拒絶するばかりではないのかもしれない。ときには、腕を広げて迎えてくれるのかもしれない。ときとして、愛情は信頼に値するものかもしれない。

18

シドナムの一日は幸先よく始まった。

希望とともに始まった。けさのアンは笑顔を見せ、彼に冗談までいった。ぐずぐずしないでティー・グウィンへ向かいたいとくりかえしせがむことはなかったし、ローレンと彼の母親と三人で家に残されることにも文句はいわなかった。ぼくと彼女は——シドナムは思った——いまも友達なんだ。当分のあいだは、友達でいるだけで、そして、おたがいの人生に存在する闇の部分を気遣うだけで満足だ——いや、満足しなきゃならない。

父親とキットと一緒に馬で農場をまわり、何人もの小作人やその妻と顔を合わせるあいだも——シドナムがここの管理人だったころから数えて、数年ぶりの再会だ——午前中は順調にすぎていった。すべてが楽しくてたまらなかった。

しかし、午後になると、ある現実がのしかかってきて、彼の心は重く沈み、結婚生活にまたひとつ重圧が加わるかもしれないという不安に包まれた。アンは彼の母親とローレンに連れられて近所へ挨拶まわりに出かけていた。シドナムは彼女が留守のあいだに、デイヴィッドを——そして、ほかの子供たちも希望すれば——湖畔の散歩に誘おうと思い、子供部屋へ行った。ところが、キットが先にきていて、アンドリューを乗馬のレッスンに連れていこうとしていた。

「一緒においで、デイヴィッド」キットがいった。

「でも、ぼく、馬なんて乗れない」少年は逆らった。

「乗ったことないの？」キットは彼の肩に手を置いた。「それじゃ、一刻も早く、ちゃんと乗れるようにならなきゃ」

「教えてくれる、キットおじちゃん？」熱意に顔を輝かせて、デイヴィッドがきいた。

「世の伯父さんがなんのためにいると思う？」キットは彼にニッと笑いかけた。「おまえもくるか、シド」

数分後、全員が厩へ向かっていた。デイヴィッドとアンドリューが先頭を走り、ソフィアはキットの腕に抱かれていた。

馬番が厩の裏の囲い地でアンドリューを小さなポニーに乗せるあいだに、キットはデイヴィッドのためにおとなしい雌馬を選び、乗馬の基本をいくつか教えてから、彼を馬にまたがらせ、自分が手綱をとって囲い地をまわり、最後はデイヴィッドに一人でゆっくりターンさせ、その横を歩きながら、あれこれ指示したり、励ましの言葉をかけたりした。

シドナムはデイヴィッドがグランドゥール館に滞在していたとき、ベドウィン家の男たちやジョシュアと一緒にいるのを一、二度見かけたことがあるが、いまのデイヴィッドもそのときのように生き生きとはしゃいでいた。また、キットのそばだとなんの気兼ねもないようで、笑い声をあげ、おしゃべりに興じ、彼のことを何年も前から大の仲良しだったかのように〝キットおじちゃん〟と呼んでいた。

デイヴィッドにほんのすこしでも乗馬の経験があれば――シドナムは思った――このぼくが一緒に馬に乗り、馬を走らせながら、馬術のこまかい点をいくつか教えてやれただろうに。二人で乗馬をやれば、家族の絆《きずな》みたいなものを作るチャンスになったことだろう。しかし、いまの状況では、兄に指南役をまかせるほうが現実的だという気がした。もっとも、乗馬の稽古を始める前に、キットが問いかけるようにシドナムを見たのだが。

シドナムは代わりにソフィアの遊び相手をすることにした。囲い地の外の草むらでヒナギクの花を摘んでいたソフィアが、シドナムの脚をトントンと叩いて、彼に花束をさしだした。シドナムがしゃがんでソフィアに礼をいうと、ソフィアは彼の眼帯を警戒の目で見たものの、逃げだしはしなかった。代わりに、いきなり小さな指を伸ばして眼帯にさわり、それからキャッキャッと笑った。

「おかしい？」シドナムはきいた。「シドおじちゃん、おかしい？」

ソフィアはまたしてもキャッキャッと笑った。楽しげな幼児の声。

二人はそれから半時間のあいだ一緒に、ヒナギクとキンポウゲを摘んだ。

みんなで屋敷に帰る時刻になり、キットが娘を抱きあげようとしたとき、ソフィアはやわらかな巻毛の頭をきっぱりと横にふり、シドナムのほうへ両腕を伸ばした。シドナムは二人で摘んだ花をソフィアに持たせてから、片腕で彼女を抱きあげた。その横をアンドリューが小走りについてきて、腕を切り落とされるのはどんな気分かとシドナムに尋ねた。

しかし、デイヴィッドは初めて乗馬の稽古をした興奮がさめやらず、しきりとしゃべりながら、キットと一緒に歩いていた。そして、子供部屋にもどり、そこで待っていたアンを見つけると――おしゃれな新しいドレスを着た彼女は頬を紅潮させて、とても可憐だった――飛んでいき、乗馬に挑戦したことを報告した。〝キットおじちゃん〟という言葉が何度も出てきた。

ソフィアが自分の人形のひとつを見せようとして彼の脚を叩いたことも、シドナムにとってはほとんど慰めにならなかった。

義理の息子のために理想の父親となるチャンスを逃してしまった。その気になればやれたのに。デイヴィッドを抱きかかえて馬の背に乗せてやらなくとも、乗る方法を教えることはできたはずだ。しかし、キットにまかせたほうがいいと思い、自分はひきさがった。いまとなっては手遅れだが、自分を蹴飛《けと》ばしたい思いだった。

忍耐強く待つしかない。つぎにチャンスがあったら、ぜったい逃してはならない。

その同じ日の遅い時刻に、彼の決意が試されるときがきた――そして、一瞬、決意は揺らいだ。

夕食のあと、アンは上の階へ行った。デイヴィッドを寝かしつける前にいつものようにお話をしてやり、ベッドに入れてやるためだった。シドナムは、バースでの婚礼の夜、この儀式を彼に邪魔されて少年がムッとしたことを思いだし、しばらく迷ったが、結局、彼女のあとから階段をのぼっていった。父親は客間で本を読み、母親は刺繍《ししゅう》に余念がなかった。ローレンはアンと同じく上の階へ行き、子供部屋でジェフリーにお乳を飲ませているところで、キットも妻と一緒にそちらにいた。

シドナムはデイヴィッドの部屋のひらいたドアをノックしてから、そっと室内に入り、アンがお話をするあいだ、ベッドからすこし離れた椅子に腰をおろした。バースのときと同じく、ひときわ手に汗握る場面でアンが話を中断すると、シドナムは微笑を浮かべた。だが、今回は何もいわなかった。

「ママ！」あのときと同じように、デイヴィッドが文句をいった。

「つづきは明日の晩ね」アンは立ちあがり、身をかがめて息子にキスした。「いつものように」

シドナムはキットがドアのところに立っているのに気づいた。

「母親というのはこの世でいちばん残酷な生きものなんだ、デイヴィッド」片目をつぶって、キットがいった。「いったん話を始めたら、終わりまでちゃんと話してくれればいいのにな。法律があってもよさそうなものだ。明日も馬に乗りにくるかい。今度は囲い地の外へ出てみないか」

「うん、連れてって、キットおじちゃん」デイヴィッドはいった。「けど、いちばんやりたいのは、絵を描くことなんだ。その人が……ぼくの……あの、バトラーさんが、バースで油絵具とかいろいろ買ってくれたけど、まだ使ってないの。だって、教えてくれる人がいないから。おじちゃん、教えてくれない？　ローレンおばちゃんはだめかなあ。ねえ」

デイヴィッドはベッドに身体をおこし、すがるような目でキットをみつめていた。

キットはシドナムにちらっと目をやった――さきほど厩の裏の囲い地でやったように。

「おじちゃん、絵は描けないんだ、デイヴィッド」といった。「ローレンおばちゃんも――とにかく、油絵はまるっきりだめ。この近所にも心当たりはないし。ただ……」またしてもシドナムにちらっと目をやり、眉を吊りあげた。

シドナムは左手で椅子の肘掛けを握りしめた。不意にめまいがした。

そのとき、ベッドに身体をおこしたままのデイヴィッドも彼に注意を向け、懇願の視線をよこしているのに気づいた。

「やり方、教えてください」デイヴィッドがいった。「いいでしょ？　お願い」

「デイヴィッド――」きつい声でアンがいった。

シドナムは突然、彼自身の人生にもこれとそっくりのみじめなひとときがあったことを思いだした。九歳か十歳のとき、両親からクリスマスに絵具をプレゼントされ、早く使いたくてうずうずしていた。ところが、アルヴズリー館には親戚がたくさん泊まりにきていて、子供たちを楽しませるためのパーティや遊びが毎日ひっきりなしにつづいていた。みんなが帰っていき、家庭教師が休暇を終えてもどってくるまで、絵具はしまっておくようにといわれた。そのときのクリスマスは彼の子供時代でいちばん長くわびしいものだった。

「いいでしょ？」デイヴィッドはふたたびいった。「もう二日もたっちゃった。ウェールズに帰って、絵の先生に会うまで、もっともっとかかるんでしょ」

シドナムは乾いた唇をなめた。

無茶な話だ。無茶だ！　成長期に趣味で絵を始め、それを楽しんでいた。けっこう才能もあった。そのあと、右腕を失って、絵はもう描けなくなった。たいしたことではない。やれることはほかにたくさんあるのだから。たとえば、義理の息子の良き父親になることとか。しかし——。

「デイヴィッド」シドナムはいった。「ぼくは右利きだったんだ。絵はもう描けない。ぼくは——」

「でも、教えることはできるでしょ」少年はいった。「ぼくのために描いてくれなくてもいいんです。口でいってくれれば」

いや、それでは絵を教えることにならない。まるっきりちがう。

「デイヴィッド」アンがきびしくいった。「わがままいっちゃ——」

「それならできるだろう」シドナムは自分がそういうのをきいた。まるで遠くから声が流れてくるみたいだった。「やり方を口でいってあげよう。きみは利口な子だから、ぼくが手をとって教えなくても、コツがつかめるはずだ」

「シドナム——」

「ほんとにいいの?」デイヴィッドは熱っぽい興奮のかたまりとなって、ベッドに身を乗りだした。「明日? 買ってもらった絵の道具を全部持ってきて、絵を描いてもいいの?」

「明日の朝、食事のあとでね」シドナムは彼に微笑して、立ちあがった。「今夜はもう横になっておやすみ。でないと、二人とも、きみのお母さんから大目玉だ」

デイヴィッドは急に頬を真っ赤にして、枕の上にバタンと倒れこんだ。

「明日はきっと最高だ。待ちどおしいな!」

シドナムはアンの先に立って、そっと部屋から出た。

キットはすでに姿を消していた。

義理の息子にすこしばかり絵を指導したところで、害にはなるまい。絵に——他人の絵にまで——嫌悪を感じるという心理状態を克服しなければならない。いまでは病的にひどくなっている。グランドゥール館の近くの崖でモーガンの絵具の匂いを嗅いだときも、バースでデイヴィッドの絵具を買ったときも、じっさいに吐き気がしたほどだ。

だが、とにかく教えると約束してしまった。義理の息子と一緒に何かしなくては。なぜなら、自分の吐き気よりも、結婚生活のほうが、そして、少年の力になることのほうが大事なのだから。

しかし、階段をのぼる途中で、一瞬足を止めなくてはならなかった。めまいがした。

アンは子供部屋と同じ階にある、光に満ちあふれた、家具がほとんど置かれていない広い部屋で、低い椅子にすわっていた。屋敷の子供たちが成長して勉強部屋が必要になったとき、ここがその部屋になるのだろう。

　部屋の真ん中に、デイヴィッドの真新しいイーゼルが用意されていた。そこに小さなカンバスが置かれ、左手に新しいパレットを、右手に新しい絵筆を持ったデイヴィッドがその前に立っていた。そばのテーブルには海を描いた油絵が置いてある。シドナムが指導のために使うものだ。彼はデイヴィッドの右肩のうしろに立っていた。

　あたりには油絵具の強烈な匂いが立ちこめていた。

　アンはデイヴィッドや絵よりもシドナムに目をやる回数のほうが多かった。彼は病的なほど青ざめていた。ゆうべはほとんど口をきかなかった。ベッドに入ってからも彼女に触れようとせず、向こうを向いて、すぐ寝入ったふりをしてしまった。しかし、長いあいだ寝つけなかったようだ。その点は彼女も同じだったが、彼をまねてけんめいに寝たふりをした。

　ゆうべわたしがいったことを、彼は信じてくれたかしら――向こうは何も尋ねなかったし、わたしもくわしい話はしなかったけど。それとも、いまでも、自分は醜い、さわるのも汚らわしい存在だと思っているの？

　きのうの午後、デイヴィッドに乗馬の手ほどきをしたのがキットだったので、シドナムはたぶん、自分を役立たずだと思ったのね。絵を教えることを承知したのは、きっと、名誉挽回のためと、決意どおりの良き父親になるためなんだわ。絵を描くのは彼にとって考えるのもいやなことで、そんなことにかかわるのはまっぴらにちがいない。

でも、彼はその試練に立ち向かうことにした——わたしの息子のために。彼をみつめるうちに、彼への愛がさらに深まるのを感じた。たとえ、結婚したとしても、妻に連れ子がいた場合、その存在を我慢する以上のことをしてくれる男性が、いったい何人いるだろう。「だめ、だめ」彼の声がきこえた。「まだ水彩絵具を使うときみたいに、絵筆をすべらせてるね。もっと手首を使って、あの波の感触を出せるようにしてごらん。絵筆をはじくんだ」「できないよ、そんなの」デイヴィッドはもう一度やってみたあとで、いらいらしながらいった。

そのとき、アンの背筋を凍らせることがおきた——いや、おきなかったのかもしれない。なぜそれを知ったのか、あとからいくら考えても理解できなかったが、シドナムが右手をあげて絵筆をとろうとし、手がもはや存在しないことを悟る結果になったのを、アンもたしかに知ったのだ。

アンは両手に顔を埋めて、何回かゆっくり静かに深呼吸してから、ふたたび彼のほうを見た。

シドナムが左手に絵筆を持ち、カンバスにかがみこんでいた。しかし、手が震えているため、思いどおりの実技指導ができないのは明らかだった。低い不明瞭な嘆きの声をあげ、つぎに身をかがめて絵筆の端を口にくわえてから、絵筆を持った手の位置を調整し、こぶしでしっかり握れるようにした。二度か三度、カンバスに大胆に筆を走らせて、うしろにしりぞいた。

「あっ！」デイヴィッドが叫んだ。「わかった。これでわかった。これが波なんだ。平面的じゃない。ぼく、やってみる」

シドナムの手から絵筆をとると、カンバスに自分のタッチで絵筆を走らせてから、勝ち誇ったようにシドナムの顔を見あげた。

「そう」シドナムは少年の肩に手をおいた。「そうだよ、デイヴィッド。コツをつかんだね。ちがいを見てごらん」

「でも、ここに使われてるのは一色だけだよ」カンバスに注意をもどしたあとで、デイヴィッドはいった。「波は一色じゃないのに」

「たしかにそうだ。油絵具を使えば、きみにもすぐにわかると思うが、水彩よりも自由に色彩や濃淡を調合することができる。ほら、こうやるんだ」

アンは二人を見守った。大切な男二人が頭を寄せあい、彼女の存在などすっかり忘れて、絵に没頭している。

これがなんらかの癒しになってくれるかしら。

深刻な損傷を受けた身に、癒しはありうるの？

恐ろしい障害を負った者が、完璧さを手にすることはできるの？

アンはお腹に手をあてた。まだ生まれてこない家族の一員を大切に育てている場所へ。

シドナムの皿にのった料理は藁《わら》のような味だった。

鼻から、あるいは、頭のなかから、油絵具の匂いを追いだすことができなかった。

「今日の午後、キットとローレンもあなたとアンについてリンジー館へ行くつもりでいるのかしら、シドナム」彼の母が尋ねた。

本当は、きのう出向くべきだった。もちろん、ビューカッスルにはあらかじめ手紙を出して、短期間の休暇をとることを報告してある。雇用条件にその権利も含まれている。しかし、理由は説明しなかった。彼がアルヴズリーにきていることをビューカッスルがほかの誰かからきかされる前に、新妻を連れてリンジー館を訪問するのが、大人の礼儀というものだ。今日はぜひとも行かなくてはならない。

「よかったら、ぼくの代わりに馬車に乗ってってくれないかな、母さん」シドナムはいった。「ちょっと気分がすぐれないんだ。家に残ることにするよ」

アンがテーブル越しにハッと彼を見た。

「じゃ、わたしも残るわ」といった。「リンジー館へは日をあらためてうかがいましょう」

ほかに人がいるときに彼女と口論するわけにはいかなかった。しかし、彼が望んでいたのは、文字どおり一人になることだった。

「じゃ、子供たちを乗馬に連れていこう、ローレン。いいだろ?」キットが提案した。「デイヴィッドもくると思うよ。あなたの許可があれば、アン」

「ええ、もちろん」アンはいった。「あの子、楽しみにしてますもの」

それからほどなく、シドナムとアンは階上の部屋へ一緒にもどった。

「外の空気が必要だ」シドナムはいった。「それから、孤独も。散歩に行ってくる。きみ、この部屋にいる？　それとも、母と何かする？」

「あなたと一緒に行きたいわ」

「ぼくと散歩しても楽しくないよ。気分がすぐれないから」

「わかってるわ」

困ったことだが、彼女ならたぶんわかっているのだろう。

突然、孤独はこの世でもっとも疎ましいことではないのかもしれない、という気がした。結婚すると、混雑のなかに放りこまれたように感じるのだろうか。それは彼に警戒心を抱かせる、歓迎できない考えだった。彼はいつも、妻という生涯の伴侶《はんりょ》がほしくてたまらなかった。だが、愚かにも、結婚とは永遠の幸せだ、人生の新しい分かれ道ではなく終着点だと思いこんでいた。

「あなたの人生からわたしを締めださないで、シドナム」彼の心を見通したかのように、アンがいった。「結婚生活がうまくいくように努力しなきゃ。わたしたち、ウェールズでは仲のいい友達だったでしょ。いまも友達でいましょうよ。あなたと一緒に行きたいの」

「じゃ、おいで」シドナムはしぶしぶ答え、帽子を見つけると、アンが暖かな新しいマントをはおり、ボンネットのリボンを顎の下で結ぶのを待った。

二人は言葉もかわさず、手もつながずに、車寄せを歩き、パラディオ様式の橋を渡ってから、向きを変えて小道に入った。小道は木々のあいだを通って湖の南岸に建つ神殿までつづいていた。この神殿のおかげで、湖の反対側から見ると、絵のような景色が楽しめる。

今日は肌寒い曇り空で、風が吹き荒れていた。地面には落ち葉が積もっていた。ただ、木の枝にもまだまだ葉が残っている。アンは風から逃れて神殿のなかに腰をおろし、彼のほうは外に立ったまま、波立つ湖面をみつめていた。

彼が落ちこむことはあまりなかった。自分にそれを許さなかった。気分が沈みそうになると、ふだん以上に仕事を見つけた。仕事は塞ぎの虫を撃退する特効薬だ。また、自己憐憫に陥ることもあまりなかった。そんなものは退屈で卑劣で無意味なだけだ。自分に与えられた幸福を数えるほうが好きで、それはたくさんあった。こうして生きている。それだけでも奇跡だ。

しかし、ごく稀《まれ》に、いくら断固たる態度で撃退しようとしても、塞ぎの虫、もしくは自己憐憫、もしくはその両方が襲いかかってくることがあった。彼はそういう瞬間を恐れていた。仕事もプラス思考も役に立たない。

いまがちょうど、そういうときだった。

油絵具の匂いが頭のなかに残っていた。

デイヴィッドの絵筆をとろうとして手をあげた瞬間のことが、まだ記憶に残っていた。右手を。

そして、カンバスに向かって左手をあげたことも、まだ記憶に残っている。

「シドナム――」

アンの存在をほとんど忘れていた。自分の妻、自分の花嫁なのに。お腹に自分たちの子供がいるのに。しかも、アンは自分が苦悶の真っ只中にあるときでも、かぎりないやさしさを示してくれる。

「シドナム」ふたたび彼女がいった。「もう一度絵を描くことはできないの？」

ああ。すでにもう、ぼくのことをあまりにも深く理解している。

シドナムは沈んだ目で神殿をみつめた。

「ぼくの右手はもうないんだよ」といった。「左手は思いどおりに動いてくれない。きみもけさ、それを見ただろ」

「口を使ったじゃない」といった。「そして、絵筆を握った手の位置を調整した。それから、絵筆をカンバスに走らせて、あなたがいっていたことをデイヴィッドに理解させた」

「左のこぶしと口で芸術を生みだすなんて無理だよ。悪いけど、きみにはわかってない、アン。絵にしたいイメージはあるんだよ。だけど、それは右手を伝って流れでるもので、右手はもう存在しない。幻の絵を描けというの？」

「ひょっとすると、あなたは自分の思いどおりに視覚を変化させる代わりに、視覚に支配されてるんじゃないかしら」

アンは神殿の奥にある石のベンチに足をそろえてまっすぐな姿勢ですわり、膝の上で両手を重ね、てのひらを上にしていた。数日前までのとりすました教師にもどったかのようだった——そして、いつものように、まばゆいほど美しかった。シドナムは顔をそむけた。

「視覚というのは、筋肉みたいに動かせるものじゃないんだよ」と、つぶやくようにいった。「ぼくは腕だけじゃなくて、目も片方なくしている、アン。まともにものを見ることができない。何もかも変化してしまった。狭くなり、平らになり、遠近感をなくしている。絵を描くときに、どうやって正確にものを見ることができる？」

「まとも……」アンは彼が口にした言葉のひとつをとりあげた。「まともに、あるいは、正確にものを見るのがどういうことなのか、どうしてわかるの？」

「二つの目で見るってことさ」シドナムは苦々しげにいった。

「でも、誰の目？」アンはきいた。「ワシやタカが人間に見えないほど高い上空を舞っていて、そのあと、地上のネズミをつかまえに急降下してくるのを見たことがある？　その鳥の視覚があなたに想像できて、シドナム？　鳥の目を通して見た世界が想像できて？　それから、夜の猫を見たことはある？　猫は闇のなかでも、人間には見えないものを見ることができるのよ。猫のようにものを見たら、どんなふうに見えるのかしらね。まともな視覚がどういうものか、どうしてわかるの？　そんなものが存在するの？　あなたには片方の目しかないから、わたしとは、あるいは、目が両方あったときのあなたとは、ちがう感じでものを見ている。でも、だからって、〝まともでない視覚〟といえる？　もしかしたら、画家としてのあなたの視覚は偉大なもので、目にするもののなかに新たな意味を見いだし、そして、偉大さをいささかも減じることなく、自分の視覚を表現するためのべつの方法を見つけることができるかもしれない。かつてのあなたには想像もつかなかったような偉大なことをなしとげるために、視覚を変化させる必要があったのかもしれない」

彼女が話しているあいだ、シドナムは立ったまま湖をみつめていた。湖面は薄墨色で、風を受けて波立っていたが、それでも、木々がまとった無数の秋の色のいくつかを反射していた。

彼女への愛で胸が痛くなるのを感じた。必死にぼくの力になろうとしている。一昨日の夜、悪夢にうなされて飛びおきたあとのように。なのに、ぼくのほうはなんの力にもなれない。

「アン、絵は二度と描けない。無理なんだ。なのに、絵なしでは生きていけない」

この最後の言葉は無意識のうちに口をついて出たもので、彼は恐怖に包まれた。そのようなことは、これまで考える勇気もなかった。それが真実であることを信じまいとした。もし真実なら、彼の人生にはもうなんの希望も残されていない。

突然、なんの前触れもなしに、シドナムは絶望のどん底に突き落とされた。

嗚咽がこみあげると同時に新たな恐怖に包まれ、泣き声を抑えようとして、またしても泣きじゃくった。

あとはもう、嗚咽を止めることができず、それが彼の胸をひきさき、ひどく困惑させた。よろめく足で歩き去ろうとしたが、二本の腕が彼を包みこみ、彼がそこから逃れようとしてもきつく抱きしめて放さなかった。

「行かないで」アンがいった。「大丈夫。大丈夫よ、あなた。大丈夫よ」

彼はこれまで一度も泣いたことがなかった。感情を抑えきれなくなると悲鳴をあげ、うめき、うなり、そのあとで怒り狂い、そして、沈黙に陥ってじっと耐えてきた。だが、泣いたことは一度もなかった。

いま、アンに抱かれ、怪我をした子供のようにあやしてもらううちに、涙が止まらなくなった。そして、怪我をした子供と同じく、彼女の腕と、彼女の温もりと、彼女のささやきに癒されていた。やがて、ようやく嗚咽が静まって、ヒクヒク身を震わせるだけになり、そして、完全に泣きやんだ。

「ごめん、アン」シドナムは彼女から身を放し、ポケットを探ってハンカチをとろうとした。「申しわけない。いったいどういう男なんだって、きみは思っただろうね」

「あらゆる苦悩を克服したけど、もっとも深い苦悩だけが残されている男」

シドナムはためいきをつき、雨が降りだしたことに気づいた。

「なかで雨宿りしよう」といって、アンの手をとり、神殿の屋根の下に彼女を連れもどした。「ほんとに申しわけない、アン。けさのことですっかり神経がまいってしまった。だけど、やってみてよかったと思っている。デイヴィッドが喜んでくれたもの。あの子、油絵がうまくなると思うよ」

アンは彼の指に自分の指をからめた。

「最後に残されたもっとも深い苦悩と向きあわなきゃいけないわ」といった。「いえ、それだけじゃだめ。あなたはたったいま、苦悩と向きあった。でも、苦悩をみつめるあなたの目には絶望しかなかった。希望があるはずよ、シドナム。あなたの芸術的な視覚と、あなたの才能があり、そして、あなたがいる。これだけあれば、たとえ右腕と右目がなくたって、前に進んでいけるはずよ」

シドナムは二人の手を持ちあげ、彼女の手の甲に唇をつけてから、その手を放した。笑顔を見せようとした。

「デイヴィッドに絵を教えるよ」といった。「あらゆる方法を使って、あの子の父親になれるよう努力する。あの子と一緒に馬に乗る。あの子と一緒に――」

「絵を描いてちょうだい」アンはいった。「絵を描かなくては」

しかし、かなり落ち着きはしたものの、彼の心の底にはいまなお冷えきったヒリヒリ疼く場所があった。半島戦争からもどって以来、もう何年もたつのに、どうしても足を踏み入れることのできない場所。

「それから、きみは」考えてもいなかったのに、シドナムは突然、まばゆいほどにはっきりと、あることを悟った。「やはり家に帰らなきゃ、アン」

神殿の外からきこえるかすかな雨音が湖の波の音と混ざりあうなかで、二人のあいだに短いこわばった沈黙が流れた。

「ティー・グウィンに？」アンがきいた。

「グロースター州だよ」

「いや」

「ときには、先へ進む前に、あともどりする必要がある。すくなくとも、ぼくはそうしなきゃいけないと思っている。歓迎できない考えかもしれないけど。あともどりしなきゃいけないんだよ、アン。ぼくたちが――ぼくたち二人が――そうすれば、希望が生まれるだろう。ぼくの場合は、希望を見つけられそうもないけど、とにかく努力してみる」

彼女に目をやると、向こうもみつめ返していた。顔が青ざめ、不可解な表情を浮かべていた。

「きみはぼくにそれを望んでるだろ？」

「でも……」アンは長いあいだ黙りこんだ。「実家には帰れないし、帰るつもりもないわ、シドナム。帰っても何も変わらない。なんの解決にもならない。あなたはまちがってる」

「じゃ、そういうことにしておこう」シドナムはふたたび彼女の手をとった。

二人は黙ってすわったまま、雨をみつめた。

19

　アンは馬たちに不安な目を向けた。どの馬もひどく大きくて、元気いっぱい。厩の前はそんな馬であふれているように見えた。アンが乗馬をやったのはずいぶん昔のことだ。しかし、けさは、やむをえぬ理由から馬に乗ることになった。馬にまたがろうとするデイヴィッドにシドナムとキットが指示を与えている場所へ、ちらっと目をやった。彼女の息子はそれをみごとにやってのけ、得意満面のうれしそうな顔で見おろした――二人の男を。それから、囲いの向こうにいるアンに目を向けた。

「見て、ママ」と叫んだ。

「ちゃんと見てるわ」アンは息子を安心させた。

　キットはすでにローレンに注意を移して、片鞍《かたくら》に乗ろうとする彼女に手を貸し、ソフィアを抱きあげてそばにすわらせていた。

　シドナムが大股でアンのところにやってきた。

「乗馬というのは、一度やったら忘れないものなんだよ」といってアンを安心させた。彼女の表情を正しく読みとったらしい。唇を斜めにして例の魅力的な笑みを浮かべた。「それから、キットがきみにぴったりの馬を選んでくれた」

「つまり、年をとってて、四本の脚がよぼよぼってこと？」アンは期待をこめて尋ねた。

シドナムは笑った。

「ぼくの手に乗馬靴をのせて。そしたら、あっというまに鞍の上だ」

「ぼくがやるよ、シド」キットがいって、二人のところにやってきた。

「兄さんのその癖は、何年も前にぼくが矯正したつもりだったのに」笑みを浮かべたまま、シドナムはいった。

「おまえを過小評価する癖？　だったら、好きにしろ。花嫁に見せびらかすがいい。みんなを感心させるがいい」キットもクスクス笑っていた。

乗馬靴をはいた足をシドナムの手にのせたアンは、その手が踏台のようにがっしりしていることを知った。ほどなく、片鞍に腰をかけ、スカートの乱れを直しながら、下にいる彼に笑いかけた。キットが彼の肩をぴしゃっと叩いた。二人とも笑っていた。

「おまえの主張が証明されたな」キットがいった。「人間に二本の腕は必要ない。二本目は邪魔なだけだ」

ついきのうの午後、アンは深い憂鬱に包まれて、雨の降るあいだ神殿のなかに腰をおろし、シドナムと結婚したのはとんでもないまちがいだった、自分が不用意に述べた言葉で彼はひどく傷ついたにちがいない、〝前進する前に、二人が——彼女が——いったんあともどりしなくてはならない〟というシドナムの言葉はひどい誤りだと思いこんでいた。人生に与えられた唯一のチャンスは、つねに前進をつづけることだ。

ところが、雨があがったあと、濡れた木立のなかを抜け、長い車寄せを二人でならんで歩いていくと、デイヴィッドが玄関ホールで二人を待っていて、わくわくする彼の乗馬の話をきかせてくれた。最初は人に馬をひいてもらい、つぎは、自分で手綱をとって、囲い地の外へ、そして、庭園の端まで行ってからひき返したが、無事に厩まで帰り着く前に雨に降られてしまったという。

「見てほしかったな、ママ」デイヴィッドは叫んだ。「あなたにも見てほしかった。乗ったときの姿勢がいいって、キットおじちゃんがいってくれたんだ」

「それはきのう見ていてわかったよ」シドナムが手を伸ばして彼の髪をくしゃくしゃっとなでると、デイヴィッドはうれしそうな笑顔を向けた。

不意に、アンの憂鬱《ゆううつ》のほとんどが消え去った。

けさは馬でリンジー館まで出かけて、ビューカッスル公爵夫妻を訪ねることになっていた。朝食がすんでから子供部屋でその予定を伝えると、デイヴィッドがぼくも連れてってとせがみ、グランドゥール館で一緒に遊んだ子たちはみんなそれぞれの自宅にいるのだとアンが説明したあとも、ねだりつづけた。

「けど、ジェイムズがいるじゃない」母親に指摘した。「連れてってよ、ママ。ねえ、いいでしょ」

そうなると、もちろん、アンドリューも行きたがった。そして、ソフィアもみんなのあいだにもぐりこみ、シドナムの注意を惹くためにヘシアンブーツのタッセルをひっぱった。

そう、ベッドで両側に分かれて一夜をすごし、おたがいの悩みは何ひとつ解決していないにもかかわらず、けさのアンは希望に満ちていた。雲ひとつない空に太陽が輝き、大気には温もりがあった。

アンドリューはポニーにまたがって、引き綱でキットの馬に結びつけられていた。ポニーで行けるところまで行き、そのあとは父親の馬に乗せてもらう約束になっている。

最後に、男性二人が騎乗した。

アンはシドナムを見守り、その筋肉の強さと、バランス感覚と、自分のものでもない馬を操る腕前に、あらためて感心した。彼は鞍に堂々とまたがり、片手に手綱を握っていた。

「すごい！」デイヴィッドが賞賛の声をあげた。「どうやってそこまでできるようになったの？」

「意志の力さえあれば、人にできないことはほとんどないんだよ」少年に笑いかけ、アンをちらっと見て、シドナムはいった。「要するに、馬は手で操るんじゃなくて、腿を使って操るんだ。おととい、キットおじちゃんがきみにそういってただろ」

「そのときは、あなたが馬に乗れるなんて知らなかった」デイヴィッドはいった。「ぼくに乗馬を教えられるってことも」

「馬に乗れなかったら、グランドゥール館の仕事なんてできないぞ。そうだろ」シドナムはいった。「だけど、きみももう乗れるようになったことだし、いつでも好きなときに、ぼくと一緒に馬で出かけられる」

「ほんと？」デイヴィッドは興味を持った様子だった。

「もちろん。ぼくの息子だもの。ちがう？」

シドナムとデイヴィッドは横にならび、キットとローレンとアンドリューのあとから馬を進めていた。アンはそのそばに馬で近づいた。シドナムがデイヴィッドの馬の向こうから彼女に笑いかけ、彼女も微笑を返した。無言のやりとりのなかに純粋な温かさがあった。わたしたちは家族。

アンが心から安堵《あんど》したことに、一行はリンジー館に着くまでのあいだ、きわめてのろいペースを保ちつづけた。このスピードでは、男たちが退屈だったかもしれない。もうじき到着というところで、ローレンがふりむき、大声でアンにいった。

「馬で出かけるとき、アンドリューが一緒だとホッとするのよ」といった。「キットがレースを挑んでくるのを遠慮してくれるんですもの」

二人は笑った。

「レースだと？」キットがいった。「勘弁してくれよ。ローレンのいうレースってのは、馬をほどほどのトロットで走らせることなんだから。泣きたくなるぜ、シド、まったく」

しかし、アンの注意はほどなく、木々にふちどられたまっすぐな車寄せを通ってリンジー館へ近づいていくことのほうに向けられた。この車寄せこそ、クローディアがレディ・ホールミアの家庭教師をやめた日に大股でたどった道にちがいない。屋敷そのものは大きく広がり、いくつもの建築様式が混ざりあっていた。長い歳月を経ていることと、代々の公爵が増築と改良をおこなってきたことの証《あかし》といえる。印象的で、驚くほど美しい。屋敷の前には大きな円形の花壇があり、一年の終わりの時期に入ったというのに、まだまだ色彩にあふれていた。その中央にどっしりした石の噴水があった。ただ、近づく冬に備えて、給水設備はすでに止められているようだ。

厩で馬からおりて、馬番たちに馬の世話を託してから、一行は屋敷のなかへ案内された。邸内の中世風の壮麗さに、アンは思わず息を呑んだ。精緻《せいち》な彫刻に飾られたミンストレル・ギャラリー、巨大な石造りの暖炉、盾や旗におおわれた漆喰《しっくい》塗りの壁、そして、広間の端から端までの長さを持つとても大きな会食用テーブル。

しかし、じっくりながめている暇はなかった。一行の到着を知らせるために執事が姿を消してからわずか一、二分後に、公爵夫人が急ぎ足で広間にやってきた。両腕を前で大きく広げていた。

「ローレン、キット。それから、アンドリューにソフィー。うれしいこと！　それから、ミス・ジュウェル――あなたなのね。それから、デイヴィッド。それから、バトラーさん」公爵夫人は笑った。「まあ、どういうこと？　教えてくださいな」

「ミス・ジュウェルではありません、奥方さま」シドナムがいった。「バトラー夫人です」

公爵夫人は胸の前で手を握りあわせ、二人ににこやかな笑みを送った。しかし、何をいう暇もないうちに、ビューカッスル公爵その人が広間にゆっくり入ってきて、眉を吊りあげ、手にした片眼鏡を途中まで持ちあげた。

「ねえ、ウルフリック」公爵夫人が彼のそばへ急ぎ、彼の腕を両手でつかんだ。「ローレンとキットと子供たちがきてくれたわ。それから、バトラーさんはやっぱりミス・ジュウェルと結婚なさったわ。わたしたちが正しかった、そうでしょ。あなたがまちがってたのよ」

「まことに申しわけないが、愛する人」公爵は全員に向かって軽くお辞儀をしてみせた。「わが身を弁護するために反論せねばならん。きみや、わたしの兄弟姉妹とその伴侶たちがまちがっているなどといった覚えはない。わたしはこういったんだ——きみが記憶しているなら——結婚まで漕ぎつける能力を当事者の二人が充分に備えているときに縁結びを画策するのは、威厳にかかわる不要な行動だ、と。だから、わたしのほうが正しかったことになる。さてさて、きみは結婚するために休暇をとったわけか、シドナム。めでたいことだ。ねえ？」アンに向かって、ふたたびお辞儀をした。

「でね、赤ちゃんが生まれるんだよ」デイヴィッドが楽しそうにいった。

公爵夫人の手が口もとへ飛んだ。もっとも、その目は楽しげに二人をみつめていたが。キットとローレンは沈黙していた。公爵が片眼鏡を銀色の目まで持っていき、デイヴィッドのほうへ向けた。

「本当かね」霜のように冷ややかな口調でいった。「だが、それはきみのお母さんが話すべき――もしくは、黙っているべき――秘密だったと思う。きみだって、自分の秘密をお母さんにしゃべられたら、うれしくないだろう?」

公爵夫人が手をおろし、デイヴィッドに近づいて抱きしめた。

「でも、世界でいちばんすてきな秘密だわ。そして、お母さんだけのものじゃなくて、ご家族みんなの秘密よね。でも、わたしたち、どうしてここに立ったままでいるの? これじゃまるで、子供たちを遊ばせるための子供部屋も、あとのみなさんがコーヒーを飲むための暖かな火が燃えている朝食の間もないみたいじゃありませんか。母とエリナーがそちらにいるのよ。みなさんに会えて大喜びするでしょう」

アンはアルヴズリー館に着いたときと同じ気持ちになっていた。ここにくる前に、どうしてデイヴィッドにひと言いっておかなかったのだろう。困りはててシドナムにちらっと目をやると、彼のほうもみつめ返した。目が輝いていた。恥知らず! この人ったら、楽しんでる!

公爵夫人がアンの腕をとり、階段のほうへ案内した。

「わたしまで幸せな気分だわ、ミセス・バトラー。赤ちゃんができたことを知るのって、世界でいちばんすてきなことじゃなくって? ウルフリックも、わたしも、結婚したときは子供が持てるなんて思ってなかったのよ。ジェイムズはわたしたちの奇跡だわ。腕白坊や。ゆうべは夜泣きがひどくて、乳母も夜のうち半分は寝られなかったのに、けさになったら、お乳をもらったあとすぐに寝てしまったのよ。せっかくわたしが遊んでやろうと思ってたのに」

シドナムがわたしに求婚する可能性について、みんなで話しあってたんだわ――アンは思っていた――ベドウィン家の全員が。グランドゥール館で。縁結びの神になろうとしてたのね。

夢にも思わなかった。

もし気づいていれば、恥ずかしさのあまり死んでしまったかもしれない。

シドナムの視線をとらえようとしてふり向き、自分でも驚いたことに、彼と微笑をかわしていた。

この人も知ってたの？

いやだと思わなかったの？

わたしに求婚したいと思ってたの？　ティー・グウィンで結婚してほしいといったのは本気だったの？　「ええ」と答えてほしかったの？

もしそうなら、すべてが大きく変わる。

でも、もしそうなら、どうしてあんな言い方をしたの？

〝きみさえよければ、アン、結婚しよう〟

でも、どっちにしても、わたしは「いいえ」と答えたはず。バースで「いいえ」と答えるべきだったように。でも、あのときは拒みようがなかった。

わたしたちの家族に赤ちゃんが加わるんだもの。わたしよりも、シドナムよりも、その赤ちゃんのほうがずっと大切なんだもの。

リンジー館に長居はしなかったものの、みんな、大歓迎を受けた。公爵夫人などはもう有頂天だった。ビューカッスル公爵までが朝食の間にきて、みんなとコーヒーを飲んだ。

一行は午餐《ごさん》に間に合うように屋敷にもどり、シドナムは前日の決意をようやく実行に移すことができそうだと感じていた。二人とも前進する前にいったんあともどりする必要がある、と神殿でアンにいったときは、それが自分にどんな形であてはまるかに気づいていなかった。単に記憶をたどるだけのことだと思っていた——絵を描くことのどこが刺激的だったのかをふり返り、絵筆でとらえて表現しようとしたものがなんだったのかを思いだす。苦しいひとときになるだろう。何年ものあいだ、絵のことを思いださないようにしてきたのだから。

しかし、記憶をたどる以上のことが必要だったのだ。

きのう、雨があがってから、ほとんど口もきかずに二人で屋敷への道を歩いていたとき、シドナムはアンの先に立って木立を抜け、彼女が木の枝で顔を濡らさずにすむように——いましがた、彼自身がびしょ濡れになってしまったのだ——木の枝を手で押さえながら、こういった。

「できることなら、昔描いた絵をひとつでもいいから見てみたい。だけど、すべて処分されてしまった」

「ううん、そんなことないわ」アンはそういって、彼が先へ進めるよう、彼の手から枝をとりあげた。「屋根裏にしまってあるんですって。お姑《かあ》さまがそうおっしゃってたわ」

シドナムは何もいわずに顔をそむけ、以後、その話題にはひと言も触れなかった。屋敷に帰り着いたときは、もう時間が遅いから絵をゆっくり見ている暇はないと自分にいいきかせた。そして、けさは、どうあってもリンジー館を訪ねなくてはと考えた。

しかし、ついに、そのときがきた。やるべきことから逃げるための口実が見つかれば、ひたすらそれにすがりつづけることだろう。

アンは午餐のテーブルの向かい側にすわって、いまの公爵夫人が初めてアルヴズリー館を訪ねてきたときのことを語るシドナムの母親の話に耳を傾けていた。ビューカッスルが彼女に求婚していようとは、誰一人気づいてもいないころだった。

「ビューカッスルの結婚については、みんなもうあきらめていたのよ」シドナムの母親はいった。「しかも、クリスティーンは、彼ならこんな人を選ぶだろうとみんなが想像していた花嫁のイメージとあまりにかけ離れていたから、あんなふうに進展するなんて、誰も夢にも思わなかったの。でも、あいかわらず気むずかしい公爵ではあるけど、クリスティーンに満足していることはたしかだわ」

「あら、満足どころじゃありませんわ、お姑さま」ローレンがいった。「熱愛でしてよ」

「わたしもそう思います」アンがいった。「グランドゥール館にお邪魔していたとき、ある夜、海の上にそびえる崖のほうへお二人がゆっくりと向かわれるのが、わたしの寝室の窓から見えたんです。公爵さまは奥さまの肩に腕をまわし、奥さまは公爵さまの腰に腕をまわしてらっしゃいました」

アンは首をまわして、シドナムに笑いかけた。

「上の階へ行ってくる」食事が終わったとき、彼がアンにいったので、二人は一緒に食事室を出た。

「すこしお休みになる？」アンは彼にきいた。

「いや。部屋にもどるんじゃないんだ」

「じゃ、子供部屋——」しかし、突然、彼女の目に理解の色が浮かんだ。「いいえ。そこでもない。屋根裏へ行くつもりね、シドナム」

「うん」シドナムはいった。「そうしようと思ってる」

階段の下に二人きりで立ったまま、アンが探るように彼をみつめた。

「一人でいらっしゃる？」と、彼にきいた。「それとも、一緒についてっていい？」

シドナムは一人で行くつもりでいたが、その勇気があるかどうか不安だった。

「一緒にきてくれる？　お願いだ」

アンが彼の手をとり、二人は指をからめたまま、一緒に階段をのぼっていった。

屋根裏の階の半分は召使い用の部屋になっていた。残り半分はその区画とは別個の翼《よく》にあり、物置として使われていた。少年のころ、シドナムはよくここにきたものだった。兄弟みんながそうだった——彼も、ジェロームも、キットも。古い箱のなかをかきまわし、見つけた品を使って、さまざまな話をこしらえ、遊びを工夫した。前世紀の先祖のものだった絹袋つきの古いかつらをかぶり、裾に飾りのついた金襴《きんらん》の上着と刺繍入りの長い胴着を着ける回数がいちばん多かったのはジェロームだった。長男の権利というやつだ。しかし、古い瓶に入った頬紅とコール墨で化粧をし、黒い付けボクロを挑発的な場所に貼りつけてから、それらの衣装をつけたのはシドナムだった。衣装と一緒に見つけた赤くて高いかかとのついた靴を履き、光沢の失せた小さな短剣を脇に提げ、気どった足どりで屋根裏を歩きまわった。三人は腹をかかえて笑いころげたあと、こんな女々しい衣装を喜んで着ていたからには、当時の男たちは自分の男っぽさによほど自信を持っていたにちがいないということで、意見が一致した。

しかし、今日の彼はもっとつらい目的を持って、ここにあがってきたのだった。三番目の部屋で目的のものが見つかった。よく見ると、そこは彼のものだけが保管されている部屋だった。ジェロームとキットのためにも似たような部屋があるのだろうか――シドナムはちらっと思った。

軍隊時代の品々と礼装用の軍服が、小さな部屋の片側のドアのうしろに置かれていた。真紅の上着が色褪《いろあ》せてピンクっぽい色合いに変わっていた。しかし、シドナムはそれにはほとんど注意を向けなかった。絵具の匂いがした。古いイーゼルや絵の道具がきちんと整頓されていた。埃《ほこり》すらかぶっていない。きっと、どの部屋もときどき掃除されているにちがいない。すべてが愕然とするほど馴染み深く、まるで、ほかの誰かの人生に入りこんだらそれが自分自身の人生だとわかって混乱してしまった、というような感覚だった。はるか遠い昔のことのように思われた。

アンとつないだ手に無意識のうちに力が入り、アンがほとんどわからない程度にすくみあがった。シドナムは彼女を見おろし、手を放した。

「楽なことじゃないね」といった。「自分の過去をふり返るっていうのは。とくに、過去の痕跡がすべて消し去られたと信じていた場合は」

「そうね」

シドナムはどの品にも手を触れずに、視線だけを向けた。かつての人生の匂いをゆっくりと吸いこんだ。

奥の壁ぎわに伏せて積まれている額縁入りの絵とカンバスが、痛切に意識された。

「すべてを過去に置き去りにしておくほうがいいのかもしれない」

アンが背後のドアをしめ、シドナムは、窓がきれいに磨かれていて外のうららかな陽ざしがたっぷり入ってくることを知った。

「だけど、それじゃ、過去に永遠につきまとわれることになってしまう。ぼくがきのういったこと、たぶん、真実なんだろうね。それに、結局のところ、ここにあるのはただの絵にすぎないし」

シドナムは進みでると、額縁のひとつに触れ、躊躇《ちゅうちょ》し、息を吸いこみ、そして、絵を持ちあげて表向きにし、壁に立てかけた。

それは彼の母の好きだった絵で――かつては母の部屋にかけられていた。屋敷の東側に造られた庭園のふもとを小川が流れているのだが、その小川にかかった太鼓橋を主題とした小品で、橋と、小川と、水面に枝を垂らした木々が描かれていた。シドナムはつぎの絵を表向きにし、最初の絵の横に立てかけた。パラディィオ様式の橋の南側に建つ古い猟番小屋を主題にした絵で、風雨にさらされた小屋の木肌、玄関につづくすり減った小道、敷居に使われているなめらかな古い石材、小屋をとりかこむ木々が描かれていた。シドナムはさらにつぎの絵も表向きにした。

作業が終わったときには、すべての絵が表向きにされて、額縁に入った重たい絵はうしろ側に、カンバスのままの絵はその前にならべられ、全部が一度に見られるようになっていた。湖の対岸から描いた神殿、葦《あし》の茂みにつながれているボート、バラを這《は》わせた東屋《あずまや》、その他さまざまな風景。ほとんどがアルヴズリー館の庭園内の景色だった。水彩画もあれば油絵もあった。

作業を始めてからどれぐらい時間がたったのか、シドナムにはわからなかった。しかし、突然、アンがドアのそばの場所から一歩も動いておらず、沈黙を守りつづけていることに気づいた。シドナムは深く息を吸って、彼女のほうを見た。

「どれも本当にすばらしい絵だった」といった。

「だった？」アンは彼をじっとみつめた。

「かつてのぼくには」シドナムはいった。「すべてが本質的にひとつだってことが見えていた。手入れの行き届いた庭園と自然のままの森の小道を橋が結んでいるけど、それも本当はひとつだってことが見えていた。人が橋を渡り、万人にとって必要な川がその下を流れてるのが見えていた。こっちの絵に描かれているボートは人間が漕《こ》いでるけど、それも万物の一部にすぎず、人間のほうが偉いとはぜったいにいえないってことが見えていた。あの古い小屋は森の一部で、人が使わなくなれば、あそこもやがて森にもどる。バラは丹精して育てられているが、それを植え、剪定《せんてい》をおこなう手よりも、バラの力のほうが強い——だけど、その手もやはり万物の一部で、未開の地から秩序と美を生みだしている。人間の本能がぼくらをそのように駆り立てるからだ。こんなことといっても、たわごとにしかきこえない？　それとも、わかってもらえる？」

「わかるわ」アンはいった。「これがあなたの視覚だったってこともわかるわ、シドナム。絵のなかにそれが見える。絵そのものよりも偉大な何かと一緒にそれが脈打っている」

「本当にすばらしい絵だったんだ」シドナムはためいきをついた。

「またそんなことを」アンはいった。「すばらしい絵だったなんて。現在形で〝すばらしい〟といえるんじゃないの？　わたし、驚嘆してるのよ。ここが感動でいっぱい」アンは心臓に手をあてた。

「どれも少年の作品だ」シドナムはいった。「ぼくを驚嘆させたのは、記憶のなかで思ってたほどいい絵じゃないってことなんだ」

「シドナム——」アンが何かいおうとしたが、彼が手をあげて制した。

「人間は変わっていく」といった。「ぼくも変わった。もはや少年ではない。芸術的な視覚もそうだってことに、ぼくは気づいていなかった。永遠に変わらないものだと思っていた。きみ、きのう、なんていったっけ？　視覚を適応させるとかなんとかいってたね」

〝ひょっとすると、あなたは自分の思いどおりに視覚を変化させる代わりに、視覚に支配されてるんじゃないかしら〟彼女の言葉がまざまざとよみがえった。

「ええ」アンがいった。「努力すれば、たぶんできると思ったの」

「きみはぼくの肉体的条件についてそういった。だけど、それは年齢と歳月にもあてはまることだ。ぼくの年齢と経験が視覚に影響を与えているはずだ」

「いまのあなたが絵を描いたら、どんなふうにちがってくるの？」

「この少年は」腕で弧を描いて絵のほうを示しながら、シドナムはいった。「ロマンティックな子だった。すべてを結びつけるものは美だと思っていた。人生は彼にとって美しいものだった。彼はとても若かった。人生のことがほとんどわかっていなかった。美を目にしてはいたが、本物の情熱を感じたことはなかった。感じるわけがない。何も知らなかったんだから。美と反対のものが持つ力に遭遇したことがなかったんだから」

「じゃ、いまのあなたは以前より冷笑的になったの？」

「冷笑的？」シドナムは顔をしかめた。「いや、そうじゃない。いまのぼくは、人生に醜い面があることを知っている――人生にかぎらないけどね。どんなものでも単純に美しいだけではないことを知っている。ぼくはこの少年みたいにロマンティックな人間ではない。だけど、冷笑的でもない。人生には何かつねに存在するものがあるんだよ、アン。強靭《きょうじん》な何かが。きわめて弱くて、そのくせ、信じられないほど力強い何かが。〝神〟とでもいえばいいのかな。もっとも、すべてを結びつけているのは何かということを説明するのに、その言葉を使うのはいやなんだが。すぐさま超人的な存在を思い浮かべてしまうから。ぼくがいいたいのは、そういうことじゃないんだ」

「愛？」アンが意見を出した。

「愛？」シドナムは顔をしかめて考えこんだ。

「レディ・ロズソーンがデイヴィッドを連れて崖の上へ絵を描きに出かけ、たまたまあなたが通りかかったあの日、こんなことをおっしゃったのを覚えてるわ」アンがいった。「とても胸を打たれたので、記憶に残ってるの。ええと……」アンは目を閉じて、しばらく考えこんだ。「そうそう、こうだったわ。〝物事の真の意味は奥深いところに隠れている、物事の真の意味はつねに美しい、ということが。だって、あふれるような愛があるんですもの〟」

「あふれるような愛。モーガンがそんなことを？　ぼくも考えてみなくては。彼女のいうとおりかもしれない。愛。きわめて強靭なものだ。ちがう？　愛がなければ、ぼくが半島の日々を生き抜くことはできなかっただろう。憎悪にはそのような力はない。ぼくをとらえた者たちを憎むことに心を集中しようとしたときは、心がボロボロになりかけた。代わりに、キットやほかの家族のことを考えた。そして、最後には、ぼくをこんな目にあわせた連中の母親や妻や子供たちのことを考えるようになった。ぼくたちはつい、愛が人間の感情のなかでもっとも弱いもののひとつだと思ってしまう。だけど、ちっとも弱くないんだ。〃あふれるような愛〃か。気に入った」

「で、どうなさるおつもり？」アンがシドナムにきいた。

彼は首をまわして彼女を見た。

「もちろん、ここにある絵には満足できない」といった。「ぼくの唯一の芸術的遺産として、このようなものを遺すわけにはいかない。新たに描くしかない」

「どうやって？」

一瞬、恐怖が、そして、恐ろしい挫折《ざせつ》感が彼をとらえた。左手と口で？

〃ひょっとすると、あなたは自分の思いどおりに視覚を変化させる代わりに、視覚に支配されてるんじゃないかしら〃

「大いなる意志の力を発揮して」シドナムはそう答え、彼女のところまで行って前に立った。身を寄せて、体重のすべてを彼女にあずけた。「だが、具体的な方法はわからない。何か考えてみるよ。きみはいったいどんな運命に導かれて、ぼくの人生にあらわれたんだろうね、アン」

「わからないわ」アンが答え、シドナムは彼女の目に涙が浮かんでいるのを見た。

「きみはあそこにいて待っていた。ぼくにこんな運命がふりかかる以前から、きみは自身の体験によって、ぼくを救いにやってくる準備をしてくれてたんだ。そして、ぼくのほうも、こんな運命がふりかかる以前から、きみを救いに行く準備をしていた。ぼくが正しいといってくれ。二人で助けあうことができるといってくれ」シドナムは彼女の唇に軽く唇をつけた。

「おっしゃるとおりよ。それぞれの人生で体験したすべてのことが、わたしたちを、いまのこの瞬間に連れてきてくれたのよ。なんてふしぎなのかしら！　ついきのうも、ローレンが似たようなことをいってたわ」

シドナムは彼女の唇に強く唇を押しつけた。

だが、最大の奇跡は、ふたたび絵を描く気になったことではなく（ふつうだったらありえない）、この女性にめぐりあえたことだ。彼女は自らの体験を通じて彼の痛みが理解できるようになっていて、半島から帰国して以来無意識のうちに痛みを抑えこんできた彼に、痛みに敢然と立ち向かうための勇気を与えてくれた。また、彼のほうも自らの体験を通じて、彼女の痛みが理解できるようになっていた。ああ、彼女の傷を癒す手助けとなる方法が見つかればいいのだが。何か方法はないものだろうか。

「下へおりて、散歩に出かけよう。ねっ？」シドナムは提案した。「肌寒いけど、いい天気だもの」

ドアをあけ、彼女と一緒に部屋を出て、ドアを閉めてからふたたび手をつないだ。自分の絵も、過去の自分と視覚も、背後に置き去りにして。壁に立てかけられた絵のまわりで、窓からさしこむ日の光を受けて埃の粒子が舞っていた。

もう一度絵を描いてみようと決心したいま、ふしぎなことに、かつては人生でただひとつの燃えるような情熱の対象であった絵が、もはやそうではなくなっていた。もっと大切なものがいくつもある。

妻がいる。義理の息子がいる。生まれてくる子供がいる。

ぼくの家族。

あふれるような愛。

こんな言葉を思いつくとは、さすがモーガンだ。

20

翌日も大気は秋の肌寒さに満ちていたが、アンには太陽の温もりが感じられた。太陽のほうへ顔をあげ、読書しているふりはやめることにした。本を持って出たのは、そうすればデイヴィッドもシドナムもこちらの存在を意識せずにすむだろうと思ったからだった。ところが、二人とも彼女のことなど眼中にないようだ。アンは朝露の湿り気を防ごうとして芝生に広げた毛布の上に本を置き、暖かなマントの下で膝をかかえこんだ。

デイヴィッドとシドナムが絵を描いている――それぞれに。

戸外で油絵を描くのは、道具がたくさん必要なので、あまり楽な作業とはいえない。しかし、デイヴィッドは外に出たがった。そして、シドナムも。

いま気づいたのだが、アンが先ほどまで本に顔を埋めていたのは、シドナムを見るのが怖かったせいもあった。彼のイーゼルは湖の北側に置かれていたが、屋敷からかなり離れていた。きのう見た絵のひとつに描かれていた場所であることに、アンも気づいた。水中に葦が生えている。短い木の桟橋にボートがつながれている。湖の中央のそう遠くないところに小さな島がある。

あの絵に描かれているのと同じく、水面に太陽がきらめいていた。しかし、今日はかすかな風もあり、湖の表面に小さな波が立っている。きのう見た絵は、湖面が鏡のように静かだった。

デイヴィッドが何度かアドバイスを求め、シドナムはそのたびに、自分の作業が邪魔されることに文句もいわずに助けてやっていた。しかし、あとはほとんど——まる一時間にわたって——自分のイーゼルの前で絵に没頭していた。絵筆を左手に短剣のごとくつかみ、描くときは絵筆の端を口にくわえて固定しながら。

アンのいる場所からでは、絵の出来栄えは見えなかった。最初のうちは、挫折を示すしぐさや、声や、それ以上に不吉なものを薄々覚悟していたのだが、やがて、ぜったいに無理と思われることへの挑戦に彼を追い立てたのもそうひどいまちがいではなかった、といううれしい思いが湧いてきた。

自分の緊張や疑惑をシドナムに感づかれそうな気がして、なるべく気分をゆったりさせようとした。しかし、アンの存在など彼の意識のなかにはなさそうだった。

学校はいまごろどんな様子だろうと考えた。ライラ・ウォルトンは地理と数学のクラスで、正式な教員にとりたてられるに充分の授業をしているかしら。ただ、まだまだ若すぎる！　アグネス・ライドは学校生活に慣れてきて、喧嘩腰で周囲に自分を認めさせようとしなくても受け入れてもらえることを悟ってくれただろうか。今年のクリスマスのお芝居は誰が演出するの？　わたしがいなくて、スザンナが寂しがっていないかしら。クローディアは？

アンはみんなに会えないのが寂しかった。しばらくのあいだ額を膝にもたせかけ、学校のたたずまいと匂いと雰囲気をなつかしく思いだし、ホームシックの波に包まれた。新妻というのは基本的にいくら幸せでも、家族からひき離されて、最初のうちは喪失感に包まれるものなのだろうか。

スザンナとクローディアがわたしの家族だった。

〝きみは実家に帰らなきゃ、アン〞

〝グロースター州に〞

シドナムは勇敢にも希望を持った。ふたたび夢を実現することにした。いま、絵を描いている。

でも、二人の立場はまったくちがっている。

彼が例によって片手だけでぎごちなく、だが、てきぱきと絵筆を洗っているのが目に入ったので、アンは立ちあがり、少々緊張しながら彼のところへ行った。しかし、彼は近づいてくるアンを見るなり、無言で脇へどいてカンバスを見せてくれた。

みごとな絵だった。屋敷にあったシドナム自身の作品も含めて、アンがこれまでに見たどの絵ともちがっていた。絵具が大胆にカンバスに叩きつけられている。また、ある種のぎごちなさがあり、筆遣いのひとつひとつが肉厚で、ほかとくっきり区別できる。たとえ欠点があったとしても、そんなものはアンの目に入らなかった。彼女が目にしたのは光とエネルギーと動きに満ちた湖と葦で、それがボートと桟橋の両方を圧倒し、破壊してしまいそうな強烈な美を放っていた。同時に、気品といってもいいような何かが、弾力に満ちた何かがあり、それがボートと葦を当然のように結びつけていた。人類が自然を支配してきたのではない。むしろ、その一部となり、その力を借り、その浮力をともに経験することを、湖が人類に許してきたのだ。

あふれるような愛。

いえ、もしかしたら、不器用に描かれただけの風景を、わたしが深読みしすぎているのかも。偉大さの証拠を見たいと願っているだけかもしれない。

だが、証拠はまちがいなく存在していた。絵には素人の彼女の目にも、それは明らかだった。

観察力と情熱に満ちた絵だった。

彼を見あげると、失われた右目をおおう黒い眼帯が印象的だった。彼の視覚は変化した──心の目も、ものを見る目も。そして、いまの彼は、彼女がきのう見た絵を描いた少年とは別人になっている。あれ以来、美しさだけでなく、醜さも目にしてきた。だが、くじけなかった。敗北を堂々と受け入れ、つぎにそれを乗り越え、勝利に変えたのだ。

「シドナム」アンはゆっくりと彼に笑いかけ、浮かんだ涙をこらえるために目をしばたたかせた。「踏みならされた小道を何年ものあいだのんびり散歩していたあとで、深い森のなかへ分け入っていくようなものだ。だが、ぼくは新たな小道を造ってみせる。つぎの絵はもっとよくなるし、そのつぎはさらによくなるだろう。そして、完璧をめざして、手探りの探求がふたたび始まる」

「大変な作業だよ」シドナムがいったが、その目は輝き、声には力がみなぎっていた。

すくなくとも、それは彼女にも感情移入できることだった。

「わたしも学校で教えていたとき、年ごとに授業の内容と方法をすこしずつ変えたものだったわ。今年こそ完璧な授業をしてみせようと決意して」

「アン」シドナムの目から激しい輝きが薄れ、おだやかな気遣いを浮かべて彼女をみつめた。「アン、最愛の人、きみはぼくに多くを与えてくれた。なのに、ぼくはきみが大切にしていたものをすべて奪い去ってしまった。きみに残されたのは息子だけだ。どうすれば埋めあわせができるだろう」

しかし、アンが反論する暇もないうちに、デイヴィッドが二人を呼んだので、二人は彼のところへ急いだ。

「ボートがまだ茶色すぎるんだ」アンには目もくれずに、デイヴィッドはいった。「それから、水が青すぎる。ただ、平板な感じじゃなくなったのはうれしいけど」

「フムフム」シドナムはいった。「きみのいいたいことはわかるよ。だけど、油絵のすばらしい点は、すでに描いたものに絵具を足していけるってことなんだ。そのボート、ほとんど新品に見えるだろ。湖に浮かんでるボートの古びた感じをきみが見たままに表現するには、どうすればいいかな。おや、船体の木がところどころはがれてるのをうまく描いたじゃないか――きみは絵筆でそれをとらえた。えらいぞ」

「この色をすこし溶けこませたほうがいいの？」

二人が話しているあいだに、アンは毛布のところまでゆっくりもどり、姑《しゅうとめ》が持たせてくれた小さなピクニック・バスケットの蓋《ふた》をあけた。チーズをはさんだロールパン、菜園でとれたばかりの新鮮なニンジン、つやつやのリンゴが一人に一個ずつ、リンゴ酒の瓶、レモネードの瓶。

絵の道具をすべてきれいに拭いて片づけたあと、湿ったカンバスはイーゼルに立てたまま乾燥させることにして、三人で食べものと飲みものを残らずたいらげた。アンにとっては至福の一日で、ティー・グウィンの家に着いたら家族としてうまくやっていけそうだ、幸せな暮らしができそうだ、という期待がこれまでになく大きくふくらんだ。しかも、赤ちゃんが産まれてくる。お腹に子供がいるとわかったときは不安でならず、恐怖すら抱いていたので、また母親になれるという大きな喜びに心を向けることができたのは、ようやく最近になってからだった。できれば今度は女の子がほしかった。でも、息子がもう一人できるのも、それと同じぐらいすばらしい。彼女が心から願っているのは、元気で丈夫な赤ちゃんが産まれることだった。

もちろん、夫婦生活のない結婚になる恐れがあるという大きな問題は、いまだに残っている……。

そのとき、なんの前触れもなく、アンが予想もしていなかったときに、そして、警戒心がすっかり薄れていたときに、重大な危機に直面することとなった。いずれその危機が訪れることを覚悟してはいたものの、まだ心の準備ができていなかった。デイヴィッドが質問を始めたのだ。

「あなたはぼくの義理のお父さん」毛布の片側に膝をつき、シドナムをじっとみつめて、デイヴィッドがいった。「そうでしょ？」

「そうだよ」シドナムは答え、しばし間を置いてから、リンゴをまたひと口かじった。「きみのお母さんと結婚したから、きみはぼくの義理の息子になった」

「でも、ほんとのお父さんじゃない」デイヴィッドはいった。「お父さんは死んだ。溺れて死んだんだ」

「ぼくはきみのほんとのお父さんではない」シドナムは認めた。

デイヴィッドがアンに目を向けた。

「お父さん、なんて名前だったの？」

アンはゆっくりと息を吸った。

「アルバート・ムーアよ」真実を教えるにはこの子はまだ幼すぎる、と自分を納得させることはもうできなかった。

「じゃ、ぼく、どうしてデイヴィッド・ムーアじゃないの？」

「あなたのお父さまと結婚しなかったからよ」アンは説明した。「だから、あなたはママと同じ苗字なの」

「でも、死んでなかったら、ママと結婚したはずだよね」デイヴィッドは顔をしかめた。

嘘をつくのは心苦しかったが、残酷な真実を告げるには、デイヴィッドはまだまだ幼すぎる。

「でも、死んじゃったのよ」アンはいった。「とっても悲しいことだけど」

ちっとも悲しくなんかなかった。

「ジョシュアおじちゃんは、ジョシュア・ムーアだよね」デイヴィッドはいった。「じゃ、あのおじちゃん、ぼくの親戚なの？」

「アルバートのいとこだったのよ」アンは息子に説明した。「だから、あなたとも親戚になるの」すこし離れた親戚だ。

「ダニエルとエミリーはぼくのいとこなんだ」

「またいとこよ、ええ」

「ママ」デイヴィッドは傷ついた目で母親を見た。「ほかに誰がいるの？　バトラーさんにはキットおじちゃんと、ローレンおばちゃんと、アンドリューと、ソフィーと、ジェフリーと、おじいちゃんと、おばあちゃんがいるけど、ぼくとは血がつながってない。だって、バトラーさんは義理の父親なんだもの。ぼくのほんとの親戚って誰がいるの？」

毛布の上に置いた彼女の手にシドナムの手が触れた。手はすぐに離れたが、アンはそれが偶然ではなかったことを察した。シドナムは立ちあがり、湖岸のほうへ歩いていった。ただ、声の届く範囲からは出なかった。

「コーンウォールのレディ・プルーデンスを知ってるでしょ」デイヴィッドを毛布の上へひっぱりあげ、自分の横にすわらせながら、アンはいった。「ほら、漁師のベン・ターナーと結婚した人。それから、レディ・コンスタンス。ペンハロー館の執事をしているソーンダーズさんと結婚した人ね。それから、たぶん、レディ・チャスティティのことも覚えてるでしょ。わたしたちがリドミアに住んでたころ、ペンハロー館にいた人。いまはレディ・ミーチャムと呼ばれて、ご主人と暮らしてるけど。その人たちはみんな、あなたのお父さまの妹なのよ。つまり、あなたの叔母さまたち」

デイヴィッドの目が大きくなり、いっそう傷ついた表情になった。

「誰もそんなこといわなかった。ママもいわなかった」

「ママはその人たちのお兄さまと結婚しなかったんですもの」アンは説明した。「あなたも大きくなったら、それが大きな差を生むということがわかると思うわ。ママはね、その人たちの好意に甘えたくなかったの。でも、ジョシュアにいわれたわ――みんなが血縁関係を認めたがってて、あなたを甥として喜んで受け入れてくれるだろうって」

みんなの好意に甘えたくなかったからというのは、もちろん嘘だった。デイヴィッドに父親がいて、それがアルバート・ムーアであることを、彼女自身がどうしても認めたくなかったのだ。しかし、自分のために望んだことがかならずしもデイヴィッドのためにならなかったことを、アンも理解するようになっていた。

考えただけでもぞっとするが、アルバート・ムーアがデイヴィッドの実の父親なのだ。

「ほかにも誰かいるの？」デイヴィッドがきいた。

デイヴィッドの祖母にあたる先代のホールミア侯爵夫人のことだけは、アンの口から話す気になれなかった。夫人はすでにコーンウォールの住人ではなく、アンを、そして、デイヴィッドを徹底的に憎んでいる。しぶしぶ顔をあげると、シドナムが肩越しにアンをじっとみつめていた。

アンはふたたび深く息を吸い、ゆっくりと吐きだした。

「グロースター州におじいちゃんとおばあちゃんがいるわ。血のつながったおじいちゃんとおばあちゃんよ。ママのお父さんとお母さんなの。それから、サラ叔母さんとマシュー伯父さんがいるわ。ママの妹とお兄さん」

デイヴィッドはふたたび膝をつき、目をまん丸にしてアンをみつめた。

「じゃ、いとこは？」

「さあ、知らないわ、デイヴィッド。もう何年も会ってないし、手紙ももらってないから」

しかし、じつは母親から手紙を受けとっていた。もっとも、年に二回ずつ届く母親の手紙はいつも短く、そこに書かれているのは家族に関係のない事柄ばかりだった。

「どうして？」デイヴィッドは知りたがった。

「たぶん」アンは息子に笑顔を見せた。「ママがずっと忙しかったせいね。あるいは、みんなのほうが忙しかったのかも」

デイヴィッドは彼女をみつめつづけていた。アンは彼が口をひらく前からなぜか、つぎにどんな言葉が飛びだすかを予期していた。

「けど、いまはもう忙しくないじゃない。その人たちに会いに行こうよ、ママ。行けるよ。義理のお父さんが連れてってくれる。行けるよ。ねっ?」

アンは乾いた唇をなめた。シドナムのほうへは二度と目を向けなかった。だが、彼が湖のほうへ顔をもどしたことは、薄々わかっていた。

嘘をつけばよかった。

ううん、そうじゃない、本当のことをいう潮時だった。デイヴィッドにも真実を知る権利がある。

「そのうち行きましょうね」アンはいった。

「いつ?」

「ここでの滞在が終わったら、考えてみてもいいけど――」アンはいった。「でも、まだ決めたわけじゃ――」

「やったァ!」デイヴィッドは叫んで、さっと立ちあがった。「いまの、きいた? ほんとのおじいちゃんとおばあちゃんがいて、ぼくたち、会いに行けるんだ。キットおじちゃんとローレンおばちゃんに知らせなきゃ。いますぐ知らせてくる」

「絵の道具を持ってったほうがいいわよ」アンがそういうと、デイヴィッドは絵のところへ飛んでいき、道具をすべてかかえこみ、カンバスの表面を汚さないよう注意しながら、アンとシドナムを待とうともせずに、屋敷のほうへ駆けていった。

アンは膝をきつくかかえ、うなだれて、額を膝にのせた。

シドナムは考えこんだ――二日前の午後に自分が神殿であんなふうにいわなかったら、アンははたして実家のことをデイヴィッドに話していただろうか。実家へ連れていく約束までしていただろうか。

実家の人々はアンを拒絶した。いや、許したのだ。そのほうがもっと悲惨だ。しかも、デイヴィッドのことはけっして尋ねてくれず、会いたいとは一度もいってくれなかった。

アンがいま何を考えているのか、シドナムは推測するよりほかになかった。しかし、彼女の決心はもはやひるがえせない。母親の実家へ行けるというので、デイヴィッドが有頂天になっている。

「ボートを漕いだ経験は？」シドナムはきいた。

「えっ？」わけがわからないといいたげな、きょとんとした目で、アンが彼を見あげた。

「ぼくはある。ずっと昔のことだけどね。いまでも漕げると思うよ。ただし、自滅的な結果になりそうだ。片腕でボートを漕いだんじゃ、ぐるぐるまわりつづけるだけで、どこへもたどり着けない。それって人生に似てるような気がするな。悲観的な見方をするなら」

シドナムは彼女に笑いかけた。自分の不自由な身体を冗談のタネにできるのを、彼はけっこう楽しんでいる。

「わたしも漕いだことがあるわ、ええ」アンは彼の向こう側へ用心深く目をやり、彼とディヴィッドがしばらく前に描いていたボートを見た。「コーンウォールの海辺で何年か暮らしたから。でも、長時間漕ぐことはなかったわ。あまり上手でもなかったし。いつもオールを水中に深く入れすぎてしまって、波に乗ってボートを進める代わりに、海を押すようにして強引に前へ進もうとするの」

「疲れそうだ」

「しかも、ぜったい進めないの」アンは認めた。

「もう何年も島へ行ってないな。これから行ってみない？」

「わたしが漕ぐの？」アンは目の上に手をかざした。距離を目測しようというのだろう。「あなたに一時間から三時間ほど時間の余裕があれば」

「でも、ぼくは騎士道精神にあふれてるからね、きみ一人に漕がせるようなことはしない。二人でひとつのチームになろう――きみは右側のオールを持つ。ぼくは左側」

「災いを招くもとだって気もするけど」アンはいった。

「きみ、泳げる？」

「ええ」

「ぼくのほうは、水にぷかぷか浮いて、どうにか頭が沈まないようにしていられる。転覆しても生き延びられるだろう。ま、そんな心配はないと思うけど。きみとぼく自身のボートの腕前を信用しよう。もちろん、そんな度胸はないと、きみがいうなら……」

アンは微笑し、クスッと笑い、それから笑いころげた。

「無鉄砲な人！」

「仰せのとおり」シドナムはニヤッと笑い返した。「だが、ここで質問――ぼくも無鉄砲な女を妻にしたのだろうか」

「湖の深さはどれぐらい？」アンはふたたび目の上に手をかざし、疑わしげな表情になった。

「いちばん深いところは、きみの眉ぐらいまでだ」

「吊りあげた眉？」

「腰抜けだね」シドナムはいった。「じゃ、屋敷にもどろう」

「あのシートじゃ、ならんですわるのは無理だわ」ボートのほうへ注意をもどして、アンがいった。

「そんなことないよ。身体がくっついてもかまわなければ。ぼくは右腕がないから、場所をとらないし。覚えといてくれ。それに、きみはそんなに大きくない――いまはまだ」

アンの目がさっと彼の目をとらえ、頬が紅潮した。

「あなた、やっぱり無鉄砲だわ」と、ふたたびいった。「やりましょう」

たしかに、とんでもない提案だ。彼自身もそれを認めるにやぶさかではなかった。困難だが可能なのは何か——乗馬がその一例——そして、完全に不可能なのは何か、という色分けを以前にやってみた。ボート漕ぎは後者だ。だが、考えてみれば、絵もそうだった。それどころか、つねにリストのトップにきていた。しかし、けさは絵を描いた。おかげで、いまはもうなんでもできる気分だった。まぎれもなきヘラクレスの心境だった。

桟橋は彼の記憶にあるよりもぐらぐらしていた。しかし、シドナムは用心深く桟橋に足を踏みだして、ボートを支え、まず彼女が乗りこんだ——きわめて慎重に、そして、彼の助けを借りずに。彼は一本しかない腕でボートを支えているのだから。アンは向きを変えてシートに腰をおろし、笑い声をあげ、こわごわといった様子でマントを腕からどけた。つづいてシドナムが乗りこみ、アンが彼の場所を作ろうとしてシートの上で腰をずらし、その拍子にボートが危なっかしく揺れた。アンが悲鳴をあげ、二人で笑った。

たしかに彼女の言葉が正しかった。シートにならんですわるのはかなり窮屈だった。

「ねえ」片方のオールを手にとり、オール受けにはめこみながら、アンはいった。「わたし、ゆうべ、忘れずにお祈りしたかしら」

「きみが忘れてたとしても、ぼくはちゃんと祈ったよ」反対のオールをつかんで、彼がいった。「それで二人分になる」

彼がもやい綱をほどき、桟橋を押すと、ボートは桟橋から離れた。

アンはまたしても悲鳴をあげ、笑いだした。

島まで漕いでいくのにたっぷり半時間かかった。しかし、ようやく島の岸辺に着いて、ボートから飛びおり、乾いた陸地へボートをひきずりあげながらシドナムがいったように、最初から直線コースを進んでいれば、いまごろはイギリス海峡往復をなしとげていたことだろう。ところが、最初の二十分間は、オールさばきのコツを思いだすのに気をとられたため、また、ようやくコツを呑みこんでからも二人の調子を合わせて漕ぐのが大変だったため、ぎごちない円を描いてぐるぐるまわりつづけるだけだったのだ。

二人ともお腹をかかえて笑いころげ、アンはもう言葉も出ないほどだった。

「いったい《オン・アース》どうやってもどるつもり？」アンはきいた。

「地面の上《オン・アース》は通らない」シドナムが答えた。「きみが湖の底を走りたいというなら、話はべつだけど、アン。ただし、その場合は眉を吊りあげておいたほうがいい。でないと濡れてしまう。ぼくはボートを漕いでもどるつもりだ」

アンの手をとったシドナムは、オールを漕いだためにてのひらが赤くなり、線がついているのに気づいて、その手を自分の唇に持っていった。

「水ぶくれになったら、ぼくは自分が許せない」

「水ぶくれの二つや三つ、安いものだわ」アンはいった。「こんなに楽しかったんですもの。あなたが最後に楽しんだのはいつかしら、シドナム？　こういうとんでもないバカ騒ぎって意味よ」

シドナムは思いだそうとしたが、だめだった。

「遠い遠い過去のことだ」といった。

「わたしも過去のことだわ」

「じつに楽しかった」シドナムは同意した。「だけど、最終判断を下すのは、無事にもどって向こう岸に足をつけるまで待ったほうがいい。さあ、反対側の岸を見にいこう」

ここは小さな人造の島だった。反対側の岸が昔から彼の大のお気に入りだった。水泳にうってつけだし、屋敷から見られる心配がない。もっとも、どっちみち距離がありすぎて、屋敷からここを見るのは無理だろうが。草むらがゆるやかに傾斜して水辺までつづき、夏はここが野の花で覆われる。いまも丈夫な品種がいくつか生き延びていた。彼と兄たちはしばしば裸になって泳いだものだが、家の者にばれたことは一度もなかった。

「ここにいると、至福のひとときね」腰をおろし、水面をみつめながら、アンがいった。

「毛布を持ってくればよかったな」シドナムはいった。

「草は乾燥してるわ」アンは片手で草をなでた。「それに、風もあたらないし。暖かいといってもいいぐらい」

シドナムは彼女の横にすわり、寝ころんで空を見あげた。

「シドナム」何分かたったころ、アンが彼の上に身をかがめ、顔をみつめていった。「連れてってくださる？」

「グロースター州へ？　いいとも。喜んで」

彼女が彼をじっと見おろした。

「何があったのか、そろそろあなたに話すべきね」

「うん」シドナムはいった。「そのほうがいいと思うよ」

彼は片手をあげ、手の甲で彼女の頰に触れた。

「横になるといい」といって、草の上に腕を伸ばし、アンがそこに頭をのせられるようにした。彼女がボンネットを脇に置いて寝ころぶと、シドナムは彼女に腕をまわして、頭を自分の肩のほうに抱きよせた。

「話したほうがいいと思うよ」ふたたびいった。

「わたし、ヘンリー・アーノルドと結婚するのが夢だったの。でも、二人とも若すぎた――結婚するにはまだまだ若すぎた――それに、父のふところ具合が苦しかったから、二年ほど家庭教師として働くことにしたの。で、コーンウォールへ行ったんだけど、しばらくは心臓がはりさけるかと思うほど悲しかったわ。ヘンリーとは幼馴染みだから、家族に会えないことより、彼に会えないことのほうがつらかった。正式に婚約したわけではないけど、二人がそのつもりだってことは誰もが知ってたわ。みんなが喜んでくれた――彼の家族も、わたしも家族も」

なのに、そいつは彼女を捨てた。シドナムは彼女の話がもっとも悲惨な部分に入るのを待った。

「でね、久しぶりに実家に帰ってヘンリーの二十歳のお誕生日を祝ってからすこしたったころ、わたしは実家に手紙を書いて……自分の身に何がおきたかを知らせなくてはならなくなったの。ヘンリーにも手紙を書いたわ」

そして、その卑怯《ひきょう》な男は彼女を捨てた。

「母から返事がきたわ。こう書いてあった――わたしたちはあなたを許します。あなたが望むなら、あとで実家にもどってもかまいませんが――赤ちゃんが産まれたあとって意味でしょうね――もどってこないほうがいいような気がします」

シドナムは目を閉じ、片手で彼女の髪をもてあそんだ。そんなときに娘のそばに駆けつけない母親がどこにいる? 娘を傷ものにした悪党に詫びを入れさせようとして駆けつけない父親がどこにいる?

「ヘンリーからの返事はなかったわ」

そうさ、そんなやつが返事なんかよこすものか。

「そして、母の最初の手紙からちょうど三週間後」アンはいった。「また母から手紙がきたの。妹のサラが結婚したという知らせだった。相手は――ヘンリー・アーノルド。わたしの最初の手紙が届いてから一カ月後のことだった。ちょうど、教会での結婚予告に必要な期間ね。今度の手紙にも、わたしが実家にもどらないほうがいいだろうって書いてあった。たぶん、〝永遠に〟って意味だったんでしょうね」

シドナムの手は彼女の髪のなかで静止していた。

「それ以上どれだけの打撃に耐えられるのか、自分でもうわからなかった」アンの声は前より甲高くなっていた。「最初はアルバート。それから、子供ができたことを知った。それから、先代のホールミア侯爵夫人――アルバートのお母さま――に解雇された。つぎは、自分の父親と母親から拒絶された。そして、最後にこの裏切り。どんなに恐ろしいことか、あなたにもわからないと思うわ、シドナム。わたしは乙女心のすべてを傾けてヘンリーを愛してきたのよ。しかも、サラはわたしの大事な妹だった。青春の希望と夢を打ち明けあったものだった。わたしがヘンリーをどんなに愛してたか、サラにはよくわかってたはずなのに」

アンはシドナムの肩に顔を埋めた。シドナムは彼女の頭のてっぺんに唇をつけようとして向きを変え、彼女が泣いていることを知った。二日前にアンがやってくれたように、今度は彼が彼女を強く抱きしめた。話しかけるのは控えた。何をいうことがある？

アンはようやく泣きやみ、静かになった。

「変だと思う？」彼に尋ねた。「わたしが実家にもどらなかったこと」

「いや」

「クリスマスとわたしのお誕生日には、母から手紙がくるのよ。でも、意味のあることなんてほとんど書いてないし、デイヴィッドのことに至っては、ひと言も触れようとしない。わたしから返事を出すときはいつも、デイヴィッドのことをくわしく書くのに」

「でも、とにかく、お母さんは手紙をくれるんだろ」

「ええ」

「アルバート・ムーアがいまも生きてたら」ふたたび彼女の頭のてっぺんに唇をつけながら、シドナムはいった。「ぼくがどうするか教えてあげよう。やつを見つけだして、片手で八つ裂きにしてやる」

アンは笑いすぎて窒息しかけた。「ほんと？　ほんとにやる気？　彼のことがすこし気の毒になってきた。すこしだけね」

二人はしばらく黙りこんだ。

「デイヴィッドがあの男の息子なんだと思うと、どうしても冷静でいられなくなってしまう。顔まで似てるのよ。わたしは必死に気づかないふりをしてるけど。自分が人前でそれを認めるなんて、いまの言葉を口から出すまで考えもしなかったことよ。でも、たしかに、よく似てるわ」

「だけど、デイヴィッドはアルバートではない」シドナムはいった。「ぼくはぼくの父ではないし、アン、きみはきみの母上ではない。遺伝によって外見が似ることはあるだろうけど、みんな、別個の人間なんだ。デイヴィッドはデイヴィッド。きみともちがう」

アンはためいきをついた。

「アルバート・ムーアはなぜ死んだんだい」シドナムがきいた。「溺死ってことは知ってるけど」

「ああ」彼女の呼吸が乱れていることに、シドナムは気づいた。「わたしは出産を終えて、リドミアの村で暮らしていたの。ある晩、レディ・チャスティティ・ムーアがやってきて、アルバートとジョシュアが釣り用のボートで海に出たことを教えてくれた。ジョシュアは何があったのかをアルバートに問いただすつもりだったみたい。でも、レディ・チャスティティは――アルバートの妹さんよ――桟橋へ行って二人の帰りを待つことにした。真相を知ってたんでしょうね——プルーデンスからきいたんだと思うわ。銃を持ってたわ。で、わたしも一緒に行くことにしたの」

「では、その銃で？」

「ううん。ボートがもどってきたとき、オールを漕いでたのはジョシュアで、アルバートは船の横を泳いでた。きっと、ジョシュアに脅されて海に飛びこんだのね。アルバートが海岸に無事たどり着いたのを見届けるが早いか、ジョシュアはわたしたちに気づかないまま向きを変えて、ボートで去っていったんだけど、桟橋でレディ・チャスティティが銃を構えて、父親に本当のことを白状して永遠に家を出ていくと約束しないかぎり、岸にあがることは許さないっていって、アルバートにいったの。アルバートはせせら笑って、そのまま泳ぎ去った。かなり風の強い日だったわ。二度ともどってこなかった。あとになって、彼の遺体が発見された」

「ああ」シドナムはいった。

ときどき、正義の裁きが下されたように思えることがある。

二人は横になったまま、沈黙のなかにしばらく身を置いた。

「きみが望むなら、ヘンリー・アーノルドを八つ裂きにしてやるよ」ようやく、シドナムがいった。「どう？」

「ううん、だめ」アンは軽く笑い、片手で彼の顔に——損傷を受けた側に——さわった。

「だめよ、シドナム。ヘンリーを恨むのはずっと前にやめたの」

「じゃ、彼を愛するのもやめた？」シドナムはやさしくきいた。

アンは頭をひいて彼を見た。頰を赤く染め、目が充血していて、愛らしかった。

「ええ」といった。「ええ、やめたわ。わたしの味方をする勇気が彼になかったことを、いまでは喜んでるのよ。だって、彼に勇気があったら、わたしがあなたにめぐり会うことはなかったでしょうから」

「そのほうが悲しい？」

「ええ」アンは指で彼の頰を軽くなでた。「悲しいと思うわ」

そして、身体を横向きにして彼の唇にキスをした。シドナムはまずいときに自分が硬くなるのを感じた。

「理解しにくいことだけど」アンはいった。「二人の人生にいろんな災いが降りかかっていなければ、わたしたちが出会うことはなかったでしょう。いまここにいることもなかったでしょう。でも、真実でしょ？」

「そうだね」

「それだけの値打ちはあった？」アンが尋ねた。「いまこうして一緒にいられるようになるために、さまざまな試練をくぐり抜けてきたことに」

シドナムにとって、アンのいない人生はもう考えられなかった。

「あったとも」

「そうね。あったわ」

アンが彼をじっとみつめた。

「わたしを愛して」といった。

シドナムが彼女をみつめ返すと、彼女は唇をなめた。

「ここは明るくて陽ざしにあふれてる。とっても……清らかな感じ。わたし、もう一度清らかになりたいの。この十年、自分が清らかだと感じたことは一度もなかった。なんて愚かなことかしらね。自分が……ひどく汚れているような気がするの」

「シーッ、アン」シドナムは横向きになり、彼女に唇を重ねた。「二度と自分を責めちゃいけない」

「わたしを愛して。もう一度清らかな気持ちにさせて。お願い」

「アン。ああ、大好きだよ」

「でも、たぶん」アンはいった。「あなたはいやでしょうね。だって、わたし――」

シドナムは彼女にキスをして黙らせた。


アン自身にも、これまでそのような自覚はなかった――自分が汚れているという思いはなかった。傷も、醜さも、不当な仕打ちも、苦悩もすべて、心の奥へ強引にしまいこみ、生き抜き、威厳と高潔さを保ち、生活費を稼ぎ、息子を育てるという必要性の下に埋めてきた。

それを口に出したことはこれまで一度もなかった。じっくり考えようとしたことすらなかった。自分の苦悩を否定してきた。一度も泣いたことがなかった――これまでは。今日までは。

しかし、泣いたことで苦悩がやわらぎ、すべてを過去へ置き去りにすることができた——アルバート・ムーア、ヘンリー・アーノルド、サラ、両親。そのすべてを。あとに残されたのは、すべてに耐えて生き抜いたアン、彼女と同じく自力ではどうしようもない事情によって人生をめちゃめちゃにされてしまったもう一人の孤独な男とともに生きることに癒しを見いだしたアンであった。その男がそばにいてくれる——シドナム・バトラー、わたしの夫、愛する人。

二人はこの美しい場所にいた。二人きりで。自然の美と静けさに包まれて。すべてが完璧だ——清らかでない、汚れているという感覚だけが邪魔だった。

だが、清らかさと、安らぎと、喜びが、ようやく彼女の手の届くところにやってきた。それらは愛の力、愛のエネルギーのなかに含まれていた。アンは単なるロマンティックな感情をはるかにうわまわる愛をこめて、シドナムに手をさしのべてきた。そして、いま、自分も愛を受けとることができるのを知った。ようやく——ああ、本当に——愛される価値のある女になれた。

すべての女が伴侶から受けとることを夢見ているような愛を与えることが、シドナムにはできないとしても……。

ちっともかまわない。

彼はシドナム。彼ならきっと……。

「わたしを清らかにして」唇を軽く触れて、アンはもう一度ささやいた。

シドナムは横向きになってアンをみつめたまま、彼女のスカートをたくしあげ、自分のズボンのボタンをはずして、指が長くて形のいい温かな左手で、彼女の下腹部や、尻や、内腿《もも》をなでた。アンは彼の顔をみつめた。火傷や傷跡があるのに、すばらしく美しい――いや、それらがあるからこそ美しいのだ。それらが彼をいまのような人物にしたのだ。彼の頭の背後と二人の周囲に広がる空は真っ青で、太陽が輝いていた。

シドナムが彼女の腿のあいだの熱く濡れた場所に触れた。

「いいの、アン？」

「いいわ」

彼はアンの脚を自分の尻の上まで持ちあげ、自分の位置を調整してから、ゆっくりと彼女のなかに押し入った。そのあいだじゅう頭を持ちあげ、彼女の視線を受け止めていた。

とろけるような悦びだった。いま、シドナムが彼女のなかに入っている。彼女は彼を締めつけ、深く受け入れ、微笑した。

「すてきよ」とささやいた。

たぶん――それから数分のあいだ、彼女は考えつづけた――この人に自由な選択が許されていたなら、わたしを人生の伴侶として選ぶことはなかっただろう。それでも、この人は愛とやさしさと思いやりに満ちている。彼はアンに視線を据えたまま、ゆっくり、深く、リズミカルに、時間をかけて彼女を愛した。彼女が下唇を噛《か》むなかで、悦びと驚異の渦が子宮を通って四方に広がり、全身を温もりと光で満たし、ついに、醜さや憎悪や苦さの存在する余地はなくなった。

あとは愛だけ。

あふれるような愛。

シドナムがキスをしながら彼女のなかに自分をほとばしらせると、彼女のなかからも何かがあふれでて彼を包みこんだ。

それは彼女の生涯でもっとも輝かしい瞬間だった。草と水と陽ざしとセックスの匂いがした。

「アン」シドナムがささやいた。「きれいだよ。とってもきれいだ」

「そして、清らかね」女体のなかから抜けだそうとする彼に眠たげな笑顔を見せて、アンはいった。「昔みたいに清らかになれた。傷が消えた。ありがとう」

彼の温かな口づけを受けたまま、アンは眠りに落ちていった。

21

「行ってしまったの？　もう？」

　ビューカッスル公爵夫人はアルヴズリー館の客間の椅子に身を沈め、両手を温めようと暖炉の火にかざした。

「けさ発ったばかり」ローレンがいった。「お会いになれなくて残念でしたわね」

「わたしのこと、ずいぶん礼儀知らずだと思っておいででしょうね」公爵夫人はそういって、伯爵夫人とローレンに微笑みかけた。「まるで、バトラー夫妻に会うためだけにお訪ねしたような態度をとってしまって。じつは、あなたがたにもお会いしたくてうかがいましたの。でも、正直に告白すると、二人が行ってしまったことを知ってほんとにがっかりだわ、ローレン。二人がお式らしいお式も挙げなかったようで、それがずっと気にかかっていたのよ」

「うちでもショックを受けましたよ、クリスティーン」伯爵夫人はいった。「でも、二人が大急ぎで結婚してしまったんですもの。だって……あの、愛しあっていたから」

公爵夫人は頰にえくぼを刻んだ。

「そうですわね。デイヴィッドがすべて話してくれました。でも、あの子ったら、かわいそうに、ウルフリックの片眼鏡の猛攻撃にさらされてしまって」

三人の貴婦人は笑いさざめいた。

「シドナムがふたたび絵を始めましたのよ」ローレンが椅子の上で身を乗りだしていった。

「左手と口を使って。わたしたちに見せてくれた絵はみごとなものでした。ねえ、お姑《かあ》さま。シドナムにいわせると、恐ろしく下手くそだそうですけど。でも、笑顔でそういっていました。自分に満足していて、もう一度挑戦するつもりでいるのが明らかでしたわ。お舅《とう》さまったら、あわてて部屋を出ておしまいになって。でも、ドアの外で洟《はな》をかむ大きな音がきこえてきたりしてね」

「まあ」公爵夫人は胸の前で手を握りあわせた。「ウルフリックが喜ぶわ──バトラーさんがまた絵を始めたなんて。それから、モーガンも。わたしから手紙で知らせなくては」

「すべてアンのおかげです」伯爵夫人はいった。「あなたに感謝しなくては、クリスティーン。この夏、アンをグランドゥール館に招待し、シドナムに出会いの機会を与えてくださったことに」

「あら、アンを招待したのはフライヤですわ。ジョシュアとデイヴィッドの父親がいとこどうしだった関係で、ジョシュアがあの子をとてもかわいがっていますの。でも、どうしてもとおっしゃるなら、わたしがその栄誉をお受けしましょう。ジェイムズの洗礼式のあとで、わたしがウルフリックと一緒にウェールズへ行こうと決心しなければ、ほかの人たちもこなかったでしょうから。そしたら、アンが招待されることもなかったでしょう」

「わたしたち、アンのことが大好きになったんですよ」ローレンがいった。

「夏のあいだ、二人の縁結びをしようと、みんな必死だったの」公爵夫人が二人にいった。

「ただし、ウルフリックとエイダンだけはべつ。真実の愛に助けの手はいらないなどという、風変わりな、とても男っぽい観念に凝り固まってるんですもの」

ふたたび三人で笑いころげた。

「もうしばらくこちらでゆっくりしてくれればよかったのに」公爵夫人がいった。

「グロースター州へ向かっているところなの」伯爵夫人が説明した。「アンの実家を訪れるために」

「ほんとですの？」公爵夫人の顔に興味が浮かんだ。「ジョシュアがいってましたわ――アンはご実家と疎遠になっているって。実家の人たちと疎遠になるって、ほんとに悲しいこと。わたしも経験からわかるんです。もっとも、わたしの場合は姻戚と疎遠になったんですけど――最初の夫の身内だった人たちと」

「どうやら」ローレンがいった。「実家を訪ねるようアンを説得したのは、シドナムのようですわ」

「まあ」公爵夫人はためいきをつき、手が温まってきたので、椅子にもたれた。「結婚生活はいい方向へ進んでいるようね。でも、お式らしいお式を挙げていないことはやはり事実だわ。ゆうべ、ウルフリックにその話をしたら、〝バトラー氏はたぶん騒がれるのが嫌いだろう〟って返事でしたけど、最後にはウルフリックも折れて、わたしの手で豪華な披露宴を計画してもいいといってくれました。今日うかがったのはそのご相談をするためでしたの。でも、遅すぎたようね——二人は行ってしまった。まったく腹の立つこと！」

「まあ」ローレンがいった。「きっとすてきだったでしょうね。わたしのほうで思いつけばよかった」

公爵夫人はためいきをついた。「屋敷にもどって、二人が行ってしまったことを伝えたら、ウルフリックが悦に入った顔をすることでしょう」

「すばらしい思いつきだったのにね、クリスティーン」伯爵夫人がいった。

「ええ」二人を順々に見ながら、公爵夫人はいった。「数日中にリンジー館で結婚披露宴をひらく案は中止。でも、がっかりはしませんわ。だって、急な知らせを出したところで、いったい何人が集まってくれたかしら。あまりいい案ではなかったかも」

「代案をお持ちですの？」ローレンがきいた。

公爵夫人はクスッと笑った。「代案ならいつだって用意してましてよ。額を集めて相談しませんか？」

ジュウェル氏は、グロースター州のウィッケルという絵のように美しい村のはずれにある質素な四角い家で、妻と二人暮らしをしていた。

馬車が村を走り抜け、つぎに石の門柱のあいだを通って玄関までの短い石畳の道を進むあいだに、シドナムはバースからせいぜい二十五マイルか三十マイルしか離れていないにちがいないと気がついた。

アンはこの何年か、実家に近いところで暮らしていたわけだ。

朽葉色のマントと、赤みがかったオレンジ色のリボンのついたおそろいのボンネットで、アンはとてもおしゃれに見えた。だが、すこし青ざめていた。手袋をはめた手をシドナムにあずけていた――今日は彼が横にすわり、デイヴィッドは馬に背を向けてすわっている。窓ガラスに鼻を押しつけていて、全身に興奮がみなぎっている。

シドナムがアンに笑いかけ、彼女の手を唇に持っていった。彼女も笑顔を返したが、シドナムがふと見ると、唇まで青ざめていた。

「訪ねていくことを手紙で知らせておいてよかったわ」

「とりあえず、門は閉ざされずにすんだね」

家に入ることを拒否されたら、アンがどう感じるか――そして、デイヴィッドがどう感じるかと、シドナムは心配だった。だが、それでもなお、これが正しいのだという信念があった。アンは四日前、アルヴズリーの小さな島で、彼女の人生を包んでいた闇の大部分と向きあった。それ以来、彼女のなかで太陽が輝いているように見える。二人は毎晩愛しあっていて、シドナムには、彼女も自分と同じ悦びを味わっていることがはっきりわかっていた。

しかし、今日はもちろん、太陽は輝いていなかった——馬車の外でも、彼女のなかでも。

「ここがおじいちゃんとおばあちゃんの住んでるとこ？」デイヴィッドがわかりきったことをきいた。

「そうよ」御者が馬車の扉をひらき、ステップをおろすあいだに、アンは答えた。「ママの育ったおうちよ」

アンの声は低くて心地よかった。顔は羊皮紙のような土気色だった。

誰もノックする暇のないうちに玄関ドアがひらき、召使い——たぶん家政婦だろう——が出てくると、膝を折ってシドナムに小さなお辞儀をした。シドナムはすでに前庭におりたち、損傷を受けていない側を召使いのほうへ向けていた。

「ようこそ」召使いはいった。「奥さまもようこそ」

シドナムに手をあずけて馬車をおりるアンを、召使いが見あげた。

しかし、シドナムが口をひらいて返事をしようとした矢先に、召使いは脇へどき、玄関のところに中年の紳士と婦人があらわれて、外に出てきた。つづいて、もうすこし若い二組の男女が出てきて、そのうしろでは、子供たちが玄関口にかたまり、興味津々といった顔をのぞかせていた。

ああ——シドナムは思った——迷子の羊を迎えるために、みんなが群れをなしている。たぶん、人数が多いほうが安全だと思っているのだろう。

彼の手のなかで、アンの手がこわばった。

「アン」年配のほうの婦人が、紳士――シドナムの推測では、これがジュウェル氏だろう――の一歩先に出て呼びかけた。ふっくらした気立てのよさそうな女性で、こざっぱりした服に身を包み、白くなりかけた髪にレースのかぶりものをつけている。「ああ、アン、あなたなのね！」

女性は両手をさしのべて、さらに二歩進みでた。

アンは動かなかった。片手をシドナムの手にあずけたまま、反対の手をデイヴィッドのほうへ伸ばした。デイヴィッドはステップをころがるようにおりてくると、興奮に目を丸くしてアンのそばに立った。

「ええ、わたしよ」アンは冷たい声でいった。すると、母親はその場で足を止め、腕を両脇に落とした。

「お帰り」ジュウェル夫人がいった。「あなたを迎えるために、みんなが集まったのよ」

アンの視線は母親を通り越して、父親と二組の若い男女に向けられた。玄関ドアのほうを見ると、子供たちが飛びだしたがってうずうずしている。

「家に帰る途中でここに寄ることにしたのよ」アンは〝家に帰る途中〟という言葉をさりげなく強調した。「デイヴィッドを見てもらいたくて連れてきたの。わたしの息子よ。それから、シドナム・バトラー。わたしの夫」

ジュウェル夫人は食い入るようにデイヴィッドをみつめていたが、ここで礼儀正しくシドナムに視線を移した。シドナムはすでに正面を向いて、全員に顔を見せていた。夫人は傍目《はため》にもわかるほどすくみあがった。ほかの者もそろって身をこわばらせた。子供たちの何人かは家のなかに姿を消してしまった。大胆な子供たちは呆然《ぼうぜん》とみつめていた。ここ二、三カ月前のシドナムならうろたえたことだろう――とくに、子供たちの反応に。ここ何年かのあいだ、基本的には、周囲が顔見知りばかりで、自分を受け入れてくれ、よそ者が入ってくることはめったにない土地で暮らしてきた。しかし、いまはもう気にならなかった。アンがありのままの彼を受け入れてくれた。それ以上に重要なのは、たぶん、彼自身がありのままの自分を受け入れたことだろう。自分の限界と、そのために必要となった爽快《そうかい》な挑戦もすべて含めて。

それに、いまみんなの注目を浴びているのは彼ではない。アンなのだ。

「バトラーさま」彼がお辞儀をすると、ジュウェル夫人は膝を折って挨拶し、ふり向いてほかの人々を紹介した――ジュウェル氏、その息子のマシュー・ジュウェルと妻のスーザン、娘のサラとその夫のヘンリー・アーノルド。

シドナムの視線が最後の紳士の上で静止した。彼が見たのは、平均的な背丈で、気立てのよさそうな顔をして、金髪が薄くなりかけている男だった。外見から判断するかぎりでは、英雄でもなく、悪党でもない。その男と短いながらも落ち着いた視線をかわし、こちらがすべて知っていることをアーノルドも察したのを見てとって、満足を覚えた。

お辞儀や、膝を折った会釈や、小声の挨拶がかわされた。そして、アンが見知らぬ他人に対するように頭を下げたとき、ひどく気まずい雰囲気が流れた。

　しかし、ジュウェル夫人はすでにデイヴィッドに注意をもどしていた。「デイヴィッド」ふたたび食い入るようにこの孫をみつめていた。ただ、その場から一歩も動こうとしなかった。

「ぼくのおばあちゃんなの？」声にも目にも熱っぽさを漂わせて、デイヴィッドがきいた。大人たちのあいだに広がった気まずいこわばった雰囲気には気づいていないようだ。その目がジュウェル氏に移った。白髪まじりの髪ときびしい顔つきの、背の高い痩せた紳士。「ぼくのおじいちゃん？」

　ジュウェル氏は背中で手を組んだ。

「そうだよ」

「ほんとのおじいちゃんとおばあちゃんだね」デイヴィッドはアンから離れ、二人をかわるがわるみつめた。「アルヴズリーに新しいおじいちゃんとおばあちゃんがいて、ぼく、二人とも大好きなんだよ。だけど、その人たち、ぼくの義理のお父さんのパパとママだから、正確にいうと、ぼくの義理のおじいちゃんとおばあちゃんなの。でも、こっちは本物のおじいちゃんとおばあちゃんだよね」

「デイヴィッド」ジュウェル夫人が片手を口にあて、泣き笑いのような表情になった。「ええ、そう、本物よ。本物ですとも。それから、この人たちはあなたの伯父さんや叔母さんよ。あの子たちは——何があっても外に出ちゃいけないっていわれてるんだけど——あなたのいとこよ。なかに入って、みんなに会ってちょうだい。そうだわ、お腹がすいてるでしよ」

「いとこ？」デイヴィッドは熱っぽい目で玄関のほうを見た。

ジュウェル夫人が手をさしだすと、デイヴィッドはその手をとった。

「ずいぶん大きくなったのね」夫人はいった。「九つなのね」

「もうじき十歳だよ」デイヴィッドはいった。

アンはさっきと同じ場所に大理石の彫像のごとく立っていた。シドナムにあずけた手はこわばり、静止したままだった。

「さあ、アン・バトラー」唐突にジュウェル氏がいった。「家に入って、暖炉の火で温まりなさい」

「お茶の時間だ、アン」兄のマシューがいった。「ずっと待ってたんだよ。早く着かないかと思いながら」

「ようやくお会いできてうれしいわ、アン」マシューの妻がいった。「それから、あなたのご主人にも」

「アン」妹のサラが小さく呼びかけ、それから夫の腕をとって家のほうへひきかえしたが、その声がアンの耳に届いたかどうかは疑問だった。アンはそちらへ視線を向けようともしなかった。

喜びにあふれた帰郷にはならなかったな――ひらいた玄関ドアのほうへアンを連れていきながら、シドナムは思った。しかし、歓迎されざる帰郷でもない。家族全員がアンとの再会という難題に挑んだのだ。全員がここに住んでいるわけではあるまい。アンが帰ってくるというので、いくら気が進まなくとも、はるばるここまでやってきたのだ。

その事実のなかに、まちがいなく希望がある。

シドナムはアンの手を強く握りしめた。

家に入ると、よそよそしさとなつかしさが入り混じった奇妙な感じがした――ここはアンが育ち、幸せな日々を送った家。なのに、いまの彼女は客間の椅子に背筋を伸ばしてこわばった姿勢ですわり、まるでよそからきた人間のようだ。

父親は老けこんでいた。白髪がふえ、鼻から唇のへりに向かって延びる線もくっきりと目立って、以前よりきびしい顔つきになっている。

胸が痛くなるほどなつかしい顔なのに、見知らぬ他人のようだ。

母親は昔よりも体重がふえていた。髪にはやはり白髪がまじっている。気遣いを浮かべ、目をうるませていた。アンの成長期には、母親は彼女を保護してくれる岩のような存在だった。いまの母親は他人だった。

マシューはあいかわらず細くて、髪も昔のままだが、少年っぽい面影は消えていた。五年前に、五マイル離れた村の教会の牧師に任じられた――ついさっき、本人の口からそうきいた。妻のスーザンは愛らしいタイプの金髪で、ごくふつうの社交の場であるかのように会話を進めようと心を砕いていた。夫婦のあいだには子供が二人いる。七歳のアマンダと、五歳のマイクル。

知らない他人ばかり。

サラはぽっちゃり太り、ヘンリーは髪が薄くなっていた。子供が四人いた。九歳のチャールズ、七歳のジェレミー、四歳のルイーザ、そして、二歳のペネロピ。

チャールズ、九歳。

デイヴィッドは子供たちと——いとこたちと——一緒に、ほかの部屋にいる。みんなと会えたことに、そして、いとこどうしという関係に、有頂天になっていることだろう。デイヴィッドは子供どうしで遊ぶのが大好きだ。相手がいとこであればとくに。だが、ついさっきまで、彼の人生にはいとこという存在が欠けていたのだ。

アンは味もわからないままお茶を飲み、会話は母親とシドナムとマシューとスーザンにまかせていた。

このような形で迎えられようとは予想もしていなかった。家には父と母と二人だけだろうと思っていた。マシューは聖職者だから、わたしを迎えるのをいやがるだろう、サラとヘンリーはわたしがいなくなるまで実家に近寄らないだろう——そう思っていた。二人に対決を強いるべきかどうか、アンは決めかねていた。

ところが、二人はここまでやってきた。アンが帰ってくることを知って。

二人ともまだひと言も口をきいていない。

だが、それならアンのほうも家に入って以来、誰かが食べものやお茶を勧めてくれるたびに感謝の言葉をつぶやく以外、まったく口をきいていない。

最後にこの家ですごしたのは、短い休暇をとってコーンウォールから帰省したときだった。ヘンリーの二十歳の誕生日を祝い、翌年には彼が一人前になったことを祝って二人の婚約を発表しようと計画を立てた。しかし、彼の二十一歳の誕生日がきたとき、アンには子供がいて、ヘンリーはサラと結婚していた。

シドナムはみんなにアルヴズリー館と彼の家族のことを話していた。彼がビューカッスル公爵家の管理人として働いているグランドゥール館のことや、最近購入したばかりで、新妻と義理の息子をそこへ連れていくのを楽しみにしているティー・グウィンのことを話していた。また、陸軍士官として半島戦争に加わり、そこでひどい怪我を負ったことも話した。「しかし、ぼくは生き延びました」シドナムは全員に笑いかけた。「帰らぬ人となった兵士が何千人もいましたが」

アンは不意に気づいた――グランドゥール館では、シドナムはいつも無口だった。いつも客間のひっそりした片隅にひっこんでいた。陰気なわけでも、無愛想なわけでもないが、人前に出ていくことはけっしてなかった。ところが、ここにきてからは、自分が注目の的であることを自覚して、みずから会話の矢面に立っている。

アンはあふれんばかりの感謝と愛を感じた。

母親が立ちあがった。

「マシューとスーザンの家はここから五マイルのところにあるのよ」といった。「サラとへンリーの家もほぼ同じぐらいね。子供連れで出かけてくるには大変な距離よ。今夜はみんな、ここに泊まっていく予定。だって、お夕食前にあわてて帰りたがる人なんていないもの。長旅で疲れたでしょ、アン。それから、バトラーさんも。二階の部屋へ行って、身体を休めてらっしゃいな。積もる話はまたあとで」

そうだ、わたしがここにきたのは話をするためだったんだわ――アンは思った。家族に立ち向かい、対決し、できることならすこしでも仲直りをするためにやってきた。でも、たぶん、あとまわしにしたほうがいいわね。お母さんのいうとおりだわ――たしかに疲れてる。

しかし、アンは立ちあがろうとしなかった。代わりに、膝に置いた手をみつめた。

「なぜなの？」ときいた。「あなたたち全員からそれをききたいの。わたしはそれを質問しにきたの。なぜなの？」

アンは自分の言葉に愕然《がくぜん》とした。そのためにやってきたのだ。でも、もっといいタイミングがあったでしょうに。あら、いつなの？　もっといいタイミングっていつ？　すでに十年も待ったのよ。

ほかのみんなも愕然としていた。部屋に広がった静寂から、アンはそれを感じとった。しかし、アンからいずれその質問が出ることは、みんなも覚悟していたはずだ。いや、そんな覚悟はなかったのだろうか。結婚し、まっとうな人間になり、家族のふところにもどれるようになったので、こうして訪ねてきたのだ、過去にはいっさい触れないはずだ、と思っていたのだろうか。

母親がふたたび腰をおろした。アンは母親を見あげた。

「どういう意味だったの？」アンはきいた。「〝わたしたちはあなたを許します〟って手紙に書いてあったでしょ。〝わたしたち〟というのが、お母さんの使った言葉だった。いったい誰のこと？　それから、許してもらわなきゃならないようなどんなことを、わたしがしたというの？」

マシューが咳払いをしたが、答えたのは父親だった。

「あの男は金持ちだった、アン」父はいった。「しかも、侯爵家の跡取りだった。おまえはおそらく、あの男が結婚してくれると思ったのだろう。たしかに、結婚するのが筋だ。だが、あのような男がおまえのような者と結婚するはずのないことぐらい、承知しておくべきだった――とくに、向こうが望むものを、おまえがすでに与えてしまったとなれば」

アンの母親は不明瞭な嘆きの声をあげ、シドナムは立ちあがって窓辺へ行き、そこにたたずんで外をみつめ、アンは膝の手を固く握りしめた。

「わたしが結婚を目当てにアルバート・ムーアを誘惑したと、お父さんはいいたいの？」

「あからさまな誘惑はしなかったかもしれないが」父親はいった。「おまえが思わせぶりな態度をとったばかりに、向こうが自制心をなくしてしまったのだろう。世の中によくあることだ。そして、つねに男が責められる」

責められる。

つねに男が責められる。

「わたしはヘンリーと結婚するつもりだったのよ」ヘンリー本人の——そしてサラの——身の置きどころがないといいたげな様子を無視して、アンはいった。「お父さんもご存じだったでしょ。ヘンリーとは幼馴染みで、ずっと愛してたのよ。上昇志向なんて、わたしにはなかったわ。野心なんか持ったこともなかった。家にもどって結婚できる日を楽しみに生きていたのよ」

「アン」サラがいったが、あとがつづかず、どっちみちサラに注意を向ける者はいなかった。

「だが、あの男を止めようと本心から思ったなら、止められたはずだ、アン」父親がいった。「止められたに決まっている」

「わたしより力があったのよ」アンはいった。「はるかに」

父親は傍から見てもわかるぐらいすくみあがり、そして、眉をひそめた。母親はハンカチに顔を隠していた。

「母さんはおまえのところへ行きたがった」父親はいった。「わたしは侯爵に手紙を書いて、息子がおまえのことをどうするつもりか問いただそうと思った。だが、そんなことをして何になる？　おまえはあの家の家庭教師だった。恥の上塗りになるだけだ。そんなとき、サラがアーノルドと結婚するといいだし、そのすぐあとでアーノルドが結婚の申込みにやってきた。許さんというと、二人は駆落ちするといって脅した。マシューがいまの教会の牧師になろうとしていた時期だったので、スキャンダルがマシューの経歴にどんな悪影響を及ぼすかを考慮せねばならなかった。わたしは母さんがおまえのところへ行くのを禁じた――どっちにしても、婚礼の支度があったしな。だが、おまえに手紙を書いて、わたしたちがおまえを許したことを伝えるようにと、母さんにいっておいた。おまえがみずから進んで堕落したなどとは、わたしも信じていなかった」

わたしの想像とはちょっとちがってたのね――アンは思った。父親をみつめた。少女のころの彼女が愛し、敬い、従ってきた、頼りになる柱石。だが、誰の人生においても、自分の目に映る親の姿がただの人間に変わってしまう時期がくる。親とちがって、ただの人間はけっして完璧ではない。ときには、完璧からほど遠いこともある。

母親が手をおろした。

「そして、お父さんも――みんなも、あなたはここにもどってこないほうがいいと考えたのよ、アン――すくなくとも、当分のあいだ。騒ぎになるだろうし、近所で悪口をいわれるだろうし。あなたにとって、つらい日々になったでしょう」

わたしにとっても、お父さんにとっても、サラにとっても、ヘンリーにとっても、マシューにとってもね――弱々しい笑みを浮かべながら、アンは思った。

「でも、あなたに会えないのがつらくてたまらなかった」母親が泣いた。「会いたくてたまらなかったわ。それから、デイヴィッドにも」

でも、わたしに会いにこようとは思わなかったわけ？　いえ、考えてみれば、お母さんは昔から従順な奥さんだった。お父さんの許可と同意がないことには、ぜったいに何もしなかった。かつてはそれが美徳だと思っていたけど……。

「とってもハンサムな子ね、アン」母親がいった。「あなたにそっくり」

「デイヴィッドは」アンはいった。「アルバート・ムーアに似てるのよ。あの子の父親。彼もハンサムな男だった。デイヴィッドはわたしの特徴もいくつか受け継いでる。でも、何よりもまず、あの子はあの子よ。新しい父親との共通点がいちばん大きいわ。シドナムは絵を描いてて、デイヴィッドもそうなの。二人で一緒に描いてるわ」

アルバート・ムーアが実の父親だという事実をはっきり認め、デイヴィッドは父親似だと口に出していえたことに、アンは自分で驚いていた。部屋に背を向けて立ったままのシドナムのほうへちらっと目をやり、膝から力が抜けてしまいそうなほど彼を愛しく思った。

「アン」サラがいった。「わたしを許して。どうか許してちょうだい。ひどいことをしてしまった。でも、彼が好きでたまらなかったの。言い訳にならないけど。あれ以来、心おだやかな日は一日もなかったわ。悔やんでも悔やみきれない。でも、許してもらおうなんて虫がよすぎるわね」

アンは初めて妹をまともに見た。昔より太っている。母親にそっくりだ。しかし、アンのいちばんの仲良しで、娘時代に秘密を打ち明けあってきた妹であることには、変わりがなかった。

「アン」ヘンリーがいった。「ぼくはきみと結婚していただろう。きみが予定どおり帰ってきていれば……。あんなことになっていなければ……。それだけはわかってもらいたい。だけど、きみは向こうにいたし、サラはこっちにいた」

アンは彼に視線を向けた。できれば、みっともない、魅力のない男だと思いたかった。こんな男のどこに惹かれたのかと思いたかった。たしかに性格の弱さがある。褒められたことではない。しかし、彼はヘンリーであり、恋仲になるずっと以前から仲のいい友達だったのだ。

「人生で出会うことにはすべて目的があるわ」アンはいった。「目的を達するのに時間のかかることもあるけど。もし、ヘンリー、あなたと結婚していたら、デイヴィッドは生まれなかったでしょう。わたしの人生のなかで、何年ものあいだ、あの子がもっとも貴重な存在だったわ。それから、もしあなたと結婚していたら、シドナムと結婚することはできなかったでしょう。生涯にわたる幸福を手にするチャンスを失っていたことでしょう」

マシューがふたたび咳払いをした。

「おまえは自分の力で立派に生きてきた」といった。「まず、コーンウォールの村で住まいと何人かの生徒を持った。つぎに、バースで教職についた。そして、いま、レッドフィールド伯爵の息子さんと結婚した」

「ふしぎね」アンはいった。「お兄さんがわたしのことをすべて知ってるなんて。わたしはお兄さんの人生について何も知らないのに。甥《おい》や姪がいることさえ知らなかった」

「それがいちばんいいことだと思ったのよ、アン」母親がいった。「あなたがつらい思いをするだけだから」

「みんなに質問したいんだけど」アンはいった。「わたしがこの年月をどうにか順調に生き抜いてきたという事実のおかげで、わたしに背を向けたことに対して、みんなの気持ちが軽くなったのかしら」

「まあ、アン」サラの声が苦悩にうわずった。

しかし、長い返事をよこしたのは父親だった。

「それはちがう」父親はぶっきらぼうにいった。「軽くなってなどいない。おまえが苦労するのは自業自得だと信じ、つぎに、自力で立派に生きてきたことを知って安堵できれば、そのほうが楽だっただろう。噂《うわさ》好きな近所の連中から遠く離れて一人で暮らすほうがおまえの幸せだ、と信じることができれば楽だっただろう。たしかに、おまえは苦労し、立派に生きてきた。ゴシップを避けて暮らすことができたのは、たしかにいいことだったかもしれない。だがね、おまえにあんな仕打ちをしたことに対して、わたしの気持ちはすこしも軽くなっていない。心が休まったことは一度もなかった。そして、今日、おまえの目を見なくてはならなくなったいま、心はさらに重く沈んでいる。当然の報いだね。母さんを責めてはいけないよ。とるものもとりあえず、おまえのところへ行こうとしたのだから。ただ、わたしが許可しなかった」

「わたしもせめて手紙ぐらい書くべきだった、アン」マシューがいった。「オクスフォードの学費があんなに高くなければ、おまえが家庭教師になる必要はなかったのだから」

「サラはすべてのことを後悔しつづけてきた」ヘンリーが静かにいった。「ぼくも同じだ」

「さて」アンは立ちあがった。「さっきは疲れてなかったとしても、いまはもうクタクタよ。さっきのお言葉に甘えて、夕食の時間まで部屋で休むことにするわ。シドナムもきっと疲れてるでしょうし。自分自身の過去の歴史って、なんだかぞっとするわね。変えようがないんですもの。過去にもどってちがう行動をとることは誰にもできない。前へ進みつづけ、過去が多少なりとも智恵を授けてくれたことを願うしかない。わたしがここ何年か家から遠ざかっていたのは、恨みを抱いていたからよ。みんなが苦しむことを願い、苦々しさを募らせることができたからよ。なぜだか、それが自分の権利だと思ってたの。でも、わたしはいまここにいる。二階へ行ったら、きっと泣き崩れるだろうけど、やっぱりきてよかったわ。こんなことといっても無意味かもしれないけど、とにかく、わたしはみんなを許します――そして、みんなに不幸をもたらしたわたしのことも許してもらいたいと思います」

全員が立ちあがり、全員がためらっていた。いまにもひどく感傷的な芝居がかった場面に変わってしまいそう――アンは思った。しかし、進みでて彼女を抱きしめようとする者はいなかったし、彼女のほうからも、誰一人抱きしめようとはしなかった。

まだ早すぎる。

でも、かならずそのときがくるはずだわ。みんなが、全員が、許しと安らぎを必要としている。だって、家族だもの。そして、今日のためにわざわざ集まってくれたんだもの。

シドナムがそばにきて、アンに腕をさしだした。アンはそこに自分の腕を通し、部屋にいる人々に曖昧《あいまい》な笑みを向けてから、母親の案内で客間を出て幅の広い木の階段をのぼり、昔の自分の部屋を通りすぎて、こうした特別な客のために用意されている部屋まで行った。じつのところ、この部屋が使われたことはほとんどなかった。

つまり、わたしたちはきわめて特別な客だと思われてるわけね。

部屋に足を踏み入れたあとで、アンはふり向き、心配そうな顔でドアのところに立っている母親を見た。

「帰ってきてくれてうれしいわ、アン」母親がいった。「デイヴィッドを連れてきてくれたことも、あなたがバトラーさんと結婚したことも、ほんとにうれしい」

「シドナムと呼んでください。おいやでなければ」彼がいった。

「シドナム」母親は彼にぎごちない笑みを向けた。

アンはひと言もいわずに進みでると、母親の小太りの身体に腕をまわした。母親は黙ったまましっかりと彼女を抱きしめた。

「さあ、休みなさい」一歩さがって、母親はいった。

「ええ」アンはうなずいた。「お母さん」

そして、ドアが閉められ、アンはシドナムと二人だけになった。

「悪いけど」アンはいった。「泣いてしまいそう」

「アン」シドナムはやさしく笑いながらアンに腕をまわし、彼女の頭を抱き寄せて、自分の肩にもたれさせた。「そうだろうとも」

「絵に再挑戦するのは、あなたにとってつらいことだった?」

「うん」シドナムは確信を持って答え、アンの頭のてっぺんに唇をつけた。「そして、あとに大きな苦悩が襲ってきた。まだ始めたばかりだし、最初の努力の成果は目もあてられないものだった。だけど、やめるつもりはない。始めたからには、つづけていく――失敗に向かって。もしくは、成功に向かって。でも、失敗したって平気だよ。いつもそうだったけど、失敗すると、よけいがんばろうって気になる。一度も成功できなくても、自分は努力した、人生から身を隠したりしなかったという自信が持てる」

「やっと」アンはいった。「わたしも身を隠すのをやめたわ」

「そうだね」シドナムはふたたびやさしく笑った。「たしかにそうだ」

　ついに涙があふれてきた。

22

アンの兄の一家も、妹の一家も、最初は一泊の予定だったのが、もっと長く滞在することになった。

デイヴィッドは有頂天だった。ある朝、シドナムをひっぱって絵を描きに出かけ、アマンダも一緒に連れていったが、残りの時間はほとんど、いとこたちと遊ぶのに夢中になっていた。とくに仲良くなったのが、デイヴィッドより二、三カ月だけ年下のチャールズ・アーノルドだった。

シドナムは、馬に乗れることをみんなが知ったあとで——デイヴィッドがしゃべったのだ——男たちと一緒に何回か遠乗りに出かけた。シドナムはみんなが自分と親しくなりたがっていることを知った。自分のほうはみんなに反感を持つものと思っていた——ヘンリー・アーノルドだけでなく、父親のジュウェル氏に対しても——だが、最初の日にみんながアンに語りかける言葉にじっと耳を傾けながら怒りをたぎらせていたものの、彼らと親しくなるにつれて、三人とも平凡な、本質的には気立てのいい紳士にすぎず、人生や正義に対する考え方にときたま賛成できない部分があるだけなのだ、と気づくようになった。

アンは昼間のほとんどの時間を母親と妹と兄嫁と一緒にすごし、夜はみんなとすごしていた。ふたたび家族になるために、みんなで一致協力してがんばっているように見受けられた。

時間がかかるだろう――シドナムは、自分が半島から帰国したあと、長いあいだキットとのあいだに溝があり、一緒にいても気兼ねしなくてよくなったのはずいぶんたってからだったのを思いだした。しかし、アンと家族はすでに仲直りをすませ、アンの人生を包んでいた暗い影はすべてとり払われたように思われる。

アンは幸せそうだ。

では、このぼくは？　最初の日の午後に、アンが客間でアーノルドにいった言葉を、シドナムは忘れることができなかった――〝もしあなたと結婚していたら、シドナムと結婚することはできなかったでしょう。生涯にわたる幸福を手にするチャンスを失っていたことでしょう〟

このどれだけが真実で、どれだけが自分を捨ててすぐさま妹と結婚してしまった男へのあてつけだったのか、シドナムにもはっきりしない。だが、答えはわかっているつもりだった。

そう、彼も幸福だった。

歓迎してもらえれば二、三日滞在し、そうでなければ、もっと早く暇《いとま》を告げるつもりでいた。しかし、家族と再会できたいま、アンには早く暇を告げたいという様子はなかったし、シドナムは彼女にこころよく時間を与える気でいた。マシュー一家が牧師館へ帰っていき、ヘンリー・アーノルドも家族とともに帰宅したあとも（二、三日という約束でデイヴィッドを一緒に連れていった）、アンたちの滞在はつづいた。

ジュウェル夫人は長女の里帰りがうれしくてたまらないらしく、近所への挨拶まわりや、さまざまな客を招いてのお茶の会や晩餐会を計画していた。また、兄夫婦と妹夫婦もアンたちを自宅に招いてもてなしたいという熱意にあふれていた。

そのため、二、三日の予定が一週間に延びた。

そして、八日目に、アンに手紙が届いた。その朝、ジュウェル氏が朝食のテーブルにそれを持ってきて、アンの皿の横に置いた。

「バースからだわ」アンは手紙を手にとってしげしげと見た。「クローディアの字じゃないし、スザンナの字でもない。でも、見覚えのある字だわ。誰の字だったかしら」

「答えを知る方法がひとつある」父親がそっけなくいった。

アンは笑って、親指で封を切った。

「レディ・ポットフォードだわ」最初に署名を見て、アンはいった。「ええ、そうだった、この字なら前に見たことがある」

「レディ・ポットフォード？」シドナムがきいた。

「ジョシュアのおばあさまよ」アンは説明した。「バースにお住まいなの。何回かお邪魔したことがあるわ」

彼女が手紙を読むあいだに、母親がシドナムにトーストのお代わりを無理強いし、バターナイフで皿の上のパンをもてあそぶ彼を見張っていた。

「ねえ、シドナム」顔をあげて、アンはいった。「結婚のことをお知らせしなかったものだから、レディ・ポットフォードがひどく傷ついてらっしゃるみたい。こう書いてある――お式にうかがって、結婚を祝う朝食会をひらいてさしあげたかった、って。親切な方ね」

「ほんとにご親切なこと」母親もうなずいた。「きっと、あなたのことがお気に入りなのよ、アン」

しかし、手紙には、落胆の気持ち以外のことも書かれていた。

「まあ」残りの部分に目を走らせながら、アンはいった。「来週、ジョシュアがバースにくるんですって。わたしたちの結婚式に出ることも、そのあとで会うこともできなかったと知ったら、ショックを受けるにちがいないって、レディ・ポットフォードがおっしゃってるわ。わたしたちのためにささやかな会をひらきたいから、ウェールズへ向かう前にバースに寄ってほしいって」

アンは視線をあげた。

バースまではたいした距離ではない。だが、ウェールズとは逆方向だ。それに、じつをいうと、シドナムはそろそろ家が恋しくなっていた。ティー・グウィンで新しい家庭生活を築きたかった。それに、アンのお腹が大きくなってきている。必要以上の旅は避けるべきだ。

しかし、バースは何年ものあいだ彼女の故郷だった。友達が何人もいる。ジョシュアは親戚だし——デイヴィッドの親戚であることはたしかだ——昔からアンにとても親切にしてくれた。あの夫妻がいなければ、シドナムがアンに出会うことはなかっただろう。

アンの歯が下唇に食いこんでいた。

「行きたい？」シドナムはきいた。

「ばかげてるわね」アンはいった。「ジョシュアとレディ・ポットフォードのところでお茶か、ひょっとしたら、晩餐をいただくために、わざわざ出かけていくなんて」

「でも、行きたい？」シドナムは重ねてきいた。

返事はわかっていた。彼女の目にそれが見えていた。

「今年のクリスマスはペンハロー館にくるようにって、ジョシュアがデイヴィッドとわたしを誘ってくれたの。もちろん、行くのは無理だわ。デイヴィッドはこれから長いあいだジョシュアに会えなくなる。でも……」アンはふたたび唇を嚙んだ。「でも、ジョシュアはデイヴィッドの身内だし。わたし……」

シドナムは笑いだした。「アン、きみは行きたいの？」

「行くべきでしょうね。あなた、ご迷惑じゃない？」

ティー・グウィンへ帰るのは——シドナムは思った——延期するしかなさそうだ。

「来週？」シドナムはいった。ジュウェル夫人のほうを向いた。「ご好意に甘えて、滞在をもう二、三日延ばしてもいいでしょうか」

「よろしければ、一カ月でも、シドナム」夫人は答えて、握りあわせた手を胸に持っていった。

ジュウェル氏は一人で何やら考えこんで薄笑いを浮かべ――まるでほかの者には思いもよらない秘密を握っているかのように――朝食の間から出ていった。たぶん書斎にもどるつもりだろう。

かくして、翌週の半ば、ウェールズへ帰ろうと予定していた日よりかなりたってから、アンとシドナムはふたたびバースに向かっていた。デイヴィッドは馬に背を向けてすわり、祖父母に別れを告げたばかりで涙にくれる一方、ジョシュアに再会できる喜びに胸をはずませていた。それから、ミス・マーティンにも、ミス・オズボーンにも、キーブルさんにも会える。キーブルさんというのは学校の校務員で、誰も見ていないときにポケットの奥からお菓子を出して、デイヴィッドにそっと渡してくれていた。

アンも別れに涙ぐんでいたが、父親が彼女の両頰にキスしたあとで、またすぐ会えるに決まっているといってきかせ、母親も彼女を抱きしめて夫の意見に賛成した。

アンはいま、馬車のなかでシドナムに手を握ってもらい、彼の肩に心地よくもたれていた。

結婚とは本当にいいものだと、しみじみ感じていた。

　バースではレディ・ポットフォードの屋敷に泊まるようにといわれていた。グレート・パルティニー通りにある背の高い屋敷の前で馬車が停まると、すぐさま玄関ドアがひらき、執事が姿を見せた。しかし、シドナムに手を支えられて歩道におりたアンは、デイヴィッドのあげた歓声から、ジョシュアがすでに屋敷にきていることを知った。案の定、デイヴィッドは馬車から飛びだすと、アンの横を走りぬけ、屋敷の前の石段を駆けあがって、ジョシュアに抱きあげられ、ぐるぐるまわされた。

「夏に比べて、ちっとも軽くなってないな、坊主」ジョシュアがいった。「ところで、ママが結婚したんだって？」

「うん」半マイルも離れた相手に話しかけるかのように、デイヴィッドは叫んだ。「ぼくの義理のお父さんと。あの人、馬に乗れるんだよ。生垣も跳び越えられる。ぼく、まだ見たことないけどね。それに、キットおじちゃんは『あいつがそんなことするのを見たら、いちばん近くの柱に縛りつけて、置き去りにしてやる』っていってるし。それから、あの人、ぼくに油絵を教えてくれるんだよ。ティー・グウィンの家に帰ったら先生を見つけてくれる約束だったんだけど、あの人が自分で教えることにしたんだ。最高の先生だよ――アプトン先生よりずっと上手」恩知らずな言葉をつけくわえた。「ママが昔住んでた家に、ぼくのいとこがたくさんいるんだ。チャールズも九歳だけど、ぼくよりあとに生まれた子で、背がここまでしかないの」デイヴィッドは右耳のすこし上を叩いてみせた。「ダニエルとエミリーもきてる？」

「きてるとも」ジョシュアはクスッと笑った。「ふさぎこんでるダニエルを救うために、すぐさま子供部屋へ走ってくれないかな」

それから、向きを変えてシドナムに笑いかけ、アンを強く抱きしめた。玄関ドアが大きくひらいたままだという事実を考えると、ずいぶん威厳を損なう行為だった。

じゃ、レディ・ホールミアとお子さんたちもバースにいらしてるのね——アンは思った。レディ・ポットフォードの手紙には、そんなことは書いてなかった。

「フライヤも、ベドウィン家のあとの面々も、その伴侶たちも、この夏は縁結びの腕が錆《さ》びついたと思いこんでいた」ジョシュアはいった。「だが、みんなの思いちがいだったようだ。つぎにどこの哀れな未婚の人物にみんなの目が向くかは、想像するしかない。結婚生活はきみたち二人に合ってるようだね。二人とも、白髪が一本も出てないもの」

アンは笑った。じゃ、ベドウィン家の人たちは夏のあいだ、わたしとシドナムのことを察して、後押しまでしようとしてたの？　あのときそれに気づいてたら、どんなにきまりの悪い思いをしたかしら。

「合ってるとも」シドナムがいった。「はっきりいって、最高だ」

「なかに入って、フライヤとぼくの祖母に報告してくれ」ジョシュアはいった。「きみたちが極秘に結婚し、こっそり逃げだしたことを知って、二人ともあまりご機嫌うるわしくないんだ。きみたちのために豪華な祝宴をひらく以上に、あの二人にとって大きな喜びはなかっただろうから」

アンは少々残念な気がした。ほとんどの人間が家族と友人に囲まれた盛大な結婚式を夢見ている――わたしも例外ではない。でも、文句をいっちゃいけないわね。クローディアとスザンナがいてくれたし、デイヴィッドもいた。結婚して以来、シドナムを呼ぶための手紙を書いたときには想像もできなかったほどの幸せに包まれている。

いうまでもなく、二人の式に、シドナムの側の人間は一人も出られなかった。

ジョシュアの腕に手をかけ、シドナムがあとにつづく形で、階段をのぼりはじめたときに、アンはふと思った――レディ・ポットフォードはわたしたちの結婚のことをどうしてご存じなの？　そして、さらにふしぎなのは、どうして手紙をグロースター州に出そうと思いついたのか、ということだった。

しかし、それはアンの口から質問できるようなことではなかった。

レディ・ポットフォードが自宅でささやかな祝いの会をひらくつもりでいたのなら、どうやら、心変わりしてしまったようだった。なにしろ、会の話などひと言も出なかった。レディ・ポットフォードは代わりに、翌日の午後、アパー・アセンブリー・ルームズにお茶の席を予約したことを告げた。みなさんに喜んでもらえると思うわ。お天気が冬らしくなってきて、戸外で楽しむことができなくなりましたもの。みんな、とっておきの晴着でおしゃれなさいね。結婚式に出るときのように。

子供たちも連れてきてちょうだい――レディ・ポットフォードはつけくわえた――ダニエ

ルとエミリーの乳母に頼んで、子供たちの世話をさせますから。

「今日のことがあなたの負担にならなければいいんだけど」翌日、レディ・ポットフォードの命令で送りこまれてきたメイドが部屋を去り、となりの化粧室から外出の支度を整えたシドナムが出てきたあとで、化粧台の鏡に映った彼の目をとらえて、アンはいった。「まあ」スツールの上で身体をまわした。「うっとりするほどハンサムよ」

シドナムは黒の燕尾服《えんびふく》に象牙色の絹のズボン、刺繍《ししゅう》の入ったチョッキ、真っ白なリネンのシャツという装いだった。

ゴージャスそのものだった。

「きみも」シドナムがいった。「このうえなくすばらしい」

アンはローズピンクのモスリンのドレスを着ていた。新たにそろえた衣装のなかではこれがいちばん愛らしく、裾《すそ》にひだ飾りとスカラップがあしらわれ、高いウェストラインからやわらかなひだが流れ落ちていて、袖《そで》は短いパフスリーブ、襟ぐりは半月状に上品にくられている。髪はレディ・ポットフォードのメイドによって、かなり手の込んだ、だが、とても似合いの形に結われていた。アクセサリーはダイヤのペンダントとイアリング。

「恐れ入ります」アンは微笑して立ちあがった。「でも、わたしたち、アパー・アセンブリー・ルームズへお茶を飲みに行くだけなのよ、シドナム。ほかの人たちがどう思うかしらね。午後なのに、服装が仰々しすぎるわ」

もちろん、アパー・ルームズでお茶を飲むことや、さらには、ダンスをすることには昔から憧《あこが》れていたし、二年以上も前のことになるが、舞踏会に招かれたフランシスをどんなにうらやんだかも覚えている。

「いやいや」シドナムはいった。「みんな、ぼくをひと目見たら、こっちの服装が仰々しいことに気づく前に、悲鳴をあげて逃げだすさ」

「まあ、シドナムったら！」アンは叫んだが、彼が唇を斜めにした例の笑みをよこしたので、とうとう吹きだしてしまった。

「今日の午後を乗り切ればもう大丈夫よ」二人そろって部屋を出ながら、アンはいった。「それから、明日、学校を短時間だけ訪問しようと思ってるの。あなたさえかまわなければ。けさ、バースにきていることを手紙でクローディアに知らせておいたから。それが終わったら家に帰りましょう。うれしいでしょ」

「きみは？」腕をさしだしながら、シドナムがきいた。

「ええ、もちろん」アンは彼の腕をとり、ぎゅっと握りしめた。

しかし、まずはアパー・ルームズでのお茶で、アンはそれを楽しみにしていた。彼女とシドナムはレディ・ポットフォードの馬車に乗せてもらい、ジョシュア夫妻はそのうしろの馬車に、そして、子供たちは乳母と一緒に三台目の馬車に乗っていた。

「とってもきれいよ、あなた」アパー・ルームズの表の小さな庭で馬車からおりながら、レディ・ポットフォードがいった。「同時に、死ぬほど怯《おび》えてるようにも見えるわね。ひとつ安心させてあげましょう。わたくし、ティールームを貸切りにしてもらったのよ。ですから、興味津々のよその人たちに見られる心配はありません。舞踏室のほうも貸切り。お茶を飲むあいだ、音楽が流れていたらすてきだろうと思ってね。それに、よぶんのスペースがあれば、子供たちも大人の邪魔をせずに走りまわれるでしょ」

なんですって？　アンはシドナムと驚きの視線をかわした。ティールームを独占？　大人五人と、子供三人と、乳母で？　おまけに舞踏室まで？　音楽つき？

「どうやら」シドナムがいった。「やはり、ぼくたちのためにささやかな会を計画してくださったようですね――少人数ながらも広いスペースで。感激です。ねえ、アン」

「呆然としてますわ」アンは笑いだし、妻に手を貸して馬車からおろしたばかりのジョシュアを見た。「ご存じだったの、ジョシュア？」

「何を？」何も知らないふりをして、ジョシュアは眉を吊りあげた。

「このお祝いの会。大人が五人と子供が三人だけなのに、ティールームと舞踏室を借りきってお祝いしてくださるなんて」

「ああ、そのこと？」ジョシュアはいった。「うん。おばあさまは変わり者だからね。いままで気がつかなかった？」

一行は建物に入り、長くて広い廊下を進んでいった。人の姿はまったくなく、物音もしなかった。しかし、シドナムのいったとおりだ――感激だ。

ティールームにつづくと思われるドアの外までくると、ジョシュアが立ち止まった。パリッとした服装の召使いがドアをあけようとして待っていた。

「おばあさま？　フライヤ？」ジョシュアが二人にそれぞれ腕をさしだした。「ぼくらが先に入るからね。シドナム、きみはアンをエスコートしてあとにつづいてくれ」

アンは首をまわして、シドナムと楽しげに笑みをかわした。廊下をやってくる子供たちの足音が背後にきこえた。

ドアがひらいた。

アンは一瞬狼狽《ろうばい》に包まれ、レディ・ポットフォードの立場を思って困惑した。どうやら、計画に大きな狂いがあったらしい――たぶん日付をまちがえたのだろう。天井が高くて広々としたおしゃれなティールームは人でいっぱいだった。しかも、全員が立ちあがり、ドアのほうを向いて、そして――。

そして、その瞬間、アンとシドナムの上に何かが降りそそいだ――十一月だというのに、なんと、バラの花びらが。

そして、これまでの不自然な静寂に替わって、喧騒《けんそう》が巻きおこった――人の声、笑い、磨き抜かれた木の床をこする椅子の音。

そして最後に、ドアがひらいてしばらくしてから、アンはいま目にしているのが見慣れた顔ばかりであることに気づいた。

「ど、どういうことなんだ？」シドナムは身体の横で彼女の手を強く握りしめた。つぎの瞬間、吹きだした。

「いいカモだ」彼のすぐうしろでアレイン卿がいった。「黒なんか着てると、すぐ撃たれちまうぞ、シド」

「だが、アンの髪についた花びらはすてきじゃないか」ロズソーン伯爵がいった。

「まあ」アンがいった。「まあ」

部屋の向こうに父親と母親の姿を見つけたのだ。父親はきびしい表情ながらも、悦に入っている様子だった。母親は満面の笑みだが、ハンカチを顔の近くに置いていた。サラとスーザンが二人の片側に、マシューとヘンリーが反対側にいた。

つぎに、フランシスとエッジカム伯爵、それから、ミス・トンプスン——そのとなりはビューカッスル公爵夫人とレディ・アレイン、それから、シドナムの両親、キットとローレン、それから、スザンナ、クローディア、エイダン・ベドウィン卿、ビューカッスル公爵。だが、すべてが一瞬の印象だった。すべてを一度に見ようとしても、理解しようとしても、多すぎて無理だった。ほかにも無数の人が出席していた。

ビューカッスル公爵夫人が手を叩くと、一同のなかに静寂らしきものが広がった。アンとシドナムは深紅のバラの花びらに埋もれて、まだドアを入ったすぐのところに立っていた。

「さて、バトラー夫妻」明るい生き生きした声と温かな笑顔で、公爵夫人がいった。「二、三週間前に極秘で結婚式を挙げたとき、自分たちはとても利口者だとお思いになったことでしょうね。でも、親戚や友人がついにあなたたちをつかまえたのよ。あなたたちの結婚披露の朝食会にようこそ」

人生でもっとも幸福な日のひとつとなったこの一日のことをあとでふり返ってみても、最初の瞬間がすぎてからは、何がどんな順序でおきたのか、アンはなかなか思いだせなかった。何かを食べたという記憶はもちろんない。ただ、夜までずっとお腹がすかなかったところを見ると、何か食べたことはまちがいない。

しかし、騒がしさと、笑い声と、シドナムと二人でみんなから愛情に満ちた注目を浴びるという、くらくらしそうなすばらしい感覚だけは記憶に残っている。抱きしめられ、キスされ、何度も歓声に迎えられたことを覚えている。鮮明な記憶もいくつかあった。

ジョシュアに連れられて、無邪気な笑みを浮かべた愛らしい若い女性がやってきたことを覚えている。あいたほうの手を興奮のあまり脇でパタパタさせているのを見て、プルー・ムーアだと気づいた――現在はプルー・ターナー。プルーがアンの全身の骨を折らんばかりの勢いで抱きついてきたのも覚えている。

「ミス・ジュウェル、ミス・ジュウェル」子供っぽい甘えた声でプルーは叫んだ。「大好きよ。ほんとに大好き。いまはバトラー夫人なのね。バトラーさん、黒い眼帯してるけど、あたし、好きだわ。それから、あたし、デイヴィッドの叔母さんなのね。ジョシュアがそういってるし、コンスタンスもそういってるの。うれしい。あなたは?」

プルーはそれから、さきほどに劣らぬ熱っぽさでシドナムを抱きしめた。

アンはコンスタンス――かつてのレディ・コンスタンス・ムーア――に抱きしめられ、この集まりに出るためだけにはるばるコーンウォールからやってきたにちがいない、と気づいたことを覚えている。

フランシスがアンを見て涙ぐんでいたことを覚えている。

ローレンの幸せそうな笑みと、彼女が紹介してくれた若い男性のことを覚えている――現在のウィットリーフ子爵、ローレンのいとこで、彼女と同じきれいなスミレ色の目をしていた。アンとシドナムがアルヴズリー館を去ったつぎの週に訪ねてきたという。

クローディアと抱きあったときに彼女にいわれたことを覚えている。

「アン」クローディアはきびしい声でいった。「わたしがあなたをどんなに愛しているか、わかってほしいものだわ。あなたのために、あんな女やあんな男と同じ部屋に入ることを承知したんですもの。ホールミア侯爵もお気の毒だけど、ビューカッスル公爵夫人もまったくお気の毒ね。ほんとにやさしい方ですもの――もっとも、あんな男の影響下にあったら、いつまでそれがつづくか疑問だけど」

クローディアとミス・トンプスンが一緒にすわり、午後じゅう話しこんでいたことを覚えている。

父親が笑いながら、アン宛ての手紙が届いたのと同じ朝に、自分もレディ・ポットフォードから手紙を受けとった、その事実を秘密にしておいたのはまことに愉快な冗談だった、といったことも覚えている。

母親の――そして、サラの――うれし涙を覚えている。

この日までに連絡がついてバースに呼びつけられ、アンに紹介されたシドナムの親戚たちのことを覚えている――もっとも、翌日、全員の名前をシドナムがあらためて彼女に教えなくてはならなかったが。

混乱がつづいた最初の数分のあいだ、子供たちが騒がしく走りまわってみんなに迷惑をかけていたが、やがて誰かが子供全員を舞踏室へ追い払ったことを覚えている。ひょっとすると、ビューカッスル公爵だったのかもしれない――たぶん、片方の眉を、いや、ことによると片眼鏡を正しい方角へ向けたのだろう。

アンはまた、シドナムの明るい幸せそうな顔と彼の笑い声も覚えている。そして、もちろん、このような思いがけない披露宴に対する二人の感謝の気持ちを伝えるためにシドナムがおこなった即興のスピーチも。

「みなさん、ご期待ください」大笑いの会場に向かって、シドナムはいった。「冬になり、ほかに何もすることがなくなったときに、アンとぼくが額を寄せあって、しかるべき復讐を計画しますからね」

しかし、披露宴のなかでひとつだけ、ほかの記憶とまったく混ざりあっていない部分があった。

お茶――もしくは、公爵夫人の言葉に合わせるなら、朝食――のあいだじゅう、舞踏室のほうから音楽が流れていた。それに注意を向けていた者は誰もいないように見受けられた。しかし、ジョシュアは舞踏室の近くにすわっていたので、音楽を意識していたにちがいない。

「二人で初めてワルツを踊ったのはここだったね、フライヤ」ジョシュアがいった。「覚えてる?」

「どうして忘れられて?」レディ・ホールミアが答えた。「そのワルツのあいだに、あなたったら、偽の婚約者になってくれって、わたしに頼んだのよ。そして、気がついたら結婚してしまってた——でも、偽の結婚ではなかったわ」

二人は笑った。

「そして、ぼくたちが踊ったのもここだった」エッジカム伯爵がいった。「ただし、初めてではなかったけど。もしきみが覚えているなら」

「初めてのときは」フランシスがいった。「寒くて暗い、からっぽの舞踏室だったわ。音楽もなかった」

「だけど、天国にいるようだった」ニヤッと笑って、エッジカム伯爵はいった。

「こいつは恥だぞ」キットがいった。「オーケストラがいて、わが国でもっとも有名な舞踏室のひとつを使っていながら、ダンスをしないなんて。ワルツを演奏するよう、オーケストラに指示してこよう。だが、これが結婚披露宴であることを忘れないように。花嫁が最初に踊らなきゃならない。ぼくとワルツを踊ってくれますか、アン」

だが、キットがシドナムのほうを見ていることに、アンは気づいた。

シドナムが立ちあがった。

「ありがとう、キット」シドナムはきっぱりといった。「だけど、花婿が最初に花嫁と踊る慣例はないというのなら、ぜひそれを慣例にしなくては。アン、ぼくとワルツを踊ってくれる?」

アンはほんの一瞬、不安に駆られた。誰もが静かになり、じっと聴き入っている。きっと全員が集まってきて、踊りを見るだろう。わたしは踊った経験があまりない。学校ですこし踊っただけ。それに、シドナムのほうは——。

ううん、シドナムなら、やろうと決心したことはなんでもできる——できないのは、拍手をすることぐらい。

アンは彼に微笑した。

「ええ、喜んで」と答えた。

客たちがまわりに集まってきて、いっせいにためいきをついたのが自分の想像だったとは、アンは思わなかった。

シドナムがさしだした袖に手を置くと、彼はアンを舞踏室のほうへ導いた。ほぼすべての者が(とアンには思えたのだが)ついてきて、キットがオーケストラの指揮者に話をしているあいだに、部屋のへりにならんだ。子供たちも隅へ追いやられた。もっとも、大部分はティールームのほうへ遊びに行ってしまったが。

そして、二人——アンとシドナム——は結婚式の三週間後に、披露宴の客に見守られながらワルツを踊った。

シドナムが左手で彼女の右手をとり、アンは左手を彼の肩に置いた。音楽が流れだすと、ややゆっくりと、ややぎごちなく踊りはじめたが、やがて、シドナムが彼女に微笑し、その手をひき寄せて自分の心臓にあてさせ、反対の手をとって自分のうなじへすっと持っていき、前よりも近い位置に立てるようにした。

そのあとは、ひとつになって踊りだし、音楽に合わせて旋回し、やがて、ほかのカップルも徐々にフロアに出て踊りはじめた——ジョシュアとレディ・ホールミア、キットとローレン、フランシスとエッジカム伯爵、ビューカッスル公爵と夫人、ベドウィン家のほかの面々とそれぞれの伴侶、サラとヘンリー、スザンナとウィットリーフ子爵、そして、スーザンとマシュー。

「幸せ?」アンの耳もとでシドナムがきいた。

「ええ、そうよ」アンは答えた。「幸せだわ。とっても。あなたは?」

「口ではいえないぐらい」

そして、二人は笑みをかわした。二人の顔は数インチも離れていなかった。

そう、披露宴のその部分だけは、思いだすのになんの苦労もいらない。

生涯の思い出になるだろう。

23

十一月の爽《さわ》やかな午後、アンとシドナムはデイヴィッドを連れてティー・グウィンの自宅に帰り着いた。しかし、寒い日であるにもかかわらず、太陽が輝いていたので、御者が庭園に通じる門をあけるために馬車を停めたとき、シドナムは衝動的に窓をおろして、厩《うまや》と馬車置場まで一人で行くようにと御者に指示した。

「ここから先、ぼくたちは歩いていくから」

というわけで、数分後、馬車がかすかな窪地《くぼち》になっている庭園へ入っていき、向こう側の斜面をのぼっていくのを、三人は立ったまま見守っていた。

「さあ、デイヴィッド」シドナムが少年の肩に手を置いた。「ここがティー・グウィンだよ。ぼくらの家だ。どう思う？」

「あの羊もここの？」デイヴィッドがきいた。「もっと近くへ行ってもいい？」

「いいとも」シドナムはいった。「よかったら、つかまえてもいいよ。だが、警告しておこう――みんな、逃げ足が速いからね」

何時間も馬車に閉じこめられたあとだったので、少年はワーイと歓声をあげて牧草地のほうへ走っていった。羊たちは危険を察知し、つかまっては大変とばかりに逃げだした。

シドナムは向きを変えて妻に笑いかけた。

「さあ、アン」

「ええ」アンは遠くの家をみつめていた。だが、彼のほうに目を向けた。「わたし、どうしてもこの木戸を乗り越えたいわ。名誉挽回しなくちゃ。この前はとっても不恰好だったんですもの」

「下の段をちゃんと修理させておいたからね」

アンが木戸によじのぼり、向こう側へ脚をおろすのを、シドナムは見守った。朽葉色の短いマントに暖かく包まれ、頬は寒さで早くもバラ色に染まり、ピンできちんととめた髪からハチミツ色のおくれ毛が垂れて風にそよぎ、目にきらめきと笑いが宿っている。ぼくの美しいアン。

シドナムは大股で彼女に近づいた。

「どうぞ、奥さま」手をさしだした。

「ありがとう」アンは彼に手をあずけて、地面に降り立った。「ほらね？　女王さまみたいでしょ」

二人は向かいあい、手をつないだまま、しばらくじっとみつめあっていたが、やがて、アンの微笑が薄れた。

「シドナム、こうなることをあなたが望んでいなかったのはわかってるのよ――」

「えっ？」

「あなたはそれまでの暮らしに満足していた」アンはいった。「それに、わたしはあなたが結婚相手に選ぶような女じゃなかった」

「きみが？　じゃ、ぼくはきみが結婚相手に選ぶような男だった？」

「二人とも孤独だったのよ。そして、すてきな日にここにきて――」

「そうとも、すてきな日だった」

アンは小首をかしげ、かすかに眉をひそめた。

「どうして、わたしのいいたいことを最後までいわせてくれないの？」

「なぜなら」シドナムはいった。「心の奥でぼくが結婚を後悔してないかどうか、きみが判断に迷っているからだよ。ちがう？　そして、ぼくもやはり、きみが後悔してないかどうか判断に迷っている。もっと前にきみにいっておかなきゃいけないことがあったんだ。だけど、最初はきみに同情されるのも、義務感を持たれるのもいやだったし、そのあとは、言葉なんて必要ないと思いこんでいた。男はとかくそうなりがちなんだ、アン。感情を言葉にするのが苦手なんだ。だけど、ぼくはきみを愛している。ずっと愛してたんだ、たぶん。そして、ずっと愛していくだろう」

「シドナム」彼女の目に涙があふれた。鼻の先がバラ色になっていることに彼は気づいた。

「ああ、シドナム、わたしも愛してる。とても、とても、愛してる」

　シドナムは身を乗りだして、鼻と鼻をすり寄せ、アンにキスをした。アンは彼のうなじに腕をまわして、キスを返した。

「ずっと？」アンは頭をうしろへ傾け、彼を見て笑った。「最初からずっと？」

「きみが夕闇からあらわれて、ぼくの夢のなかに入ってきたんだと思った。でも、きみは向きを変えて逃げてしまった」

「ああ、シドナム」アンは彼のうなじにあてた手にふたたび力をこめた。「ああ、愛しい人」

「それから、ぼくのポケットにあるものが入っている。いつも身につけてたんだ。それを見れば、ぼくがきみをずっと愛してたことがわかってもらえるだろう。覚えてるかなあ、それを。いや――それらを。だって、ひとつだけじゃないもの」

　アンが一歩下がり、興味津々の表情で見守る前で、シドナムは大外套の内ポケットからハンカチをとりだし、たたんであったそのハンカチを親指でめくり、小さく寄り集まった貝殻を見せた。ふと思った――アンが覚えていなかったら、自分だけバカみたいだな。

　アンは人差し指で貝殻に触れた。

「持っててくれたのね。ああ、シドナム、ずっと持っててくれたのね」

「バカみたいだろ」シドナムは彼女に微笑した。

　しかし、彼がハンカチの隅をもとどおりにたたんでポケットにしまったそのとき、叫び声がして、二人の注意はそちらへそれた。

「ママ、見て！」牧草地の真ん中からデイヴィッドが叫んだ。「見て、パパ、一匹つかまえたよ」

しかし、二人が見ている前で、憤慨《ふんがい》した羊はするっと逃げて、草とクローバーを食べるという真剣な作業を再開するために、ゆっくり歩き去った。デイヴィッドはキャーキャー笑いながら、それを追いかけていった。

シドナムはアンのウェストに腕をまわし、ふたたび彼女を抱きよせた。彼女のお腹に手をあて、その首筋に顔を埋めると、彼女も彼の肩に頭をもたせかけた。シドナムの頭がくらくらした。

「あの子、パパって呼んだわ」アンが低くささやいた。

「そうだね」

シドナムは顔をあげ、自分の家を見まわした。そのすべてを――家と厩、庭、牧草地、周囲の木立、羊を追いかける少年、彼の腕に抱かれた女性。そして、自分の指の下にある、かすかにふくらんできた妻のお腹に、未来を感じた。

「二人ともどうかしてるよね。温かな家が待っているのに、こうして寒い戸外に立ってるなんて」

「完全にどうかしてるわ」アンは首をまわして彼に笑いかけ、彼の唇にキスをした。「家に連れてって、シドナム」

「ここも家だよ」手をつなぐために彼女を放しながら、シドナムはいった。「いつだって、ぼくらのいるところが家なんだ。だけど、家の建物まで連れてってあげよう。朝食の間が太陽の光みたいに見えるかどうか確認しなくては」

「それから、茶色を排除した玄関ホールが前より明るい感じになったかどうかも」アンがいった。

二人は家に向かって、ゆるやかな斜面を小走りでおりていった。二人とも笑っていた。指をしっかり握りあわせていた。

訳者あとがき

お待たせ！　バースの女学校で教えている四人の女性がそれぞれのヒロインとなる四部作、〝シンプリー・カルテット〟の二作目（原題 *Simply Magic*）をお届けしよう。

前作『ただ忘れられなくて』（原題 *Simply Unforgettable*）で、身分違いの若き子爵との恋に苦悩するヒロイン、フランシスをやさしく見守っていた教師仲間のアン・ジュウェルが、今回の主人公である。金髪にブルーの目の美人。おだやかな性格で、教職員からも生徒からも慕われている。『ただ忘れられなくて』を読まれた方はすでにご存じのことと思うが、未婚の母で、息子のデイヴィッドを女手ひとつで育てている。

バースにあるミス・マーティンの女学校は今日から夏休み。住込み教師の一人であるアン・ジュウェルは、ホールミア侯爵夫妻の強引な誘いにより、息子を連れて、侯爵夫人の実の兄であるビューカッスル侯爵が南ウェールズに持っているカントリーハウスへ出かけることになる。だが、身分の高い貴族たちと一緒に夏をすごすというのは、アンにとって気の重いことだった。

ウェールズに到着した日の夕方、海を見晴らす崖の上まで散歩に出たアンは、一人の男性に出会う。彼女のほうに横顔を向けて海をみつめるその男性は、息を呑むほどハンサムだった。〝美しい。詩神といってもいいほどだわ〟と、うっとりするアンだったが、つぎの瞬間、ふり向いた彼の顔を見て恐怖に襲われる。顔の左半分は惚れ惚れするほど端整なのに、右半分は無惨な火傷の跡におおわれていて、目には眼帯。アンは反射的に逃げだしてしまう。

男性の名はシドナム・バトラー。レッドフィールド伯爵家の三男で、ナポレオン戦争のときにフランス軍の捕虜になり、残忍な拷問でこのような姿にされてしまったのだった。彼は夕闇の崖の小道をあわてて走り去る美の化身のような女のうしろ姿をみつめて、せつない思いに包まれる。

いまのは誰？　でも、二度と会うこともないだろう――と、それぞれに思った二人だったが、運命は皮肉にも再会を用意していた。その翌日、屋敷でひらかれた晩餐会で、二人はふたたび顔を合わせることになる。

フランシスとルシアスを主人公とする前作『ただ忘れられなくて』のあとがきに、訳者はメアリ・バログのつぎのような言葉を引用した。

「わたしは愛がこの世でもっとも強いものだと信じています。愛には癒しの力があります。わたしの作品に登場するヒーローやヒロインは、けっして完全な人間ではありません。男と女が助けあい、苦難を乗り越え、愛によって癒され、そしてようやく、おたがいの手に自分の人生を委ねることができるようになるのです」

まさに、アンとシドナムのために用意された言葉といっていいだろう。過去に大きな傷を負い、いったんは人生に絶望し、それでも必死に生きてきた二人がそれぞれの傷をひきずりつつ、ときには相手を傷つけつつも、愛によってしだいに癒されていく姿は、読む者に大きな感動を与えてくれることだろう。

〝大人の恋の物語〟(アメリカの出版業界誌《パブリッシャーズ・ウィークリー》が本書をこう評している)を、心ゆくまで堪能していただきたい。

最後に、〝シンプリー・カルテット〟の三作目 *Simply Magic* のお知らせを。四人のなかでいちばん年下のスザンナ・オズボーンが主役。『ただ忘れられなくて』では「あたしの心をつかむには、公爵じゃなきゃだめ。それ以外はいらないわ。あ、王子さまでもいいかしら」といい、『ただ愛しくて』では、「どこかの公爵と結婚することが、いまもあたしの人生の第一目標なんだもの」といっている彼女だが、はたして理想の男性にめぐりあえるのだろうか。

作中に出てくるウェールズ語の発音表記については、友人の藤沢邦子さんにお世話になった。この場を借りてあらためて感謝を捧げたい。

二〇〇八年二月

ただ愛しくて

著者 メアリ・バログ

訳者 山本《やまもと》やよい

2008年2月20日 初版第1刷発行
2012年1月17日 第2刷発行

発行人 鈴木徹也

発行所 ヴィレッジブックス
〒108-0072 東京都港区白金2-7-16
電話 03-6408-2325(営業) 03-6408-2323(編集)
http://www.villagebooks.co.jp

印刷所 中央精版印刷株式会社

ブックデザイン 鈴木成一デザイン室

 ISBN978-4-86332-945-4 Printed in Japan

ヴィレッジブックス好評既刊

「タータンの戦士にくちづけを」

パメラ・クレア　中井京子［訳］　924円（税込）ISBN978-4-86332-225-7

冤罪で辺境の地に売られた英国貴族の娘アニーと、強靭なハイランダーの末裔イアン。植民地戦争に揺れる米国を舞台に描くRITA賞ファイナリスト作品。

「乙女の祈りに忠誠を」

パメラ・クレア　中井京子［訳］　924円（税込）ISBN978-4-86332-326-1

18世紀アメリカ。敬虔な乙女が命を救ったのは、父の仇である非情なハイランダーだった……『タータンの戦士にくちづけを』につづくヒストリカル・ロマンスの白眉。

「ただ忘れられなくて」

メアリ・バログ　山本やよい［訳］924円（税込）ISBN978-4-86332-865-5

19世紀前半のイギリス。女教師フランシスはクリスマス休暇からの帰途に子爵ルシアスと知り合い、互いに心を奪われた。しかしその愛は、身分の差により阻まれてしまう…。

「ただ会いたくて」

メアリ・バログ　山本やよい［訳］924円（税込）ISBN978-4-86332-178-6

女教師のスザンナは休暇に訪れた地で端整な容貌の子爵ピーターと知り合い、たがいに惹かれあう。しかし、スザンナには彼と絶対に結婚できない理由があった……。

「忘れえぬ夏を捧げて」

メアリ・バログ　矢沢聖子［訳］　882円（税込）ISBN978-4-86332-219-6

英国の放蕩貴族の婚約者になりすます条件は、思い出に残るひと夏を過ごさせてくれること。『ただ愛しくて』の主人公の兄をヒーローに据えた詩情豊かな愛の秀作。

「婚礼は別れのために」

メアリ・バログ　山本やよい［訳］　903円（税込）ISBN978-4-86332-316-2

英国貴族のエイダン大佐は、戦死した命の恩人との最後の約束を果たすため、恩人の妹イヴとの結婚を決意する。しかし行手には思わぬ出来事が待っていた……。

ヴィレッジブックス好評既刊

「ハイランドの霧に抱かれて」

カレン・マリー・モニング　上條ひろみ[訳] 924円(税込) ISBN978-4-86332-783-2

16世紀の勇士の花嫁は、彼を絶対に愛そうとしない20世紀の美女……。〈ロマンティック・タイムズ〉批評家賞に輝いた、話題のヒストリカル・ロマンス!

「ハイランドの妖精に誓って」

カレン・マリー・モニング　上條ひろみ[訳] 924円(税込) ISBN978-4-86332-899-0

まじないをかけられた遺物に触れたため、14世紀のスコットランドにタイムスリップしてしまった女性リサ。そこで出会った勇猛な戦士に彼女は心惹かれていくが……。

「ハイランドで月の女神と」

カレン・マリー・モニング　上條ひろみ[訳] 966円(税込) ISBN978-4-86332-062-8

呪いをかけられ、長い眠りにつかされた16世紀の領主と、偶然に彼を目覚めさせてしまった21世紀の美女。時を超えてめぐりあったふたりの波瀾に満ちた運命とは?

「ハイランドの白い橋から」

カレン・マリー・モニング　上條ひろみ[訳] 945円(税込) ISBN978-4-86332-155-7

妖精との契約を破って時空を超え、邪悪な魂に心を蝕まれた16世紀のハイランドの勇者と21世紀のニューヨークに住む女性。時を超えて出会った運命の愛の行方は——。

「ハイランドの呪われた王子」

カレン・マリー・モニング　上條ひろみ[訳]　903円(税込) ISBN978-4-86332-269-1

不死の妖精アダム・ブラックは、妖精の女王の逆鱗に触れ、人間にされてしまった——彼を苦境から救えるのは特殊能力を持つ美女、ギャビーただひとり。

「今宵、心をきみにゆだねて」

リズ・カーライル　猪俣美江子[訳] 987円(税込) ISBN978-4-86332-084-0

放蕩者のドラコート子爵がひと目惚れした相手は、没落した貴族の娘だった。だが、彼の求婚は拒絶される。その6年後、ふたりは偶然に再会し惹かれあっていくが……。

ヴィレッジブックス好評既刊

「令嬢レジーナの決断　華麗なるマロリー一族」

ジョアンナ・リンジー　那波かおり[訳] 819円(税込) ISBN978-4-86332-726-9

互いにひと目惚れだった。だからこそ彼女は結婚を望み、彼は結婚を避けようとした……。運命に弄ばれるふたりの行方は？ 19世紀が舞台の珠玉のヒストリカル・ロマンス。

「舞踏会の夜に魅せられ　華麗なるマロリー一族」

ジョアンナ・リンジー　那波かおり[訳] 840円(税込) ISBN978-4-86332-748-1

莫大な遺産を相続したロズリンは、一刻も早く花婿を見つける必要があった。でも、彼女が愛したのはロンドンきっての放蕩者……。『令嬢レジーナの決断』に続く秀作。

「風に愛された海賊　華麗なるマロリー一族」

ジョアンナ・リンジー　那波かおり[訳] 903円(税込) ISBN978-4-86332-805-1

ジェームズは結婚など絶対にしたくなかった——あの男装の美女に出会うまでは……。『令嬢レジーナの決断』『舞踏会の夜に魅せられ』に続く不朽のヒストリカル・ロマンス。

「誘惑は海原を越えて　華麗なるマロリー一族」

ジョアンナ・リンジー　那波かおり[訳] 893円(税込) ISBN978-4-86332-925-6

怖いもの知らずの娘エイミー・マロリーが愛してしまったのは、叔父ジェームズの宿敵ともいうべきアメリカ人船長だった……。大人気のヒストリカル・ロマンス待望の第4弾！

「瑠璃色のドレスをまとって　華麗なるマロリー一族」

ジョアンナ・リンジー　那波かおり[訳]　882円(税込) ISBN978-4-86332-321-6

貴族の娘ケルシーは身内の借金のため、貴族の愛人となる競りにかけられた。訳あって彼女を競り落としたマロリー家のデレクとの間にやがて愛が生まれ——

「ハーレムに月の涙が」

ジョアンナ・リンジー　矢沢聖子[訳]　882円(税込) ISBN978-4-86332-298-1

オスマントルコのハーレムに誘拐された英国貴族の娘が出会ったのは、訳あって太守になりすます英国人の伯爵だった……熱くエキゾチックなヒストリカル・ロマンス！
